KB268946

소설

춘 春秋 추

상

제환공과 관포지교

김영수 저

명문당

소설(小說) 사서오경(四書五經)에 붙여

내가 〈논어〉를 이야기로 쓰려 했던 것은 세 가지 이유에서였다.

첫째는 쉬운 내용의 참된 가르침이 어려운 한문으로 되어 있기 때문에, 쉬운 우리 말로 바꿔 보려는 생각에서였다.

둘째는 가장 위대한 인류의 영원한 스승인 공자를 잘못 알고 있는 사람이 너무도 많기 때문에, 그런 사람들의 잘못된 인식을 바로잡아 주려는 생각에서였다.

셋째는 개인적 이기심과 가치관의 혼란으로 인해 갈피를 잡지 못하는 오늘날의 현대인에게, 옳고 그름을 판단하고 참된 가치를 일깨우는 올바른 양식의 기둥이 되고자 하는 이유에서였다.

수천년을 통해 내려오면서 우리 동양인의 사고와 행동을 지배해 온 〈사서오경〉은 우주원리를 밝히고, 그 원리에 따라 인간이 나아가야 할 바른길과 도리를 제시하여 주기 때문이다.

〈사서오경〉을 써나가면서 〈논어〉의 경우는 쉬운 내용이므로 한문을 우리말로 옮겨 쓰면 된다는 생각이 들었었으나, 〈논어〉에 담긴 가르침의 주인공인 공자가 과연 어떤 분이었으며, 그분의 생애와 그분이 살았던 시대적 배경과 사회적 분위기가 과연 어떠했던가를 정확히 하는 것이, 흥미와 함께 이해를 높일 수 있다는 것을 깨닫게 되어 〈논어〉와 공자의 가르침이 담긴 이야기를 포함시키는 방향으로 써나가게 되었다.

〈사서오경〉이란 이름은 사실 정확한 이름이 아니다. 〈사서삼경〉인 경우는 〈사서〉와 〈삼경〉이 전혀 다른 내용을 담고 있지만 〈사서오경〉의 경우는 그렇지가 않다. 〈사서〉 중의 〈중용〉과 〈대학〉이, 〈오경〉중의 하나인 〈예기〉 속에 들어 있기 때문이다. 그러므로 〈사서오경〉이라고 하기보다는 〈이서오경〉이라 불러야 옳다. 결국 〈사서삼경〉이란 고정된 관념에서 〈사서오경〉이란 부정확한 이름이 붙게 되었다고도 말할 수 있다.

그러나 또 어떤 면에서는 우리와 친숙해져 있고 이미 독립되어 있는 〈대학〉과 〈중용〉을 다시 〈예기〉 속에 되돌려 넣기 보다는, 〈대학〉과 〈중용〉을 독립분리 시키고 남은 그 〈예기〉를 포함한 〈오경〉이란 뜻으로 풀이해도 무방하다고 할 수 있다. 결국 〈예기〉 속에서 가장 중요한 〈대학〉과 〈중용〉을 뺀 〈예기〉가 〈오경〉으로 남게 된 셈이다.

〈사서오경〉 가운데 가장 쉬운 말로 되어 있고 가장 알기 쉬운 내용으로 되어 있는 〈논어〉가 모든 유교 경전의 바탕이 되어 있다는 것에 우리는 새삼 감탄을 금할 수 없다. 그와 동시에 참이니 진리니 하는 것은 바로 쉽고 가까운 곳에 있다는 것을 깨닫게 된다. 그것은 기독교의 성경에 있어서 가장 바탕이 되는 〈마태복음〉을 비롯한 〈4대 복음서〉가 가장 쉬운 말과 내용으로 되어 있다는 것과 너무도 흡사하다. 그 모양만이 아니라 그 속에 담겨 있는 깊은 뜻도 같다는 것에 새삼 진리는 하나라는 것을 우리는 느끼게 된다.

맹자는 이런 말을 했다.

"순(舜)은 그의 난 곳과 죽은 곳을 놓고 볼 때 동쪽 오랑캐의 사람임이 분명하다. 문왕(文王)은 난 곳과 죽은 곳으로 볼 때 서쪽 오랑캐 사람이 틀림없다. 땅의 거리가 천 리가 넘고 시대의 차이가 천 년이 넘건만 그들이 뜻을 얻어 나라를 다스린 것을 보면 하나도 다를 것이 없다."

공자와 예수의 경우도 맹자의 이 말이 그대로 적용될 것으로 여겨진다. 다만 두 분을 둘러싼 시대적 사회적 여건으로 인해 표현 방법에 차이가 있을 뿐이다.

〈논어〉 다음으로 쉬운 내용은 〈맹자〉다. 공자의 짤막한 말씀을 확대해서 설명하기도 하고, 공자가 드러내 놓고 하지 못한 말을 맹자는 드러내놓고 하기도 했다. 맹자가 산 시대는 언론자유가 보장되어 있던 백가쟁명의 시대였기 때문이다.

공자는 〈논어〉에서 임금이 묻는 말에 대해

"임금은 신하를 예로써 대하고, 신하는 임금을 참으로써 섬겨야 합니다."

라고 대답했는데, 맹자는 권위주의와 독재사상에 물들어 있는 제나라 왕을 일부러 찾아가서 이렇게 경고한 일까지 있다.

"임금이 신하를 손발처럼 아끼면 신하는 임금을 가슴과 배처럼 소중히 여기지만, 임금이 신하를 지푸라기처럼 여기면 신하는 임금을 원수처럼 생각합니다."

〈논어〉에는 없고 〈예기〉의 〈예운편〉에 나와 있는 공자의 대동사상(大同思想)을 바탕으로 맹자는 이런 말을 하고 있다.

"백성이 가장 소중하고 그 다음이 나라고, 가장 가벼운 것이 통치자인 임금이다."

중국 혁명의 아버지로 불리우는 손문(孫文)은 〈예기〉에 나오는 공자의 대동사상을 바탕으로 〈삼민주의〉라는 것을 창안했다고 한다.

그런데 혁명기나 개화기의 얼치기 지식인들은 공자의 케케묵은 봉건사상 때문에 중국이 병들었다며 공자를 배척하는 것이 보통이었다. 우리나라도 마찬가지였다.

그것은 공자를 간판으로 내세우고 있는 집권층들에 의해 공자가 잘못 인식된 때문이기도 했고, 흐려진 물을 보고 샘물자체가 원래 흐린 것으로 아는 것과 같은 지식인들의 속단과 과신에서 빚어진 현상이었다.

그것은 어느 목사 한 사람이 어떤 잘못을 저지르거나 또는 어떤 교회가 마음에 들지 않는 일을 하거나 했을 때, 성경의 말씀이나 예수의 가르침이 그런 결과로 나타났다고 판단하는 것과 같은 것이라 볼 수 있다.

누구나 손쉽게 구해볼 수 있는 우리말로 된 기독교 성경의 경우도 그러하거든, 하물며 한문지식이 없이는 알 수 없는 유교 경전이야 더 말해 무엇하겠는가?

그래서 나는 쉬운 〈논어〉나 〈맹자〉뿐 아니라 어려운 내용의 유교 경전, 다시 말해 삼경이니 오경이니 하는 것 속에 있는 내용들을 누구나 알 수 있게끔 하기위해 범위를 확대하게 되었던 것이다.

특히 〈예기〉의 경우는 따분한 설명만으로는 흥미를 느낄 수도 없고, 숨은 뜻을 밝힐 수도 없는 일이므로 대화체를 빌어 토론형식으로 현대적인 감각의 접근을 시도해 보았다. 그리고 지난날 집권층의 어용학자들이 공자의 말씀이 아니라고 부인하려 했던 〈예운편〉을 깊이있게 다뤄보려 했으며, 그와 곁들여 우리의 귀중한 종교적 철학적 유산인 〈삼일신고〉의 특강을 넣어두기도 했다.

유명한 종교개혁가 루터는 종교개혁의 가장 급하고 근본적인 문제로, 어려운 라틴어나 히브리어로 되어 있는 성직자만의 독점물이었던 성경을 쉬운 독일어로 옮겨 누구나 읽음으로써 성직자들의 예수를 빙자한 독재와 특권의식을 뿌리뽑고, 그들이 말하는 하나님이 얼마나 위장된 것인가를 신도들에게 알려 주려 했던 것이다.

외람된 비유일지 모르나 내가 이 책을 내는 나름대로의 보람이라면, 공자니 유교니 선비니 하는 것에 대한 그릇된 인식을 바로잡을 수만 있다면 그보다 더한 보람은 없을 것 같다.

예수도 석가도 진리를 말한 점에 있어서는 공자와 다를 바가 없다. 그러나 그 삶과 행동에 있어서는 서로의 차이가 뚜렷하다. 우리로서는 따를 수 없는 점이 너무도 많다. 그러나 공자는 그렇지 않다. 우리가 그대로 본받으면 되는 것이다. 독신생활도 필요없고 처자를 버리고 굳이 절간으로 들어갈 것도 없는 것이다.

〈맹자〉에 보면 이런 내용이 있다.

제나라 재상이 맹자를 보고 물었다.

"임금께서 몰래 사람을 시켜 선생님을 엿보곤 합니다. 과연 남다른 무엇이 있습니까?"

그러자 맹자는 이렇게 말했다.

"어떻게 남다른 것이 있을 수 있겠는가? 아무리 위대한 성인이라도 생긴 모양과 하는 일은 보통사람과 똑같다."

대승불교의 최고 경전이라면 〈유마경(維摩經)〉을 들 수 있을 것이다. 〈유마경〉의 주인공인 유마거사는 거사(居士)라는 그 이름이 말해 주듯이 아내와 자식을 거느리고 집안에 있으면서 도를 닦은 사람이다 작게 말하면 선비요 학자였고, 달리 크게 말한다면 공자와 석가같은 성인이었다.

불교에서도 공자를 이상적인 인물로 여기고 있었음을 알 수 있다. 공자를 알고 공자를 모방해서 〈유마경〉을 지은 것이 아니라, 이상형의 인물로 등장시킨 유마거사가 우리들이 흔히 말하는 한 선비에 지나지 않았다는 점에서 더욱 그러하다.

이 책을 통해 공자와 유교의 경전에 대해 잘못되었던 지난날의 인식에서 벗어나, 정치 사회 철학 종교와 같은 문제들에 대해 보다 깊이 있는 무엇을 얻게 된다면 그보다 더 다행한 일은 없을 것 같다.
　시간에 쫓기어 보다 완전한 책을 내지 못한 것을 못내 아쉬워 하며 다음 기회에 그런 것들을 보완할 수 있었으면 하고 바라마지 않는다.

김영수

春秋 제 1 권 차례

小說四書五經

春秋 I

춘추(春秋)란 무엇

일 년 지 계 재 우 춘 일 일 지 계 재 우 신
一年之計在于春 一日之計在于晨.
"1년 계획은 봄에 있고, 하루의 계획은 그날 아침에 있다."

"밖에 무슨 색다른 일이라도 있느냐?"

공자는 오랜만에 찾아와 문안인사를 드리는 제자 염구(冉求)를 바라보며 물었다.

염구의 얼굴에 전과는 다른 무언가 물어보고 싶어 하는 기색이 있었기 때문이다. 그러면서 물을까 말까 망설이고 있는 것 같았으므로 입을 열도록 만든 것이다.

"천하가 크게 다스려지거나 어지럽거나 하려면, 미리 그 징조가 나타난다지 않습니까?"

"옛부터 그런 말이 전해지고 있지 않느냐? 왜 새삼 그런 걸 묻는 거지?"

"숙손(叔孫)대감이 사냥을 나갔다가 이상한 짐승을 잡아왔습니다."

"무엇이 어떻게 이상하다는 거냐?"

"몸은 큰 사슴처럼 생겼는데, 뿔이 뼈가 아닌 살로 되어 있다고 합니다. 장차 천하가 크게 어지러워질 것을 경계하여 하늘이 보낸 요물이 아닐까요?"

"그래 그 짐승이 어디에 있느냐? 죽었느냐, 살았느냐?"

공자는 놀라는 기색을 감추지 못했다.

"그 짐승의 이름을 아무도 아는 사람이 없어 대감에게 이야기했더니, 대감은 상서롭지 못하다 하여 버리라고 했다 합니다. 물론 죽어 있었지요."

"그것은 틀림없는 기린일 것이다. 어디에다 버렸다더냐?"

"오보(五父) 거리라고 합니다. 기린이라면 상서로운 짐승이 아닙니까?"

"어디 함께 가보자꾸나."

공자는 염구를 데리고 오보거리를 향했다. 몇몇 다른 제자들도 뒤를 따랐다.

왼쪽 앞다리가 부러진 채 버려져 있는 짐승은 공자가 짐작한 대로 기린이 틀림없었다.

자유(子游)가 물었다.

"나는 짐승으로는 봉황이 으뜸이요, 달리는 짐승으로는 기린이 첫째라지 않습니까? 성인 임금이 나타나야 세상에 나온다지 않습니까? 누구를 위해 나타난 것일까요?"

공자는 자유의 물음에는 대답이 없이, 걷잡을 수 없이 쏟아지는 눈물을 소매자락으로 받아 닦고 있었다.

자공(子貢)이 물었다.

"어찌하여 그다지도 슬퍼하십니까?"

"기린은 서쪽 사막에 사는 짐승이다. 기린은 산 풀을 밟지 않는다 하여 거룩한 짐승으로 여겨지고 있다. 뿔은 위엄으로 지니고 있을 뿐, 살로 되어 있기 때문에 싸우는 무기로는 쓰지 않았다. 그것은 어진 임금의 덕을 뜻하는 것이다. 그런 어진 임금이 천하를 다스릴 때 상서로서 찾아올 수 있는 일이다. 나타날 때가 아닌데 나타나 사람의 손에 죽고 말았으므로 슬퍼하는 것이다."
자유가 또 말했다.
"결국 기린은 선생님을 위해 나타난 것이 틀림없습니다."
"그래 네 말이 맞다. 나는 사람에 있어서 기린과 같다고 할 수 있다. 때 아닌 때에 나타나 기린이 죽고 말았으니, 나 또한 때 아닌 때에 나타났다가 뜻을 펴지 못한 채 영영 끝나고 말 것이 아니냐?"
공자의 침통한 말에 제자들은 모두 고개를 떨군 채 말이 없었다.
공자는 슬픈 심정을 담은 노래를 소리내 불렀다.

기린과 봉황은
요순 때나 나와 논다지 않던가?
지금은 때가 아닌데
누구를 찾아왔단 말이냐?
기린이여! 기린이여!
너를 본 내 마음 애닲기만 하구나!

唐虞世兮麟鳳遊
今非其時來求何
麟兮麟兮我心憂

이때가 노(魯)나라 애공(哀公) 14년, 공자의 나이 71살이 되는 해 봄이었다. 그러니까, 지금부터 2천5백년 가까운 먼 옛날인 BC481년에 있었던 일이다. 공자가 73살이 되던 해 4월에 세상을 버렸으니 공자의 여생도 2년밖에 남지 않은 시기였다.

공자는 마침내 새로운 결심을 하게된다. 통치권을 손에 넣은 다음, 어지러운 세상을 바로잡으려던 꿈을 버리고, 붓으로써 그에 대신할 결심을 한 것이다.

이렇게 해서 공자는 천자만이 할 수 있는 역사의 기록을 바로잡게 된다. 그것이 지금에 전해지고 있는 〈춘추(春秋)〉다.

사마천(司馬遷)은 〈사기(史記)〉 공자세가(孔子世家)에서 이렇게 적고 있다.

'노나라 애공 14년 봄에 서쪽으로 사냥을 나가 기린을 잡았다. 이에 역사의 기록을 바탕으로 〈춘추〉를 지었다.……그 글의 말은 간략하게 줄였으나 그 가리킨 뜻은 넓다. 그러므로 오(吳)나라와 초(楚)나라 임금은 스스로 왕(王)이라 일컫고 있었지만, 〈춘추〉에는 깎아내려서 천자로부터 받은 본래의 계급인 자(子)라고 말했다.

진문공(晉文公)이 천토(踐土)란 곳에서 제후들을 불러 모임을 가졌었는데 이때 천자도 이 모임에 참석했었다. 사실은 진문공이 천자를 오라고 부른 것이다. 〈춘추〉에는 그럴 수 없다 하여 천왕(天王)이 하양(河陽)을 순시했다라고 했다. 이와같이 그 당시의 옳지 못한 일들을 글로써 바로잡았다……'

〈맹자〉에는 또 이렇게 말하고 있다.

'세상이 어지러워져, 신하가 임금을 죽이고 자식이 아비를 죽이는 일까지 있었다. 공자가 두려운 마음에서 〈춘추〉를 지었다. 그것은 천자만이 할 수 있는 일이다. 그러므로 공자는,

"내 참뜻을 아는 사람도 〈춘추〉를 가지고 말할 것이며, 내 잘못을 탓하는 사람도 〈춘추〉를 가지고 말할 것이다."

라고 말씀하셨다.'

〈춘추〉는 노나라가 자기 나라의 역사기록에 붙인 이름이었다. 봄과 가을이란 뜻으로, 봄·여름·가을·겨울의 차례를 따라 일어난

일들을 기록한 것이란 뜻으로 붙인 이름이다. 춘추란 두 글자로써 춘하추동의 뜻을 나타낸 것이다.

공자가 지은 〈춘추〉의 원문을 바탕으로 알기 쉽게 뜻을 설명하기도 하고, 구체적인 역사적 사실을 밝힌 것을 전(傳)이라 했다. 〈춘추〉의 전에는 좌씨전(左氏傳)과 공양전(公羊傳)과 곡량전(穀梁傳) 셋이 있다. 이를 춘추삼전(春秋三傳)이라 한다. 유교의 경전인 13경 속에 함께 들게 된다.

3전 가운데 좌씨전이 역사적 사실에 충실하고 또 읽는 사람으로 하여금 도덕적인 깨우침을 얻게 하며, 그 문장이 간결하고도 뜻이 넓고 깊으며, 아름다우면서 무게가 있는 특성을 지니고 있어서, 청(淸)나라 문학평론가인 김성탄(金聖嘆)은, 문장의 좋은 점을 남김없이 다 갖추고 있는 것은 오직 〈춘추좌씨전〉뿐이라고 말하고 있다.

이런저런 이유로 해서 당(唐)나라 이후로는 〈춘추〉라고 하면 곧 좌씨전을 말하는 것으로 알게 되었다.

좌씨전은 뒤에는 약해서 좌전(左傳)이라고만 부르고 있다.

춘추시대란 이 〈춘추〉에 실려 있는 기간을 말한다. 내용과 필요에 따라 그 앞과 뒤에 약간의 기간이 더해지기도 한다.

〈춘추〉에 있는 정확한 기간은 BC722년에서 BC481년까지의 242년 동안이다. 즉 노나라 은공(隱公) 1년에서 애공 14년까지다.

핵심이 되는 유익하고 재미있는 부분만을 골라 쉽게 풀어 옮겨 두기로 한다.

은공(隱公)은 누구인가?

^{탄 조} ^{칙 천 금 불 급 환 니}
彈鳥, 則千金不及丸泥.
"새를 쏘는 데는 천금도 진흙으로 빚은 탄환만 못하다."

'노나라 임금 혜공(惠公)의 원비(元妃)는 송나라 딸 맹자(孟子)였다.

맹자가 일찍 죽자 같은 송나라 딸로서 맹자의 시녀로 따라온 성자(聲子)를 가까이하여 은공(隱公)을 낳았다.

그러나 은공은 첩의 아들이라 하여 세자가 될 수는 없었다.

그뒤 송나라 무공(武公)의 둘째딸 중자(仲子)가 또 노나라로 시집오게 되었다.

혜공과 중자와의 사이에 난 아들이 환공(桓公)이다.

환공이 아직 어릴 때 혜공이 죽자, 혜공의 유언을 어기고 신하들은 나이 많고 마음씨 어진 은공을 임금으로 앉혔다.

그러므로 은공은 임금으로 있다가 환공이 자라기를 기다려 그에게 임금의 자리를 물려주려 했던 것이다.'

이것이 좌씨가 경문풀이에 들어가기에 앞서, 은공에 대한 간단한 소개를 한 내용이다.

맹자(孟子)니 중자(仲子)니 하는 자(子)는, 여자의 성(姓)을 나타낸 것이다. 송나라의 성이 자(子)였기 때문이다. 맹(孟)은 맏이란 뜻이고 중(仲)은 둘째란 뜻이다. 중자는 원래 은공에게 시집온 여자였는데, 그녀의 아름다움에 마음이 끌린 혜공이 가로챘다고 한다. 춘추시대의 나라와 나라 사이의 혼인에 있어서는 그런 일이 많이 생겨나고 있었다. 남편될 사람이 누구라는 것도 밝히지 않은 채, 여자를 보내고 데려오고 한 제도와 풍습 때문이었던 것 같다.

은공은 뒤에 그 사실을 알고 있었지만, 아버지를 조금도 원망하지는 않았다. 그는 그만큼 효자였고 마음씨가 착했던 것이다.

그런 그였기에 신하들은 혜공의 유언을 어기고 그를 임금으로 앉힌 것이다.

마음씨 착하고 효자인 은공은 임금으로 있으면서도 언제나,

“나는 세자가 성년이 될 때까지 섭정을 하고 있는 것뿐이다.”
하고 말하곤 했다.

그래서 공자는 원년(元年)이라고만 쓰고, 즉위(即位)란 말을 쓰지 않았다고 좌씨는 그 이유를 밝히고 있다.

그러나 은공은 마음씨만 착하고 생각이 빨리 돌지는 않았던 모양이다. 그의 착한 마음씨를 모르는 공자 우보(羽父)에 의해 죽고 만다. 그것이 은공 11년 겨울의 일이다. 그 사실은 그때 가서 이야기하기로 하겠다.

은공 원년에 있었던 일로 경문에는 일곱 가지를 들고 있다. 전은 물론 이 일곱 가지 사건을 구체적으로 밝히고 있다.

이 일곱 가지 사건 가운데, 정(鄭)나라 장공(莊公)과 그의 아우 단(段)과의 싸움이 가장 큰 사건이다.

경문에는 셋째번 사건으로,

‘여름 5월에 정백(鄭伯)이 단(段)을 언(鄢)이란 곳에서 싸워 이
겼다(夏, 五月, 鄭伯, 克段于鄢).’
라고만 적고 있다.

　전도 이 사건의 앞과 뒤를 길게 다루고 있다. 그것을 보다 자세히
설명하면 다음과 같은 내용이다.

　정장공의 아버지 무공(武公)은, 신후(申侯)의 딸 강씨(姜氏)에게
로 장가들어 맏아들 장공과 둘째아들 단(段)을 낳았다. 강씨는 남편
의 시호를 따라 뒤에 무강(武姜)이라 불렀다.

　장공의 이름을 오생(寤生)이라 불렀다. 잠에서 깨어나 보니 아이
가 낳아져 있었다는 뜻이다. 장공은 날 때부터 몸이 작았다. 얼굴
도 검은 편이고 눈만 유난히 반짝였다. 간웅(奸雄)으로 불리운 그는
생김새부터가 남다른 데가 있었다. 아픈 것도 모르고 잠든 사이에
아이가 벌써 나와 있었으니 산모로서는 놀릴 수밖에 없다. 무슨 괴
물이 태어난 것이나 아닐까? 하는 섬뜩한 마음까지 들었다.

　그 뒤로 통 정을 느끼지 못했다. 골탕을 먹이기 위해 원수가 태어
난 것은 아닐까? 하는 생각이 들었을지도 모른다.

　그러다가 단이 태어났다. 오생과는 달리 오랜 진통과 아픔 끝에
나온 단은 유난히 몸도 크고 얼굴도 희고, 코며 눈이며 입이며 귀며
아버지 무공을 닮아 대장부다운 데가 있었다. 강씨는 단에 대한 애
정만이 날로 깊어갔다. 그만큼 오생에 대한 싫은 생각도 더해 갈 수
밖에 없었다.

　어머니 강씨는 기회 있을 때마다 남편 무공에게 아우 단이 형 오
생보다 열 배 낫다면서, 오생대신 단을 세자로 세울 것을 권했다.

　그러나 아버지 무공은 오생이 단보다는 열 배 나은 것으로 보고
있었다. 그러나 그런 말은 할 필요도 없는 일이었다.

　“형과 아우의 차례를 어길 수는 없는 일이 아니오? 오생이 허물

이 없는데, 어떻게 형을 제쳐두고 아우를 세자로 세울 수 있겠소?"

무공은 부인 강씨의 그같은 생각을 뿌리뽑기 위해 일찌감치 오생을 세자로 세우고 말았다.

그리고 공성(共城)이란 작은 고을을 단의 식읍(食邑)으로 주고 공숙(共叔)이라 부르게 했다.

무공이 죽고, 오생이 임금이 되니 이가 장공이다.

어머니 강씨는 미운 오생이 임금이 되고, 사랑하는 단이 아무런 실권도 가지지 못한 것이 안타까웠다.

강씨는 장공을 보고 말했다.

"너는 아버님의 뒤를 이어 수백 리 땅을 가지고 있으면서, 하나밖에 없는 동생을 작은 고을에 쳐박혀 있도록 해서야 되겠느냐? 큰 고을을 줄 수는 없느냐?"

"어머님의 분부에 따르겠습니다."

하고 장공은 말했다.

"그럼 제읍(制邑)을 주도록 해라."

형제의 의리를 놓고 말하는 어머니의 청을 거역할 수 없어 분부에 따르겠다고 대답은 했지만, 제읍을 주라고 할 줄을 미처 생각하지 못한 장공이었다.

"제읍은 정나라의 요새지옵니다. 그곳만은 누구에게도 주어서는 안 된다는 유언이 계셨습니다. 그밖의 땅이라면 어머님 명령에 따르겠습니다."

"그럼 경성(京城)을 주도록 해라."

장공은 입을 다문 채 침통한 표정만을 짓고 있었다. 경성은 제읍보다도 더 중요한 곳이다. 제읍도 안 된다고 했는데, 설마 경성을 주라고 할 줄은 생각조차 못했기 때문이다. 그러나 이미 약속을 했으니 그것마저 안 된다고 할 수는 없는 일이다. 그같은 표정으로써 어머니가 알아채고 다른 곳을 말해주기를 바랐던 것이다.

그러나 강씨의 태도는 강경했다.

"경성마저 안 되겠다는 거냐? 그럼 아예 다른 나라로 가 살게 내쫓으려므나. 형에게 구박받고 사는 것보다야 낫지 않겠느냐?"

"아닙니다. 신하들이 반대할 것 같아 망설인 것뿐입니다. 어머님 분부에 따르겠습니다."

장공은 이튿날 조정에서 공숙단을 경성에 봉한다는 것을 선포했다.

정경(正卿) 채중(蔡仲)이 반대했다.

"안 됩니다. 경성은 제2의 서울입니다. 성도 높고 땅도 넓고 백성도 많습니다. 더욱이 공숙은 부인의 사랑하는 아들입니다. 그에게 그런 큰 고을을 주게 되면, 이는 한 나라에 두 임금이 있는 것으로 반드시 후환이 따를 것입니다."

"어머님의 명령이니 어찌 거역할 수 있겠소?"

하고, 장공은 공숙을 경성에 봉하고 말았다.

공숙은 떠날 때, 어머님 강씨에게 하직인사를 올렸다.

강씨는 사람들을 물리치고 단에게 조용히 일렀다.

"너의 형은 너를 몹시 못마땅해 하고 있다. 네가 경성으로 가게 된 것도 내가 거듭 간청해서 이루어진 일이다. 마지 못해 따랐을 뿐이므로 마음속으로는 더욱 너를 미워하고 있을 것이다."

그리고는 더 가까이 다가앉게 하고 귀에다 대고 속삭였다.

"너는 경성에 가 닿는 즉시, 군대를 모아 훈련시키고 병기를 몰래 준비하여 두어라. 내가 틈을 엿보아 너에게 약속을 보낼 것이니, 그때는 즉시 군사를 이끌고 서울을 쳐들어와야 한다. 내가 안에서 성문을 열어 너를 맞아들일 것이다. 네가 오생을 대신해서 정나라 임금이 된다면 나는 죽어도 한이 없겠다."

한쪽으로 치우치기 쉬운 여자의 마음이란 이런 것일까? 자기가 낳은 두 아들을 서로 원수가 되게끔 만들어가며, 사랑하는 쪽의 영달을 위해 반역을 부추길 수 있는 것일까?

단이 경성으로 와 살게 되자, 사람들은 경성 태숙(太叔)이라 불렀다.

태숙은 사냥을 핑계로 날마다 성밖으로 군사를 거느리고 나가 훈련에 힘썼다.

어머니의 사랑만 믿고 임금을 대단치 않게 여긴 태숙은, 언(鄢)과 늠연(廩延) 두 고을을 습격해 차지하고 말았다.

두 고을 수령은 도망쳐 임금에게로 와서 자세한 사연을 말했다.

장공은 엷은 웃음만을 띠고 말이 없었다.

상경(上卿)인 공자여(公子呂)가 큰 소리로 말했다.

"단은 마땅히 반역죄인으로 다스려야 합니다. 그는 안으로 대비의 사랑을 업고 밖으로 경성의 튼튼함을 믿어 밤낮으로 군대를 훈련해 왔는데, 이제 나라에서 임명한 수령을 내쫓고 땅을 넓히기에 이르렀으니, 그의 방자한 마음은 나라를 앗지 않고는 그치지 않을 것입니다."

"단은 대비의 사랑하는 아들이며, 과인의 사랑하는 아우가 아니오? 땅을 잃는 한이 있더라도, 형제의 정을 상하고 대비의 뜻을 거스를 수야 있겠소?"

공자여가 거듭 말했으나 장공은 듣지 않았다. 공자여는 생각이 단순한 무인이었다. 장공의 그같은 태도가 걱정스러워 견딜 수 없었다.

그는 나와 정경 채중을 보고 말했다.

"임금은 사사로운 정만을 알고, 나라의 장래를 소홀히 여기고 있으니 참으로 걱정이 아닐 수 없소."

"임금께선 남다른 재주와 지혜를 가진 분입니다. 숨은 뜻이 있어 그럴 것입니다. 조용히 찾아가 물으시면 알 수 있을 겁니다."

공자여는 채중이 시킨 대로, 장공과 단 둘이 앉아 장공의 숨은 뜻이 어디에 있는 지를 물었다.

"과인은 단이 반역을 꾀하고 있다는 것을 이미 안 지 오래요. 그러나 그의 죄가 완전히 드러나지 않은 지금에 그를 반역으로 다스리게 되면, 사람들은 나를 우애도 모르고 효도도 모르는 부덕한 임금이라 욕하지 않겠소? 또 대비께서 가만히 보고만 있을 리가 없지 않소? 단은 머지않아 반역을 일으킬 거요. 그때 가서 그의 죄를 다스리면 나라 사람도 그를 편들 수는 없을 것이며, 대비도 말리지는 못할 거요."

"이왕 생각이 그러시다면, 하루빨리 반역을 일으키도록 하는 것이 좋지 않겠습니까?"

"무슨 좋은 방법이라도 있소?"

"주상께서 주나라 경사(卿士)의 벼슬을 겸하고 계시면서, 오래 조회에 드시지 않은 것은 태숙 때문이 아닙니까?

주상께서 지금 주나라로 가신다는 것을 드러내놓고 말씀하시면, 태숙이 반드시 나라가 비어있다 하여 군사를 일으켜 서울을 점령하려 할 것입니다.

신이 미리 경성 가까이 군사를 숨겨두고 있다가, 태숙이 성을 비우고 나오는 즉시 들어가 점령하겠습니다.

주상께서는 국경에 머물러 계시다가 늠연으로부터 쳐들어오시면, 앞뒤로 길이 막힌 태숙이 날개가 있은들 달아날 수 있겠습니까?"

"경의 계획이 정말 훌륭하오. 부디 다른 사람에게 말이 새지 않도록 하오."

이튿날 장공은 거짓 영을 내렸다.

정경 채중으로 나랏일을 보게 하고, 자기는 주나라로 들어가 천자를 보필하겠다는 내용이었다.

이 소식을 들은 강씨는 마음속으로,

　'단이 임금 될 복이 있다.'

하고 즉시 비밀편지를 써서 심복에게 주어, 경성으로 가 태숙에게 전하게 했다.

5월 초순에 군사를 일으켜 서울로 기습해 들어오라는 내용이었다.

이때가 4월 그믐께였다.

공자여는 미리 사람을 시켜 길목을 지키고 있다가 수상한 사람을 검문검색하게 했으므로, 대비 강씨의 편지를 가지고 가던 사람은 곧 잡히고 말았다.

공자여는 당장 칼로 그의 목을 친 다음, 그 편지를 몰래 임금에게 보냈다.

장공은 편지를 열어 본 다음, 다시 겹겹이 봉하여 다른 사람을 시켜 태숙에게 보내주고 답신을 받아오게 했다.

태숙의 답신에는 이런 내용이 적혀 있었다.

　'5월 5일에 가 닿을 것이니, 흰 기를 성루에 세워 주십시오. 그
　러면 그곳이 접응하는 곳인 줄 알겠습니다.'

이를 본 장공은 기뻐하며 말했다.

"이것을 보이면 단도 변명은 못할 것이며, 대비도 말리지는 못할 것이다."

태숙은 그의 아들 공손활(公孫滑)을 위(衛)나라로 보내 뇌물을 바치고 군대를 빌어오게 하는 한편, 자신은 있는 군사를 있는 대로 다 동원하여,

　'임금의 명을 받들어 서울을 지키러 간다.'

하고 성문을 나와 서울로 향하고 있었다.

경성 가까이 숨어 있던 공자여의 군대는 성루에서 불길이 치솟는 것을 보자 즉시 나와 쳐들어갔다. 성루의 불길은 미리 보내둔 간첩의 신호였기 때문이다.

성안에 있던 간첩은 즉시 성문을 열어 공자여의 군대를 맞아들였다.

싸우지 않고 성을 점령한 공자여는 곧 방을 붙여 백성들의 마음을 가라앉혔다. 방에는 임금의 효성과 우애의 지극함과, 태숙이 배은망덕하고 반역을 꾀한 사실들이 소상히 적혀 있었다.

방을 본 성안 사람들은 모두 태숙의 잘못을 말했다.

한편 태숙은 이틀 뒤에 경성이 점령당한 소식을 들었다. 당황한 그는 즉시 군대를 돌려 밤을 새워 성밖에 이른 다음 성을 칠 준비를 서둘렀다.

그러나 성안으로부터 전해진 소식을 들은 병졸들은, 귀에다 대고 수군거리기 시작했다.

“임금이 그토록 후하게 대했는데도, 태숙이 배은망덕을 했으니, 우리가 태숙을 위해 같은 반역자가 될 수는 없지 않겠는가?”
하는 것이다.

군사들은 뿔뿔이 흩어지기 시작했다. 태숙이 점고를 했을 때는 남은 군사가 3분의 1도 되지 않았다.

태숙은 일이 이미 틀어진 것을 알고, 급히 언으로 향해 달아났다. 그곳에서 다시 무리를 모을 생각이었다.

그러나 그곳에는 임금이 벌써 군대를 거느리고 들어와 있었다.

태숙은 옛 식읍인 공성으로 들어가 문을 굳게 닫고 지키고 있었다.

공자여의 군대와 장공의 군대가 함께 들이닥치자, 보잘것없는 공성은 금방 무너지고 말았다.

태숙은 임금이 곧 이른다는 말을 듣자.
“대비가 나를 망쳤다. 내가 무슨 얼굴로 형을 대할 수 있겠는가?”
하고 스스로 칼로 목을 쳐 죽고 말았다.

장공은 태숙의 시체를 어루만지며 목놓아 울었다. 거짓울음만은 아니었을 것이다. 어머니의 편애만 없었으면 사이좋은 형제가 될 수도 있었을 테니까.

장공은 태숙이 지니고 있던 행장을 뒤진 끝에, 어머니 강씨가 보낸 편지를 찾아냈다.

태숙의 답신과 함께 봉한 다음 채중에게 보내 강씨에게 올리게 하고, 곧 강씨를 국경 마을인 영(潁)이란 곳으로 보내 그곳에서 지내도록 하라고 명령했다. 귀양살이를 보낸 것이다.

그리고 장공은 다음과 같은 맹세를 적어 강씨에게 전하게 했다.

'불급황천 무상견야(不及黃泉, 無相見也).'

황천에 미치지 않으면 서로 보는 일은 없다는 말이다. 죽은 뒤가 아니면 얼굴을 대하지 않겠다는 뜻이다.

강씨는 자기가 보낸 편지와 태숙의 답신을 보자 부끄러워 차마 얼굴을 들지 못했다. 악한 사람은 악한 일이 실패했을 때만 양심이 되살아나는 것이다.

강씨 자신도 장공을 대할 낯이 없었으므로, 곧 대궐을 떠나 영으로 나가 있게 되었다.

장공은 뒤이어 서울로 돌아왔다. 늘 대하던 어머니의 얼굴이 보이지 않자, 갑자기 허전한 느낌이 들었다. 핏줄의 정이란 그런 것이다. 아무리 미운 짓을 해도 어머니는 어머니다.

장공은 뉘우쳐지는 마음을 걷잡을 수 없었다.

"내가 아우를 죽게 만들고 어머니마저 떠나보내다니? 나는 정말 천륜을 저버린 죄인일 수밖에 없다."

그러면 곧 강씨를 돌아오게 하면 될 일이기도 하다. 그러나 이 당시는 맹세는 어떤 일이 있어도 고칠 수 없는 것으로 알고 있었다. 맹세를 어기면 하느님으로부터 벌을 받는 것으로 여겨지고도 있었다. 그보다도 맹세를 지키지 않은 사람이라고 해서 사람들로부터 손가락질 받는 것이 더욱 두려웠다. 임금으로서는 견디기 어려운 일이다.

이때 뉘우침 속에 고민하는 장공을 건져낸 사람이 나타나게 된다.

강씨가 귀양살이를 하고 있는 영이란 곳을 지키고 있는 무관을 영고숙(潁考叔)이라 불렀다. 국경을 지키는 벼슬을 봉인(封人)이라 했다. 영의 봉인인 고숙이라 하여 영고숙이라 부른 것이다.

사람이 정직하고 효성과 우애가 지극한 것으로 소문이 나 있었다.

임금이 어머니를 귀양보냈다는 말을 듣자, 영고숙은 사람들을 보고 숨김없이 말했다.

"어머니가 어머니의 도리를 다하지 않더라도, 자식만은 자식의 도리를 다하지 않으면 안 된다. 임금의 이번 일은 있을 수 없는 일이다."

하고 임금의 잘못을 꾸짖은 것이다.

솔직하고 대담한 그는 임금의 잘못을 깨우쳐 줄 결심을 하기에 이른다.

올빼미를 몇 마리 잡아, 시골맛(野味)을 드린다는 핑계로 장공을 와서 뵈었다.

장공은 물었다.

"그 새가 무슨 새요?"

"이 새의 이름은 올빼미라 합니다. 낮에는 태산도 보지 못하고, 밤이면 가는 털도 알아봅니다. 작은 것에는 밝고 큰 것에는 어두운 특성을 지니고 있습니다. 어릴 때는 그 어미가 주는 것을 받아 먹고 자라는데, 다 자란 뒤에는 그 어미를 쪼아먹습니다. 어미의 은혜를 모르는 새라 하여 사람들은 보는 대로 잡아먹곤 합니다."

장공은 자기를 두고 하는 말임을 알았다. 아무 말없이 어두운 표정만을 지었다.

그때 마침 선부(膳夫)가 찐 양을 장공에게 올렸다. 장공은 선부를 시켜 한쪽 어깨를 베어 영고숙에게 주어 먹게 했다.

고숙은 먹지 않고 다만 좋은 살만을 발라내어, 수건에 싸서 소매 속에 감추었다. 그를 본 장공이 이상해서 그 까닭을 물었다.

"신은 집에 늙은 어미가 있습니다. 집이 가난하여 일찍이 이런 연하고 기름진 고기를 드린 일이 없습니다. 어미를 생각하니 차마 넘어가지가 않을 것 같습니다. 가지고 돌아가 국을 끓여 드릴까 합니다."

"경은 참으로 효자로구려!"

장공은 슬픈 듯이 긴 한숨을 내쉬었다. 고숙은 장공의 마음이 돌아선 것으로 알고 짐짓 물었다.

"주상께서 어찌하여 한숨을 지으십니까?"

"그대는 어머니가 있어 가난해도 자식의 도리를 다해 받들고 있는데, 과인은 임금이 되어 도리어 그대만도 못하니 어찌 한숨이 나오지 않겠소?"

고숙은 짐짓 모른 체하며 물었다.

"대비께서 병없이 건강하게 계시온데 어찌 그런 말씀을 하십니까?"

장공은 마침내 그 동안에 있었던 일들을 대충 들려주고, 뉘우치고는 있으나 황천의 맹세를 한 것이 마음에 걸려 망설이고 있다는 말까지 했다.

솔직대담하면서도 재치와 슬기가 있는 고숙은 먼저,

"태숙이 이미 죽었고, 대비께선 이제 주상 한분만이 아들로 계실 뿐이온데, 주상께서 대비를 몸소 받들지 않으신다면 올빼미와 무엇이 다를 것이 있습니까?"

하고 꾸짖듯이 말한 다음,

"아무리 맹세가 중하다지만, 잘못된 맹세는 바로잡는 것이 더욱 중한 일이 아니겠습니까? 맹세를 깨뜨리는 것이 불효자가 되는

것보다야 백 배 가벼운 일이 아니옵니까? 신하와 백성들은 효도
를 위해 맹세를 깨뜨린 주상을 더욱 높이 우러러볼 것입니다.”
하고 울먹이듯 말했다.

그러나 장공은 아무 말이 없었다. 고숙은 머리를 들어 임금을 바
라보며 다시 말했다.

“굳이 맹세가 마음에 걸리신다면, 맹세를 깨뜨리지 않는 방법도
없지는 않습니다.”

“어떻게 말인가?”

“산밑 깊숙이 샘물이 솟는 곳까지 파고 그곳에 방을 꾸며 대비를
먼저 그곳으로 모신 다음, 주상께서 들어가 뵙고 모시고 나오시면
되지 않겠습니까?”

장공은 크게 기뻐했다. 즉시 고숙으로 하여금 그 일을 담당하게
했다.

고숙은 5백 명 장정을 움직여 우비산(牛脾山) 밑을 파고, 샘물이
솟는 여남은 길 깊숙한 곳에 방을 꾸며 긴 사다리를 놓아 일을 끝냈
다.

고숙은 대비 무강을 찾아가 임금이 뉘우치고 있는 심정을 전하고,
맹세와 효도를 함께 지키기 위해 구차한 방법을 쓰게 된 경위를 말
한 다음, 곧 대비를 그리고 모셨다.

마침내 장공은 그 땅굴 속 방에서 모자의 새로운 만남을 얻게 된
다.

“이 자식의 죄를 용서하여 주옵소서.”
하고 장공은 엎드린 채, 어깨를 들먹이며 일어나지 않았다.

“모두가 이 늙은 어미의 죄로 인해 빚어진 일이 아니냐?”
하고 대비는 아들을 붙들어 일으켜 앉혔다.

모자는 서로 부둥켜안고 목놓아 울었다.

사다리를 밟고 밖으로 나온 모자는 아들의 부축을 받아 대비가 먼

저 수레에 오르고, 뒤따라 오른 장공이 옆에 모시고 앉아 손수 말고
삐를 잡고 천천히 수레를 몰았다.

이를 바라보는 사람들은 모두 손을 이마에 얹고 임금의 효성을 칭
찬해 마지 않았다.

영고숙의 공로에 감동된 장공은 그를 대부로 승진시키고, 공손알
(公孫閼)과 함께 병권을 맡게 했다.

좌전은 이 사건의 전말을 이야기한 다음, 공자가 고쳐 쓴 경문의
낱말이 지닌 깊은 뜻을 다음과 같이 풀이하고 있다.
「경문에 말하기를,
 '정나라 임금(鄭伯)이 단(段)을 언(鄢)에서 이겼다(克).'
라고 했는데, 아우라는 것을 밝히지 않은 것은 단이 아우의 도리
를 지키지 않은 때문이며, 반역을 일으킨 죄인을 무찌른 것을 나
라와 나라가 싸웠을 때와 같은 이겼다(克)는 말을 쓴 것은, 이때의
싸움이 마치 두 임금이 서로 겨룬 싸움과 같았다는 것을 나타낸 것
이다. 또 장공(莊公)이란 말 대신 정백이라고만 말한 것은, 임금이
신하를 가르치는 도리와 형이 아우를 가르치는 도리를 잃은 때문
으로, 정나라 사람들의 그 당시의 여론을 그대로 말한 것이다. 단
이 언에서 쫓기어 공성으로 도망친 것을 밝히지 않은 것은, 공성으
로 도망가 그곳에서 스스로 목숨을 끊은 형제간의 비정한 일들을
차마 밝히기가 어려운 때문이었다.」
이런 것들을 일러 춘추필법(春秋筆法)이라고 말하는 것이다.
맹자가 자주 말한,
 '공자가 〈춘추〉를 지으니, 임금을 죽인 신하와 아비를 죽인 자식
 이 두려워했다.'
하는 것을 뜻한 것이기도 하며, 또 사마천이 공자의 전기를 쓰며,
 '공자가 〈춘추〉를 지으니, 자유와 자하같은 문학으로 이름이 높

았던 사람들도 감히 한 글자를 빼거나 더할 수도 없었으며 고칠
　수도 없었다.'
라고 밝힌 까닭을 알리는 것이라 볼 수 있다.

　살아서의 영화나 권세보다, 죽은 뒤의 역사의 평이 얼마나 소중하
고 무서운 것인가를 보여준 것이 〈춘추〉다. 사실을 바탕으로 길이
교훈을 남긴 것이 〈춘추〉다. 그래서 〈춘추〉는 역사가의 참다운 본보
기로 소중히 여겨져 왔고, 모든 사람의 삶의 기준으로 생각되어 왔
던 것이다.

　그 점을 특히 돋보이게 한 것이 좌전이었다. 그래서 3전 가운데
좌전이 으뜸 자리를 차지하게 된 것이다.

위(衛)나라 석작(石碏)의 대의멸친(大義滅親)

少所見多所怪.
"보는 것이 적으면 의심하는 바가 많게 된다."

   은공 4년의 큰 사건으로는 위(衛)나라를 중심으로 일어난 국제적 분쟁과 그 전말을 들 수 있다. 이 사건을 통해 길이 역사적 교훈으로 남게 된 것이 이른바 대의멸친(大義滅親)이란 것이다.

   은공 4년에 있은 큰 사건으로 경문에는 일곱 가지를 적고 있다. 그 두 번째에,

   '위나라 주우가 그 임금 환을 죽였다(衛州吁, 弑其君桓).'

라고 적혀 있고 여섯 번째에 가서,

   '9월에 위나라 사람이 복이란 곳에서 주우를 죽였다(九月, 衛人, 殺州吁于濮).'

라고 적고 있다.

   주우가 임금을 죽이고 봄에 임금이 되었다가, 그해 9월에 죽은 앞뒤의 줄거리는 다음과 같다.

위나라 장공(莊公)은 제나라 임금의 딸을 부인으로 맞았었다. 이를 장강(莊姜)이라 불렀다. 얼굴도 아름답고 마음씨도 착했으나 아들이 없었다.

두번째로 맞은 부인이 진(陳)나라의 딸 여규(厲嬀)였다. 역시 아이를 낳아 기르지 못했다. 언니인 여규를 따라 함께 시집온 대규(戴嬀)의 몸에서 완(完)과 진(晋) 두 아들이 태어났다.

장강은 대규가 낳은 아들 완을 자기 아들로 삼아 길렀다.

그뒤 장공이 사랑하던 궁녀의 몸에서 주우(州吁)가 태어났다.

궁녀의 몸에서 태어난 주우를 장공은 몹시 귀여워했다. 주우는 다른 아들에 비해, 몸도 컸고 힘도 세고 성질도 거칠었다. 사랑에 빠진 장공은 그 점이 더욱 영웅답다 하여 제멋대로 하게 내버려두었다.

그러므로 주우는 나이가 들수록 더욱 거칠고 사나워졌다. 말타고 칼쓰고 활쏘기를 좋아하며 병법을 즐겨 이야기했다.

이를 보다못한 원로대신 석작(石碏)이 장공에게 간청했다.

"자식을 사랑하는 사람은, 그 자식을 바른 길로 이끌어 그릇된 길로 빠지지 않게 한다 합니다. 사랑이 지나치면 반드시 교만하게 되고, 교만하면 반드시 어지러운 일을 낳게 됩니다.

주상께서 만일 주우에게 임금자리를 물려주고 싶으시면 지금 곧 세자로 세우십시오. 만일 그럴 생각이 없으시다면 남의 눈에 거슬리는 일이 없도록 눌러 바로잡아야 합니다. 그래야만 사치와 방탕과 분수에 벗어나는 일을 미리 막을 수 있습니다."

그러나 장공은 듣지 않았다. 늙은이의 지나친 걱정으로 생각했던 것일지도 모른다.

그런데 이상하게도 석작의 아들 석후(石厚)가 주우와 단짝이 되어 함께 어울려다니며 서로 시새우듯 남의 눈에 거슬리는 일만 골라가며 하고 있었다.

마침내는 주우와 나란히 수레를 몰며 사냥을 나가, 백성들의 밭을 짓밟고 마을 앞에서 놀던 아이들을 다치게 만든 일까지 저지르고 말았다.

이 소식을 들은 석작은 집에 돌아온 후를 손발을 묶어 피가 나도록 매를 때린 다음, 빈 방에 가두고 밖에 나가지 못하게 했다.

며칠을 참고 견디던 석후는, 아버지가 용서할 기미가 보이지 않자 밤에 벽을 차고 담을 넘어 주우의 집으로 달아나고 말았다. 석후는 힘과 용맹이 곰 같고 호랑이 같다는 말을 듣기도 했었다. 그런 점에서 주우와 단짝이 된 것이다.

석후는 그길로 주우의 대궐집에서 주우와 함께 지내며 방탕한 짓을 즐기며 나날을 보냈다. 임금이 말을 들어주지 않으니 석작으로서는 다스릴 방법이 없었다.

장공이 죽고 아들 완이 임금 자리에 오르니 이가 환공(桓公)이다. 환공은 마음이 곱고 착하기만 할 뿐, 슬기도 용기도 없는 무능한 임금이었다.

석작은 새 임금과는 일을 꾀할 수 없다는 것을 알고, 늙었다는 핑계로 벼슬에서 물러난 다음 일체 집에서 밖으로 나가는 일이 없었다. 나라에 무슨 일이 있어 임금이 불러도 병을 핑계로 나가지 않았다.

주우는 이제 꺼릴 것이 없게 된 셈이다. 그는 밤낮으로 석후와 마주앉기만 하면 반역을 일으킬 상의를 했다.

석후는 지혜도 있었다. 힘과 지혜를 함께 갖춘 석후는 권세와 영화에 대한 타오르는 욕심을 누를 길이 없어, 아버지의 노여움을 아랑곳하지 않고 주우를 임금으로 앉힌 다음, 나라의 권세를 독차지하려 했던 것이다.

석후는 주우를 보고 말했다.

"새 임금은 오래지 않아 주나라로 조회를 들게 될 것입니다. 천자가 세상을 버렸으니 조상을 가야하지 않겠습니까? 신하를 보낼 수도 있는 일이지만 새로 임금이 된만큼 자리를 굳히고, 다른 제후들과도 사귈 수 있는 좋은 기회일 수 있으므로 틀림없이 몸소 가려 할 것입니다. 신하들도 그렇게 권할 것이고요."

"그럼 그가 없는 때를 타서 일을 일으킨다는 건가?"

"그건 안 되지요. 천자에게 조회를 들고 제후들과 모임을 갖게 되면 그의 자리는 굳어지게 됩니다. 그가 없는 사이에 반역을 일으키면, 그는 제후들의 도움을 받아 공자를 역적으로 몰고 쳐들어올 것입니다. 백성들도 그의 편을 들려 하지 않겠습니까?"

"그럼 어떻게 한다는 건가?"

"새 임금이 길을 뜨게 되는 날, 서문 밖 행관(行館)에 미리 전송하는 잔치를 준비해 두고 임금을 그리로 들게하여 술잔을 주고받는 틈을 타서, 소매 속에 숨겨 둔 비수를 꺼내 찌르면 그것으로 큰일은 끝나는 것입니다. 신은 무장한 군사 5백 명을 미리 매복시켰다가 즉시 행관을 포위하겠습니다. 말을 듣지않는 사람이 있으면 그 자리에서 목을 베면 그만입니다."

지혜가 있다는 석후가 그토록 쉽게 알고 있었으니, 용맹과 힘만 믿는 주우는 말할 것도 없는 일이다.

마침내 그 날이 왔다.

주우는 손수 수레를 몰고나가, 환공을 맞아 행관으로 모셔들였다. 술자리는 이미 다 마련되어 있었다. 마음씨가 곱기만 한 환공은 주우의 그같은 행동이 가상하게만 여겨졌다.

주우는 잔을 들어 올리며,

"먼 길에 무사히 다녀오시기를 빌며 변변치 못한 술을 드리옵니다."

하고 천연덕스럽게 인사말을 보냈다.

"아우가 이토록 마음을 써주니 형으로서는 이렇게 기쁠 수가 없네. 한달 남짓이면 곧 돌아오게 될 것이니, 그동안 아우가 나랏일을 대신 잘 보살펴 주게."

"이르다 뿐이옵니까? 부디 걱정마시고 다녀오십시오."

술이 몇 잔 돈 다음, 주우는 금잔에 술을 가득 부어 만수무강을 빌며 임금에게 손수 올렸다. 환공은 단숨에 쭈욱 들이킨 다음, 그 잔에 술을 부어 주우에게로 보냈다.

주우는 황송한 듯이 얼른 두 손을 내밀어 받아들다가, 그만 실수한 듯이 잔을 바닥에 떨어뜨렸다. 그리고는 황급히 잔을 집어 손수 물그릇으로 가 씻었다.

환공은 그의 거짓을 모르고, 다시 잔에 술을 따라 주우에게 보내주라 시켰다. 바로 이럴 순간이었다. 주우는 번개같은 걸음으로 환공의 등뒤로 뛰어오르며 비수를 꺼내 뒤에서 힘껏 찔렀다.

이때가 봄 3월이었다.

임금을 따른 신하들은 주우의 힘과 용맹을 익히 알고 있었으므로, 대항할 생각마저 갖지 못했다. 임금은 이미 죽었고, 석후가 이끄는 무장한 군사가 뒤이어 공관을 둘러싸기 시작했다. 일제히 엎드려 순종하는 뜻을 보일 뿐이었다.

빈 수레에 임금의 시체를 싣고 돌아와, 빈소를 차리고 염을 하고 장례 절차를 서두르며, 폭질(暴疾)로 세상을 떴다고 꾸며낼 수밖에 없었다.

주우가 곧 임금의 자리에 오르고, 석후가 상대부(上大夫) 벼슬에 올랐다. 그들이 생각한 이상으로 일은 쉽게 이루어졌다.

그러나 그들이 미처 생각지 못한 사태가 그들의 마음을 조여들기 시작했다. 그것은 주우가 임금이 된 사흘 뒤, 주우가 형인 임금을

마치 닭이나 돼지 잡듯 했다는 소문이 전국에 번지고 있다는 보고를
들은 때문이었다.

주우는 석후를 불러 물었다.

"민심이 따르지 않으니 어쩌면 좋소?"

"이웃 나라를 쳐서 이김으로써, 그 위엄으로 백성을 누르는 것이
한 방법이 될 수 있습니다."

"그러려면 어느 나라가 좋겠소?"

"정나라밖에 없습니다. 태숙 단을 도우려고 정나라를 쳐들어갔다
가 싸움에 패해, 선군께서 잘못을 빌고 용서를 받은 바 있는 부끄
러움을 아직 갚지 못했지 않습니까?"

"동맹관계에 있는 제나라가 가만히 보고만 있지는 않을 것 아니
오? 두 나라를 상대해서는 이길 수가 없지 않겠소?"

"송나라와 노나라의 도움을 받고, 진(陳)나라 채(蔡)나라의 군사
까지 합치면 이길 수 있습니다."

"정나라 임금이 지금 천자의 미움을 받고 있고, 진나라와 채나라
는 나라도 작고 왕실에 충성하는 나라이니 기꺼이 와 주겠지만,
송나라와 노나라는 나라도 크도 특별한 이유도 없으니 우리 청을
잘 들어주지 않을 것 아니오?"

"그건 어렵지 않습니다."

"어떻게 말이오?"

"지금 정나라에는 공자 풍(馮)이 망명해 있습니다. 공자풍은 송나
라 목공(穆公)의 아들로, 사촌형인 여이(與夷)가 임금이 되자 정
나라로 달아나, 정나라 힘을 빌어 자리를 앗을 생각으로 있습니
다. 여이는 풍을 없애고 싶은 생각이 간절한 마당이니 내 일처럼
발벗고 나설 것이 틀림없습니다.

노나라는 지금 공자 휘(翬)가 병권을 쥐고 있습니다. 그는 뇌물
을 좋아하는 사람이므로 움직이기 어렵지 않습니다."

주우는 석후의 계획에 따라 움직였다. 송나라에는 공자의 6대 할아버지인 공보가(孔父嘉)가 적극 말렸으나 임금이 듣지 않았고, 노나라는 임금이 마다했으나 실권을 쥐고 있는 공자휘가 뇌물이 탐이 나서 임금의 뜻을 어기고 전쟁에 참가하게 된다.

이리하여 석후의 계획대로 다섯 나라 군대가 정나라 성문을 포위하기에 이른다.

성을 포위당한 정나라에선 임금과 신하 사이의 대책회의가 열리고 있다.

장공이 신하들의 의견을 묻자 나가 싸워야 한다는 쪽과, 싸워서 이기기 어려우니 화해하는 것이 좋다는 쪽이 거의 반반이었다.

한참을 듣고만 있던 장공이 웃으며 말했다.

"양쪽 다 좋은 방법이 아니오. 주우는 반역으로 나라를 앗고 아직 민심을 얻지 못했으므로, 묵은 원한을 핑계로 남의 나라 군사를 빌어 위엄을 세움으로써 반항하는 민심을 꺾어 누르려는 거요. 노나라 공자휘는 뇌물에 팔려온 사람이니 별로 싸울 생각도 없을 것이며, 진나라와 채나라는 우리와 원한이 없는 나라로 마지못해 끌려온 정도일 거요. 다만 송나라만은 공자풍을 노리고 많은 군사를 거느리고 왔는데, 공자풍은 국경지대인 장갈(長葛)로 나가있게 하면 즉시 그리로 옮겨갈 거요.

그리고 작은 군사를 내보내 한바탕 싸우고는 짐짓 패해 들어오면, 마음이 한창 급해져 있을 주우는, 그것으로 승리했다는 이름을 삼을 수 있으므로 서둘러 돌아가지 않겠는가?

잘은 모르지만, 위나라에 머지않아 변이 생길 거요. 주우는 제 몸 하나 거느리기도 어려운 마당이니, 무슨 재주로 우리를 해칠 수 있겠는가?"

당대의 간웅이었던 정장공은 남의 나라 형편을 손바닥 들여다보듯 말하고 있었다.

장공이 말한 대로 일은 착착 진행되었다. 먼저 공자풍을 떠나보내고는 사람을 송나라 진영으로 보내,

"공자풍은 지금 장갈로 가 있으니 알아서 처리하시오."

하고 송나라 임금에게 알리게 했다.

온 목적이 공자풍에 있었으므로, 송나라는 즉시 군대를 풀어 장갈로 향했다.

송나라가 떠나는 것을 본 다른 세 나라도 모두 돌아갈 생각을 먹기 시작했다. 그렇게 되면 주우는 당초의 계획을 포기할 수밖에 없다. 정나라가 뒤를 쫓기라도 한다면 승리는커녕 패해 도망칠 수밖에 없는 일이다.

점점 마음이 조급해져 가고있던 참에 위나라 군사가 진치고 있는 서문이 열리며, 용맹으로 이름난 공자여가 5백 명 보병을 이끌고 나와 위나라에 싸움을 청했다.

다른 세 나라는 진벽 위에서 팔장을 낀 채, 싸우는 모습을 바라보고만 있었다.

석후와 맞붙어 몇 차례 창을 휘두르던 공자여는, 문득 창을 거꾸로 잡고 달아났다. 석후가 뒤를 쫓아 서문에 이르렀을 때는 다 들어가고 문이 닫힌 뒤였다.

석후는 주우를 달래어 곧 철군하기로 하고, 서문 밖에 누렇게 익어 있는 벼를 모조리 베어 수레마다 가득 싣고, 말머리를 돌려 본국으로 돌아가기 시작했다.

모든 것이 정장공이 짐작한 그대로였다. 남은 것은 위나라 안에서의 변이 언제 어떻게 일어날 것이냐 하는 것뿐이다.

그러나 실은 정장공이 짐작한 대로의 지혜마저 갖고 있지 못한 주우였다. 석후가 한 번 싸워 이긴 것을 가지고 목적을 이룬 듯이 돌아가자고 하자, 주우와 다른 장수들은 이를 반대했다.

"지금 막 사기가 충천해 있는데, 갑자기 돌아간다니 무슨 이유에
서 입니까?"
하는 것이 모든 장수들의 공통된 의견이었다. 그들은 거짓으로 져준
것도 눈치채지 못하고 있은 것이다.

주우도 같은 생각이었다. 석후는 마침내 사람들을 물리치고 주우
에게 빨리 돌아가야만 될 이유를 설명했다.

"정나라 군사는 원래 강하기로 이름나 있습니다. 주상께서는 자리
에 오르신 지 오래지 않아 믿을 만한 신하가 아직 없습니다. 밖에
오래 있으면 변이 생길지도 모르는 일입니다. 한 번 이긴 것만으
로도 본래의 목적을 반은 이룬 셈이니 빨리 돌아가야만 합니다."

"과인은 미처 거기까지 생각이 미치지 못했었소. 회군하도록 합시
다."

그러고 있는데 노·진·채 세 나라에서 승전인사를 하러 왔다. 그
들은 돌아갈 뜻을 밝히러 온 것이다.

이리하여 성을 포위한 5일만에, 포위군은 포위를 풀고 각각 자기
나라로 돌아가게 되었다.

식후는 짐짓 허세를 부리며, 승리의 노래를 외쳐 부르게 했다. 주
우는 절로 우쭐해져 있었다.

그러나 본국으로 들어오자, 분위기는 달라졌다. 들에서 일하는 사
람들은 허세를 부리는 그들을 미운 눈으로 바라보며 비웃는 듯한 손
가락질을 보냈다. 비꼬아 노래를 부르는 사람도 있었다.

어리석게 보이는 백성들은, 주우와 석후의 속들여다보이는 이번
싸움을 철없는 아이들의 장난처럼 보고 있은 것이다.

"백성들이 아직도 등을 돌리고 있으니 어쩌면 좋소?"

궁중으로 들어온 주우는, 안타까운 마음을 누를 길이 없어 석후를
보고 물었다.

"신의 아비는 일찍이 상경 벼슬에 있었고 모든 신하와 백성들의

존경과 신임을 받고 있었으니, 신의 아비를 조정으로 들어와 나랏
일을 보게만 할 수 있으면 주상의 지위는 굳어지게 될 것입니다.”

주우는 곧 구슬 한 쌍과 조 5백 섬을 폐백으로 하여, 석작에게 문
안을 드리는 특사를 보내어 조회에 들어와 달라는 글을 전했다.

석작은 병을 핑계로 특사를 만나주지도 않았고, 폐백도 물리치고
받지 않았다.

주우는 자기가 직접 가서 의견을 들어보겠다고 했다. 그러나 석후
는,

“주상께서 가셔도 만나주지 않을 것이니, 신이 가서 주상의 뜻을
전하고 아비의 생각을 듣고 오겠습니다.”

하고 의절한 사이였던 아버지를 찾아가게 되었다. 문밖에서 머리를
조아리고 마음에도 없는 용서를 빈 다음, 새 임금의 간절한 뜻을 아
뢰었다.

“새 임금이 나를 부르는 것은 무엇 때문이냐?”

하고 석작은 물었다.

“민심이 아직 따르지 않으므로, 아버님의 가르침을 받고 싶어서입
니다. 무슨 좋은 방법이 없겠습니까?”

“제후가 자리에 올랐으면 먼저 천자께 조회를 드는 것이 순서가
아니냐? 천자께서 내리신 갓과 옷과 수레를 받아, 정식으로 임금
이 되어 돌아오면 누가 무슨 말을 하겠느냐?”

“지당한 말씀입니다만 갑자기 조회를 들면 천자께서 의심을 갖지
않겠습니까? 먼저 누구를 통해 천자께 알린 다음에 가야할 것 같
습니다.”

“진나라 임금에게 부탁하는 것이 좋을 것 같다. 천자의 사랑을 받
고 있고, 우리 나라와도 가까운 사이므로 기꺼이 들어주지 않겠느
냐?”

주우와 석후는 곧 준비를 마치고 진나라로 향해 떠났다. 그들은

왜 진작 그런 생각을 못했을까 하며, 역시 원로대신인 석작의 지혜가 뛰어남을 감탄하기도 했다.

그러나 그들은 석작이 그런 지혜를 빌려준 숨은 뜻을 알지는 못했다. 이미 저질러진 사태를 수습하기 위한 나라사랑하는 마음인 줄로만 알았다. 아무리 미워도 자식은 자식이므로, 팔이 안으로 굽은 것으로만 생각했다.

그러나 석작의 숨은 뜻은 그것이 아니었다. 두 역적으로 하여금 스스로 함정으로 찾아들게 하려는 것이었다.

석작은 그들이 길을 뜨기 전에, 심복가신을 시켜 진나라 대부 자침(子鍼)에게 핏물로 쓴 편지를 전했다. 자침은 석작과 뜻이 잘 통하는 어질고 지혜로운 친구사이였기 때문이다.

편지에는, 석작 자신은 늙고 힘이 없어 두 역적을 귀국으로 찾아가도록 만들었으니 대신 죄를 다스려 달라는 간곡한 부탁과 함께, 역적을 다스리는 일은 천하를 위한 일이기도 하다는 내용이 담겨 있었다.

자침은 석작의 편지를 임금에게 보였다. 편지를 다 읽고 난 임금은,

“이 일을 어떻게 처리하면 좋겠소?”
하고 물었다.

“위나라 역적은 진나라 역적과 다를 바가 없습니다. 저들이 진나라로 오는 것은, 스스로 지은 죄에 대한 벌을 받으러 오는 것이니 놓아보낼 수는 없습니다.”

“옳은 말이오.”
이리하여 주우를 사로잡을 계획은 마침내 정해지게 되었다.

주우와 석후는 석작의 숨은 깊은 꾀가 있으리라고는 생각조차 하지 못했으므로 의기양양한 모습으로 들어왔다.

진나라 임금은 공자 타(佗)를 성 밖까지 내보내 그들 일행을 맞아 들여 객관에 편히 머물게 하고, 다음날 태묘(太廟)에서 두 나라 임금이 서로 만날 것을 알렸다.

주우는 진나라 임금이 정중히 예를 갖추어 맞아 준 것에 대해 무척 흐뭇해 했다. 석작을 새삼 고마워하며 석후의 수고를 치하했다.

다음날 태묘 앞뜰에 횃불을 크게 밝히고, 진환공이 주인의 자리에 서고 좌우에 대신들이 줄을 지어 서 있었다.

석후가 먼저 와 닿았다. 석후가 문득 보니 태묘 정문 앞에 큰 문패가 서 있고 거기에,

　　'불충한 신하와 불효한 자식은 들어오지 못한다(爲臣不忠 爲子不孝子 不許入廟).'

라는 글자가 쓰여 있었다.

가슴 철렁해진 석후는 자침에게,

"이 문패를 세워 둔 뜻은 무엇입니까?"

하고 묻지 않을 수 없었다.

"선군의 유훈에 따라 세워 두었을 뿐입니다."

하고 자침은 대답했다.

석후는 그 글을 보고 놀라 물은 자신의 경망스런 태도가 쑥스럽게 느껴졌다.

곧 주우의 수레가 와 닿았다. 석후가 주우를 부축해 수레에서 내리게 한 다음, 함께 태묘 뜰로 들어가 손님의 자리에 서게 되었다.

곧 순서에 따라 주인과 손은 안으로 들어가 처음 만나는 예를 갖추게 된다.

주우가 허리를 굽혀 절을 하려고 했을 때였다.

진환공의 옆에 서 있던 자침이 큰소리로 호령해 말했다.

"주나라 천자로부터 명령이 계셨다. 임금을 죽인 두 역적 주우와 석후를 잡아 묶어라! 그밖의 사람들은 다 용서한다!"

말이 끝나기도 전에 옆에 늘어서 있던 무관들이 달려나와 먼저 주우를 잡아 묶었다.

주우는 대항할 겨를도 없었거니와 무기를 가지고 있지 않았다. 그러나 석후만은 임금을 모시고 왔기 때문에 칼을 차고 있었다.

석후는 칼을 뽑아 대항하려 했다. 그러나 뜻밖에 닥친 일에 당황한 나머지, 긴 칼이 칼집을 빠져나오지 않았다. 다급해진 그는 맨주먹으로 달려드는 두 사람을 쳐서 꺼꾸러 뜨렸다. 그러나 양쪽 벽 뒤에 숨어 있던 무장한 군사들에 의해 잡혀 묶이고 말았다.

대문 밖에 있는 위나라 군사들은 바라보고만 있었다. 자침은 그들에게 석작이 보내온 편지를 내보이고 까닭을 설명해 주었다. 석작이 주모한 일임을 알게 된 그들은 뿔뿔이 흩어졌다.

진환공은 당장 두 역적의 목을 치려 했다. 그것이 석작의 부탁이었기 때문이다. 그러나 신하들의 생각은 달랐다.

"석후는 석작의 친아들이 아닙니까? 그의 뜻을 알 수 없으니 위나라에서 와서 직접 처리를 하도록 하는 것이 옳을 것같습니다. 그래야 뒷말이 없을 줄 압니다."

이리하여 주우와 석후는 멀리 떨어져 있는 곳에 각각 감금되게 되었다. 주우는 죽이고 석후는 살려 둘지도 모르는 일이었기 때문이다. 임금을 칼로 찔러 죽인 것은 어디까지나 주우 한 사람이었으므로, 석후를 살려 줄 핑계는 얼마든지 붙일 수 있는 일이었다.

진나라에서 보낸 사신이 석작의 집에 와닿자, 석작은 오랜만에 그 사신과 함께 대궐을 향하며, 한편으로 여러 중신들에게 사람을 보내 조정에서 만날 것을 부탁했다.

석작이 대궐로 향하는 모습을 보는 사람들은 한결같이 놀라움을 금치 못했다. 그를 대하는 대신과 백관들도 마찬가지였다.

석작은 백관들이 다 모인 앞에서 진나라 임금의 편지를 열어 보았

다. 두 죄인을 이미 잡아 가 두었으니, 위나라에서 사람을 보내 처리
해달라는 내용이 담겨 있었다.

"모든 것은 국로(國老)께서 알아서 처결해 주십시오."
하는 것이 백관들의 하나같은 의견이었다.

"두 역적은 다 함께 용서할 수 없는 죄를 지었소. 법대로 바르게
집행하여 선군(先君)의 혼령에 사죄해야 할 것이오. 누가 이 일을
기꺼이 맡아 주겠소?"
하고 석작은 물었다.

우대신(右宰) 추(醜)가 일어나 말했다.

"역적 주우는 내가 가서 죽이겠습니다."

모두 이에 찬성하며 이렇게 덧붙였다.

"주범 주우는 죽어 마땅하지만, 석후는 말리지 못한 죄밖에 없으
니 가볍게 다스리는 것이 마땅할 줄 압니다."

석작은 그 말에 크게 화를 냈다.

"주우의 반역은 모두 후란 놈이 뒤에서 부추겼기 때문이오. 여러
분들은 나를 제새끼 사랑하는 늙은 소로 보는 거요? 내가 직접
가서 내 손으로 그 놈을 다스리겠소!"

백관들은 석작의 성난 얼굴을 보자, 모두 고개를 떨구고 말았다.

석작의 심복 가신인 누양견(羺羊肩)이 일어나 말했다.

"국로께서는 노여움을 거두십시오. 제가 국로를 대신해서 다녀오
겠습니다."

이리하여 우대신 추와 가신 누양견이 집형관 자격으로 길을 떠나
고, 한편으로 석작은 형(邢)이란 곳으로 망명해 있는 공자 진(晋)을
맞아오는 행차를 준비해 보냈다.

공자 진은 주우의 손에 죽은 환공의 친동생으로, 환공이 죽던 그
날 망명해 가 그곳에 머물고 있었던 것이다.

진나라로 온 두 사람은 먼저 임금에게 고마운 인사를 드리고, 우

대신 추는 주우가 갇혀있는 복(濮)으로 가서 주우를 죽이고, 누양견은 진나라 서울에 갇혀있는 석후를 죽였다.

우대신 추가 주우를 옥에서 저자거리로 압송해 오자, 주우는 그를 보는 순간 큰소리로 외쳤다.

"너는 내 신하가 아니냐? 어찌 감히 내게 손을 대겠다는 거냐?"

이에 대한 대답이 그럴듯했다.

"나는 신하로서 임금을 죽인 그 사람의 흉내를 내고 있을 뿐이다."

주우는 할 말을 잊고 목을 늘여 칼을 받았다.

누양견 앞으로 끌려나온 석후는 이렇게 사정했다.

"죽는 건 피할 수 없지만, 마지막으로 아버님 얼굴이라도 한번 뵙고 싶으니 위나라로 돌아가 형을 받게 해 주시오."

혹시 살려 줄지도 모른다는 기대에서 나온 사정이었다. 누양견은 이렇게 대답했다.

"너의 아버님 명령을 받들어 역적 자식을 대신 벌하러 온 나다. 너의 얼굴을 아버님께 보이는 것이 그렇게도 원이라면, 너의 머리를 기지고 가서 보여 드리겠다."

석후는 더는 말이 없이 칼을 받았다.

역사는 이 일을 가리켜 대의멸친(大義滅親)이라 부르고 있다. 살릴 수도 있는 친자식을 대의를 위해 죽였다는 뜻이다.

공자 진이 들어와 임금의 자리에 오르니 이가 선공(宣公)이다.

선공은 석작을 정식으로 국로의 벼슬에 올리고, 그 자손을 대대로 경(卿)의 자격으로 녹을 받게 했다.

이것이 은공 4년에 있은 가장 큰 사건이었다.

은공 11년 여름에는 은공이 시래(時來)라는 곳에서 정백(鄭伯)과 모임을 가졌고, 가을 7월에는 은공이 제후(齊侯)·정백과 함께 허(許)나라를 무찌른 것으로 나와 있다.

그리고 겨울 11월에는 은공이 죽었다고 실려있다.

먼저 허나라를 무찌른 사건부터 이야기하면 다음과 같다.

오랑캐의 침략이 두려워 서쪽에서 멀리 동쪽 낙경(洛京)으로 도읍을 옮겨온 주나라 천자 평왕(平王)은, 이름만이 천자일 뿐 이미 천자의 권위를 잃은 지 오래였다. 제후들의 도움으로 피난살이를 하고 있는 거나 다름없었기 때문이다.

이때 주나라와 가장 가까운 나라는 정나라였다. 지리적으로도 국경이 맞닿아 있었을 뿐이니라, 평왕과 정장공과는 6촌 형제이기도 했기 때문이다.

정장공의 할아버지 우(友)는 오랑캐의 침공을 막아 싸우다 목숨까지 바치기도 했었다. 그런저런 관계로 우의 아들 무공과 무공의 아들 장공은, 주나라 경사(卿士)라는 직책을 가지고 천자를 보필하는 책임까지 갖고 있었다. 명예직에 가까운 것이기는 하지만, 제후들 사이에서는 명분상의 무게를 지니는 중요한 위치이기도 했다.

정장공이 태숙으로 인해 오래 주나라 천자에게 조회를 들지 않자, 평왕은 괵공(虢公) 기보(忌父)에게 경사의 자리를 넘겨 주려고 했었다.

생각이 얕은 평왕은 무슨 다른 뜻이 있어서 그런 것은 아니었다. 괵공 기보가 오랜만에 조회에 들었고, 그 태도와 언어의 공손함에 순간적으로 마음이 끌려 그랬던 것이다.

생각이 깊은 괵공은,

"정백이 조회에 들지 않는 것은, 나라 안에 일이 있어서일 것입니다. 신이 만일 그 자리에 대신 있게 되면, 정백은 신을 원망할 뿐 아니라 장차 그 원망이 왕께 미치게 될 것입니다."

하며 끝내 사양하고 본국으로 돌아가고 말았다.

정장공은 교활하고 치밀한 사람이었으므로, 고정간첩과 비슷한 성격의 사람들을 필요한 곳에 늘 심어두고 있었다. 이 소식은 곧 그의

48

귀로 들어갔다.

정장공은 서둘러 주나라로 들어와 천자에게 조회를 마치자, 곧 경사 자리에서 물러날 것을 말했다.

이에 당황한 평왕은 부끄러운 얼굴로 변명하기에 바빴다. 정나라의 감정을 건드린다는 것은 옆집과 원수를 맺는 것과 같은 일이었기 때문이다.

이리하여 지나치게 비굴해진 평왕은, 일찍이 없었던 천자와 제후 사이에 인질을 교환하는 일을 스스로 저지르고 만다.

정나라 세자 홀(忽)이 주나라로 와 있고, 평왕의 태자 호(狐)가 정나라로 가 있게 된 것이다.

정장공은 굳이 사양했으나 평왕은,

"경의 나라 다스리는 일을 배우기 위해서 보내는 것이니 사양하지 마오."

하고 토라진 정백의 마음을 달래려 했던 것이다.

그래서 원래는 평왕만이 태자을 보내겠다는 것이었는데, 장공이 그럴 수 없다 하여 세자 홀을 먼저 불러들였던 것이다.

순간적인 분별없는 생각은 스스로 꼴사나운 결과를 가져오게 되었고, 이 일은 또 다른 우연과 곁들여 천자의 권위를 떨어뜨리는 결과를 가져오고 만다.

그러고 오래지 않아 평왕이 죽었다. 정나라에 인질로 가 있던 태자 호는 급히 돌아오기는 했으나, 태자의 몸으로 제후의 나라로 인질로 가 있었던 탓에 자식의 도리를 다하지 못한 울분과 원통함을 이기지 못해, 도중에 병을 얻어 오자마자 죽고 말았다.

자연 태자의 아들 임(林)이 뒤를 이어 천자의 자리에 오르게 되었다. 이가 환왕(桓王)이다.

환왕은 아버지 태자의 죽음을 정장공 탓으로 생각했다. 애당초 사양하고 받지 말았어야 했고, 일단 받았더라도 곧 돌아와 천자의 병을 보살피도록 하는 것이 신하의 도리였다.

그런 정장공이 경사의 자리에 있으면서 사실상 왕실의 정치를 주무르고 있는 것이다. 젊은 환왕은 정장공이 원수처럼 보였고 눈의 가시처럼 여겨졌다.

제후들은 천자의 죽음에 대한 문상과, 새천자에 대한 배알을 위해 잇달아 주나라로 찾아들었다. 맨 먼저 온 것이 괵공 기보였다. 그의 예의바른 태도와 인품은 보는 사람의 사랑과 존경을 받기에 충분했다.

환왕은 최고 실권자인 주공(周公) 흑견(黑肩)을 보고 말했다.

"정백은 선태자(先太子)를 인질로 삼았던 사람이오. 그가 나를 업신여기고 있을 것이 틀림없소. 괵공에게 정백의 경사 자리를 넘겨줄까 하는데 경의 생각은 어떻소?"

"아니됩니다. 정백은 마음이 고운 사람이 아닙니다. 우리 주나라가 동으로 옮겨올 때 정나라의 공이 가장 컸습니다. 새로 자리에 오르신 이 마당에 그의 경사 자리를 앗아 다른 사람에게 주게 되면, 그가 크게 반발할 것이 틀림없습니다. 먼 앞일을 생각지 않으면 반드시 가까운 근심을 얻게 된다 했습니다. 깊이 생각지 않을 수 없습니다."

"나는 앉아서 정백의 간섭을 받을 수는 없소. 나는 단행할 거요."

이튿날 환왕은 조회에 든 정백을 보고 말했다.

"나는 선왕의 신하였던 경을 감히 신하로 굽어볼 수가 없소. 그러니 경이 알아서 처신해 주시오."

세자 홀을 데리고 느닷없이 본국으로 돌아오게 된 정장공은 놀라 맞이하는 신하들에게 자세한 사연을 털어놓았다.

천자를 허수아비로 알고 있는 신하들은, 군사를 일으켜 주나라로 치고 들어가 지금 왕을 내쫓고 다른 왕자를 세우자고 주장하는 사람도 적지 않았다.

그러나 영고숙만은 한사코 반대했다.

"힘만을 믿고 명분에 벗어나는 일을 하게 되면, 이웃 나라의 도움을 얻기 어렵고 백성들의 마음을 잃게 됩니다. 어머님을 원수로 삼지 못한 임금이 천자를 어떻게 원수로 삼을 수 있단 말이오? 참고 견디며 한 해를 보낸 뒤에 주나라에 조회를 들게 되면 왕도 뉘우치게 될 것이니, 한때의 분한 마음으로 주나라 종실(宗室)을 위해 목숨을 바치신 선공(先公)의 대의를 상하게 하는 일이 없도록 하십시오."

마음이 바른 사람은 바른 말을 하게 된다. 생각은 있어도 말을 못하는 것은 용기가 없기 때문이다. 바른 마음과 용기를 함께 지닌 영고숙이기에 혼자 당당하게 주장한 것이다.

이때 채주가 의견을 말했다. 교활한 정장공보다 한 수 위인 그였다.

"양쪽 의견을 아울러 썼으면 합니다."

"어떻게 말인가?"

"신이 군대를 거느리고 주나라 국경에 이르러, 흉년을 핑계로 곡식을 꾸어달라고 하겠습니다. 주지않을 것이 뻔하니 그때는 들판에 익어있는 보리와 벼이삭을 잘라오고 말겠습니다. 주나라 왕이 사람을 우리에게 보내 그 일을 꾸짖으면 그때 떳떳하게 할 말을 할 것이며, 아무 말이 없으면 뉘우치고 있다는 표시이니 그 때 조회에 드셔도 늦지는 않을 것입니다."

장공은 이 채주의 의견을 따르기로 했다. 그리하여 여름에는 온(溫)이라는 고을로 들어가 들판에 익어 있는 보리이삭을 몽땅 잘라 싣고 돌아왔고, 석 달 뒤인 가을에는 성주(成周) 들판으로 들어가 벼이삭을 잘라 싣고 돌아왔다.

그 당시는 나라와 나라 사이의 싸움이 있을 때마다 그런 일이 번

번이 벌어지곤 했으므로, 백성들만 억울하게 고통을 받았을 뿐 그리 큰 사건으로는 보지 않았다.

젊은 환왕은 크게 성이 나서, 당장 군대를 이끌고 정나라를 치고 들어가겠다고 별렀다. 그러나 지고 말 것이 뻔한 일이다.

주공 흑견이 좋은 말로 노여움을 가라앉혔다. 변두리에서 일어난 작은 일이므로 정백은 아직 모르고 있을 것이며, 알면 반드시 들어와 사죄를 할 것이니 기다려 보자는 것이었다.

채주와 장공과 주공의 말은 각각 달랐지만 생각은 같았다. 화해를 위한 핑계를 얻기 위해 작은 일을 꾸민 것이기 때문이다.

아무리 생각이 모자란 환공이지만, 싸워서 질 것이 뻔한 싸움을 고집할 수는 없는 일이다. 주공의 말을 믿을 수도 없는 일이었지만, 기다려 보기로 했다.

정장공은 과연 불안한 마음이 들어 사죄를 핑계로 주나라로 조회를 들려 했다. 그러나 이때 앞에서 이미 이야기한 바 있는 반역을 일으킨 위나라 주우가, 송나라·노나라·진나라·채나라와 함께 정나라를 침범한 일이 있었기 때문에 뒤로 미뤄지게 되었던 것이다.

정장공은 주나라 조회보다는 먼저 위나라 송나라를 비롯한 다섯 나라에 대한 복수부터 할 생각이었다.

그러나 곧 뒤이어 주우의 죽음이 전해져 왔으므로 위나라를 칠 필요는 없게 되었다. 그렇다면 가장 적극적이었던 송나라를 혼을 내주지 않으면 안 될 처지였다.

그러나 송나라를 치게 되면 함께 참전했던, 노·진·채 세 나라가 두려운 마음에서 공동전선을 펼 것이 뻔한 일이었다.

그래서 채주의 의견에 따라 먼저 진나라·노나라·채나라와 화해를 하고 나서 송나라를 치기로 했다.

그러나 화해를 위해 보낸 정나라 사신을 진나라에서 만나주지 않았다. 송나라와의 이간을 꾀하는 것임을 짐작한 때문이었다.

이때 채주가 다시 앞서 주나라에 썼던 방법을 썼다. 이른바 병주고 약주는 외교적 사기수단을 쓴 것이다.

진나라 국경지대에 있는 고을 수령을 시켜, 보병 5천 명을 사냥꾼 차림새로 꾸며 진나라 국경을 넘어 들어가, 남자고 여자고 재물이고 곡식이고 할 것 없이 닥치는 대로 약탈해서, 대기시킨 백여 대의 수레에 싣고 돌아온 것이다.

이 보고를 받은 힘없는 진나라는 크게 놀라 대책회의를 열고 있었다. 이때 갑자기 정나라 사신으로 영고숙이 찾아온 것이다.

영고숙이 가지고 온 정나라 편지에는 이런 내용이 적혀 있었다.

"앞서 보낸 정나라 사신이 임금을 뵙지 못하고 돌아온지라, 이것을 안 변두리 수령들이 두 나라에 틈이 생긴 것으로 생각하고 약탈을 자행했던 것 같습니다. 과인이 이 소식을 듣고 잠을 이루지 못한 끝에, 사로잡힌 사람들과 싣고 온 물건들을 있는 그대로 다 돌려보내며 영고숙을 사죄의 사신으로 보내오니 너그러이 용서하옵시고, 앞으로 형제의 의를 맺고자 합니다."

생각이 단순한 진나라 임금은 편지의 내용을 사실 그대로 믿고, 정나라와의 화해를 허락하게 되었다.

진나라는 이렇게 해서 화해를 하게 되었지만, 노나라와 채나라가 어떻게 나올지는 모르는 일이었다. 그래서 채주는 보다 완전한 속임수를 쓰도록 권했다.

"먼저 주나라에 조회부터 드십시오. 그리고 거짓 천자의 명령이라고 속이고, 제나라·노나라와 함께 송나라를 치면 이기지 못할 리가 없습니다."

이때가 마침 동짓달로 환왕이 즉위한 지 3년이 되는 새해이기도 하므로, 새해인사를 겸해 주나라로 가게 되었다.

주나라에 이르자 뜻하지 않은 일이 또 벌어졌다 성질이 급하고 생각이 모자란 환왕이 정백을 보는 순간 분이 치밀어 오른 것이다. 주

공 흑견이 정중히 대해 주라고 그토록 부탁을 했었는데도,

"경의 나라는 올해 추수가 어떠했는지?"

"임금님의 하늘 같으신 은혜를 입사와 수해도 한해도 없었사옵니다."

여기까지는 보통 주고받는 인사였다. 그러나 환왕은 뜻이 있어 한 인사였다.

"다행히 풍년이 들었다니, 올해는 보리와 벼를 내가 먹을 수 있게 되겠군?"

장공은 더는 말이 없이 곧 물러나오고 말았다. 들어온 것을 뉘우치기도 했다.

환왕은 으레 있기 마련인 환영잔치도 벌이지 않고 선물도 보내오지 않았다. 그리고 선물대신 기장쌀 열 수레를 사람을 시켜 보내며,

"적지만 흉년이 들면 보태 쓰구려."

하는 모욕의 말까지 전했다.

일을 그르치는 원인 가운데, 참지 못하는 것이 가장 크다고 한 말이 이래서 생긴 것이다. 힘은 없으면서 성질만 부리는 것처럼 모자란 짓은 없다. 이런 일로 해서 환왕은 마침내 정나라 장수의 화살에 어깨를 맞고 패해 달아나야만 하는 치욕까지 당하고 마는 것이다.

정백은 채주를 보며 말했다.

"경의 권고로 조회에 들었더니 이토록 모욕을 주는구려! 거절하고 받지 않을까 하는데 뭐라고 말을 하면 좋겠소?"

"천자가 주는 것은 거절해서는 안 됩니다. 주는 것이면 고맙다고 받아야지요. 참는 쪽이 이기는 법입니다."

이렇게 말을 주고받고 있을 때, 주공이 사사로이 찾아와 위로의 말을 하며, 가지고 온 비단 두 수레를 선물로 전하고 돌아갔다.

채주는 장공을 보고 말했다.

"기장쌀 열 수레를 긴요하게 쓸 수 있게 되었습니다."

"어떻게 말인가?"

"주공이 보내온 두 수레의 비단을 열 수레 기장쌀 위에 나누어 얹고 비단보로 덮은 다음, 도성을 떠나는 날 천자가 하사한 것이라 선언하는 겁니다. 그리고 그 위에 붉은 활과 화살을 얹고, 거짓말하는 겁니다. 천자의 명령을 받아 오래 조공을 드리지 않은 송나라를 친다고 말입니다. 그러면 이에 협력하지 않을 나라가 어디 있겠습니까?"

장공은 채주의 어깨를 치며 기뻐했다. 작은 나라들이 겹겹이 국경을 사이에 두고 서로 경계하고 있던 당시였으므로 그런 속임수가 가능했던 것이다. 사람의 마음이 아직 순박한 시대였던만큼 교활한 사람의 속임수가 쉽게 먹혀들 수밖에 없는 일이기도 했다.

정장공은 주나라 국경을 벗어나자, 채주가 말한 대로 왕명이라 하며, 송나라 임금이 신하의 도리를 지키지 않아 죄를 물으러 간다고 소문을 퍼뜨렸다.

천자가 하사한 열 수레의 비단과, 그 위에 붉은 활과 화살이 얹혀 있는 것을 보는 사람들은 누구나가 참인 줄로 알았다. 붉은 활과 화살은 방백(方伯)으로 불리우는 힘있는 제후로 하여금, 왕명을 거스르는 제후를 징계하라는 특명의 표시로 삼아 온 전통이 있으므로 더욱 그러했다.

천자가 그토록 무력한 존재인 줄은 아직 그 누구도 모르고 있을 때였으므로, 천자의 무력함을 너무도 잘 알고 있는 교활한 정장공은 거리낌없이 그같은 속임수를 쓴 것이다.

장공이 떠난 뒤 환왕은 장공의 경사벼슬을 괵공 기보에게로 넘겨 주려 했었다. 그러자 주공의 권유로 괵공은 우경사라하여 실무를 맡게 하고, 정백은 좌경사라 하여 헛이름이나마 갖게하는 방법을 썼다.

이 소식을 전해 들은 장공은 웃으며,

"왕이 내 벼슬을 앗지 못할 줄 짐작했었다."

하고 방자한 모습을 보였다.

우여곡절의 외교교섭 끝에, 정장공은 노나라와 제나라의 도움을 얻어 함께 송나라를 치기에 이른다.

제나라 희공(僖公)은 그의 아우 이중년(夷仲年)을 대장으로 삼아 병거(兵車) 3백 승(乘)을 동원하고, 노나라 은공은 공자 휘를 대장으로 삼아 병거 2백 승을 동원했다.

이 당시는 네 마리의 말이 끄는 수레 위에, 장수가 긴 창을 들고 싸웠으므로 동원된 군대의 규모를 대개 수레를 단위로 나타내고 있었다. 수레 하나에 딸린 군사가 열 명부터 스무 명 정도였던 것으로 짐작된다. 물론 전투를 위한 주력부대를 가리킨 말로 그밖의 보병과 치중병은 따로 또 있었다.

정장공은 공자 여와 고거미(高渠彌)·영고숙·공손 알(閼)등 장수를 거느리고 직접 중군(中軍)을 지휘하고, 좌군은 제나라 이중년이 이끌고 우군은 노나라 공자 휘가 거느렸다.

장공은 큰 기를 큰 수레 위에 세웠다. 그 깃발에는 봉천토죄(奉天討罪)라는 네 글자가 쓰여 있었다. 천자의 명령을 받들어 송나라의 죄를 무찌른다는 뜻이다.

그리고 그 수레에는 붉은 활과 화살이 매달려 있었다. 철두철미한 속임수를 끝까지 쓰고 있는 것이다. 그리고 자신이 왕실의 경사임을 자랑하며 이름하여 경사토죄(卿士討罪)라 부르게 했다.

이리하여 세 나라 군대는 첫 싸움에서 국경을 지키는 송나라 군사를 크게 무찌르고, 고성(郜城)과 방성(防城) 두 성을 앗게 된다.

송나라는 위급한 상태에 직면하게 되었다. 무능한 송나라 상공(殤公)은 이 소식에 얼굴이 흙빛으로 변했다. 그러나 국방장관인 사마(司馬)의 벼슬에 있는 공보가는 이미 계획이 서 있었다.

공보가는 정장공을 의심하고 있었으므로, 첩보를 통해 모든 것을 알아보았던 것이다. 속임수를 쓰고 있는 그가 전쟁을 오래 끌리도 없는 일이며, 빨리 끝낼 욕심으로 나라를 텅 비우다시피하고 왔을 것도 짐작하고 있었다.

그리하여 공보가는 위나라의 도움을 받아, 텅 비어 있을 정나라 서울을 치고 들어가는 전략을 썼다.

공보가의 전략은 그대로 잘 들어맞아, 본국의 급보를 받은 정장공은 송나라에서 돌아올 수 밖에 없었다. 그러나 교활하고 꾀가 많은 정장공은 그 사실을 숨기고, 송나라 서울로 서둘러 진격할 것을 주장하는 이중년와 공자휘에게 이렇게 말했다.

"두 분 나라의 도움으로 이미 두 고을을 앗았으니, 이로써 송나라에 대한 징계는 충분하다고 여겨집니다. 더 무엇을 바라겠습니까? 앗은 두 고을은 하나씩 두 나라에 드립니다."

이리하여 세 나라 군사는 각각 헤어져 본국으로 돌아가게 되었는데, 대(戴)라는 자그마한 나라에서 정나라와 송나라가 싸움을 벌이게 된다.

공보가는 정나라 성을 앗는 것에 목적이 없고 송나라에 가 있는 정나라 군사를 돌아오게 하는 것에 목적이 있었으므로, 정나라 군사가 이미 돌아오고 있을 것을 짐작하고, 정나라와의 충돌을 피해 가까운 대나라를 지나갈 계획이었다.

그런데 그 대나라가 송나라를 의심하여 길을 빌려주지 않았다. 대나라는 보잘 것 없는 작은 나라였으므로, 공보가는 힘으로 대나라를 무찌르려 했다. 그러나 아무리 작은 성이라 하더라도, 지키는 쪽이 치는 쪽보다는 유리할 수밖에 없다.

이리하여 빨리 오려던 계획은 도리어 늦어지는 결과를 가져왔다. 정장공은 오는 도중 이 보고를 듣고 대나라를 삼킬 생각을 한다. 두 나라가 치고 지키고 하며 힘겨운 싸움을 벌이고 있던 끝이므로, 고

기잡이의 이득을 보려 한 것이다.

결국 정장공의 계획대로 송나라와 위나라 군사는 참패를 당하고, 대나라는 정장공의 손아귀로 들어가고 말았다.

정나라로 돌아온 장공은 송나라를 도운 위나라를 치기에 앞서, 왕명을 거역하고 오지 않았다는 구실로 성(郕)과 허(許) 두 나라를 치기로 한다.

제나라와 힘을 합쳐 먼저 성나라를 점령하여 이는 제나라에 주기로 하고, 그런 다음 제나라의 도움을 빌어 허나라를 무찔러 정나라가 차지하기로 계획을 세웠다. 성나라는 제나라에 가까웠고, 허나라는 정나라에 가까웠기 때문이다.

먼저 성나라를 무찔러 제나라의 속국이 되게 만들고, 그해 여름 정나라 시래란 곳에서 정·제·노 세 나라 임금이 모여, 허나라를 가을 7월에 함께 치기로 약속을 하게 되었다.

"여름에 공이 정백과 시래에서 모임을 가졌다."

라고 한 것이 이 때의 일이다.

정장공은 허나라를 완전 자기 것으로 만들고 말 결심이었다.

제나라와 노나라의 도움도 중요하지만, 역시 주력부대는 정나라일 수밖에 없다. 싸움에서 가장 중요한 것은 사기다. 그 사기를 돋구는 방법은 우선 꾸밈새를 그럴 듯하게 하는 일이다.

떠나기에 먼저 앞서보다 더 큰 기를 만들었다. 깃대의 길이는 33자였고, 깃발은 사방 12자 너비의 비단이었다. 깃발 둘레에는 쇠방울 24개가 매달려 있어서 바람에 펄럭일 때마다 색다른 맑은 소리를 울려댔다. 그리고 여전히 '봉천토죄'라는 네 글자가 수놓아져 있었다.

이 깃대와 깃발과 수놓은 글자와 요란한 방울소리로 기세를 드높이려는 것이다.

떠나는 날 이 기는 특별히 만든 큰 수레 위에 올려져 있었다. 굵은 쇠고리에 단단히 매어져 있다.

교련장에는 장비와 무장을 갖춘 장병들이 다 모여 있다. 지휘대 위에는 한가운데 임금이 앉아 있고 몇몇 대신과 호종들이 옆에 모시고 있었다. 그리고 지휘대 아래에는 좌우로 많은 무장들이 열을 지어 서 있다.

장공은 지휘대 아래에 있는 무장들을 향해 영을 내렸다.

"저 큰 기를 한 손으로 잡고 힘들이지 않고 걸을 수 있는 사람을 선봉장으로 삼고, 그에게 저 노거(輅車)를 상으로 주리라!"

하는 영이었다.

노거는 천자가 타는 수레를 뜻하는 것이었는데, 화려하게 특별히 만든 수레를 그렇게 불렀던 것이다.

그러자 반열 속에서 한 대장이 달려나왔다. 은빛 투구에 검붉은 겉옷을 입고, 그 위에 금빛 갑옷을 두른 하숙영(瑕叔盈)이었다.

그는 임금의 앞으로 나와 아뢰었다.

"신이 능히 할 수 있습니다."

그리고는 고리를 벗기고 수레 위에 꽂힌 깃대를 뽑아올려 한 손에 굳게 잡자, 앞으로 뒤로 대여섯 걸음을 힘들이지 않고 나아갔다 물러났다 했다. 조금도 숨찬 기색도 보이지 않았다.

이를 지켜보던 군사들은 함성을 지르고 혀를 내둘렀다.

깃대를 본래대로 꽂고 고리를 건 다음 하숙영은 소리높이 외쳤다.

"말 모는 사람은 어디 있느냐? 어서 노거에 말 멍에를 매어라!"

상으로 주겠다고 한 수레를 가지고 가려는 것이다.

그러자 또 한 대장이 달려나왔다.

"한쪽 손에 잡고 걷는 것만으로는 신기할 것도 없는 일이다. 나는 춤을 출 수 있다."

하고 소리쳤다.

바라보니 영고숙이었다. 말을 끌고 나오려던 사람은 영고숙의 기세에 눌려 앞으로 더 나아오지 못하고 선 채로 바라볼 수밖에 없었다.

영고숙은 왼 손으로 옷을 걷어올리며, 오른 손으로 고리를 벗기고 등뒤로 깃대를 잡고 몸을 솟구쳤다. 공중으로 솟구친 깃대는 다시 영고숙의 손아귀에 들어 있었다. 한 순간의 일이다.

깃대는 양쪽 손으로 옮겨다니며 깃발은 방울소리와 함께 펄럭이는 소리를 내기 시작했다. 발걸음도 따라 움직였다. 오른쪽으로 돌았다. 왼쪽으로 돌았다 하며 그 무거운 기를 막대 놀리듯 했다.

임금과 장병들은 넋을 잃은 채 바라보기만 했다.

한참 바라보고 있던 장공은,

"정말 범같은 장군이구려! 마땅히 수레를 받아 선봉이 되고도 남을 일이다!"

하며 기뻐했다.

장공의 말이 채 끝나지 않아서 또 한 대장이 달려나왔다. 젊은 소년장군이었다.

그는 바로 공손 알(闕)이었다. 공손은 임금의 손자란 뜻이다. 정나라 귀족 중의 귀족이라고 할 수 있다. 그는 미모로 이름이 높았다. 게다가 힘도 세고 무술마저 뛰어나 있었으므로, 마냥 장공의 사랑을 받고 있었다.

이 공손알은 자가 자도(子都)였다. 맹자는 이런 말을 했다.

"자도의 아름다움을 모르는 사람은 눈이 없는 사람이다."

공손알은 그토록 역사적인 미남이었다. 얼굴이 희고 입술이 붉은 것은 화장한 여자를 닮았고, 샛별 같은 눈빛과 우뚝한 콧날은 보는 여자들의 마음을 사로잡기에 충분했다. 게다가 임금의 사랑을 받는 용기 있는 장수였으니, 그의 명성이 대단했을 것은 뻔한 일이다.

따라서 그는 남을 내려다보는 교만함과 누구에게도 지지 않으려는 고집스러움과 방자한 결점을 담뿍 지니고 있었다.

그는 영고숙을 손가락질하며 외쳤다.

"너만 춤을 출 수 있으냐? 나도 춤을 출 수 있다. 그 수레는 그대
로 두어라!"

하고 임금의 앞이라는 것도 아랑곳하지 않고, 영고숙의 수레를 가
로챌 듯한 기세를 보였다.

영고숙은 철없는 공손알과 재주와 힘을 겨룰 생각은 없었다. 그렇
다고 이미 임금의 허락이 떨어진 수레를 그에게 넘겨줄 수도 없는
일이다.

영고숙은 거의 본능적으로 한 손에 깃대를 잡은 채, 다른 한 손으
로 수레의 멍에를 잡고 나는 듯이 달아났다.

공손알은 세워 둔 창을 들고 뒤쫓았다. 해치울 기세였다. 장공은
급히 싸움을 못하도록 영을 내렸다. 그러나 못 들은 체 교련장 밖으
로 뛰어나갔다. 그러나 영고숙은 이미 멀리 가버리고 없었다.

분을 못 참고 이를 갈듯이 하며 돌아오는 그는,

"어디 두고 보자! 네놈을 살려두지 않을 것이다!"

하고 벼르고 있었다.

이 공손알은 영고숙을 전부터 시기하고 있었다. 그의 충성과 정직
이 비위에 거슬렸던 것이다. 다른 장군들과는 달리 귀족인 자신을
공손하게 대하지 않았기 때문이다.

장공은 이 무례한 공손알의 태도를 꾸짖어야 옳았다. 그러나 그를
그토록 교만하고 방자하게 만든 장공이었던만큼, 그의 그같은 태도
를 용기로 보고 칭찬을 아끼지 않았다.

"두 범이 마주 싸워서야 되겠는가? 내가 달리 방법을 취하겠다."

하고 공손알에게 다른 수레와 말을 상으로 내렸다.

약속된 7월 초 마침내 정나라·제나라·노나라 연합군은 허나라
도성을 포위하기에 이른다.

허나라는 제후의 다섯 계급 가운데 가장 아래인 남작(男爵)으로, 나라도 작고 성도 보잘 것이 없었다. 그러나 허나라 임금 장공(莊公)이 어진 임금이었으므로 백성들이 죽음을 걸고 지켰다. 그래서 쉽게 무너지지가 않았다.

들러리로 온 제나라와 노나라는 포위만 하고 있을 뿐, 서둘러 싸우려 하지는 않았다. 위세에 눌려 당장 성문을 열 것으로 기대했던 정장공은 약간 조급한 마음도 없지 않았다.

정장공은 장군들을 모아두고 항복을 기다릴 것이 아니라 성을 넘어 들어가도록 격려했다. 정나라 장군들의 용맹을 두 나라에 보여주라고하기도 했다.

공손알과 수레를 놓고 다툰 바 있는 영고숙이 마침내 첫 등성을 결심하게 된다.

성안을 감시할 목적으로 만든 망대수레를 성 가까이 다가붙이고, 앞서 들고 춤추었던 그 긴 깃대를 옆에 낀 채 몸을 솟구쳐 성 위로 맨 먼저 올라갔다.

첫 등성을 해서 영고숙의 콧대를 꺾어 놓겠다고 벼르던 공손알은, 영고숙에게 그 명예를 빼앗긴 것이 분했다. 기회를 보아 죽이고 말겠다던 복수심이 다시금 불타올랐다.

공손알은 영고숙의 등을 향해 화살을 쏘아보냈다. 그의 활솜씨도 대단했다. 정통으로 등 한가운데를 맞혔다. 등에는 갑옷이 없으므로 화살이 꽂히는 순간, 영고숙은 기를 잡은 채 성 아래로 거꾸로 떨어지고 말았다.

앞서 맨 먼저 선봉장이 될 뻔했던 하숙영이 이를 보는 순간, 그는 영고숙이 적군의 화살에 맞은 줄로만 알았다. 타고난 용장의 적개심으로 그는 영고숙이 잡고 있던 깃대를 장대처럼 짚고 몸을 날려 성 위로 올라섰다.

그는 깃발을 날리듯이 하고 성위로 한 바퀴 돌며,

"정나라 임금이 이미 오르셨다!"
하고 외쳐댔다.

성안 사람들은 싸울 용기를 잃고 정나라 장병들은 용기백배했다. 뛰어오르는 장수와 사다리를 놓고 오르는 군사로 성은 곧 함락되고 말았다.

허장공은 항복을 않고 피난민 차림으로 위나라로 달아났다.

정장공은 허나라가 탐이 났다. 그러나 짐짓 노나라에 주었다. 노나라 은공은 굳이 사양하고 받지 않았다. 그래서 다시 제나라에 주었다. 희공 역시 사양하고 받지 않았다. 이때 백리(百里)라는 허나라 대부가 허장공의 어린 아우 신신(新臣)을 데리고 와 땅에 엎드려 울며, 조상의 제사만이라도 받들 수 있게 해달라고 빌었다. 허장공은 아들이 없었던 것이다.

노나라·제나라 두 임금은 어린아이를 보자 가엾은 빛을 감추지 못했다. 정장공도 백리의 간절한 호소를 뿌리치기는 어려웠다. 교활한 장공은 인정을 베푸는 척하며, 그 청을 핑계로 허나라를 삼킬 장기계획을 세웠다.

장공은 허나라를 동쪽 서쪽 둘로 나누어 동쪽에는 백리로 하여금 신신을 임금으로 받들게 하고, 서쪽에는 정나라 대부 공손 획(獲)에게 보호해 준다는 구실로 지키게 했다.

노나라와 제나라 두 임금은 장공의 교활한 숨은 뜻을 모르고, 가장 적절한 조치라며 칭찬해 마지 않았다.

좌전에도 정장공이 예의를 아는 사람으로 칭찬하고 있다. 사실은 정나라의 땅이 된 거나 다름없었지만, 남이 보기에는 보호하는 것처럼 보였기 때문이다.

정장공은 나라로 돌아오자 첫 등성한 하숙영에게 큰 상을 내리고, 영고숙을 쏘아 죽게 만든 죄인을 밝혀내려 했으나 뜻을 이룰 수 없었다.

영고숙의 충성과 용맹을 아까워한 장공은, 한풀이를 위한 색다른 방법을 쓰기에까지 이른다. 졸(卒)로 불리우는 백명 단위의 중대마다 수퇘지 한 마리씩을 내게 하고, 행(行)으로 불리우는 25명 단위의 소대마다 개와 닭 한 마리씩을 내게 하여, 무당과 사관을 불러 저주하는 글을 지어 범인에게 천벌이 내리도록 비는 굿을 벌이도록 한 것이다.

굿이 끝나는 사흘되던 날, 정장공은 직접 대신과 고관들을 거느리고 나와 굿 마무리를 구경하고 있었다.

마침내 굿은 끝나고 축문이 촛불에 타는 순간이었다. 난데없는 귀신 같은 사람이 장공 앞에 나타났다. 머리를 풀어 헤친 채, 얼굴은 누구인지 알아볼 수 없도록 검게 칠해져 있었다.

그는 장공 앞에 무릎을 꿇고 울며 말했다.

"신 고숙이 허나라 성에 먼저 오른 것이 무엇이 잘못이옵니까? 간신 알이 수레를 앗지 못한 원한을 품고 소리없는 화살을 쏘아보내 신을 죽게 만들었습니다. 신은 이미 하느님으로부터 원수를 갚으라는 허락을 받았습니다. 주상의 깊으신 사랑은 땅 속에서도 잊지 않겠습니다."

말을 마치자 스스로 자기 목을 눌렀다. 순간 피를 내뿜으며 숨이 끊어지고 말았다.

그것이 공손알인 것을 알고 급히 사람을 시켜 구하려 했지만, 아무리 불러도 깨어나지 않았다. 영고숙의 혼이 공손알에게 덮쳐 제 손으로 목숨을 끊게 만든 것이다.

장공은 영고숙의 혼령에 감동되어 그의 고향인 영곡(穎谷)에 사당을 세워 제사를 지내게 했는데, 그 사당이 2천년이 지나도록 그대로 남아 있다고 한다.

좌전에는 돼지와 개·닭을 내게 하여 밝혀지지 않은 범인을 저주한 장공의 처사를 놓고, 정치와 법령을 저버린 자신의 행동에 대한 반성이 없는 어리석은 짓이라고 했다.

정치는 법령을 공정하고 엄격하게 집행하는 것을 근본으로 삼는 것인데, 공손알에 대한 잘못된 사랑으로 그를 방자하게 만들었기 때문에 그런 결과를 가져 왔으니, 영고숙을 죽게 만든 첫째 원인은 정장공 자신에게 있다는 것이다.

"은공은 11년 겨울, 11월에 죽었다."

은공의 마지막을 본경에는 이렇게만 적고 있다.

좌씨는 전에서 이렇게 설명하고 있다.

"죽었다고만 말하고 장사지냈다고 말하지 않은 것은, 장례를 갖추지 못했기 때문이다."

임금이 죽었는데도 장례를 제대로 갖추지 못한 것은 명예롭지 못한 불행한 죽음을 당했기 때문이다.

권력에 대한 욕심이라고는 조금도 없는 어질고 효성스럽고 우애있는 은공이 불행한 죽음을 당한 것은, 악한 무리를 다스리는 슬기와 결단성이 없기 때문이었다.

공자는 이런 말을 했다.

"부드럽기만 하고, 자기 위치를 지키지 못하는 것은 악한 것에 속한다. 자기 위치를 지키기 위한 가혹한 행동보다도 더 악한 쪽에 속한다. 강악(强惡)은 살아남아도, 유악(柔惡)이 살아남지 못하는 이유는 그 때문이다."

이 유악과 강악의 본질을 모르는 사람들은 흔히 말하기를,

"악한 놈이 잘 사는 세상이다."

라고 한다.

은공이 불행하게 죽은 사건을 통해, 우리는 공자가 할 말과 세상 사람들이 하는 말을 비교해 볼 수 있다. 그리고 옳고 그른 것을 판단하지 못하고 양보나 용서밖에 모르는 것은, 하나의 악이 된다는 것을 깨닫게도 될 것이다.

정장공은 허나라를 치는 일에 협력해 준 제나라와 노나라 두 임금에게 감사의 뜻을 전하는 사신을 보냈었다. 그런데 노나라로 향한 사신이 금방 돌아와 예물과 편지를 전하지 못한 채 도로 가지고 와 올리며 말했다.

"신이 막 국경을 넘어섰을 때, 노나라 임금이 공자휘에 의해 죽고 이미 새 임금이 서 있었으므로, 편지 내용과 서로 맞지 않아 감히 전할 수 없어 되돌아왔습니다."

"노나라 임금은 겸손하고 너그럽고 부드러운 어진 임금인데, 어떻게 그런 불행한 죽음을 당했단 말인가?"

하고 장공이 묻자.

"신은 그 앞뒤의 사연을 자세히 얻어듣고 왔습니다."

하고 사신이 전한 이야기는 다음과 같은 내용이었다.

전 임금 혜공의 원비(元妃)는 일찍 죽고, 사랑하는 첩 중자가 계비가 되어 아들 괴(軌)를 낳았다. 죽은 은공은 다른 첩의 아들이었다. 혜공은 괴에게 임금 자리를 물려주려 했으나, 괴가 어렸을 때 죽고 말았다.

모든 신하들은 어린 괴를 달가워하지 않은 나머지, 나이 많고 마음씨 어진 은공을 임금으로 세웠다.

그러나 은공은 아버지의 뜻을 받들어 늘 이렇게 말하곤 했다.

"나라는 내 아우 괴의 나라다. 그의 나이가 어리기 때문에 어른이 되기까지 내가 잠시 대신 자리를 지킬 뿐이다."

그런데 군권을 쥐고 있는 공자휘가 허나라 싸움에서 돌아와 은공에게 태재(太宰)의 벼슬을 요구했다. 태재의 자리가 비어 있었기 때문이다.

그러자 은공은 머지않아 괴가 임금이 될 것이니, 그때 직접 새 임금에게 말하라고 일렀다.

은공은 솔직한 심정을 그대로 전한 것뿐이었는데, 공자휘는 다른 뜻이 숨어 있는 것으로 의심했다. 임금을 밀어내고서라도 그 자리에 오르고 싶은 것이 누구나의 마음일텐데, 이미 차지한 그 자리를 내놓고 싶어 할 리가 없다고 여겼기 때문이다.

은공이 그같은 말을 하는 것은, 이미 어른의 나이가 된 공자괴가 눈의 가시처럼 느껴져서 한 말일지도 모른다고 넘겨짚은 것이다. 공자휘로서는 자기 마음을 미루어 그렇게 볼 수밖에 없었던 것이다.

그는 조용한 틈을 타서 임금에게 속에 있는 말을 아뢰었다.

"신은 들으니, 손에 들어온 귀한 그릇은 남에게 빌려주지 않는다 하옵니다. 주상께서 이미 대권을 이어받아 임금이 되셨고, 나라 사람들이 다 기뻐 복종하고 있지 않습니까? 천세 뒤에 마땅히 자손에게 전하셔야 할 일이온데, 어찌하여 섭정이란 이름으로 백성들의 바람을 외면하려 하십니까? 공자괴의 나이 이미 자란지라, 장차 임금에게 이롭지 못한 일을 꾀할지도 모릅니다. 신이 공자괴를 죽여 임금의 숨은 걱정을 덜어드릴까 하옵니다. 그러는 것이 좋지 않겠습니까?"

공자휘는 그렇게라도 해서 빨리 재상이 되고 싶었던 것이다.

그러나 은공은 공자휘가 짐작하고 있는 그런 것과는 거리가 먼, 안팎이 없는 참된 마음뿐이었다.

은공은 자기도 모르게 손으로 두 귀를 가리며,

"아니 네가 미쳤느냐? 미치지 않고서야 어떻게 그런 말을 입밖에 낸단 말이냐?"

하고 꾸짖고 나서, 이렇게 말을 이었다.

"나는 벌써 도구(菟裘)란 곳에, 은퇴해 살 집을 지어두었다. 곧 괴에게 자리를 넘겨줄 것이다."

공자휘는 잠자코 물러나왔다. 도로 주워담을 수도 없는 못할 말을 한 것이 후회스럽기만 했다. 이 말이 공자괴의 귀로 들어가는 날이면, 그가 임금이 되는 즉시 역적으로 몰려 죽거나, 벼슬에서 쫓겨날 것만 같은 두려움이 걷잡을 수 없을 정도로 그의 온몸을 조여들었다.

그는 그 밤으로 공자괴를 찾아갔다. 놀라며 반가이 맞는 괴를 밀실로 끌고 들어가,

"임금이 나를 불러 너를 없애달라는 부탁을 했다. 그래서 이렇게 찾아온 것이다."

하고 귓속말로 전했다.

괴는 얼굴이 흙빛이 되어, 살아남을 수 있는 방법을 가르쳐 달라고 애원했다.

공자휘의 대답은 간단했다.

"저가 어질지 못하면 나도 의리를 지킬 수 없지 않겠는가? 공자가 꼭 화를 면하고 싶으면 큰일을 하지 않으면 안 된다."

큰일이란 임금을 죽이는 일을 말한 것이다.

"저가 벌써 임금된 지 11년에 이르고, 신하와 백성들이 다 신임하며 복종하고 있는데, 일이 실패하면 도리어 화를 입게 되지 않겠습니까?"

"나는 벌써 공자를 위해 계획을 다 세워 두었어."

"무슨 계획을 어떻게 말입니까?"

"지금 임금은 일찍이 정나라 임금과, 호양(狐壤)이란 정나라 땅에서 싸운 일이 있는데, 그때 사로잡혀 정나라 대부 윤씨(尹氏)의 집에 갇혀있은 일이 있었어요. 윤씨의 집에는 일찍부터 종무(鍾巫)로 불리우는 귀신을 섬기며 제사를 받들고 있었는데, 임금은 그 귀신에게 노나라로 돌아가게 해달라는 기도를 줄곧 올린 끝에, 그것이 가능한지 점을 쳐 보았어요. 점괘가 아주 좋게 나왔으므로, 주인 윤씨에게 모든 것을 털어놓고 도와달라고 부탁을 하지 않았겠어요? 그 윤씨도 마침 정나라에 불만이 많았던 터라 둘이

함께 노나라로 도망쳐 오게 되었어요.

그래서 임금은 그 종무란 귀신의 사당을 성밖에 세워 두고, 해마다 겨울이면 직접 가서 제사를 지내곤 하는데 지금이 바로 그때입니다. 그때면 반드시 위대부(爲大夫)의 집에 묵게 되어 있습니다.

내가 미리 신임하는 용사를 호송하는 군대 속에 집어넣어, 임금의 심복들과 섞여 있게 하면 임금은 의심하지 않을 거요. 임금이 깊이 잠들었을 때를 기다렸다가 죽이게 되면, 한 사람의 힘으로 모든 일은 끝나고 마는 겁니다."

"그 꾀가 좋기는 합니다만, 임금을 죽인 이름을 벗을 수는 없지 않습니까?"

"내가 미리 용사에게 부탁하여 몰래 도망치게 만든 다음, 그 죄를 위대부에게 덮어씌우면 아무 문제도 없지 않습니까?"

공자괴는 엎드려 절을 하며,

"큰일이 이뤄지면 태재로서 나랏일을 맡도록 하겠습니다."

하고 약속을 했다.

공자휘는 그가 계획한 그대로 실행하여, 은공을 죽이고 공자괴를 임금으로 앉혔다. 이가 환공이다.

태재가 된 공자휘는 위씨에게 죄를 씌워 간단히 끝내고 말았다. 그러나 그 내막을 모르는 사람은 한 사람도 없었다. 다만 공자휘의 세력이 두려워 말을 못할 뿐이었다.

이 사건을 놓고 뒷사람들은 이렇게 평하고 있다.

"공자휘는 병권을 쥐고 있으면서, 임금의 뜻을 어기고 정나라를 치고 송나라를 치고 했다. 그때 벌써 반역의 조짐이 드러나 있은 것이다. 그가 환공을 죽여 없애자는 말을 했을 때, 은공이 나라의 장래를 위하는 슬기와 의지가 있었다면, 이때 그의 죄를 폭로하고 거리에 내다 죽였어야만 했다. 그랬으면 환공도 간신에 속아 임금

을 죽이는 일은 저지르지 않았을 것이다. 자리를 물려주고 물려받
고 하는 아름다운 일이 벌어지고, 좋은 이름이 전해졌을 것 아닌
가? 모두가 마음씨만 곱고 우유부단한 것으로 인해 스스로 부른
화라 볼 수 있다."

송(宋)나라의 정변(政變)

一葉落知天下秋.

"한 잎의 낙엽을 보고 천하의 가을을 안다."

'환공 2년 봄 정월 무신(戊申)에, 송나라 독(督)이 그 임금 여이
(與夷)와 그 대부 공보(孔父)를 죽였다.'
라고 경에는 쓰여 있다.

여기 있는 독(督)은 송나라 태재 화독(華督)을 말한 것이고, 여이
는 송나라 상공(殤公)의 이름이다. 공보는 송나라의 군권을 쥐고 있
는 사마벼슬의 공보가(孔父嘉)로 공자의 6대 할아버지가 된다.

공보가의 어린 아들이 난을 피해 노나라로 와 숨어 있으면서, 공
(孔)을 성(姓)으로 삼았기 때문에 공씨란 성이 처음 생겨난 것이다.

'전'에는 화독이 공보가를 죽이게 된 동기가 공보가의 아내를 빼
앗는 것에 있었음을 밝혀 두고자, 전 해 겨울에 있었던 일을 이렇게
적고 있다.

"송나라 화보독(華父督)이 공보의 아내를 길에서 보고, 눈으로 맞

이하고 보내며 '아름답고 곱다'라고 말했다."

그리고 2년 봄에 있었던 이 사건을 이렇게 설명하고 있다.

"2년 봄에 송나라 독이 공씨를 공격하여 공보를 죽이고 그 아내를 앗았다. 임금이 노했다. 독이 두려워 드디어 상공을 죽였다. 공자는 독이 임금을 업신여기는 마음이 먼저 있은 다음에 악한 일을 했기 때문에, 그 임금을 죽인 일을 먼저 쓴 것이다."

겉에 드러난 사건의 앞뒤보다, 그 결과를 빚게 된 마음의 앞뒤를 더 중하게 여겼다는 뜻이다.

이 사건의 앞뒤는 다음과 같다.

세상 일이 다 그렇다. 겉에 드러난 명분은 한낱 핑계일 뿐, 속마음은 모두 사사로운 욕심을 채우기 위한 것이다. 부귀와 권력이 뒤따르는 일은 더욱 그렇다.

화독이 공보가를 죽이고 임금까지 죽이게 된 사건의 뿌리를 캐면, 정권을 둘러싼 임금 집안의 형제 싸움으로까지 올라간다.

송나라 목공은 그의 형 선공의 유언에 의해 임금이 되었다. 아들이 어리고 아우가 착했기 때문이다.

형의 고마운 뜻을 잊지 않은 선공은, 자기 아들 풍(馮)을 버려두고 형의 아들 여이에게 자리를 물려주었다.

풍은 그런 아버지를 원망하고 여이를 미워한 나머지 정나라로 달아나 있었다. 이것은 앞에서 이미 보아 왔듯이, 송나라 상공은 그의 사촌인 공자풍을 없애고자, 위나라 주우의 청을 받아들여 정나라를 치게 되었던 것이다.

그런데 태재 화독은 공자풍과 친한 사이였고, 사마인 공보가는 상공의 심복이었다. 같은 임금의 집안으로 하나는 태재가 되고, 하나는 사마가 되어 나랏일을 하면서도 서로 생각은 반대였다.

상공은 공자풍을 없앨 생각으로, 정나라를 세 번이나 친 일이 있다. 화독은 그때마다 이를 말리고 싶었지만 감히 말을 못했다. 공자풍의 편이란 것을 드러내게 될까 두려웠던 것이다.

임금의 숨은 뜻을 알고 있고, 군권을 쥐고 있는 공보가가 임금의 신임을 받고 있는 이상 도리가 없는 일이었다.

화독은 공자풍을 돕는 일은, 공보가부터 없애는 일이라고 결심하기에 이르렀다. 속이 깊고 교활한 화독은 기회만을 노리고 있었다.

그러던 중 공보가의 후취부인 위씨(魏氏)가 절세미인이란 풍문을 듣게 되었다. 얼마나 아름다운 여자일까? 하는 생각을 품고 있던 화독이 마침내 그 위씨를 오가는 길에 마주치게 되었다.

친정에 다니러 왔다가 친정 사람들을 따라 들밖으로 성묘를 하러 가던 위씨가, 화창한 날씨의 바깥풍경을 구경하기 위해 수레 위의 장막을 열어둔 채 밖을 둘러보았기 때문이다.

화독은 위씨를 바라본 그날부터, 공보가를 죽일 결심을 다시 굳히고 계획을 더욱 서두르게 되었다. 공보가를 죽이지 않고는 위씨를 손에 넣을 수 없기 때문이다.

화독은 상공이 싸움에 이기지 못하고 돌아올 때마다, 그 책임이 공보가에게 있다는 소문을 퍼뜨리곤 해 왔다. 백성들의 원망의 소리는 공보가에게로 돌아갈 수밖에 없었다. 세번째 싸움에선 크게 패해 공보가 혼자 도망쳐 돌아올 정도였다. 아들을 잃은 부모와, 남편을 잃은 홀어미와, 그 아비를 잃은 아들딸들은 공보가를 원수처럼 여기게 되었다.

화독은 때가 무르익었음을 알고, 원망의 기름 위에 불을 붙일 시기를 기다리고 있었다. 그 시기는 해마다 봄이면 으례 있기 마련인 군사훈련 때일 수밖에 없다.

화독은 훈련을 위해 모인 군중들 사이사이에 심복을 끼워 넣은 다음, 사마가 또 전쟁을 일으키려 한다는 소문을 퍼뜨렸다.

"어제 조정에서 회의가 있었는데, 정나라를 치기 위해 또 군사를 일으키게 되었다 한다. 번번이 패하기만 하는 싸움을 태재는 강력히 반대했었지만, 사마가 끝내 우기는 바람에 임금이 그렇게 결정을 내렸다고 한다.”

늘 전쟁에 시달려온 군중들에게는 거짓말이 참말로 들릴 수밖에 없었다.

소문은 또 다른 소문을 낳았다. 화독이 소문을 퍼뜨리고 부추기고 불을 지르고 했기 때문이다.

가면 또 죽을 것이 뻔한 싸움에 끌려가고 싶은 사람은 없었다. 태재가 반대한 전쟁이라면 태재를 떠받들어 사마를 없애버리면 된다는 쉬운 생각을 하는 것은 당연한 일이다. 화독의 심복이 그렇게 부추겼기 때문에, 군중들은 마침내 태재를 업고 반란을 일으키게 되었다. 그 주동자는 물론 화독의 심복들이다.

군중은 태재의 집으로 몰려갔다. 화독은 굳게 대문을 걸어잠근 다음, 문지기를 시켜 좋은 말로 타이르고 달래고 했다. 좋게 타이르는 말은 실상 군중들에게 더욱 용기를 심어주고, 보다 강력한 청을 하게 만드는 방법이었다.

군중들은 화독이 바라는 대로 따라 움직였다, 선동자들의 부추김에 이끌려 사람의 수는 더욱 불어나고, 몽둥이와 연장들을 들고 나온 사람들이 많았다.

그들은 태재를 만나기를 청하며 고함을 지르기 시작했다. 날이 어두워지자 성난 군중들은 더욱 기세를 올렸다.

사람을 모으기는 쉬워도 흩어지게 하기는 어렵다는 옛말이 있다. 화독은 때가 되었음을 알았다. 싸움터로 나가면 죽게 된다는 것을 믿고 있는 그들이다.

화독은 갑옷을 속에 입고 칼을 차고 나와 대문을 열라고 명령한 다음, 군사들을 시켜 사람들을 제자리에 서서 떠들지 못하도록 일렀다.

대문 앞에 서서 위로와 동정의 인사말로 군중의 마음을 가라앉힌

다음, 사마 공보가에 대한 증오심을 다시 불러일으키는 연설을 했
다.

"그는 번번이 패하기만 한 싸움을 뉘우치는 일이 없이, 기어코 한
번 크게 이기고 말겠다는 헛된 복수심에 사로잡혀 있다. 내가 그
토록 말렸건만 그는 임금의 신임만을 믿고 고집을 꺾지 않았다,
나라가 위태로워지고 죄없는 백성들이 뼈를 남의 나라 산과 들에
버려야하는 아픔과 슬픔은 생각지도 않았다. 이 나라가 장차 어느
지경에 이를지조차 알 수 없는 형편이다. 부모를 모시고 처자를
거느려야 할 젊은 그대들이 머지않아 또 희생되리라는 것을 생각
할 때, 조국을 버리고 떠날 수도 없고 그렇다고 가만히 지켜보고
만 있을 수도 없는 내 심정은 안타까울 뿐이다. …"
화독의 연설이 채 끝나지도 않아,
"죽이자 !"
"사마를 죽여라 !"
하는 소리가 여기저기서 터져 나왔다.
화독은 다시 그들을 좋은 말로 이렇게 타일렀다.
"분한 때일수록 움직임을 삼가해야 한다는 옛말이 있지 않은가?
사마의 귀로 그같은 소리가 들어가면, 그대들의 목숨이 위태로워
진다는 것을 생각하지 않으면 안 된다."
그러자 군중을 대표하는 몇 사람이 앞으로 나와 말했다.
"우리들의 부형과 친척들이 해마다 싸움터로 나가 반이나 죽었고,
이제 또 정나라를 치기 위해 우리들이 끌려나가야 할 판입니다.
정나라는 용맹스런 장수와 군사로 이름이 나 있습니다. 무엇으로
당해 낼 수 있겠습니까? 이왕 죽고 말 바엔 차라리 원수놈을 죽
여 없애는 것이 떳떳한 일입니다. 죽어도 후회하지 않습니다. 태
재께서 앞장서 주지 않으신다면 우리들만으로 해내고 말겠습니
다."

"내가 목숨이 아까워서 참고 있는 것은 아니다. 쥐를 잡고 싶어도 옆에 있는 그릇을 깰까 두려워 돌을 던지지 못한다는 옛말이 있지 않은가? 사마가 비록 죄가 있다 해도 그는 임금의 사랑과 신임을 받고 있는 신하다. 그런 그를 섣불리 대할 수는 없는 일이다."

"만일 태재께서 우리 편이 되어 주신다면, 우리는 그 명청이 같은 임금도 두려워하지 않습니다."

화독이 유도한 대로, 화독이 듣고 싶은 말을 군중들이 하기에 이른 것이다.

군중들은 화독을 둘러싸고, 그의 소매를 잡고 놓아주지 않았다.

마침내 화독은 군중들에 의해 수레에 올라야만 했다. 겉모양은 군중들의 강압에 이끌리는 듯이 보였지만, 주동자들은 바로 화독의 심복들이었다.

화독은 군중들을 타일러 소리없이 공사마의 집을 물샐틈없이 둘러싸게 한 다음 혼자 대문을 두들겼다.

둘레는 이미 어둠에 싸여 있고, 공보가는 안방에서 술을 마시고 있었다. 갑자기 대문 두들기는 소리가 급한 듯이 들려오자, 사람을 시켜 누구인지 알아보게 했다.

태재가 직접 찾아와 중요한 일을 상의하려 한다고 하자, 공보가는 급히 의관을 갖추고 대청으로 나와 맞이하려 했다.

그러나 대문이 열리기가 무섭게 화독을 앞세운 군중들이 벌떼처럼 밀고 들어왔다. 밖에서는 함성이 땅을 울리듯 들려왔다.

공보가가 황급히 발길을 돌리려 했을 때, 화독은 벌써 대청 위에 올라와 있었다.

"백성과 나라를 해친 역적이 여기에 있다! 왜 보고만 있느냐?"

공보가가 무슨 말을 하려고 했을 때는 벌써 칼이 그의 목을 자르고 지나갔다.

화독은 심복을 이끌고 직접 안방으로 들어가 위씨를 납치해 수레에 태우고 먼저 돌아갔다.

위씨는 반항조차 하지 않았다. 이미 체념하고 있는 것으로 화독은 믿었다. 그런 그녀를 묶거나 감시할 생각은 없었다.

화독이 즐거운 마음으로 앞에서 수레를 몰고 있는 동안, 위씨는 자기 허리띠를 끌러 목을 졸라매었다. 화독이 자기집 대문에 이르렀을 때는 벌써 숨이 끊어진 뒤였다. 몸을 지킨 것만도 장한 일이다.

화독은 착잡한 마음으로 한숨만을 거듭 내쉰 끝에, 멀리 들 밖으로 싣고 가 짚에 싸서 깊게 묻으라 시키고, 따라간 사람들에게 말이 새지 않도록 당부했다.

군중들은 공보가의 집을 샅샅이 뒤져, 있는 물건을 멋대로 가로챘다. 가족들은 죽기도 하고 끌려가기도 했다.

이때 공보가의 어린 아들 목금보(木金父)만이 가신의 품에 안겨 노나라로 난을 피할 수 있었다. 외가에 가 있었기 때문이라고도 한다.

이 목금보가 바로 공자의 5대 할아버지로, 공보(孔父)라는 아버지의 자(字)를 가지고 공씨(孔氏)로 행세했다. 그래서 공씨의 시조를 공보가로 하게 된 것이다.

한편 임금 상공은 사마가 피살되었다는 말을 듣자 몸둘 바를 몰랐다. 뒤이어 화독도 함께 갔다는 말을 듣자, 분을 참지 못해 즉시 사람을 보내 화독을 불렀다. 화독은 병을 핑계로 가지 않았다.

상공은 공보가의 집으로 직접 문상을 가겠다며 수레를 준비하라 시켰다. 이 소식은 곧바로 화독의 귀로 들어갔다. 화독은 임금을 죽이는 다시없는 기회로 생각했다. 그는 직속부하인 군정(軍正)을 불러 일렀다.

"주상이 사마를 사랑하고 신임한 것은 그대가 아는 바가 아닌가? 너희들이 함부로 사마를 죽였으니 죄를 면할 수 없을 것이다. 이

기회에 선군의 아들인 공자풍을 모셔다가 임금으로 앉힌다면 전화
위복이 되지 않겠는가?"
"태재의 말씀이 바로 우리들의 생각입니다."
하고 군정은 즉시 군사를 불러 지시를 내렸다.

군사들은 공씨 집 대문 가까이 숨어 있다가 상공이 이르자 소리치
고 달려나왔다. 호위와 시종들이 놀라 흩어지고, 상공은 반란군의
손에 죽고 말았다.

공보가나 상공이나 사마니 임금이니 하는 허세만을 믿고서 처신
을 너무 가볍게 한 때문으로 볼 수밖에 없다. 번번이 지고 말 싸움
을 생각없이 거듭해 온 것도 같은 이유로 볼 수 있다.

충분히 지킬 수 있는 자기 몸하나도 지키지 못하는 사람이 남의
나라를 치려고 했으니 승패는 뻔한 일이었다. 그런 임금과 대신의
손에 나라와 백성의 운명이 맡겨져 있었던 것이 한심할 뿐이다.

훗날 역사가 가운데는 상공과 공보가의 죽음을, 죄없는 백성을 이
유없이 죽게 만든 것에 대한 하느님의 벌이라고 말하는 사람도 없지
않다. 그토록 많은 죄를 짓도록 내버려둔 하느님이 야속할 뿐이다.

이리하여 화독은 정나라에서 공자풍을 모셔다가 새 임금으로 앉혔
다. 이가 장공(莊公)이다. 화독이 재상이 되어 정권과 군권을 한손
에 쥐게 된 것은 말할 것도 없다.

화독은 자신의 반역을 숨기고, 새 임금의 위치를 굳히기 위해 각
나라에 많은 뇌물을 바쳤다.

이때 노나라에 바친 뇌물은 고(郜)나라에서 만든 큰 솥이었다. 그
것을 노나라에서는 자랑스런 일이라 하여 주공을 모신 태묘에 두게
되었다.

이때 노나라 대부 장애백(臧哀伯)이 이를 못하게 말렸다.
"…무왕이 은나라를 무찌르고 아홉 개의 솥을 낙읍으로 옮기는 것
도 의로운 사람들은 이를 옳지 못하다고 했는데, 하물며 역적이

뇌물로 바친 물건을 태묘에 둔다는 것은 있을 수 없는 일입니다.”

그러나 노환공은 듣지 않았다. 이 사실을 들어 좌씨는 주나라 내사(內史)의 말을 빌어 이렇게 평하고 있다.

“장손달(臧孫達)은 그 자손들이 노나라에서 빛나게 될 것이다. 임금이 어긋나는 일을 했을 때, 이를 바른 도리로써 간하는 것을 잊지 않았으니 말이다.”

장손달은 장애백의 성과 이름이다. 내사의 말대로 그의 후손들은 노나라의 유능한 대신으로 대를 이어가고 있었다.

이것이 노환공 원년과 2년에 걸친 국제적인 대사건이었다.

‘환공 5년에 있은 9개의 사건 가운데 ‘가을에 채(蔡)나라 사람과, 위(衛)나라 사람과, 진(陳)나라 사람이 왕(王)을 따라 정나라를 치다..’

라고 한 것이 여섯번째에 있다.

이것이 가장 큰 사건으로 천자인 환왕은 싸움에 패했을 뿐만 아니라, 정나라 장수 축담(祝聃)이 쏜 화살에 왼쪽 어깨를 맞아 상처를 입기까지 했다.

힘은 생각지 않고 천자라는 위신만을 세우려한 나머지 마침내는 그 위신을 땅에 떨어뜨린 결과를 낳게 되었고, 그 결과는 다시 자작(子爵)인 초나라로 하여금 천자와 같은 왕(王)이란 이름을 일컫게 하는 결과를 가져오게 했다.

정나라를 치게 된 동기와 패하게 된 줄거리를 더듬어 보면 대충 다음과 같다.

정장공이 속임수와 왕실에 대한 업신여김으로 거짓 왕의 명령이라 일컫고, 송나라를 치고 허나라를 앗고 한 일은 앞에서 이미 말했었다.

그것을 늦게서야 안 환왕은 쌓인 울분을 더는 참을 수가 없었다. 그래서 신하들의 반대를 뿌리치고 왕실에 충실한 채·위·진 세 나라의 군사를 불러들여 정나라를 치기에 이르렀다.

환왕이 직접 대병을 거느리고 중군이 되고, 괵공 임보가 우군을 거느리고 채·위 두 나라 군사가 여기에 붙게 되고, 주공 흑견이 좌군을 거느리고 진나라 군사가 여기에 따르게 되었다.

천자가 임금 속인 죄를 물어 직접 군사를 거느리고 온다는 말을 들은 정장공은 신하들을 모아놓고 대책을 물었다.

어느 누구도 먼저 대답하기를 꺼렸다. 그러자 재상인 채중이 마지 못해 입을 열었다.

"천자께서 몸소 군사를 거느리고 우리의 잘못을 꾸짖고 있으니, 사신을 보내 사과를 하는 것이 옳을 것 같습니다."

장공은 화를 내며 말했다.

"천자가 먼저 내 경사의 벼슬을 앗았고, 이제 또 군사까지 거느리고 나를 위협하고 있으니, 우리 정나라가 3대를 이어 왕실에 충성한 보람이 어디에 있단 말인가? 사과를 하면 더욱 기세가 올라 장차 종사마저 보존하기 어렵지 않겠는가? 이번 기회에 기세를 꺾어두지 않으면 안 될 거요."

그러자 고거미가 말했다.

"진나라는 정나라와 가까운 사이이므로 힘써 싸우지 않을 것이나, 채·위 두 나라만은 우리와 원한이 있으므로 힘써 싸울 것입니다. 그리고 천자가 직접 대장이 되어 있으니, 그 날카로움을 당하기 어려울 것입니다. 그러니 싸우지 말고, 굳게 지키며 지칠 때를 기다려 싸우든가 화해를 하든가 하는 것이 옳을 줄 압니다."

그러자 공자여의 아들 공자 원(元)이 말했다.

"신하로서 임금과 싸우는 것은 이치에 어긋나는 일이므로, 빨리 끝내지 않으면 안 됩니다. 신이 한 꾀를 말씀드릴까 합니다."

"어떤 꾀인지 말해 보구려."

"저쪽 군사가 셋으로 나뉘어 있으니, 이쪽도 셋으로 나뉘어 맞서 싸워야 합니다.”

“그러면 이길 수 있겠는가?”

“진나라 임금은, 임금을 죽이고 임금이 된 사람이므로 군사들이 마지못해 끌려 왔을 것이 틀림없습니다. 그러므로 우군으로 먼저 진나라 군사를 기습하면 싸우지 않고 도망칠 것입니다. 그런 다음 좌군으로 위·채 두 나라 군사를 기습하면, 진나라 군사가 이미 패해 도망간 것을 알고 있으므로 싸울 뜻을 잃고 무너질 것이 틀림없습니다. 그런 다음 3군이 합세해서 왕이 거느린 중군을 공격하면 이기지 못할 까닭이 없습니다.”

장공은 그 꾀를 따르기로 했다.

정나라 땅 수갈(繻葛)에서 양쪽 군사는 마주치게 되었다.

정나라는 네모진 방진(方陣)을 치고 있었다. 방진을 거(拒)라 부른다.

만백(曼伯)이 우거를 거느리고 채중이 좌거를 거느렸다. 그리고 장공은 중군을 거느리고, 고거미와 원번과 하숙영과 축담들이 모시고 있었다.

고거미가 장공에게 말했다.

“신이 보니, 왕이 병법을 꽤 아는 것 같습니다. 섣불리 대할 수 없습니다. 바라건대 어려(魚麗)의 진을 만드십시오.”

“어려진은 어떻게 하는 거요?”

“철갑을 두른 수레 25대로 한 편대를 만듭니다. 한 편대는 5대씩으로 나뉘어 다섯 오(伍)가 됩니다. 5명의 갑사(甲士)가 수레에 타고, 또 다른 5명의 갑사가 각각 그 뒤를 따릅니다. 수레에 탄 갑사가 비게 되면 뒤따라가던 갑사가 그 자리를 메웁니다. 물고기가 떼를 지어 따라가듯 한다 해서 어려진이라 부릅니다. 이 진은 전진만이 있고 후퇴는 없습니다. 이기기는 쉽고 패하는 일은 없도록 하는 진입니다.”

장공은 그에 따랐다.

환왕은 분을 못 참고 직접 진두에 서서 싸우려 했다. 괵공이 겨우 말렸다.

환왕은 정백이 앞으로 나오면 그를 정중히 꾸짖어 기세를 꺾어놓을 계획이었으나, 교활한 장공은 전혀 모습을 나타내지 않았다.

환왕은 사람을 시켜 싸우기를 청했다. 누구 한 사람 대꾸조차 하지 않았다.

낮이 지나자, 그제야 잠에서 깬 듯 갑자기 정나라 진문이 열렸다. 큰 기가 나부끼는 순간, 좌우의 두 방진에서 일제히 북이 울렸다. 땅을 울리는 북소리와 함께 담벽이 밀려오듯 서서히 움직였다.

아침부터 싸움을 청하며 기세를 올리던 연합군은, 제풀에 지쳐 하품을 하며 먼산을 바라보고 있던 참이다.

우거의 만백이 갑자기 돌개바람처럼 연합군의 좌군을 치고 들어갔다. 원래 싸울 뜻이 없는 진나라 군사는 금방 발길을 돌려 달아났다. 독전대처럼 뒤를 지키던 주나라 군사와 충돌까지 했다.

좌군장 주공 흑견은 겁에 질린 듯이 밀려오는 진나라 군사를 멈춰 세울 수가 없었다. 희생을 줄이기 위해서는 함께 달아날 수밖에 없었다.

좌거의 채중은 진나라 군사가 피해 달아나는 것을 보자, 연합군의 우군을 치고 들어갔다. 채나라 위나라의 깃발이 나부끼는 곳을 향해 돌격한 것이다. 채·위 두 나라 군사는 진나라 군사가 이미 패해 달아나는 것을 본 뒤였으므로, 싸우기도 전에 도망갈 생각부터 하고 있었다. 곧 무너져 저마다 살 길을 찾아 달아났다.

그러나 우군장 괵공 임보가 이끄는 주나라 군사만은 꼼짝도 하지 않았다. 칼을 짚고 수레 앞에 서서,

"명령없이 함부로 움직이는 사람이 있으면, 이 칼로 먼저 목을 치겠다."

하고 서릿발같은 위엄을 보이고 있었기 때문이다.

원래 기습이니 돌격이니 하는 것은 상대의 헛점을 찔러 스스로 무너지게 하는 전법이므로, 상대가 말려들지 않는 한 효과를 거둘 수 없는 일이다. 채중은 감히 돌격을 하지 못했다.

괵공 임보는 서서히 물러나 군사 한 사람도 꺾이지 않았다. 뭉치면 산다는 말이 이래서 생긴 것이다. 그것은 지휘자의 책임이라 볼 수 있다.

한편 환왕은 중군에서 적진의 요란한 북소리를 듣자, 이제 전투가 시작되는 것으로 알고 새삼 준비를 갖추고 기다렸다.

그러나 그때 병졸들이 귓속말을 주고받으며 벌써 제자리를 지키지 않는 것이 눈에 띄었다. 좌우의 양군이 이미 패한 것을 알고 있은 때문이다.

싸울 뜻을 잃은 군대를 거느리고 싸우는 것처럼 어리석은 일은 없다. 이미 발뿌리가 떠 있는 판에, 정나라 군사는 담벽처럼 밀고 들어왔다.

축담이 앞에 서고 원번이 뒤를 이었다. 만백과 채중도 승리한 군사를 거느리고 양쪽에서 치고 들어왔다.

3면의 공격을 받는 주나라 군사는 걷잡을 수 없는 혼란에 빠졌다. 수레는 기울어지고 말은 넘어졌다. 장수는 수레와 말에서 떨어지고, 군사는 서로 짓밟으며 죽어갔다.

환왕은 급히 후퇴를 명령하고, 천자 자신이 추격하는 적군을 상대해 싸웠다. 용기와 무술이 뛰어난 그였다. 그 헛된 용기와 쓸모없는 무술이 이날의 패배를 부른것이기는 하지만…….

싸우며 달아나며 하는 장수가 바로 천자라는 것을 안 축담이, 싸워 이기는 것밖에 모르는 무장의 얕은생각으로 활솜씨를 뽐내 보였다. 적의 대장도 아닌 천자를 쏘아 꺼꾸러뜨리면 최고훈장을 받을 것으로 생각한 것이다.

그가 쏜 화살은 다행히도 천자의 왼쪽 어깨를 맞추는 것으로 끝났다. 두꺼운 갑옷을 입고 있었기 때문에 상처도 가벼웠다.

축담은 급히 수레를 몰아 천자를 사로잡으려 했다. 위급한 그 순간에 괵공 임보가 달려와 축담을 가로막아 싸웠다.

원번과 만백까지 가담했다. 1대3의 치열한 싸움이 벌어지고 있을 때, 갑자기 정나라 군중에서 다급한 징소리가 들려 왔다.

군의 명령이니 싸움을 끝내고 돌아설 수 밖에 없는 일이다.

환왕은 군사를 30리 밖에 주둔시켰다.

주공 흑견이 와서 패전의 원인이 진나라 군사의 배신적인 행동에 있었음을 호소했다. 환왕은 얼굴을 붉히며,

"내가 사람을 올바로 쓰지 못한 때문이오."

하고 책임을 자신에게로 돌렸다.

천자를 사로잡을 뻔했던 축담은 장공을 보자 안타까운 듯이 말했다.

"신이 이미 왕의 어깨를 쏘아 상처를 입혔으므로, 뒤쫓아가 곧 사로잡을 수 있었는데 어찌하여 징을 울렸습니까?"

"오늘의 싸움은 나라를 지키기 위한 부득이한 싸움이 아닌가? 경들의 힘으로 나라를 지켰으면 그만이지 더 무엇을 바라겠는가? 천자를 사로잡아 어떻게 처리하겠다는 건가? 천자를 쏜 것도 또한 잘못이었어. 만일 크게 다쳐 목숨이라도 잃게 된다면, 과인은 임금을 죽인 죄인의 이름을 면할 수 없지 않겠는가?"

그러나 축담은 장공의 말이 달갑지 않았다. 뒤에 무공을 표창하는 자리에서도 축담만은 거기에 끼지 못했다. 제일가는 표창을 받을 줄로 믿었던 축담이 불평을 하며 그 까닭을 묻자,

"경이 왕의 어깨만 쏘지 않았어도 표창을 하고도 남을 일이었지만, 왕의 어깨를 쏜 죄인을 표창했다는 평을 들을까 해서 그런 것이니 다음 기회를 기다리구려."

하고 장공은 달랬다.

축담은 이 일로 인해 울화를 참지 못하고, 등창이 생겨 끝내 죽고 말았다. 힘과 재주만을 믿고 생각없이 날뛰는 사람의 좋은 교훈으로 볼 수 있다.

장공은 곧 채중을 왕에게 보내어 사죄를 하게 했다. 백여 대의 수레에 소와 양과 곡식을 싣고 가서 머리를 조아리며 용서를 빌었다. 병 주고 약 주는 격이었다.

환왕은 말이 없이 부끄러운 빛만 띠고 있었다.

괵공 임보가 옆에서 대신 대답했다.

"오생(장공의 이름)이 이미 그 죄를 알았다면, 마땅히 너그러이 용서를 할 것이니 앞으로 새로운 마음으로 충성을 다해야 할 것이다. 사신은 은혜에 감사하고 물러가라."

이 마당에 다시 무슨 방법이 있을 리도 없다. 채중은 머리를 조아려 두 번 절하고 물러나와, 각 진영을 두루 돌아다니며 깍듯이 문안을 드렸다.

주먹으로 한 번 크게 내리쳐 힘을 자랑해 보이고는, 상대의 체면을 살려 주기 위해 아픈 곳을 어루만지며 용서를 비는 꼴이었다. 그것을 모자람없이 잘 해낸 채중의 솜씨는 장공 이상의 간웅이란 평을 듣기에 충분했다.

싸움에 패하고 주나라로 돌아온 환왕은 분을 이기지 못해, 다시 제후들의 힘을 빌어 정나라의 죄를 성토하려 했다.

괵공 임보가 간해 말렸다.

"임금께서 일을 가볍게 하여 부끄러움을 당한 것을 사방에 알리는 결과밖에 되지 않습니다. 진·채·위 세 나라 이외에는 모두가 정나라 편입니다. 군사를 징발해서 오지 않으면 정나라의 웃음거리밖에는 되지 않습니다. 정나라가 이미 사신을 보내 깊이 사죄한 바 있으니, 너그러이 용서하시어 스스로 충성하도록 만드는 것이 옳은 길입니다.”

환왕은 잠자코 있었다. 분해서 그저 해본 소리였는지도 모른다. 이 뒤로 다시는 정나라 일을 입밖에 내지 않았다.

주나라 천자가 정나라와 싸워 패하고 어깨에 화살까지 맞고도 참고 견딜 수 밖에 없는 상황이 벌어지게 되자, 남쪽 오랑캐 나라로 푸대접을 받고 있던 초나라가 다시 중국을 넘볼 생각을 갖기 시작했다.

초나라는 성을 미(羋)라 했고, 제후로서의 품계는 자작이었다. 오제(五帝)의 한 사람인 전욱(顓頊)의 후손으로, 주나라 문왕·무왕 때 육웅(鬻熊)이란 사람이 박학으로 이름이 높아 문왕과 무왕이 다 그를 스승으로 받든 일이 있었다.

이 육웅의 자손들은 뒤에 웅(熊)을 씨(氏)로 했는데, 육웅의 증손인 웅역(熊繹)이 성왕 때 형만(荊蠻)으로 불리우는 초나라에 봉해졌다.

웅역의 5대 손자인 웅거(熊渠)가, 둘레에 있는 나라들의 떠받듬을 받아 왕이란 이름으로 행세를 하기도 했었다. 물론 남쪽지방의 왕이란 뜻으로 당시는 중국과 거의 관계가 끊긴 상태이기도 했다.

그러다가 주나라 여왕(厲王)이 포학하다는 말을 듣자, 두려워 왕이란 이름을 버리고 쓰지 않았다.

웅거의 10대손이 분모(蚡冒)였는데, 분모가 죽자 그의 아우 웅통(熊通)이 분모의 아들을 죽이고 스스로 임금의 자리에 올랐다.

이 웅통이 성질이 사납고 싸움을 즐겨, 이웃 나라들을 차례로 정복하며 다시 왕이란 이름으로 행세를 하려 했다. 그러나 많은 나라들이 아직도 주나라를 떠받들고 있는 것이 마음에 걸려 선뜻 결정을 내리지 못하고 있었다.

그러다가 주나라 왕이 정나라에 패해 돌아왔다는 소식이 들리자,

왕으로 행세할 것을 결심하게 된다.

초나라는 재상을 영윤(令尹)이라 불렀다. 영윤 투백비(鬪伯比)가 의견을 말했다.

"왕호를 버린 지 이미 오래 되었는데, 갑자기 왕호를 쓰게 되면 이웃 나라들이 이상한 눈으로 보게 될 것입니다. 먼저 힘과 위엄으로 제후들을 누른 뒤에 하는 것이 순서인 줄 압니다."

"그 방법이 어떤 것인가?"

"한수(漢水) 동쪽의 나라로서는 수(隨)나라가 가장 큽니다. 임금께서 수나라 국경에 군대를 주둔시키고 화친을 청하는 것입니다. 수나라가 순순히 화친에 응하면 한수와 회수(淮水) 사이의 모든 나라들이 따르게 될 것입니다."

웅통은 투백비의 꾀에 따랐다. 그러나 수나라는 화친을 거절했다. 화친은 곧 항복을 뜻하는 것이기 때문이다.

결국 싸움으로 결정을 보게 되었다. 수나라는 싸움에 패해 화친 아닌 항복을 해야만 했다.

웅통은 내친 김에 항복을 받지 않고 통째로 삼키려 했다. 그러나 투백비는 생각이 보다 깊었다.

"힘으로 이웃 나라를 삼키는 것은 옳지 못합니다. 수나라로 하여금 다른 나라들을 이끌고 초나라에 충성하도록 만들어야 합니다. 그리고 수나라로 하여금 천자에게 초나라에 왕호를 내리어, 오랑캐들을 누르도록 해 달라고 청하도록 하는 겁니다."

"그런다고 천자가 들을 리가 없지 않은가?"

"그것으로 남쪽의 제후들이 초나라를 왕으로 받들겠다는 뜻을 천하에 알리는 것이 되므로, 스스로 왕이 되는 것보다 열 배 더 떳떳한 것이 되지 않겠습니까?"

"과연 좋은 생각이오."

수나라 임금은 시킨 대로 할 수밖에 없었다. 환왕이 들을 리 없다.

웅통은 짐짓 화를 내며,

"정나라와 싸워 패하고 어깨에 화살까지 맞고도 정나라의 죄를 묻지 못하는 천자가 주는 왕보다는, 남쪽 제후들의 떠받듬을 받아 왕이 되는 것이 보다 떳떳한 일이 아닌가?"

하고 스스로 왕이 되니 이가 곧 초무왕(楚武王)이다.

둘레의 모든 나라들이 사신을 보내 축하의 인사를 올렸다. 환왕은 속으로 노여웠지만 어쩔 도리가 없었다.

이때부터 초나라는 춘추전국을 통해 계속 왕으로 행세했다.

초무왕이 왕으로 행세한 사건은, 환공 6년에서 8년까지 3년에 걸쳐 이루어진다.

노환공 11년은 주환왕 19년이다.

이 해 여름 5월에 정장공이 죽고, 7월에 장사를 지내고, 9월에는 정나라 재상 채중이 송나라에 왔다가 잡힌 바 되고, 정장공 아들 돌(突)이 정나라로 돌아가고, 새 임금이 되어 있던 세자 홀(忽)은 위나라로 달아난 것으로 나와 있다.

간웅으로 불리운 정장공은 교활하고 간교한 방법으로 한 때 위세를 떨치고 있었으나, 그가 죽는 즉시 네 아들이 서로 임금 자리를 노리며 쫓고 앗는 싸움을 벌이게 된다.

한때 불꽃처럼 일어나 세상을 두렵게 만든 정나라도 이 네 형제의 싸움으로 차츰 기울고 만다. 그 네 형제의 싸움이 어떻게 행해지고 있었는지 더듬어 보기로 한다.

정장공은 병이 깊어지자, 채중을 병상 머리로 불러 앉히고 말했다.

"과인은 아들이 열 하나가 있는데, 세자인 홀 말고 돌과 미(豐)와 의(儀)가 다 귀하게 될 상을 지니고 있소. 그 가운데 돌이 가장 재주와 지혜가 뛰어나고, 얼굴 또한 복을 누리게 되어 있소. 나머지

셋은 모두 끝을 좋게 마치지 못할 것 같으니, 아예 돌에게 뒤를 물려주고 싶은데 어떻겠소?"

채중은 이렇게 대답했다.

"세자는 큰 부인의 아들로, 가장 나이도 많으며 세자 된 지 이미 오래옵니다. 자주 싸움터로 나가 큰 공을 세운 바 있어 신하와 백성들이 다 믿고 따릅니다. 부인의 몸에서 난 세자를 폐하고, 후궁에서 난 아들에게 나라를 전하는 일은 신이 감히 명령에 따를 수 없습니다."

장공도 실은 실행하기 어려운 일임을 잘 알고 있었다.

"돌은 신하로서 마음 편히 있을 리가 없으니, 홀이 임금이 되는 날은 돌을 외가로 보내도록 해주오."

"아들을 아는 일은 아버지만한 이가 없다 했습니다. 주상의 명령대로 따르겠습니다."

장공은 길게 한숨을 내쉬며,

"정나라가 앞으로 시끄러워지리라."

하고 눈을 내리깔았다.

그리고는 직접 돌을 외가인 송나라로 가있으라는 명령을 내리고 오래지 않아 죽었다.

세자 홀이 뒤를 이어 임금이 되니 이가 소공(昭公)이다.

소공은 대신들을 각 나라로 보내 임금이 새로 선 것을 알려 자기 지위를 굳히기로 하고, 특히 채중을 송나라로 보내 돌의 움직임을 살피고 오게 했다.

그러나 그런 세심한 계획이, 도리어 화를 빨리 불러 오리라는 것을 알 리는 만무였다. 채중은 천하에 첫째 가는 모사였기 때문이다.

공자돌의 어머니는 송나라 종실인 옹씨(雍氏)집 딸이었다. 옹씨들은 자손이 많았고, 송나라 임금의 신임을 받고 있는 사람도 많았다.

공자돌은 고국에 홀로 남아 있는 어머니가 그립다며, 그들과 정나

라로 돌아갈 방법을 상의하고 있었다. 그때 채중이 사신으로 송나라
에 오게 된 것이다.

송나라 임금 장공(莊公)은 공자돌이 정나라 임금이 되는 것이 송
나라에 도움이 된다는 것을 믿고 있었으므로, 돌의 귀국계획을 늘
생각에 두고 있었다.

정나라를 사실상 움직이고 있는 채중이 이르자,

"자돌이 돌아가는 일은 채중 한 사람에 달려 있다."

하고, 채중을 군부(軍府)에 가두고 말았다.

그날 밤 태재 화독이 술과 안주를 갖추고 군부로 채중을 찾아와
위로와 함께 이런 부탁을 했다.

"자돌이 송나라로 억울하게 쫓겨나 있는 것은 천하가 다 아는 일
이 아니오? 나약한 자홀은 임금 재목이 아니니, 자돌을 대신 임
금으로 앉히는 것이 좋지 않겠소? 우리 임금도 억울하게 정나라
로 쫓겨나 있다가, 정나라의 도움으로 돌아와 임금이 되지 않았
소? 그렇게 해서 두 나라의 친목이 이어지게 된다면 서로를 위해
서 다행한 일이 아니겠소?"

채중은 단호히 거절했다. 그러자 화독은 이렇게 위협했다.

"당신이 말을 듣지 않으면, 우리 임금께선 군대를 동원해 공자돌
을 정나라로 돌려보낼 거요. 그때는 출군에 앞서 당신의 목을 베
어 군에 보이게 될 것이니, 내가 당신을 보는 것도 오늘뿐이오."

채중은 죽는 것이 두려워 우선 승낙을 했다. 그러자 화독은 맹세
까지 해달라고 요구했다. 죽을 용기가 없는 채중으로서는 들을 수밖
에 없었다.

공자는 강요된 맹세는 지키지 않아도 된다고 하고, 제자들이 꺼리
는 맹세를 스스로 하고 난을 벗어난 다음, 곧 그 맹세를 깨고 만 일
이 있었다.

그러나 당시 사람들은 맹세를 깨면 그 맹세한 말대로 천벌을 받는

것으로 알고 있었고, 또 그렇게 믿지 않는다 하더라도 맹세를 저버
린 사람이란 평을 듣는 것을 죽기보다 더 싫은 모욕으로 알고 있었
다.

송장공은 다시 채중과 공자돌을 불러 세 사람이 함께 맹세하는 절
차를 밟았다.

공자돌이 임금이 되더라도 정치는 일체 채중에게 맡긴다는 것과,
송나라로 인해 임금이 되었으니 그에 대한 보답으로 세 성을 송나라
에 떼어 줄 것과, 그밖에 황금 만 근과 해마다 곡식 3만 섬을 송나라
에 바친다는 것을 약속하는 내용의 맹세였다.

공자돌은 우선 급한 마음에 다 들어줄 수밖에 없었다. 그러나 남
의 약점을 이용해 무리한 자기 욕심만을 채우려 한 송장공의 처사
는, 은혜를 원수로 바꾸는 결과로 나타날 수밖에 없는 일이었다.

송장공은 또 옹씨의 아들 옹규(雍糾)와 채중의 딸과 혼인하게 하
고, 옹규에게 대부의 벼슬을 준다는 약속까지 받아내었다. 이 옹규
가 또 뒤에 큰 일을 벌이게 된다.

자돌과 옹규는 장사꾼 차림으로, 수레를 타고 채중을 따라 정나라
로 들어와 채중의 집에 숨어 있었다.

채중은 정나라로 돌아오자, 병을 핑계로 조회에 나가지 않았다.
대신들은 채중의 집으로 함께 병문안을 온다.

채중의 부름을 받아 안방으로 들어온 대신들은, 멀쩡한 모습으로
앉아 있는 채중을 보고 크게 놀라 까닭을 물었다.

"내 병은 몸의 병이 아니라 나라의 병이오. 선군께서 자돌을 사랑
한 나머지 사사로이 송나라 임금에게 부탁을 한 일이 있었소. 지
금 송나라가 일당천의 용장으로 알려진 남궁장만(南宮長萬)을 대
장으로 6백 승(乘)의 대군을 거느리고 돌을 위해 정나라를 치려하
고 있소. 이 일을 어떻게 감당해 내겠소?"

대신들은 얼굴만 마주 바라볼 뿐 감히 대답을 하지 못했다.

채중이 다시 말을 이었다.

"송나라의 군사를 막는 길은 임금을 바꾸는 길밖에 없소. 지금 공자돌이 이곳에 와 있으니, 여러분의 의견을 들어 그 가부를 결정짓고 싶습니다."

그러자 고거미가 칼을 어루만지며 몸을 내밀어 말했다. 고거미는 정장공이 그를 상경으로 앉히려 했을 때, 세자 홀이 적극 반대한 일이 있었으므로 일찍부터 틈이 나 있는 사이였다.

"상군(相君)의 그 말씀은 나라의 복이옵니다. 우리는 새 임금(공자돌)을 뵙고 싶습니다."

고거미의 이 말에 다른 대신들은 채중과 고거미가 무슨 약속이 있는 것으로 알았다. 또 장막 뒤 벽쪽에 인기척이 있는 것을 알고 있었으므로 감히 반대할 용기를 낼 수 없었다. 그저 고개를 숙여 순종하는 모습만을 보이고 있었다.

채중은 공자돌을 불러내어 윗자리에 앉게 하고, 고거미와 함께 먼저 절을 했다. 다른 대신들도 따라 할 수밖에 없었다.

채중은 미리 준비해 둔 상소문에 연명을 한 다음, 이를 임금에게 올리게 했다.

송나라에서 대군을 거느리고 돌을 임금으로 앉히기 위해 쳐들어오려 하니, 나라의 어려움을 막기 위해 송나라의 청을 들어줄 수밖에 없다는 사연으로, 스스로 물러나 줄 것을 바라는 내용이었다.

채중은 또 밀계(密啓)를 올려, 이번 일은 부득이해 이루어진 것이니 잠시 피해 계시면 다시 모셔오도록 하겠다는 내용을 전했다. 그리고 맹세의 말까지 덧붙여 두었다.

소공은 하는 수 없이 부인 규씨(嬀氏)와 눈물의 이별을 하고 위나라로 달아나야만 했다.

그리고 공자돌이 임금의 자리에 오르니 이가 여공(厲公)이다.

좌씨전에는 9월 정해(丁亥)에 소공이 위나라로 달아나고, 기해(己

亥)에 여공이 임금이 되었다고 적고 있다. 12일의 사이를 두고 임금이 갈아든 셈이 된다.

약속대로 채중의 딸은 옹규의 아내가 되고, 옹규는 여공이 송나라에 있을 때 가장 많이 신세를 진 외가 집안의 아들이었으므로, 대부의 벼슬에 오르는 것과 동시에 여공의 신임을 받고 있던 탓으로 채중 다음의 제2의 실권자로 떠오르게 되었다.

돌이 임금이 되자 신변의 불안을 느낀 공자미와 공자의도 각각 채나라와 진나라로 달아나고 말았다.

4년의 세월이 흐른 노환공 15년 3월에, 주나라 환왕이 죽고 5월에는 정여공이 채나라로 도망가고, 뒤이어 위나라로 망명해 있던 정소공이 다시 돌아오게 된다.

모두가 채중과 여공과의 권력을 둘러싼 대립으로 빚어진 일이었다.

이 4년 동안 정여공은, 송장공의 탐욕으로 인한 요구에 시달리다 못해 전쟁을 거듭하기도 했다. 약속한 세 성과 해마다 바치기로 한 3만 섬의 곡식을 보내주지 않는다고 독촉이 심하자, 정여공은 노환공을 사이에 넣어 무리한 요구를 철회하도록 설득하는 방법을 썼다.

그 결과 노나라와 정나라는 힘을 합쳐 송나라를 치기까지 했다. 탐욕스런 송장공에 대한 분노 때문이었다. 이때 송나라는 많은 손해를 입는다.

그 싸움이 다시 국제적인 편싸움에까지 이어져, 송나라는 다시 부끄러운 결과를 가져오게 되었다.

한이 뼈에까지 사무치게 된 송장공은, 뇌물로 제·채·위·진 네 나라의 군사를 빌어 정나라를 다시 쳐들어오게 되었다.

이때 정여공은 적을 맞아 싸우려 했으나 채중은 이를 반대했다.

"싸워 이길 수도 없거니와, 설사 이긴다 해도 송나라의 원한에 싸인 침략이 이어지게 될 것이니, 그들이 마음껏 약탈해 돌아가도록 하는 것이 장래를 위해 다행한 결과를 가져올 것입니다.”

그리고는 여공의 승낙이 떨어지기 전에 명령을 내려 백성들로 하여금 굳게 성을 지키게 하고, 나아가 싸우기를 청하는 사람이 있으면 군령으로 다스리겠다는 명령까지 내렸다. 임금을 무시한 태도가 분명했다.

송나라 군사는 정나라 군사가 나오지 않는 것을 보자 닥치는 대로 약탈을 하고, 정나라 조상의 사당이 있는 태궁(太宮)의 서까래를 뽑아다가 송나라 성문의 서까래와 바꾸어 모욕을 주기까지 했다.

정여공은 이름만이 임금일 뿐, 채중의 꼭두각시에 지나지 않다는 것을 새삼 느끼며 결심을 하기에 이른다.

이런 일이 있은 뒤 주환왕의 초상이 알려지자, 정여공은 사신을 보내 조문을 하려 했다. 채중은 이것마저 반대했다.

축담이 천자의 어깨를 쏘아 상처를 입힌 일이 있으므로, 조문을 가야 욕된 꼴만 당하고 올 거라며 반대한 것이다.

여공은 채중의 주장에 따르는 수밖에 없었다. 그러나 쌓인 노여움에 불이 다시 타오르기 시작했다.

그런 여공의 속마음을 알게 된 옹규가, 임금을 위해 채중을 없애겠다고 자청하고 나왔다.

“그대는 채중의 사랑하는 사위가 아닌가?”

하고 여공이 묻자

“아닙니다. 나를 사위로 삼은 것은 송나라와의 약속에 따른 것일 뿐입니다. 마음에 없는 혼인을 했다 하여 나를 속으로 달가워하지 않고 있습니다.

뿐만 아니라, 채중은 먼저 임금에 대한 정을 잊지 못하고 있습니다. 그는 언제 또 임금에게 이롭지 못한 일을 할지 모릅니다.”

“그대가 만일 채중을 없애 준다면, 그 자리를 그대에게 주겠소.

허나 무슨 방법으로 그를 없앨 수 있겠소?”

“지금 송나라가 휩쓸고 간 동문 밖 민가와 가게들이 아직 복구되지 않고 있습니다. 임금께서 사도(司徒)에게 명령하여 수리하게 하시고, 채중을 시켜 곡식과 옷감들을 가지고 가서 이재민들에게 나눠주게끔 하십시오.

그러면 신이 그리로 나가 술자리를 만들고, 그 자리에 독이 든 술로 죽게 만들겠습니다.”

요행을 바라는 위험한 짓이었다. 그러나 여공은 우선 채중의 손에서 벗어나고 싶은 욕망에서 이 계획을 받아들이고 말았다.

그러나 옹규는 큰일을 해낼 그런 인물이 못 되었다. 결정은 했으나 걱정과 두려움을 떨쳐버리지 못했다.

집에 돌아온 옹규의 태도가 전과 다른 것을 눈치 챈 채중의 딸 채씨는, 남편이 무슨 큰일을 저지르고 있지는 않나 하는 의심을 품고 꼬치꼬치 물었으나 딱 잡아뗄 뿐이었다.

아내 채씨는 남편에게 술을 권해 취하게 만든 다음 다시 캐물었다.

“부부는 한 몸이라 하지 않습니까? 남편은 하늘보다 더 중하다 하지 않습니까? 나는 당신이 무슨 어려운 일을 꾀하고 있는 것을 다 알고 있습니다. 내가 당신을 도울 수도 있지 않겠습니까?”

옹규는 술 기운에 모든 것을 다 털어놓고 말았다. 그리고 더 이상 캐묻지 말라고 일렀다.

채씨는 너무도 엄청난 일이라서 설마 하는 생각이 들었다. 너무 캐어물으니까 술김에 지나친 농담을 한 것인지도 모를 일이다.

채씨는 다시 술을 권해 취해 잠들게 한 다음, 짐짓 이렇게 물어보았다.

“당신 임금께서 채중을 죽이라고 명령했는데, 벌써 잊고 계신거요?

그러자 옹규는,

"그 일을 잊고 있을 리가 있나?"

하고 대답했다.

옹규는 술이 취하면 속에 있는 말을 함부로 하기도 하고, 생각에 숨겨둔 일을 잠꼬대로 곧잘 말하는 버릇이 있었던 것이다.

아침 일찍 일어난 채씨는 다시,

"당신이 우리 아버지를 죽이려 하는 것을 나는 다 알고 있습니다."

하고 말을 건네 보았다.

옹규는 아니라고 딱 잡아떼었다. 술김에 농담으로 한번 해본 소리를 가지고 그러느냐고 웃어넘긴다면 다행한 일이었다.

그러나 딱 잡아떼는 그 자체가 진실을 뒷받침해 주는 것이기도 했다.

"당신이 밤에 술이 취해 다 말해 주었어요. 숨기려 하지 말아요."

옹규는 궁한 나머지,

"만일 그런 일이 있다면 그대는 어떻게 할 작정인가?"

"시집을 가면 남편을 따르는 것이 여자의 도리인데 말은 해서 무엇합니까?"

옹규는 다시 맑은 정신으로 구체적인 계획을 이야기하고, 그렇게 되면 내가 재상의 자리에 오르게 되니 그대에게도 영광이 돌아온다는 것을 덧붙였다.

채씨는 아버지 채중이 그날 다른 사람을 대신 보내면 모든 것이 허사가 된다며, 하루 먼저 가서 아버지를 꼭 나가게 만들겠다고 하고 친정으로 갔다.

채씨는 어머니를 보고 물었다.

"아버지와 남편과는 누가 더 가깝습니까?"

"둘 다 가깝지."

“가까운 정은 누가 더하지요?”

“아버지가 남편보다 더하다.”

“어째서지요?”

“시집가기 전 여자는 남편이 정해져 있지 않지만 아버지는 이미 정해져 있고, 시집간 여자는 다시 시집을 가기도 하지만 아버지는 바꿀 수 없기 때문이지.”

채씨는 두 눈에서 흘러내리는 눈물을 걷잡지 못하며,

“내가 오늘 아버지를 위하게 되면 다시는 남편을 돌볼 수 없게 된다.”

하고 흐느끼고 나서, 옹규가 꾀하고 있는 비밀을 모두 어머니에게 말했다.

이리하여 채중은 동문 밖에서 옹규가 주는 술잔을 받아 독이 들어 있는 것을 확인한 다음, 그 자리에서 옹규의 목을 자르게 했다. 여공이 숨겨 둔 군인들도 모조리 붙잡혀 죽고 말았다.

이리하여 여공은 채나라로 달아나고, 소공이 다시 정나라로 돌아와 임금이 되었다.

그러나 다시 돌아온 소공은 2년 뒤인 노환공 17년 겨울, 채중이 제나라에 간 사이에 고거미의 손에 죽고 공자미가 임금의 자리에 오른다.

그런가 하면 임금이 된 자미와 고거미는, 제나라 양공의 속임수에 넘어가 제나라로 친선방문을 갔다가 잡히어 죽고 만다.

자미가 제나라로 가 죽자, 여공을 다시 모셔오자는 사람도 없지 않았다. 그러나 채중이 이를 반대하고 공자의를 진나라에서 맞아 임금자리에 오르게 했다.

자의가 임금이 된 15년 동안에는 정나라가 그런대로 안정을 유지하고 있었다. 그것은 채중의 지혜로 여공의 책략을 막을 수 있었기 때문이다.

그러나 15년 뒤인 노장공 16년 여름, 여공은 제나라의 도움으로 이미 채중이 죽고 없는 정나라를 쳐서 이기고 다시 정나라 임금이 된다. 이때 자의는 심복으로 믿었던 부하(傳瑕)의 손에 죽고 말았다.

부하는 17년 동안 역(櫟)이란 곳에서 정나라를 치고 들어오려는 여공을 감시하며, 대릉(大陵)이란 곳에 주둔해 있던 무장이었다.

그런 그가 대릉을 점령당하자 제나라 군사에 항복하여 포로가 되었고, 여공이 17년 쌓인 한을 풀겠다며 죽이려고 하자,

“목숨만 살려 주신다면, 임금을 위해 재상인 숙첨(叔詹)을 달래어 자의를 죽이고 임금을 맞아들이겠습니다.”

하고 애걸을 했다.

여공은 부하의 처자를 인질로 잡아두고 그를 놓아 주었고, 그는 숙첨의 허락을 받아 자의와 함께 성을 지키는 척하다가 제나라 군사가 이르자, 뒤에서 칼로 자의의 등을 찔러 죽게 한 것이다.

그러나 다시 돌아온 여공은,

“너는 지난 날 옛 임금을 위해 충성을 바쳤다 말할 수 있다. 그런 네가 죽는 것이 두려워 나를 위해 옛임금을 죽였으니, 너의 마음은 헤아릴 수가 없다. 옛임금을 죽인 너에게 죽은 자의를 대신해 내가 원수를 갚겠다.”

하고 저자로 끌어내 처형을 시켰다. 인질로 잡고 있던 처자들만은 용서해 주었다.

사람들은 여공의 처사를 옳다고 평했다.

5년 뒤인 노장공 21년 여름 5월에 여공은 죽었다. 정장공이 채중에게 유언으로 남긴 그대로 다 적중한 셈이다. 세 아들이 다 명대로 살지 못하고 죽었는데, 돌만이 명대로 죽은 것이다.

정나라는 이 뒤로 점점 약해지고 형제들의 싸움이 끊이지 않아, 이쪽에 붙었다 저쪽에 붙었다 하는 주체성 없는 나라로 큰 나라 눈

치만 보게되기에 이른다.

문강(文姜)과 제양공(齊襄公)

호 사 불 출 문　　악 사 행 천 리
好事不出門, 惡事行千里.
"좋은 일은 문밖에 나가지 않으나, 나쁜 일은 천리를 간다."

노환공 18년의 기록은 환공에 관한 일로 차 있다.

'18년 봄 정월에 환공이 제나라 임금과 녹(濼)에서 만났다.

환공이 부인 강씨와 더불어 드디어 제나라로 갔다.

여름 4월 병자일에 환공이 제나라에서 죽었다.

정유일에 환공의 상여가 제나라로부터 왔다.

겨울 12월 기축일에 우리 임금을 장사지냈다.'

부인 강씨와 같이 제나라로 간 것에 대해 '드디어'라는 말을 붙인 것에 깊은 뜻이 있다.

부인 강씨가 제나라에 가는 것이 옳지 않다 하여 신하들이 반대하는 것을 뿌리치고, 강씨의 소원을 끝내 들어주고 말았다는 뜻이 들어 있는 것이다.

그렇게 해서 길을 떠난 환공이 제나라에서 죽고 만다. 병으로 죽은 것이 아니라 부인 강씨가 오빠인 제양공과 간통한 사실이 밝혀지자, 돌아가 화를 입을지도 모르는 강씨를 위해 양공이 죽이고 만 것이다.

그리고 죽은 환공의 상여가 22일이 지나 노나라로 돌아온 것을 적고 있다.

공자휘의 거짓말을 믿고 착한 형 은공을 죽이고 임금이 된 환공은, 부인 강씨의 음란한 행동으로 인해 스스로 목숨을 잃은 꼴이 되고 만 것이다.

남편을 죽인 것이나 다름없는 문강(文姜)이란 여자는 과연 어떤 여자였던가? 그리고 오라비인 양공과는 어떤 숨은 사연들이 있었던가? 친정에 온 누이와 간통을 하고, 들통이 나자 매부를 죽이고 만 제양공은 또 어떤 사람이었던가?

간단히 줄거리만을 적으면 다음과 같은 내용이 된다.

앞에서 잠깐 비친 바 있지만, 문강은 제희공의 둘째딸로 절세미인이었다. 그녀는 타고난 음탕한 기질로 시집오기 전, 두 살 위인 배다른 오라비 세자 저아(諸兒)와 정을 통하며 지냈다. 이 저아가 곧 제양공이다. 그 역시 미남으로 방탕하기 이를데 없었다.

노환공에게로 시집온 문강은 시집 오자마자 아이를 배어 아들을 낳았다. 이 아들이 장공이다. 제나라 사람들은 노장공을 제양공의 아들이라고 비웃기도 했다 한다.

문강은 환공이 제양공의 초청을 받아 제나라로 가게 된 것을 알자, 문득 오라비 양공과의 옛 생각이 떠오르며 음탕한 마음을 누르지 못하고, 환공을 졸라 함께 가는 승낙을 얻어냈다.

이때 신수(申繻)라는 신하가 말렸다.

"시집간 여자는 친정에 부모가 살아계실 때만, 한 해에 한 번 근친을 갈 수 있습니다. 부모가 계시지 않는데 근친을 가는 것은 예가 아닙니다. 예가 아닌 일을 하게되면 반드시 실패가 따르게 됩니다.”

그러나 문강의 사랑에 빠져있는 환공은 그녀의 청을 뿌리칠 수 없어 함께 떠나고야 말았다.

제양공은 환공이 문강과 함께 온다는 소식을 듣자, 그 계집에 그 사내로 미리 비밀 장소를 만들어두고 기다렸다.

환영잔치가 끝나자 노환공은 영빈관으로 돌아오고, 문강은 대궐에서 비빈들과 인사를 나누겠다며 대궐로 들어갔다.

그런데 이제나저제나 하고 대궐에서 나오기를 기다렸으나, 밤이 늦도록 문강은 남편이 기다리고 있는 영빈관으로 돌아오지 않았다.

꼬박 밤을 새며 방안을 서성거리던 환공은 날이 밝기를 기다려, 사람을 시켜 대궐로 들어가 어떻게 된 사연인지를 조용히 알아오게 했다.

제나라 임금에겐 부인은 이미 죽은 지 오래이고, 후궁인 연비(連妃)가 있을 뿐인데 그녀와도 정이 멀어져 혼자 지내고 있는 형편이라는 것이었다.

그리고 문강은 초저녁부터 임금과 오누이가 술잔을 나누고 있었을 뿐, 다른 누구와도 어울린 일이 없다는 것이었다.

그런 문강이 해가 높이 떠오른 뒤에야 환공의 침소로 돌아왔다.

환공의 끈질긴 추궁을 교묘한 말솜씨와 태연한 얼굴모습으로 모면하려 했었지만, 모든 것을 다 알고있는 남편의 지적을 벗어날 수는 없었다.

“밤에 왜 나오지 않았는가?”

“이야기를 나누다보니 밤이 너무 늦은지라, 하는 수 없이 대궐에서 잤습니다.”

“대궐 어디서 잤는가?”

“옛날 내가 있던 서궁에서 잤습니다.”

“누구와 잤는가?”

"시종드는 궁녀만이 있었습니다."

"너의 오라비는 어디서 잤는가?"

"별 걸 다 물으시는군요? 오라비가 어디서 자는지를 내가 알 리가 없지 않습니까?"

"날이 샌 뒤에도 왜 빨리 나오지 못하고 여태껏 있었는가?"

"밤이 늦도록 술을 마셨기 때문에 그만 늦잠이 들었습니다."

이 정도로 해 두었으면 또 모르겠는데, 환공은 마침내 분을 못 참고,

"그래도 끝내 숨길 작정인가? 나는 네가 간밤에 네 오라비와 함께 지낸 것을 다 알고 있다."

하는 말을 해버렸다.

문강은 얼굴이 붉게 물들며 그것을 숨기느라 두 손으로 얼굴을 가리고, 통곡하는 시늉을 하며 억울하다는 소리만을 외쳐대고 있었다.

밤이 깊기 전에 돌아가고 돌려보낼 생각이었지만, 다시 헤어지는 아쉬움에 조금만 조금만 하다가 그만 깊은 잠에 빠진 것이다.

죄를 짓고 뒤가 구린 양공은, 심복을 문강 뒤에 딸려보내 부부끼리 주고받는 이야기를 엿들어오게 했다.

보고를 들은 양공은 문강이 돌아가는 날 무사하지가 않을 것 같고, 노나라의 보복이 또한 두려웠다.

노환공이 예정된 날짜를 앞당겨 돌아가려 하자, 양공은 억지로 하루만 더 묵어가라고 붙들고 성밖에 있는 우산(牛山) 별궁으로 가 환송연을 벌였다.

그리고 신하들을 시켜 차례로 술잔을 올리게 했다. 죽이기 위한 계획된 방법이었다. 환공은 홧김에 주는 대로 잔을 비웠다. 마침내 취해 정신을 잃고 말았다.

양공은 천하장사로 불리우는 공자 팽생(彭生)을 시켜, 노환공을 수레에 태워 모시고 영빈관으로 돌아가게 했다.

팽생은 양공이 시킨 대로 가는 도중, 환공의 옆갈비를 눌러 피를 토하고 죽게 만들었다.

임금이 죽은 소식과 함께 그 연유를 알게 된 노나라는 발칵 뒤집히는 소동이 일었다. 무관들은 당장 군사를 거느리고 가, 제나라의 죄를 묻자고 주장했다. 그러나 싸워 이기지 못할 싸움을 명분만을 위해 싸울 수는 없는 일이다.

지혜주머니로 불리우는 시백(施伯)의 의견에 따라, 임금을 잘 모시지 못한 책임을 물어 공자 팽생을 처형할 것을 강력히 요구하고, 임금의 시신을 모셔오기로 했다.

제양공은 노나라의 그런 청마저 거절할 수가 없어, 노나라 사신이 와 있는 앞으로 팽생을 불러들여 처형하고 만다. 팽생은 약속한 대로 벼슬을 올려주고, 큰 상을 내릴 것으로 알고 들뜬 마음으로 들어왔다가,

"내가 노나라 임금을 그토록 잘 모시라고 당부를 했거늘, 어찌하여 불행한 변을 당하게 했단 말이냐? 너의 죄 살아남지 못할 것이다."

하는 양공의 호통소리를 듣자 임금의 속임수에 걸려든 것을 알고,

"네놈이 오누이끼리 붙는 패륜을 저지르고, 남의 나라 임금이요 매부인 노나라 임금마저 나보고 죽이라고 시키고는 이제 와서 그 죄를 내게 씌우려 하는구나! 내가 죽어 원귀가 되어서라도 이 원수는 꼭 갚고 말 테다!"

하고 끌려나가 죽었다고 한다.

양공이 뒤에 비명의 죽음을 당하게 되었는데, 그때 이 팽생의 원귀가 나타났다고 전해지고 있다.

문강은 나라로 돌아올 면목이 없다며, 국경지대에 있는 제나라의 작(禚)이란 곳에 머물러 있었다. 부끄러운 마음도 없지는 않았겠지만, 양공에 대한 미련 때문이었다.

마음씨 고운 노장공은 축구(祝邱)라는 국경 마을에 별관을 짓고, 어머니 문강을 그리로 와 있게 했다.

축구로 와 있는 문강은 작이란 곳으로 나가 양공과 자주 만났고, 나중에는 버젓이 양공과 함께 수레를 타고 제나라 대궐로 들어와 부부처럼 지내기에 이른다.

이 문강의 뻔뻔스런 모습을 풍자한 재구(載驅)라는 시가 〈시경〉에 전해지고 있다.

이 문강이란 여자는 음탕하고 뻔뻔스러울 뿐만 아니라, 양공과 아들 장공을 끝내 손아귀에 넣고 자기 뜻대로 하곤 했다.

〈춘추〉 장공 원년에는, 장공이 즉위했다는 말을 빼고 쓰지 않았다. 그리고 3월에 문강이 제나라로 간 것을 누구라고 밝히지 않고, '부인이 제나라로 달아났다'라고만 썼다. 작에 머물러 있은 것을 말한다.

그 까닭을 좌전에는 이렇게 밝히고 있다.

"즉위라 일컫지 않은 것은 문강이 달아난 때문이다. (돌아오지 않은 것을 말한다).

3월에 부인이 제나라로 달아났다라고만 하고 강씨라고 일컫지 않은 것은, 인연을 끊고 어머니로 여기지 않은 때문으로 예의에 맞는 일이다."

결국 아버지를 죽게 만든 어머니를 다스릴 수 없는 임금의 즉위는 떳떳한 것이 되지 못하기 때문이며, 여전히 버릇을 고치지 못하고 제나라로 가 있는 부인을 누구라고 밝히기조차 꺼린 데서 나온 것이라 볼 수 있다.

그런데 2년 겨울 12월에, 부인 강씨가 제나라 임금과 작에서 만났다고 분명히 밝히고 있는 것에 대해서는,

"간통한 것을 쓴 것이다."

라고 그 까닭을 밝히고 있다. 이런 것이 이른바 춘추필법이란 것이

다.

7년 겨울에는 문강이 양공과 곡(穀)이란 곳에서 만났다고 나와 있다. 그리고 8년 겨울 11월에, 제나라 무지(無知)가 그 임금 저아를 죽였다라고 나와 있다.

패륜과 살인을 부끄럼없이 저지른 양공이, 마침내는 그 악행이 쌓이고 쌓인 끝에 반역을 만나 부끄러운 죽음을 당하고 만 것이다.

양공의 죽음으로 혼란에 빠졌던 제나라는, 제환공(齊桓公)과 포숙(鮑叔)과 관중(管仲)이란 세 인물의 등장으로 5패시대를 열게 된다. 그 이야기는 다음으로 미룬다.

위나라 장공의 뒤를 이은 환공이 주우에 의해 죽고, 그 주우가 충신 석작에 의해서 죽은 뒤, 장공의 아들이요 환공의 아우인 진(晋)이 임금이 된 것은 앞에서 이미 말했었다.

이 진이 선공(宣公)이다. 이 선공은 사람이 방탕해서 공자로 있을 때부터, 아버지 장공의 첩인 이강(夷姜)과 몰래 사귀는 가운데 아들을 하나 낳았다. 그 아이를 몰래 민가에 맡겨 기르고 있었는데, 이름을 급자(急子)라 불렀다.

선공이 임금의 자리에 오르자 원비인 형비(邢妃)와는 처음부터 정이 없이 지냈으므로, 이강이 사실상의 원비가 되어 그녀의 몸에서 난 급자를 세자로 세울 것을 약속하고, 우공자(右公子)로 불리우는 직(職)에게 그 일을 부탁했다.

급자가 나이 16살이 되자, 선공은 제희공의 맏딸을 급자의 아내로 맞아들이기로 교섭을 했다. 심부름으로 왔다갔다하던 사신은 제나라 공주가 천하절색이란 것을 선공에게 말했다.

아버지의 첩인 이강과 간통한 바 있는 선공은, 며느리로 맞아들이려던 제나라 공주를 가로챌 욕심을 품기에 이른다.

그러나 그 말을 차마 입밖에 내지 못하고 기하(淇河)라는 강 위에 신대(新臺)라는 화려한 별궁을 지은 다음, 먼저 급자를 송나라로 친선방문이란 이름으로 다녀오게 만들고 좌공자(左公子)로 불리우는 설(泄)을 제나라로 보내 희공의 맏딸을 맞아 새로 지은 신대별궁으로 들게 한 다음, 그녀와 첫밤을 거기서 보내고 만다.

이 제희공의 맏딸이 선강(宣姜)이다. 태산이란 명산을 끼고 있는 제나라 공주들은 옛부터 미녀가 많기로 이름이 나 있다. 얼굴이 아름다운 그녀들은 시집가는 곳마다 불륜의 좋지 못한 역사를 남기고 있다.

미인박복이란 말이 있다. 그것은 아름답다는 자체가 스스로 교만한 마음을 갖게 만든 때문이요, 사나이들의 엉큼한 욕심을 부채질하는 대상이 되기 때문이다. 복이 없다는 것은 덕이 없기 때문이라 말할 수도 있을 것이다.

위나라 사람들은 이를 풍자하여 '신대'라는 시를 지어 불렀다. 씩씩한 젊은 공자에게로 시집오는 줄 알고 있었는데, 엉뚱하게 늙은 추물에게 걸려든 꽃다운 여성을 가엾게 여기는 내용이다.

급자는 송나라에서 돌아와 신대에서 임금을 만나 보고를 드렸다. 선공은 급자에게 서모의 예로써 선강을 뵙도록 시킨다. 급자는 원망하거나 싫어하는 기색마저 보이지 않았다.

며느리를 가로챈 선공은 신대로 가 살다시피하며 이강과는 남남처럼 지냈다.

선강은 시집온 3년 사이에 수(壽)와 삭(朔)이라는 두 아들을 낳는다.

의리없는 선공은 급자에 대한 약속을 저버리고, 선강이 낳은 아들 수를 세자로 봉하기로 마음을 고쳐먹는다. 그리고 좌공자 설에게 수를 맡기고 그 일을 부탁하기까지 했다. 자기가 한 일을 스스로 해결짓지 않은 채 형제의 싸움을 붙인 꼴이 되었다.

선공의 그같은 애매한 태도는 그 자신의 우유부단한 성격 때문만은 아니었다. 숨은 경쟁상대인 급자와 수가 친형제 이상으로 가깝게 지내며 서로 감싸고 있었고, 급자의 효성과 모든 행실이 탈을 잡으려 해도 잡을 곳이 없을 정도였기 때문이다.

그런데 한 배에서 나온 형제인데도, 작은 아들 삭은 형 수와는 그 성질이 양지와 음지처럼 정반대였다. 교활하고 민첩하고 앙큼하기가 도둑고양이 같았다.

삭은 급자와 수를 밀어내고 자기가 세자가 될 것을 꿈꾸고 있었다. 필요하면 둘을 다 없앨 결심까지 하고 있었다. 우선 급자부터 없애고 볼 일이다.

삭은 어머니 선강과 짜고 아버지 선공에게 급자를 헐뜯고 모함하고 했지만, 수가 언제나 감싸고 변명하고 하는 바람에 별 효과를 거둘 수 없었다.

그러던 어느 날 급자의 생일을 맞게 되었다. 공자 수가 술과 안주를 준비하여 급자를 청해 축하를 하게 되었다. 이때 삭도 자리에 함께 있었다.

형 수가 급자와만 정답게 이야기를 주고 받고 하는 통에, 삭은 말을 붙일 겨를도 얻지 못했다. 그 자리에 있기가 못마땅해진 삭은 아프다는 핑계로 먼저 일어나고 말았다.

문을 나서는 순간 화를 겸한 교활한 생각이 떠올랐다. 곧장 어머니가 있는 곳으로 달려갔다. 두 눈에서 눈물이 비오듯하며 터무니없는 거짓말을 늘어놓았다. 인생을 연극에 곧잘 비유하곤 하는데, 이 삭이야말로 거짓된 세상에 거짓된 삶을 사는 명배우였다. 그는 이런 연극솜씨로 인해 끝내 임금의 자리에 올랐으니 말이다.

"저는 좋은 뜻에서 형과 함께 급자의 생일을 축하해 주고 있었는데, 술이 반쯤 취하자 글쎄 저를 보고 이런 말을 하지 않겠어요?"

"뭐라고 말이냐?"

"너는 내 아들이다. 너의 어머니는 원래 내 아내였으니까 너는 마땅히 나를 아비라고 불러야 옳다라고 말입니다."

"그래 가만 듣고만 있은 거냐?"

"제가 뭐라고 꾸짖으려고 하자 느닷없이 주먹을 휘두르지 않겠어요?"

"그래 맞고만 있은 거냐?"

"형이 말리는 사이에 저는 급히 도망쳐 나온 길입니다. 이런 모욕을 당하고 더는 견딜 수가 없으니, 어머님께서 아버님께 말씀드려 단단히 벌을 내리도록 해 주십시오."

"이르다뿐이냐? 내 이번만은 그냥 두지 않으리라!"

선강은 선공이 들어오기를 기다렸다가 흐느끼고 울먹이고 하며, 삭이 하던 말에 더 보태어 이런 거짓말까지 늘어놓았다.

"……그는 첩의 몸까지를 더럽히려 했습니다. 그는 이렇게 말했다 합니다. 우리 어머니 이강은 원래 아버지의 서모였는데도 아내로 거두어들였다. 더구나 너의 어머니는 내 옛날 아내였으니, 아버지가 빌려간 거나 마찬가지다. 위나라 강산과 함께 내게로 돌려주어야 하지 않겠느냐라고 말입니다."

선공은 수를 불러 물어보았다. 생판 거짓이란 대답을 듣기는 했으나, 술김에 숨은 불평이 혹 나왔을지도 모른다는 의심을 떨쳐버리지 못했다.

그러나 급자를 불러 말할 수도 없는 일이라, 내시를 시켜 이강만을 호되게 꾸짖었다. 자식을 올바로 가르치지 못했다는 꾸중이었다.

외롭게 서럽게 살아온 마당에 모함까지 받게 되자, 이강은 호소할 곳 없는 분통을 견딜 길이 없어 목을 매어 죽고 만다.

급자는 어머니의 억울한 죽음을 가슴아파하면서도, 아버지의 노여움을 살까 해서 소리없이 울 뿐이었다.

선강과 삭은 또 없는 말로 급자를 모함했다.

"그는 생모가 비명에 죽은 것을 원통해 하며, 뒷날 우리 모자를 죽이고 말겠다고 벼르고 또 벼른다 합니다.”
하고 급자를 죽여 후환을 없애달라고 호소했다.

선공은 처음엔 그들 모자의 말을 믿지 않았으나, 열 번 찍은 나무 꼴이 되어 마침내는 급자를 죽일 생각을 하기에 이른다. 그러나 죽일 만한 명분이 없으므로, 남의 손을 빌어 없애야만 뒷말이 없을 것 같았다.

그때, 마침 제나라는 위나라와 함께 기(紀)나라를 치기로 되어 있었다. 선공은 삭과 상의했다.

출군할 시기를 정하고 오라는 핑계로 급자를 제나라로 보내기로 하고, 급자가 타고 가는 배에 흰 기를 꽂게 한 다음 신야(莘野)라는 곳에서 뭍으로 오르게 될 것이니 그때 처치한다는 것이었다.

삭은 전부터 몰래 목숨을 아끼지 않는 불량배들을 기르고 있었다. 옛날이나 지금이나 떳떳지 못한 권력은 언제나 폭력과 야합하기 마련이다.

공자수는 아버지가 사람을 물리치고 삭만을 불러 상의하는 것을 보자, 더럭 의심이 나기 시작했다. 뭔가 끔찍한 일이 벌어질 것만 같은 예감을 떨쳐버릴 수가 없었다.

공자수는 어머니를 찾아가 눈치를 살피며 이것저것 캐물은 끝에 모든 음모를 알게 된다. 그러나 이미 다 된 일이라서 바로잡기에는 이미 때가 늦은 상태였다.

수는 급자를 만나 아버지와 삭과의 계획을 말해주고, 신야로 가지 말고 다른 길로 해서 다른 나라로 망명할 것을 권했다.

그러나 급자는 아버지의 명령에 따라, 죽는 길을 택하는 것이 자식의 도리라며 수의 권고를 듣지 않았다.

울며 사정을 해도 끝내 듣지않자, 수는 혼자 속으로 이런 결심을 하게 된다.

‘우리 형은 정말 어진 사람이다. 이번 길에 도둑의 손에 죽고 내가 세자가 된다면, 무엇으로 내가 변명할 수 있겠는가? 내가 형을 대신해 먼저 가 죽게 되면, 형은 무사할 것이 틀림없다. 아버지가 내가 죽은 것을 알면 잘못을 뉘우칠지도 모르는 일이다. 그러면 형에 대한 사랑과 부모에 대한 효도를 함께 얻게 되지 않겠는가? 한 번 죽는 목숨이 좋은 이름을 영원히 남긴다면 그 또한 다행한 일이 아니겠는가?'

공자수는 다른 한 배에 술과 안주를 싣고, 급히 강 아래로 가서 급자를 청해 작별의 술을 나누자고 했다.

그러나 급자는 임금의 명을 받은 몸이니 잠시도 지체할 수 없다며 이를 거절했다. 수는 술통을 들고 급자의 배로 옮겨갔다. 잔에 가득 술을 부어 올리려는 순간, 잔에 눈물이 떨어졌다. 급자는 얼른 잔을 받아 마셨다.

"술이 이미 더러워졌습니다."

라고 하자,

"나는 바로 아우의 정을 마시고 싶었던 거야."

라고 대답했다.

수는 눈물을 닦고 말했다.

"오늘 이 술은 우리 형제의 영결의 술입니다. 형님께서는 이 아우의 정을 생각해서 사양마시고 드셔야 합니다."

"이르다뿐인가?"

공자수는 일부러 줄여 마시며 급자에게만 자꾸 권했다. 급자는 슬픈 마음에 주는 대로 잔을 비웠다.

끝내는 술을 이기지 못해 자리에 쓰러지고 말았다. 잠에 떨어진 채 숨소리만이 요란했다.

수는 다른 사람들에게 말했다.

"임금의 명령이니 지체할 수 없다. 내가 대신 갈 수밖에 없다."

그리고는 급자의 손에 있는 흰 기를 뱃머리에 세우고 자기 하인들

만을 따르게 하는 한편, 급자를 따른 사람들에게 뭍으로 옮겨 잘 모
시도록 부탁하고, 미리 준비한 편지를 소매 속에서 꺼내주며,

"세자께서 술이 깨시거든 이 편지를 펴 보시게 하라."

하는 부탁을 남기고, 곧 배를 떠나게 했다.

산야에 배를 대고 뭍으로 오르려 하자, 숨어있던 삭의 부하들이
우루루 몰려왔다. 흰 기를 꽂은 배가 달리는 것을 보자 그들은 급자
가 온 줄로 안 것이다.

이미 수레에 올라 있던 수가 앞으로 나와 크게 꾸짖었다.

"나는 본국의 세자로, 제나라로 사명을 띠고 가는 길이다. 너희들
이 누구이기에 감히 길을 가로막는 거냐?"

"우리는 임금님의 밀명을 받고 너의 머리를 베러 온 사람들이다."

하고 도둑떼들은 곧 칼을 휘둘렀다.

따르던 사람들은 놀라 뿔뿔이 흩어지고, 도둑들은 수의 머리를 목
함에 담아 강으로 내려와 배를 타고 기를 내린 채 돌아가기 시작했
다.

한편 급자는 그다지 크게 취한 것은 아니었기 때문에 오래지 않아
잠에서 깨어났다.

공자수가 보이지 않으므로 까닭을 물었다. 따른 사람들은 수가 전
한 편지를 올렸다.

편지에는 '내가 대신 가니 빨리 몸을 피하라'는 말만이 적혀 있었
다.

급자는 눈물을 왈칵 쏟으며,

"아우가 나 대신 위험에 뛰어들고 있으니, 빨리 가지 않으면 자칫
내 아우를 죽게 만든다."

하고 다행히 따르는 사람들이 그대로 있었으므로, 공자수의 배에 올
라 사공에게 빨리 달리도록 독촉을 했다.

이날 밤은 달이 밝았다. 뱃머리만 바라보고 있는 급자의 눈에 갑

자기 배가 하나 떠올랐다.

"다행히 내 아우가 아직 저기에 있구나!"

하고 외치자 따르는 사람이,

"저 배는 가는 배가 아니라 오는 배올시다."

라고 했다.

겁이 더럭나며 의심을 떨쳐버리지 못한 급자는 배가 서로 가까워지기를 기다렸다.

오는 배가 분명 급자가 타고 가려던 배였다. 그러나 도둑의 무리만 보일 뿐, 수의 모습은 보이지 않았다.

급자는 더욱 의심이 나서 짐짓 이렇게 물었다.

"임금의 명령하신 일을 무사히 끝냈느냐?"

도둑들은 비밀의 말을 듣자, 공자삭이 마중나온 줄로 알았다. 그들은 수의 머리가 들어있는 목함을 올리며,

"일은 이미 끝마쳤습니다."

라고 대답했다.

급자가 함을 받아 열어 보니 수의 머리가 분명했다. 하늘을 우러러보고 원통하다며 통곡을 했다.

도둑들은 놀라 물었다.

"죽이라 해서 죽였는데, 원통하다니 어이된 까닭입니까?"

"내가 바로 죽이라고 한 그 급자다. 죄 지은 나를 죽이라고 했는데, 어찌하여 내 아우 수를 죽였단 말이냐? 어서 내 머리를 베어 아버님께 바쳐라!"

마침도둑의 무리 가운데는 급자와 수의 얼굴을 아는 사람이 있었다.

달빛 아래 유심히 살피고는,

"정말 실수했다."

하고 급자의 목을 잘라 함께 함에 넣었다. 따르는 사람들은 다 물로

뛰어들어 사방으로 흩어지고 말았다.

위나라 사람들은 이 사건을 슬퍼하며 '두 아들이 배를 탔다'라는 시를 지어 불렀다. 앞의 '신대'라는 시와 함께 〈시경〉에 실려 전해지고 있다.

이 소식을 전해 듣고 속으로 기뻐한 것은 물을 것도 없이 삭이었다. 선강은 수가 죽은 것이 슬프기는 했지만 급자가 없어진 것이 더 반가웠다.

선강은 삭과 짜고 수의 죽음을 숨기기로 했다. 그러나 이 사실을 안 공자직과 공자설이, 그들이 부탁받은 급자와 수가 함께 죽은 것을 같이 원통해 하며 선공 앞으로 나가 엎드려 통곡부터 했다.

놀란 선공은 두 공자로부터 수마저 죽은 것을 알자, 얼굴이 흙빛으로 변해 한동안 말을 하지 못했다. 놀라움이 가라앉자 뉘우침과 슬픔이 와락 치밀었다. 두 눈에서 눈물이 비오듯 하며,

"강씨가 나를 망쳤다! 강씨가 나를 망쳤다!"
하고 한숨을 지었다.

선공은 놀란 뒤에 병을 얻었다. 눈만 감으면 이강과 급자와 수가 앞에 나타나 울부짖는 것이다. 자기 양심에 못박혀 있는 뉘우침이 환상으로 나타난 것이리라. 이강은 그렇다치고, 급자와 수가 원귀가 되어 아버지를 괴롭히려 하지는 않았을 것이기에 말이다.

약을 쓰고, 기도를 드리고, 푸닥거리를 해도 소용이 없이 반 달만에 죽고 말았다.

삭이 15살 나이로 임금의 자리에 오르니, 이가 혜공(惠公)이다.

이 때가 노환공 12년 겨울이었다. 그러나 4년 뒤인 16년 겨울에는 우공자 직과 좌공자 설이, 공자 금모(黔牟)를 임금으로 세우고 반란을 일으키자 혜공은 제나라로 달아나게 된다.

그리고 7년 뒤인 노장공 5년 겨울에는, 제양공의 도움으로 노·송·진·채 세나라의 군사까지 빌어 위나라로 치고 들어가 위나라를

114

돕는 주나라 군사를 물리치고, 금모와 공자직 공자설 세 사람을 사로잡고 혜공이 다시 위나라 임금으로 들어앉게 되었다.

혜공은 이들 세 사람의 처치를 제양공에게 맡겼다. 양공은 공자직과 공자설은 죽이고, 금모는 주나라 천자의 사위라하여 주나라로 놓아 보냈다.

이렇게 해서 임금이 되고 권력을 잡고 한 것이 역사다. 그런 자리에 앉아 그런 권력을 잡고 있다는 것이 과연 영광일 수 있을까? 죄스럽고 더러운 자리일 것만 같은 생각이 든다.

제양공(齊襄公)의 배신(背信)

^{무 도 인 단} ^{무 설 기 지 장}
無道人短, 無說己之長.
"남의 단점을 평하지 말고, 내 장점을 말하지 말아라."

'노장공 8년 겨울 11월 계미일에, 제나라 무지(無知)가 그 임금 저아를 죽였다.'

경문에 실려 있는 말이다.

시집간 누이 문강과 불륜의 관계를 계속하며, 백성들의 불신과 국제적으로 실추된 위신을 무마하고 되찾겠다는 강박감에서 제양공이 겨우 생각해낸 것이 전쟁을 일으켜 힘을 과시하는 일이었다.

그리하여 생질이기도 한, 쫓겨난 위혜공을 도와 노·송·진·채 네 나라의 군사까지 빌어 천자의 응원에 대항하는 전쟁을 벌여, 백성들이 외면하고 있는 위혜공을 다시 위나라로 들여보냈던 것이다.

그러나 국민들의 반감은 속으로 더욱 깊어갔고 힘과 뇌물로 이웃 작은 나라들의 군대를 동원하기는 했으나, 그로써 국제적으로 실추된 그의 위신이 회복된 것은 아니었다.

정장공에게 패한 뒤로 왕실의 무력함은 천하가 다 아는 일이었지만, 왕실의 권위가 완전히 무시된 상태는 아니었다. 그것은 늙은 아버지가 자식을 때리려하다가 떠밀려 넘어진 것과도 같은 것이라 볼 수 있다.

제나라의 청에 못이겨 군대를 끌고 참전은 했지만, 그 전쟁이 천자를 거역한 결과가 된 것에 대해 모두들 찜찜해 하고 있었다. 그런 내용은 모르고 왔다는 것이 그들의 변명이었다.

이렇게 되자 제양공은, 주나라 왕실에서 다른 제후의 힘을 빌어 언제 제나라를 쳐들어올지 모른다는 불안을 떨쳐버릴 수가 없었다.

그래서 주나라로 통하는 규구(葵邱)라는 곳에 군대를 주둔시켜 길목을 지키기로 했다.

그 주둔군 사령관으로 임명된 것이 연칭(連稱)이었고, 부사령관이 관지보(管至父)였다. 장수나 병졸이나가 가장 싫어하는 것이 수자리(戍)로 불리우는 국경을 지키는 주둔군 생활이었다.

전진도 후퇴도 전투도 없이 똑같은 나날의 똑같은 생활을 보내며, 부족한 장비와 보급 속에 배고프고 추운 것을 참고 견뎌야 하기 때문이다.

두 장군은 떠날 임시에 양공에게 이런 말을 했다.

"수자리의 노고를 신들이 감히 마다할 수는 없습니다. 그러나 교대하는 기한을 말씀해 주십시오."

때마침 양공은 참외를 먹고 있었다. 그는 아무 생각없이,

"명년에 이 참외가 다시 익으면 사람을 보내 그대들을 대신하겠소."

하는 약속을 했다.

정해진 기한이 차는 것을 가리켜 과만(瓜滿)이라고 하는 말이 여기서 비롯되었다.

두 장군이 규구로 온 지 어느덧 한 해가 지났다. 어느날 군사들이

참외를 올렸다. 역시 생각보다 세월은 빨랐다.

"허허, 우리가 이리로 온 지 벌써 한 해가 지났군."

"그러기에 말입니다. 언제쯤 교대가 오려는지 ?"

"머지않아 오겠지."

두 장군은 그로부터 교대가 오기만을 기다렸다. 약속한 일과 사람을 기다리는 것보다 더 고된 일은 없다.

기다려도 오지 않자, 사람을 시켜 소식을 알아오게 했다. 나라에 혹시 무슨 일이라도 생겼는가 싶어서였다.

다녀온 심복이 전하는 소식은 뜻밖의 소식이었다. 임금이 곡성(穀城)에서 문강과 즐기며 한 달이 넘도록 돌아오지 않고 있다는 것이다.

연칭은 크게 노했다. 그는 양공이 사랑하던 연비의 오라비였기 때문이다. 양공의 계비로 시집온 천자의 딸인 왕희(王姬)가 죽자, 연칭은 자기 누이 연비가 부인의 자리에 올라야 옳다고 생각하고 있었던 것이다.

"왕희가 죽은 뒤에 당연히 내 누이가 계비가 되어야 할 터인데, 무도한 혼군이 윤리를 돌아보지 않은 채 날마다 밖에서 음탕한 짓만 일삼으며, 우리는 변방에 내팽개쳐 두고 있으니 내 기어코 이 놈을 죽이고 말리라."

하고 별렀다. 물론 자신을 푸대접하는 데서 오는 불평이었지만, 임금을 죽일 수 있는 명분만은 얻은 셈이었다.

연칭은 노여움을 가라앉히고 관지보에게 도움을 청했다. 관지보는 연칭보다 지혜가 앞서있는 사람이다.

"참외가 익으면 교대시키겠다는 약속은 임금이 직접 한 것이었습니다. 아마 깜박 잊고있는 것 같습니다. 사람을 시켜 교대해 줄 것을 먼저 청하는 것이 순서일 것 같습니다. 그래도 허락이 없으면 그때는 온 군대가 다 원망하는 마음에 차 있을 것이니, 최후수

단을 써도 좋을 것 같습니다."

반역이란, 군중의 일치된 이해관계가 없이는 성공하기 어렵기에 한 말이었다.

연칭은 사람을 시켜 참외를 양공에게 올리고 교대해 줄 것을 간청했다.

신의도 염치도 잊은 채, 타락의 길을 치닫고 있는 양공은 교만과 횡포마저 날로 더해가고 있던 참이므로, 약속한 일을 되새기게 하며 그 약속을 지켜달라고 하는 연칭의 태도가 비위를 거슬렸다.

"교대를 시키고 안 시키는 것은 내 뜻에 달렸거늘, 신하로서 어찌 감히 임금에게 강요한단 말이냐? 그 죄로 다시 한해를 더 고생하라 일러라."

성질급한 연칭은 회보를 받는 순간 화가 머리끝까지 치밀었다.

"관장군, 큰일을 행하려면 어떻게 하는 것이 좋겠소?"

"먼저 받들 사람부터 정한 다음 일을 시작해야 합니다. 공손 무지(無知)는 공자 이중년(夷仲年)의 아들입니다. 한어머니의 아우라 사랑했고 그 사랑이 조카인 무지에게까지 미쳐, 어릴 때부터 궁중에서 자라났고 모든 대우가 세자와 구별이 없었습니다.

그런데 어렸을 때 지금 임금과 씨름을 하면 아우인 무지가 늘 이기곤 했습니다. 지기를 싫어하는 지금 임금은 속으로 무지를 미워하고 있었으므로, 임금이 되자 무지를 궁밖으로 내보내고 품계를 낮추어 녹을 반나마 깎아내리고 말았습니다. 무지는 한을 품고 있은 지 오래였고 난을 일으킬 생각까지 하고 있었으나, 도와줄 사람이 없는 것을 늘 안타까워하고 있었습니다.

먼저 무지와 비밀히 통하여, 안에서 공작을 꾸며 우리와 보조를 맞추게 한 뒤에 일을 마무리지어야 성공할 수 있습니다."

"시기는 언제쯤이 좋겠소?"

"주상은 싸움을 즐기고 사냥을 좋아하여 밖에 나가 있을 때가 많

습니다. 호랑이를 잡으려면 굴을 벗어나게 해야 합니다. 미리 그
시기를 정확히 알고 있어야만 기회를 놓치지 않게 됩니다.”

“좋은 수가 있소. 내 누이가 궁중에 있지 않소? 사랑을 잃은 지
이미 오래라 늘 원망에 쌓여 있는 중이오. 내가 무지에게 부탁하
여 내 누이와 내통하여, 주상의 빈 틈을 엿보아 밤을 새워 알리도
록 하면 틀림이 없을 거요.”

이리하여 연칭은 공손 무지에게 편지를 써서 보냈다.

임금의 무도함과 자신들의 고통을 말하고, 무지를 받들어 큰일을
꾀하고저 하니 내 누이 연비와 내통하여 기회를 놓치는 일이 없도록
해달라는 내용이었다.

무지는 크게 기뻐하며, 부탁대로 하겠다는 간단한 답장을 보냈다.

무지는 심복 시녀에게 연칭의 편지를 들려 궁중으로 들어가 연비
에게 보여 주고, 일이 성공하는 날 연비를 부인으로 맞이하겠다는
약속을 전하게 했다. 연비는 쾌히 승낙을 했다.

누이와 간통한 양공을 무도하다고 꾸짖는 그들이, 목적을 위해 사
촌형의 첩을 아내로 맞이하겠다는 것이다.

기회는 빨리 왔다. 그 해 겨울 10월, 임금 양공은 고분(姑棼)이란
들판으로 사냥을 떠나기로 한 것이다. 그곳에는 패구(貝邱)라는 산
이 있는데, 짐승들이 많이 모인다는 것을 알았기 때문이다.

양공은 다음 달 사냥을 떠나겠다며, 도인비(徒人費)로 불리우는
심복에게 준비를 갖추도록 명령했다. 도인은 임금의 행차를 가까이
서 모시며 신변을 보호하는 벼슬이름이다. 그의 이름이 비였기에 그
렇게 부른 것이다.

연비는 편지를 보내 무지에게 이를 알렸다. 무지는 곧 편지를 규
구로 보내, 11월 초순에 일을 해치우기로 약속을 했다.

연칭은 임금이 없는 틈을 타 곧장 도성으로 치고 들어가려 했다.
그것이 무지의 생각이기도 했다. 그러나 관지보의 생각은 달랐다.

"밖에 있는 임금이 다른 나라의 힘을 빌어 치고들어오면 막을 길이 없습니다. 먼저 임금부터 죽이고 나서, 공손을 임금의 자리에 오르게 해야만 만전을 기할 수 있습니다."

이때 규구에 있는 군사들은 약속된 1년의 기한이 지나고, 다시 겨울을 맞게 되자 집생각과 고통이 한결 더해가는 느낌이었다.

연칭은 그런 그들에게 마른 양식을 준비하여 패구로 가서 배신과 음행만을 일삼는 혼군을 제거하고, 새 어진 임금을 세울 것을 비밀히 전달했다.

군사들은 기꺼이 명령에 따랐다.

한편 양공은 11월 초하루 사냥길을 떠났다. 따르는 사람이라고는 힘센 석지분여(石之紛如)와 내시 맹양(孟陽)같은 사람들 뿐으로, 대신이나 대장은 한 사람도 따르지 않았다.

고분에는 원래부터 별궁이 있었다. 그곳에 먼저 들러 온종일 술을 마시며 즐기고, 다음날 패구로 갔다.

패구는 온통 잡목숲으로 덮여 있고, 칡과 등나무들이 뒤얽혀 있었다. 양공은 높은 언덕으로 올라가 수레를 멈추고, 불을 질러 숲을 태우라고 명령했다.

바람을 타고 세차게 번지는 불길을 피해, 여우와 토끼의 무리들이 이리 뛰고 저리 뛰고 하며 새들이 정신을 잃고 날아올랐다.

군사들은 달아나는 짐승을 둘러싸고 활솜씨를 겨루기에 바빴고, 사냥개와 매들은 밑에서 쫓고 위에서 덮치고 있다.

바로 그럴 때였다. 갑자기 불 속에서 이상한 짐승 하나가 뛰쳐나오더니, 언덕 위로 달려 올라가 양공의 수레 앞에 웅크리고 앉았다.

소처럼 생겼는데 뿔이 없고, 호랑이와 비슷하나 얼룩무늬가 없었다. 큰 멧돼지 같은데 멧돼지도 아니었다.

다들 짐승을 찾아 활솜씨를 자랑하러 떠나고, 양공 옆에는 내시 맹양만이 혼자 모시고 서 있었다. 양공은 맹양을 돌아보며 말했다.

"너, 저 돼지를 쏘아라."

맹양은 돼지를 노려보고는 크게 놀라며,

"저건 돼지가 아니라 공자 팽생입니다."

하고 외쳤다.

팽생은 몸이 크고 뚱뚱했으며, 얼굴도 돼지처럼 생겼었는지 모르는 일이다.

팽생이란 말에 양공은 두려움과 함께 노여움이 치밀어올랐다. 격한 그는 제 정신이 아니었다. 노환공을 죽이라고 시켜놓고, 시킨 대로 했을 뿐인 팽생에게 죄를 씌워 죽이라고 했을 때,

"내가 죽어 원귀가 되어서라도 원수를 갚고 말겠다."

라고 하며, 금방 잡아먹을 듯이 호통을 치던 팽생의 모습이 그대로 앞에 나타나 보인 것이다.

"팽생이 어찌 감히 내 앞에 나타난단 말이냐!"

하고 맹양의 활을 앗아 직접 쏘았다.

양공은 힘도 세고 활솜씨도 뛰어났다. 그러나 너무 흥분한 탓인지 연거푸 세 화살을 보냈으나 빗나가고 말았다.

그 큰 짐승은 곰처럼 벌떡 일어서더니, 두 앞발을 쳐들고 사람의 걸음걸이를 흉내내며 목놓아 슬피 울었다. 산이 떠나갈 듯한 처량한 울음소리는 차마 들을 수 없었다.

양공은 머리끝이 쭈뼛해지며 온 몸이 조여드는 것만 같았다. 짐승이 다가오자 그만 수레에서 아래로 넘어져 떨어지고 말았다. 왼쪽 발목이 삐끗하며 비단실로 무늬를 놓은 신 한 짝이 튕겨져 나갔다.

튕겨져 나간 그 신을 짐승이 입에 물고 달아났다. 꿈을 꾸는 듯한 눈 깜짝 사이에 일어난 일이다.

도인비와 따른 사람들이 양공을 붙들어 일으켜 수레에 눕게하고, 사냥을 중지하라는 명령을 전달했다. 그리고 고분 별궁으로 돌아와 묵게 되었다.

양공은 꿈속을 헤매고 있었다. 가슴이 뛰며 답답했다. 왼쪽 발목이 더욱 아파와서 몸을 뒤척이다 문득 잠에서 깨어났다.

"맹양아! 나를 부축해라. 천천히 걸어 보리라."

이때서야 신이 한 짝이 없어진 것을 알았다.

"도인비야! 내 신이 어찌 되었느냐?"

"신은 아까 그 짐승이 물고 가버렸습니다."

양공은 그 말이 더없이 듣기 싫었다.

"뭐, 짐승이 물고 갔다고? 네놈이 나를 지키면서 짐승이 신을 물고 가게 내버려두었단 말이냐? 물고 갔으면 왜 진작 말을 하지 않은 거냐?"

양공은 손수 가죽채찍을 들고 도인비의 등을 사정없이 내리쳤다. 자신에 대한 화풀이를 힘없는 부하에 대한 학대로 대신하는 것이, 교만에 빠져 있는 못난 사람들이 흔히 저지르는 볼썽없는 짓이다.

피가 흘러 바닥에 그득한 것을 보고서야 겨우 그쳤다.

도인비는 눈물을 머금고 대문을 나섰다. 잃어버린 신을 당장 찾아오라는 명령에 따른 것이다.

이때가 바로 연칭이 몇 사람을 이끌고 별궁의 동정을 살피고 있을 때였다. 도인비는 연칭이 던진 밧줄에 묶이고 말았다.

"무도한 혼군은 지금 어디 있느냐?"

"침실에 있습니다."

"잠자리에 들었느냐?"

"아직 들지 않았습니다."

연칭이 칼을 들어 내리치려하자, 도인비는 이렇게 말했다.

"나를 죽이지 마시오. 내가 먼저 들어가 당신의 눈과 귀가 되어 주겠소."

"네가 누구를 속이려 하느냐?"

"나는 지금 억울한 매를 맞고 나오는 길이오. 나 역시 그놈을 죽이고 싶을 뿐이오.”

도인비는 옷을 벗어 등을 보였다. 피와 살이 뒤엉켜 있는 것을 본 연칭은, 그의 말을 믿을 수밖에 없었다.

도인비를 들여보낸 연칭은 관지보를 손짓해 불러 군사를 이끌고 별궁을 포위하게 했다.

한편 도인비는 대문으로 들어와 마침 마주친 석지분여에게 연칭이 반란을 일으킨 사실을 알리고, 곧장 침실로 달려가 양공에게 이를 알렸다.

양공은 놀라 당황하며 어떻게 할 바를 몰랐다.

“일은 이미 급하게 되었습니다. 누군가 한 사람을 거짓 주상으로 꾸며 침상 위에 누워 있게 하고, 주상께선 방문 뒤에 숨어 계시는 것이 좋겠습니다. 다행히 얼떨결에 모르고 지나가게 되면 혹 벗어날 수 있을 것입니다.”

내시 맹양이 임금을 대신해 죽기를 자청했다. 맹양은 곧 침상에 누워 안을 바라보고 있고, 양공은 자기가 입고 있던 비단옷을 벗어 맹양을 덮어 주었다.

그리고 양공 자신은 방문 뒤에 몸을 엎드리고 숨어 있었다. 그제야 도인비의 고마움이 머리에 떠올랐다.

“너는 어쩔 셈이냐?”

“저는 석지분여와 함께 두 적을 막아 싸우겠습니다.”

“매맞은 등이 아프지 않으냐?”

“죽는 것도 피하지 않는 제가 어찌 아픈 것을 알겠습니까?”

“너는 정말 충신이다. 그런 너를 내가 너무했다.”

양공은 평소 자기 시중드는 사람들만은 알뜰히 보살펴 준 것이라라. 그러나 그런 작은 사람들의 충성이 나랏일에 무슨 도움이 되겠는가?

도인비는 석지분여로 하여금 무리를 이끌고 중문을 지키게 하고,

자신은 단신으로 단검을 들고 연칭을 맞는 체하며 찌를 계획이었다.

이때는 벌써 반란군이 대문에 이르러 있고, 연칭이 앞에서 길을 열며 들어왔다. 관지보는 군사를 대문 밖에 세워 두고 만일에 대비하고 있었다.

도인비는 연칭의 기세에 눌려 기회를 틈탈 겨를도 없이 한 발 앞으로 내디디며 그의 가슴을 찔렀다. 그러나 갑옷을 겹으로 껴입고 있는 연칭의 가슴을 찌를 수는 없었다.

단칼에 도인비를 무찌른 연칭은 석지분여와 맞붙어 싸웠다. 한 발 한 발 뒤로 밀리던 석지분여는, 돌에 발이 걸려 넘어지는 바람에 죽고 말았다.

침실로 곧장 들어선 연칭은 달아나는 시위들은 거들떠보지도 않고, 꽃장막 속에 비단이불을 덮고 누워 있는 사람을 보자 칼을 들어 목을 쳤다.

머리가 베개 옆으로 떨어져 나오자, 불을 들어 얼굴을 비춰 보았다. 나이는 젊고 수염도 없었다. 내시가 분명하다.

연칭은 사람을 시켜 방이란 방을 샅샅이 뒤져보았으나, 임금이 숨어 있는 곳은 알길이 없었다. 숨을 만한 곳을 다 더듬었으나 그림자조차 볼 수 없었다.

연칭은 손수 촛불을 들고 직접 찾아보기도 했다. 지금껏 몇 차례 그 앞을 지나도 보이지 않던 수놓은 꽃신이 한 짝 눈에 띄었다. 임금의 신이 분명했다.

방문 뒤에 숨어 있나 싶어 문을 열자, 양공이 거기에 웅크리고 앉아 있었다. 한쪽 발에는 다른 한 짝이 신겨진 채 있었다. 연칭의 눈에 뜨인 신은 아까 그 짐승이 물고 간 그 신이 분명했다.

좌전에는 신이 아닌 양공의 발이 방문 아래로 보인 것으로 되어 있다. 그러나 도인비가 팽생이라고 외친 것과, 수레에서 떨어져 발을 다치고 신을 잃은 것은 사실로 적고 있다.

연칭은 양공을 밖으로 끌고나와,

"노환공을 대신해 원수를 갚아 주리라."

하고 칼로 몇 토막을 내어, 맹양과 함께 이불에 싸서 방문 아래 묻었다.

자공이 공자에게 정치에 대해 물은 이야기가 〈논어〉에 이렇게 실려 있다.

"정치에 있어서 중요한 것은 어떤 것입니까?"

"먹을 것을 넉넉하게 하고, 군사장비를 충분히 갖추고, 백성들을 믿게끔 하는 일이다."

"부득이 셋 가운데 하나를 버린다면, 어느 것을 먼저 버려야 합니까?"

"그때는 군장비를 버려야 할 것이다."

"남은 둘 가운데 또 부득이 버린다면, 어느 것을 버려야 합니까?"

"먹는 것을 버릴 수밖에 없다. 사람은 누구나 다 죽기 마련이지만, 백성의 믿음을 잃고는 나라가 서 있을 수 없다."

믿음은 곧 약속이다. 임금이나 벼슬아치가 약속을 지키지 않으면 나머지는 더 볼 것이 없다. 죽음보다도 더 중요한 약속을 헌신짝 버리듯 한 양공의 비참한 죽음은 어쩌면 당연한 것일지도 모른다.

이리하여 무지는 뜻한 대로 임금이 되고, 연비는 무지의 부인이 된다. 연칭은 정경(正卿)이 되고, 관지보는 아경(亞卿)이 되었다. 그러나 그들의 영화는 오래가지 못하고 불행으로 막을 내리고 만다.

제환공(齊桓公)과 관포지교(管鮑之交)

今宵有酒今宵醉 明日愁來明日愁.
"오늘밤 술 있으면 오늘밤 취하고, 내일 걱정이 생기면 내일
걱정한다."

시대가 영웅을 낳는다고도 하고, 영웅이 시대를 만든다고도 한다.
그것은 역사를 보는 관점의 차이일 뿐이다. 서로가 불가분의 관계
에 있다는 말과 다를 것이 없다.
맹자는 제자가 묻는,
"선생님께서 지금 제나라의 정치를 맡으시면, 관중(管仲)과 같은
공을 다시 세울 수 있겠습니까?"
라는 말에,
"제나라로 통일천하하는 것은 손바닥 뒤집듯 쉬운 일이다."
라고 대답했다.
그리고 그 이유로써 제나라의 넓은 영토와 많은 국민과, 그리고
제후들의 포학한 정치와 그로 인해 고통 받는 대중들의 갈망을 들
고 있다.

그런 맹자에게 정권을 쥐어주는 나라는 없었다. 맹자는 제나라 선왕(宣王)에게 기대를 가졌으나, 끝내 뜻을 이루지 못했다. 제나라를 떠나며 맹자는,

"하늘이 천하를 태평으로 이끌 마음이 없나 보다."

하고 운명으로 돌렸다.

시대와 영웅이 만나 세상을 바로잡는 또 하나의 조건에, 운명이란 것이 필요하다는 생각은 예나 지금이나 크게 다를 바 없을 것 같다.

관중이란 인재가 춘추라는 시대에 태어나 패천하의 위대한 업적을 남긴 복잡한 배경과 환경 속에서, 우리는 이 세 가지의 상관관계를 느끼게 된다.

인생을 연극에 비유하는 그 인생은 역사와 같은 뜻이다. 운명이 정한 각본에 따라 시대라는 무대 위에 영웅이니, 호걸이니 하는 배우들이 출연하는 것이 역사라는 뜻으로 풀이될 수 있다.

중국 사람들은 정치·경제·군사 모든 방면에 두루 뛰어난 역사적 인재로 관중과 제갈량을 들고 있다. 그런 이유로 관갈지재(管葛之才)란 말이 일찍부터 생겨났다.

관중이 주연배우로 등장하게 되는 과정에서 빼놓을 수 없는 첫 주역으로 포숙(鮑叔)을 들 수밖에 없다. 서로가 서로를 이해하고, 나라와 백성만을 위하는 사심없는 두 사람의 차원 높은 의리와 우정을 가리켜 관포지의(管鮑之誼)란 말로 표현하고 있다.

우리 모두가, 특히 정치하는 사람들이 본받아야 할 두 사람을 중심으로 이야기를 엮어 보기로 한다.

관중은 이름을 이오(夷吾)라 했다. 중은 그의 자다. 인물과 재주가 뛰어나 책이란 책은 거의 다 읽다시피 했고, 한번 보면 중요한 부분을 잊지 않는 남다른 기억력을 가지기도 했다.

역사가들은 그를 평하여 '하늘과 땅을 주름잡는 재주와, 세상을

건지고 시대를 바로잡는 슬기를 지녔다.'라고 말했다.

관중은 젊었을 때 친구인 포숙과 장사를 같이한 일이 있다. 포숙은 이름을 아(牙)라고 했다. 숙은 그의 자다.

장사를 해서 이익금을 나눌 때면 언제나 관중이 포숙의 배를 차지했다.

돈을 댄 사람은 포숙이고 관중은 관리만 했을 뿐이다. 월급을 받는 외에 이익배당까지 받으며, 그것도 투자한 사람의 배를 받았으니, 이치에도 맞지 않고 경우에도 맞지 않는 일임에 틀림없다.

그런 관중을 바라보는 사람들은 불평도 하고, 포숙을 위해 충고도 했다. 내버려두지 말고 단호히 버릇을 고쳐놓으라는 것이었다. 관중의 말이면 무조건 따르고, 그의 청이라면 무엇이든 들어주는 포숙이 안타까웠던 것이다.

그러면 포숙은 이렇게 말했다.

"관중이 그까짓 돈이 탐이나서 그러겠는가? 집이 가난해서 그만한 돈이 필요했기 때문이야. 내가 그렇게 하자고 자원한 것뿐이야."

뒤에 두 사람은 다같이 장수가 되어 군사를 거느리고 싸움터로 나가기도 했다.

싸움터에 이르면 관중은 언제나 뒤쪽 부대에 가 붙었다. 그리고 돌아올 때면 또 언제나 앞장을 서곤 했다.

사람들은 그런 관중을 겁쟁이라며 비웃었다. 그러면 포숙이 언제나 대신 변명을 했다.

"관중은 겁쟁이가 아니냐. 집에 늙은 어머니가 있기 때문이야. 그가 아니면 어머니를 봉양할 사람이 없기에 몸조심을 할 수밖에 더 있겠는가?"

라는 것이다.

또 함께 벼슬에 올라 있을 때, 포숙과 자주 의견을 달리하곤 했다. 결과를 놓고 보면 관중의 계산이 늘 빗나가 있었다.

그런 일로 해서 관중은 세 번이나 벼슬에서 물러나야만 했던 것이다. 사람들은 그런 관중을 무능하고 경솔한 탓으로 돌렸다.

이런 때도 포숙은 관중을 두둔하며 이렇게 변명하곤 했다.

"사람은 누구나 때와 운이 있기 마련이야. 관중은 아직 때를 만나지 못했어. 그가 한 번 때를 만나게 되면 백발백중으로 큰일을 해내게 될 걸세."

포숙의 이 말을 전해 들은 관중은 이렇게 한숨을 지으며 말했다.

"나를 낳은 것은 부모지만, 나를 아는 사람은 포숙뿐이다!"

지금까지도 서로 믿으며 형제처럼 지내고 있었지만, 실패만 거듭하는 자신을 운의 탓으로 돌리고 있는 포숙이 새삼 고맙고 우러러보였던 것이다.

그래서 관중은 포숙과 생사고락을 함께하는 친구가 되기로 맹세를 했다. 나이를 따져 형님 아우로 부르는 결의형제와는 차원이 달랐다. 나라를 위해 사심을 버리고, 돕는 두 사람만의 참뜻을 확인하고 다짐한 것에 지나지 않은 것이다. 둘은 이 약속을 끝까지 지키고 있었다.

제나라 양공에게는 정비의 아들이 없었다. 후궁의 소생으로 둘이 있었는데 나이 많은 쪽이 규(糾)였고, 적은 쪽이 소백(小白)이었다. 규는 노나라 딸의 소생이었고, 소백은 거(莒)나라 딸의 소생이었다.

이미 자라 스승을 세워 그들을 교도할 나이에 이르렀을 때였다. 관중이 포숙을 보고 말했다.

"임금이 낳은 아들이 규와 소백 둘이 아닌가? 뒷날 뒤를 이을 사람은 그들 둘일 것이니, 우리 둘이 각각 하나씩 맡기로 하자. 누가 임금이 되든 서로가 천거하여 함께 나랏일을 할 수 있지 않겠는가?"

이리하여 관중은 공자 규의 스승이 되고, 포숙은 공자 소백의 스승이 되었다.

양공이 문강을 만나려고 작으로 떠나려 할 때였다. 포숙은 소백을 시켜 이를 막아보려 했다.

"주상의 불미스런 일이 나라사람들의 비웃음을 사고 있는데, 다시 또 오가는 일이 있으면 걷잡을 수 없는 지경에 이르고 맙니다. 공자께서 이를 말려야만 합니다."

포숙의 이 말에 따라 소백은 이렇게 간했다.

"노나라 임금의 죽음으로 가뜩이나 말이 많은 마당에, 작으로 가시는 것은 피하는 것이 좋겠습니다."

뒷말이 더 이어지기 전에,

"철없는 것이 무슨 말이 많으냐!"

하고 양공은 벌떡 의자에서 일어나, 신을 신은 발로 소백을 찼다. 소백은 급히 걸어나오고 말았다.

포숙은 소백을 보고 말했다.

"옛날에 이상한 불미스런 일을 하는 사람은, 이상한 불미스런 화를 입는다고 했습니다. 나라에 머물러 있으면 함께 화를 입게 될 것이니, 다른 나라로 가서 뒷일을 꾀하십시다."

"어느 나라로 가는 것이 좋겠습니까?"

"큰 나라는 의리보다 이해를 앞세우기 때문에 믿을 수가 없습니다. 역시 어머니 나라인 거나라가 좋겠습니다. 나라가 작으니 우리를 업신여기지 않을 것이며, 제나라와 가까우니 일을 꾀하기가 쉽습니다."

이리하여 소백은 거나라로 달아났다. 양공은 이를 알고도 뒤쫓거나 데려오거나 하지도 않았다. 포숙은 제나라를 떠나 있을 생각으로, 소백을 간하게 시킨 것일지도 모르는 일이다.

양공을 죽이고 무지가 임금이 되자, 실권을 잡게 된 관지보가 무지에게 관중을 천거했다. 인재를 등용하여 민심을 수습하는 일이 무엇보다 급하다며, 민심을 수습할 인물로 관중을 천거한 것이다.

무지는 사람을 시켜 관중을 불렀다.

"이미 칼이 목에 닿아 있는 무리들이 남까지 얽어매려 하는구나."
하고 관중은 소홀(召忽)과 상의하여 공자규를 받들고 외가인 노나라
로 달아났다.

노장공 8년 겨울에 임금이 된 무지는, 관중이 말한 대로 다음 해
인 9년 봄에 대신들의 반란에 의해 죽고 만다. 다른 기록에는 임금
된 지 한 달 남짓 되었을 때의 일이라고 적고 있다.

이렇게 빨리 죽음을 몰고온 것은, 실권을 잡은 연칭과 관지보 두
사람의 교만과 강압 때문이었다.

제나라 대부 가운데 옹름(雍廩)이란 사람이 있었다. 그는 무지가
공손으로 있을 때, 길을 놓고 다툰 일이 있었다. 무지가 공손이란
교만한 생각에서 길을 비키지 않는다고 옹름을 꾸짖은 데서 비롯되
었다.

이 일로 무지는 양공에게 호된 꾸중을 들었다. 이 일로 인해 서로
가 반감을 갖기 시작했다.

무지가 반역에 성공하자, 옹름은 그 앞에서 용서를 빌었다. 무지
는 임금이 된 마당이라 너그럽게 용서하고, 벼슬에 그대로 머물러
있게 했다. 그러나 옹름은 속으로 칼을 갈고 있었다.

새해 첫인사를 올리고 모두 공청에 모여 있을 때, 연칭과 관지보
의 거만하고 강압적인 태도와 말투에 다같이 울분을 품고 있는 것을
알게 된 옹름은, 두 사람이 나간 뒤에 이런 말을 꺼냈다,

"노나라에서 왔다는 어느 나그네의 말을 들은 즉, 공자규가 노나
라 군사를 거느리고 제나라를 치려 한다는데 여러분도 혹 들은 일
이 있는지요?"

다들 모른다고 했다. 옹름은 더는 아무말도 하지 않았다.

옹름의 이 말은 불만에 싸인 대부들에게는 충격적인 기쁜 소식이

아닐 수 없다. 그들은 모두 옹름의 집으로 찾아와 정확한 소식을 알고 싶어했다.

이 자리에서 옹름은 자기 계획을 말하고, 모든 대부들의 찬성과 협조를 약속받은 다음 그대로 추진시켰다.

먼저 원로대신인 고혜(高傒)의 협조로, 연칭과 관지보 두 사람을 고혜의 집으로 오게 했다. 방관만 하고 있던 원로대신의 초청은 그들에게는 다시없는 반가운 일이었다.

원로대신의 초청을 받은 두 사람은 무기를 몸에 지니지 않은 채 찾아갈 수밖에 없었다.

고혜는 그들에게 술을 권하며 자기 자손들을 부탁하는 말로 그들을 안심하게 하는 한편, 대문과 중문을 굳게 잠그고 외부와의 연락을 완전히 끊은 다음, 성 안에서 봉화불이 오르면 즉시 알리라는 명령을 내려두고 기다렸다.

옹름은 비수를 품속에 감추고, 공자규가 보냈다는 거짓 편지를 들고 무지를 찾아갔다. 공자규가 군대를 거느리고 곧 이르게 될 것이니, 이에 대한 대책을 의논하기를 청하며 그를 조회청으로 끌어내려는 것이다.

며칠쯤 이르게 될 것이니 안에서 호응해 달라는 공자규의 편지를 본 무지는 그렇게 믿을 수밖에 없었다.

무지는 연칭과 관지보가 어디 있느냐고 물었다. 성 밖으로 놀러나가 아직 돌아오지 않았다며, 옹름은 백관들이 다 조회청에 모여 임금이 나오시기를 기다린다고 재촉을 했다.

무지는 조회청으로 나왔다. 자리에 미처 앉기도 전에 모인 사람들은 일제히 앞으로 몰려왔다. 놀라 바라보는 무지를 옹름이 뒤에서 비수로 찔렀다.

옹름은 사람을 시켜 조회청 앞마당에 봉화불을 올리게 했다. 한 줄기 연기가 불빛을 띠고 하늘 높이 치솟았다.

소식을 전해 들은 고혜는 안으로 사라지고, 숨어 있던 장사들이 달려나와 무기를 지니지 않은 두 사람을 토막내 죽이고 말았다.

제나라 대신들은 양공의 시체를 꺼내 장례를 서두르는 한편, 사람을 노나라로 보내 공자규를 모셔다가 임금으로 앉히기로 했다.

노나라에서는 좀더 기다려 보자는 의견도 없지 않았으나, 어머니 문강의 성화에 못이겨 장공이 직접 군대를 거느리고 공자규를 호송하기에 이른다.

이때 관중이 장공을 보고 말했다.

"공자 소백이 거나라에 있습니다. 거나라는 노나라보다 가깝습니다. 저가 먼저 들어가면 일은 어렵게 됩니다, 신에게 좋은 말을 빌려주십시오. 먼저 가서 이를 막겠습니다."

"군대는 얼마나 필요하겠소?"

"30대의 수레면 되겠습니다."

이리하여 30대의 수레에 중무장한 군대를 태우고 말을 달리기 시작했다.

한편 거나라에 있는 포숙은 제나라의 변을 전해 듣는 즉시, 거나라 임금에게 병거 백 대의 군사를 빌어 제나라로 향해 오고 있었다.

관중은 밤낮을 가리지 않고 달렸다. 제나라 즉묵(卽墨)이란 곳에 이르러 거나라 군사가 이미 지나간 것을 알았다,

급히 다시 30리쯤 달리자, 거나라 군사가 수레를 멈추고 막 밥을 짓고 있는 참이었다.

관중은 소백이 단정히 수레에 앉아 있는 것을 보자, 앞으로 나아가 말에서 절을 하고 말했다.

"공자님 그동안 안녕하셨습니까? 지금 어디로 가시는 길입니까?"

"아버님 초상에 달려가는 길이오."

"공자규께서 손위가 되시니, 당연히 주상(主喪)을 해야 하지 않겠

습니까? 기다렸다 같이 가시도록 하시지요.”

포숙이 대신 대답을 했다.

“중(仲)은 물러가오. 지금은 각각 자기 임금을 위하는 마당이니 여러 말 하지 마오.”

관중은 거나라 군사들의 성난 모습을 보자, 적은 군사로 많은 군사를 상대해 이기기 어렵다는 생각이 들었다.

관중은 짐짓 물러가는 척하다가 갑자기 활에 화살을 얹어 쏘아보냈다.

소백은 크게 소리를 지르고는 피를 내뿜으며 넘어지고 말았다. 관중의 화살이 정통으로 소백의 가슴을 뚫은 것이다.

포숙은 급히 달려와 부축을 하고, 따르는 사람들은 일제히 울음을 터뜨렸다. 관중은 기쁠 수밖에 없다.

관중은 돌아오는 길에 말위에서,

“공자규가 임금될 복이 있다.”

하며 자기 활솜씨보다도 하늘의 도움이 크다는 생각을 하게 된다.

반가운 소식을 노장공에게 전하고, 공자규와 함께 셋이서 축배를 들며 느긋한 마음으로 천천히 오고 있었다.

그러나 누가 꿈엔들 생각했으랴? 소백이 죽지 않고 멀쩡한 몸으로 살아났다는 것을!

관중이 쏜 화살이 정통으로 소백의 가슴을 맞추기는 했으나, 가죽띠 쇠고리에 맞고 만 것이다. 소백은 관중의 뛰어난 활솜씨를 알자 다시 쏠까 두려워, 혀끝을 깨물어 피를 내뿜으며 넘어져 관중은 물론 다른 사람들까지 속아 넘어가게 했던 것이다. 그러나 피를 내뿜은 부분은 과장된 것인지도 모른다.

관중이 다시 올까 두려워진 포숙은 소백에게 옷을 갈아입히고, 가리개가 있는 작은 수레에 태워 큰 길이 아닌 좁은 길로 해서 급히 달렸다. 이런 것을 일러 전화위복이라고 하는 것일까?

서울 임치가 가까워지자 포숙은 혼자 수레를 타고 성안으로 들어 갔다. 여러 대신들을 차례로 찾아다니며, 공자 소백의 어진 마음씨 와 뛰어난 지혜를 내세우며 임금으로 세울 것을 사정했다.

포숙의 말에 공감은 하면서도 대신들로서는 난감한 일이었다. 포 숙은 다시 이렇게 설득했다.

"공자규가 임금이 되면, 노나라가 그 공을 내세워 바라는 것이 적 지 않을 겁니다. 송나라가 정나라의 돌을 들여보내고 나서 땅을 달라 곡식을 바쳐라 하며, 몇해를 두고 전쟁을 벌이지 않았습니 까?

어려움을 겪고 있는 제나라로서, 노나라의 그같은 요구를 어떻 게 감당할 수 있겠습니까?"

"노나라 임금을 무슨 말로 어떻게 되돌아가게 해야 할지?"

"이미 임금이 서 있으면 저들은 스스로 물러갈 것이 아닙니까?"

젊은 대부들이 포숙을 응원하는 바람에, 마침내는 소백이 임금 자 리에 오르게 된다. 이가 바로 5패의 첫 패자인 제환공(齊桓公)이다.

포숙은 곧 사람을 보내 노장공에게 소백이 임금이 된 것을 알리 고, 정중히 돌아가 줄 것을 청했다.

허탕을 치게 된 노장공은 제나라의 배신행위에 대한 분노와 함께, 이미 국경까지 와닿은 군대를 되돌리는 부끄러운 꼴을 참고 견딜 수 는 없는 일이었다.

이리하여 제나라 땅 건시(乾時)라는 곳에서 큰 싸움을 벌이게 된 다. 그러나 제나라 군사에 크게 패해, 노장공은 옷을 바꿔입고 간신 히 위기를 모면하는 참패를 맛보아야만 했다.

승리를 거두고 돌아온 날, 백관들은 환공에게 축하의 인사를 다투 어 올렸다. 그러나 포숙은 환공 앞으로 나아와 이렇게 말했다.

"공자규가 노나라에 그대로 있고, 관이오와 소홀이 그를 돕고 있 으니 이는 뱃속의 병이나 다름없습니다."

"그럼 어떻게 하면 좋겠소?"

"건시 싸움에서 참패를 했으므로, 노나라 임금과 신하는 공포에 떨고 있을 것입니다. 신이 삼군을 거느리고 노나라 국경을 누른 다음, 공자규를 죽이라고 하면 따르지 않을 수 없을 것입니다."

"과인은 나랏일을 모두 경에게 맡기겠소. 알아서 하시오."

이리하여 노나라 국경에 대군을 주둔시킨 포숙은, 공손 습붕(濕朋)에게 편지를 들려 노나라에 들어가 공자규를 죽이는 것을 확인하고 오게 한다.

습붕을 떠나보내며 포숙은 또 이런 당부를 했다.

"관이오는 천하에 둘도 없는 기재(奇才))요, 내가 임금께 말하여 크게 쓰도록 할 것이니, 어떤 일이 있어도 꼭 살아서 돌아오게 해야 하오."

"노나라에서 죽이려하면 어쩌지요?"

"임금의 띠고리를 쏘았다는 말을 하고, 임금이 손수 처형하고 싶어한다고 하면 믿을 것이요."

그러나 관중을 살려 데리고 오는 데는 아슬아슬한 고비를 여러 차례 넘기게 된다. 운명의 신은 과연 연극을 구경하는 별난 취미를 가지고 있는 것일까?

그 이야기는 다음 장에서 다시 시작하기로 한다.

습붕이 노장공에게 전한 포숙의 편지 내용은 이런 것이었다.

"공자규는 형제의 의리로 직접 처형하기 어려우니 노나라에서 대신 처형하고, 관이오와 소홀은 우리 임금을 해치려 한 반역자요 원수이니, 우리 임금이 이들을 받아 태묘에서 직접 처형코자 합니다."

노장공은 지혜주머니로 불리우는 시백을 불러 상의했다.

"공자규를 죽이는 것과, 살려 두는 것과 어느 쪽이 유리하겠소?"

"소백은 임금이 되자마자 우리를 건시에서 크게 패하게 만들지 않았습니까? 그것은 사람을 올바로 쓴 증거입니다. 그는 공자규에 비할 인물이 아닙니다. 더구나 지금 대군을 국경에 주둔해 두고 있지 않습니까? 저들의 요구를 들어 규를 죽이고 화해를 하는 것이 좋겠습니다."

이때 공자규와 관중과 소홀은 모두 생두(生竇)라는 멀리 떨어진 곳에 있었다.

노장공은 사람을 시켜 공자규를 죽이고, 관중과 소홀을 잡아오게 한 다음 함거(檻車)속에 집어넣으려 했다.

소홀은 하늘을 우러러보며 말했다.

"신하로서 임금을 위해 죽는 것은 떳떳한 일이 아닌가? 어찌 이 같은 굴욕을 당하겠는가? 차라리 죽어서 자규를 따르리라."

그리고는 머리로 기둥을 들이받아 죽고 말았다.

그러나 관중은,

"옛부터 죽은 충신이 있으면, 산 충신도 있는 법이다. 나는 제나라로 들어가 자규의 원통함을 밝히고 죽을 것이다."

하고 순순히 묶인 몸으로 함거 속으로 들어갔다.

이 광경을 지켜본 시백이 장공에게 조용히 말했다.

"신이 관자(管子)의 태도를 보았을 때, 죽지 않는다는 것을 믿고 있는 것 같았습니다. 그는 천하의 둘도 없는 기재입니다. 만일 죽지 않는다면 크게 쓰일 것이 틀림없습니다. 그렇게 되면 노나라는 제나라의 뒷바라지에 끌려다닐 수밖에 없습니다. 그를 보내지 말고 우리가 쓰도록 하는 방법을 강구하십시오."

"제나라 임금의 원수를 내가 붙들어 둔다면, 그의 노여움을 풀 수 없지 않겠소?"

"임금께서 정 쓰실 마음이 없으시다면, 죽여 시체를 보내는 것만 못합니다. 절대로 살려 보내서는 안 됩니다."

"그가 그토록 대단한 인물이라면 그럴 수밖에 없겠군."

이 소식을 전해 들은 습붕은 급히 궁중으로 들어가 노장공을 보고 말했다.

"활로 가슴을 쏜 원한이 뼈에 사무쳐 우리 임금이 직접 목을 쳐 분을 풀려고 벼르고 있는데, 그를 죽여 시체를 보낸다면 우리의 청을 거절하는 것으로 밖에 볼 수 없습니다. 이로 인해 분쟁이 다시 일어난다면, 그 책임은 노나라에 있다는 것을 분명히 말씀드립니다."

장공은 습붕의 말을 믿을 수밖에 없었다. 이리하여 관중을 함거에 가둔 채, 자규와 소홀의 머리를 함에 담아 습붕에게 건네주게 되었다.

습붕으로부터 자세한 사연을 들은 관중은 초조하기 시작했다. 포숙의 속마음은 이미 알고도 남는 일이었지만, 시백의 끈질긴 설득에 장공의 마음이 바뀌게 되면 그때는 끝장이란 생각이 들었다.

관중은 문득 한 꾀를 생각해냈다. 자신을 날개와 발이 묶인 누런 따오기(黃鵠)에 비유한 노래를 지어 호송하는 군대들에게 가르쳐 주어 부르게 한 것이다.

노랫말이 그럴 듯하고 재미있었으므로, 지루함을 달랠 겸 그들은 열심히 불렀다. 말과 수레가 빨라지며 시간 가는 것도 모르고 힘차게 달렸다.

이리하여 하루에 이틀 길을 달리게 되었다. 마침내 노나라 국경을 벗어났다.

"휴우! 이제 내가 살았구나!"

관중은 길게 한숨을 내쉬며 기뻐했다.

관중이 염려한 대로, 노장공은 시백의 말에 따라 기마대로 관중을 추격하게 했다. 그러나 그들이 국경에 와 닿았을 때는 이미 늦은 뒤였다. 노래의 힘이 아니었던들 관중은 잡히고 말았을 것이다.

관중의 일행이 당부(堂阜)란 곳에 이르자, 포숙이 먼저 와 기다리고 있었다. 포숙은 관중이 살아온 것을 보자, 기뻐 어쩔 줄을 모르며 함거를 부수고 관중을 나오게 하여 공관으로 맞아들였다.

"임금의 명령없이 이래도 되는 거요?"

"상관 없어요. 내 곧 가서 형을 임금에게 천거하겠소."

"소홀과 함께 자규를 섬기다가 그를 임금으로 받들지도 못하고, 그를 위해 죽지도 못했으니 이미 신하로서 도리를 잃었지 않은가? 더구나 얼굴을 돌려 원수를 섬긴다는 것을 소홀이 안다면 저 세상에서 나를 비웃을 것 아니오?"

"큰일을 하는 사람은 작은 부끄러움을 마다하지 않고, 큰 공을 세우는 사람은 작은 약속을 돌보지 않는다고 하지 않았소? 형은 천하를 다스릴 재주를 가지고도 여태껏 때를 만나지 못해 실패만 거듭했던 거요. 주상은 뜻이 크고 보는 것이 높아, 만일 형이 도와 제나라를 다스린다면 패천하도 어렵지 않을 거요. 큰 공을 세워 이름이 천하에 빛나게 되는 것을, 고지식한 선비의 지조를 지켜 일생을 헛되게 사는 것에 비교할 수는 없지 않소?"

관중은 잠자코 듣고만 있었다.

포숙은 관중의 묶음을 풀고 당부에 눌러 있게 한 다음, 곧장 임치로 돌아와 환공을 만나 먼저 조상부터 하고 이어 축하의 인사를 올렸다.

"무슨 조상이오?"

"나라를 위해 부득이 형제의 정을 돌볼 수는 없었지만, 어찌 슬픈 마음이 없으시겠습니까? 그래서 조상을 드린 것입니다."

"그렇다면 하례는 또 무슨 하례요?"

"관자는 천하의 기재로, 소홀에 비할 바가 아닙니다. 신이 이미 살아 돌아오게 했습니다. 임금께서 어진 재상을 얻으셨으니, 어찌 하례를 드리지 않을 수 있겠습니까?"

"이오가 과인의 가슴을 쏜 화살이 아직도 그대로 있소. 그 화살을

볼 때마다 치가 떨리며 아찔하는 마음을 가눌 길이 없소. 목을 쳐
도 분이 풀리지 않겠거늘 그를 재상으로 쓰다니 무슨 말이오?”

“신하된 사람은 각각 제 임금을 위할 뿐입니다. 주상을 쏠 때는
자규만이 마음에 있었을 뿐입니다. 임금께서 만일 쓰시면 임금을
위해 천하를 쏘게 될 것입니다.”

“우선 그의 죄를 용서하고, 처형하지 않겠다는 약속만을 하겠소.”

포숙은 곧 관중을 맞아 자기 집으로 오게 하여, 아침 저녁으로 나
랏일을 걱정하고 천하를 의논했다.

한편 제환공은 자기를 받들어 임금에 오르게 한 원로대신들에게
식읍을 상으로 더 늘려 주고, 포숙을 상경에 임명하여 국정을 맡기
려 했다.

포숙은 이렇게 사양했다.

“신으로 하여금 헐벗고 굶주리지 않게 해 주시면 그것으로 신은
만족합니다. 나라를 다스리는 일은 신이 감당해 낼 수 없습니다.”

“사양도 겸손도 지나치면 예가 아니라지 않소? 과인은 경을 잘
알고 있으니 사양치 마오.”

“임금께서 신을 아신다는 것은, 조심하고 예를 따르며 법을 지킨
다는 그것 뿐이옵니다. 그것은 참된 신하로서의 일일 뿐, 나라를
다스리는 재주일 수는 없습니다.”

“그럼 나라를 다스리는 인재는 어떤 것이오?”

“안으로는 백성들을 편안히 하고 밖으로는 사방 오랑캐들을 어루
만져 그 공이 왕실에 더해지고, 그 은혜가 제후에게 두루 미쳐 나
라는 태산 같은 안정 위에 서 있고 임금은 끝없는 복을 누리며,
그 공은 쇠와 돌에 새겨지게 되고 그 이름은 길이 역사에 전해지
게 됩니다. 신이 어찌 그같은 일을 할 수 있겠습니까?”

포숙의 이 말은 환공의 숨은 야심에 불을 붙이고도 남음이 있었
다. 기쁜 흥분을 감추지 못하고 무릎을 앞으로 내밀며 물었다.

“경이 지금 말한 그런 사람이 실지로 있다는 거요?”

“임금께서 그런 사람을 찾지 않으신다면 모르거니와, 만일 찾으신다면 그 사람이 바로 관이오입니다.”

“경과 비교해서 무엇이 어떻게 다른지 말해 주시구려.”

“신이 이오만 못한 것으로 다섯 가지를 들 수 있습니다. 너그러움과 부드러움으로 백성을 은혜롭게 대하는 것과, 나라의 기강을 바로잡되 악한 무리의 미움을 사지 않는 것과, 참됨과 미더움으로 백성들의 마음을 하나로 뭉치게 하는 것과, 바른 예절과 법을 만들어 마찰없이 사방에 시행하는 일과, 북채를 잡고 군문에 서서 백성들로 하여금 용감하게 싸워 물러나는 일이 없게 하는 일입니다.”

“즉시 불러 오시오. 과인이 한번 그의 배운 바를 시험해 물어 보겠소.”

“그건 안 되옵니다. 천한 사람은 귀한 사람과 마주 앉을 수 없고, 가난한 사람은 부한 사람을 부릴 수 없으며, 먼 사람이 가까운 사람을 누를 수는 없다 했습니다. 임금께서 관이오를 쓰시려면 재상의 자리에 앉게하여 그의 녹을 후하게 하고, 스승의 예로써 대하지 않으면 안 되옵니다.

재상은 임금 다음이옵니다. 재상을 앉아서 부르는 것은 이를 가볍게 만드는 것이 되옵니다. 재상이 백성의 눈에 가볍게 보이면, 임금 또한 가벼워지게 되옵니다. 남다른 귀한 것을 지닌 사람은, 남다른 예로써 대접해야만 합니다. 좋은 날을 정하여 임금께서 직접 성밖으로 나가 맞도록 하셔야 합니다. 임금께서 어진 사람을 높이 받들고 사사로운 원한을 마음에 두지 않는다는 것이 사방에 알려지게 되면, 어느 누가 제나라의 쓰임이 되기를 바라지 않겠습니까?”

포숙의 말은 어느 것 하나 환공의 마음을 부풀게하지 않는 것이

142

없었다.

“내 경의 말에 따르리다.”

환공은 곧 태복(太卜)에게 명령하여, 성밖으로 나가 관자를 맞이할 날을 정하도록 했다.

포숙은 관중을 성밖에 있는 공관으로 가 있게 하고, 그날의 옷이며 갓이며 모든 차림을 상대부(上大夫)와 같게 했다.

환공은 몸소 성밖으로 나가 관중을 수레에 태워 함께 대궐로 들어왔다.

이미 소문을 들은 백성들은 큰길 양쪽에 담을 치듯하고 서서 구경했다. 임금의 가슴을 쏘아 하마터면 죽을 뻔한 그 원수를 수레에 태우고, 나란히 앉아 지나가는 모습은 보는 사람의 눈을 의심하게 만들고 가슴을 놀라게 했다.

궁중으로 들어온 관중은 머리를 조아리고 용서를 빌었다. 환공은 손수 붙들어 일으키고 자리에 앉기를 청했다.

“신은 사로잡혀 죽게 된 몸이옵니다. 죽음을 면한 것만도 천만 다행이온데, 어찌 지나친 예로 임금을 욕되게 할 수 있겠습니까?”

“과인은 선생에게 물으려 하오. 앉은 다음에야 감히 묻겠소. 어서 앉으십시오.”

관중은 두 번 절하고 자리에 앉았다.

“선군 양공의 실정으로 나라가 오래 어지러운 끝에, 마침내 큰 변까지 빚고 말았습니다. 인심이 가라앉지 않고 국세가 떨치지 못하고 있습니다. 국정을 바로잡고 기강을 세우려면 무엇을 먼저 해야 되겠습니까?”

“예(禮)와 의(義)와 염(廉)과 치(恥)는 나라의 네 벼리(維)옵니다. 네 벼리가 뻗어 있지 않으면 나라는 곧 망하게 됩니다. 나라의 기강을 세우시려면 반드시 이 네 벼리를 바로 뻗게 하고, 그를 바탕으로 백성을 다스려야 합니다. 기강이 서면 국세는 자연 떨쳐지게 됩니다.”

“어떻게 하면 백성들을 마음대로 부릴 수 있겠습니까?”

“백성을 부리고자 하는 사람은 반드시 먼저 백성을 사랑해야 합니다.”

“백성을 사랑하는 방법은 어떤 것입니까?”

“묵은 죄를 용서하고, 망한 집안을 다시 일으키고, 끊어진 뒤를 세워주게 되면, 백성의 수는 불어나게 됩니다. 번거로운 형벌을 없애고 세금과 추렴을 가볍게 하면, 백성의 살림이 넉넉해집니다. 어진 선비를 뽑아 백성을 가르치게 하면, 백성들이 예의를 지키게 됩니다. 한번 내린 영을 바꾸는 일이 없으면, 백성들은 마음편히 따르게 됩니다. 이것이 백성을 사랑하는 길입니다.”

“백성을 사랑하는 길이 이미 행해지게 되면, 그 다음은 무엇을 어떻게 해야 합니까?”

“사・농・공・상(士農工商)을 사민(四民)이라 부릅니다. 각각 대를 이어 그 일을 하게 하고 마음대로 바꾸는 일이 없게 하면, 백성들은 자연 그 일에 익숙하여 편안한 마음으로 삶을 누리게 됩니다.”

“백성들이 이미 편안한 삶을 누리게 되었을 때, 무기와 장비가 부족하면 어떻게 합니까?”

“죄를 지은 사람에게 처형을 내리는 대신 물건을 바치는 제도를 만들어야 합니다.”

“보기를 든다면 어떤 것입니까?”

“무거운 죄인 경우는 코뿔소갑옷과 창 한 자루를 대신 바치게 하고, 가벼운 죄는 가죽방패와 창 한 자루를 바치게 하고, 작은 죄는 정도에 따라 쇠를 바치게 합니다. 확실한 증거가 없는 죄는 이를 용서하고, 같은 잘못을 저지르고 맞고소한 사람에게는 각각 화살 열두 개의 한 묶음을 바치고 화해하도록 합니다. 쇠가 모이게 되면 좋은 것으로는 칼과 창을 만들고, 나쁜 것으로는 호미와 도끼를 만들게 합니다.”

“무기와 장비가 갖춰진 다음, 재용(財用)이 부족하면 어떻게 합니까?”

“산에서 쇠를 파서 돈을 만들고 바닷물을 달여 소금을 만들면, 그로써 천하의 재물을 제나라로 모여들게 할 수 있습니다. 장사꾼들이 무역을 하러 모여드는 곳에 기생을 거느린 여관을 3백쯤 지어, 그들을 편안히 쉬고 돌아갈 수 있게 합니다. 온갖 물건들이 모이게 되면 거기에 알맞은 세금을 물게 하여, 그로써 군비를 충당하게 되면 재용의 부족을 막을 수 있습니다.”

“재용이 넉넉해진 다음, 군대가 많지 않아 병세가 떨쳐지지 않으면 그때는 어떻게 합니까?”

“군대란 수의 많은 것보다 훈련이 잘된 것이 소중합니다. 군대의 강한 것은 힘에 있지 않고 마음에 있습니다. 이쪽이 군대의 수를 늘리면 다른 나라도 따라 수를 늘립니다. 수를 가지고 싸움에 이긴 일은 일찍이 없었습니다. 먼저 제도로써 군대의 수를 이웃 나라가 알지 못하도록 하고, 모든 백성들로 하여금 평시에 여가를 이용해 군사훈련을 하게끔 해야 합니다. 무기를 들고 나오기만 하면, 모든 백성이 금방 훈련된 정병으로 변하게끔 해야 합니다.”

관중은 이어 국민을 전원 군대로 만드는 제도와 훈련 방법을 자세히 설명했다. 관중은 일찍부터 모든 것을 생각해 두고 있은 것이다.

환공은 다시 물었다.

“병력이 이미 강해지게 되면, 그로써 천하와 제후를 제압할 수 있겠습니까?”

“안 됩니다. 주나라 왕실을 등에 업고, 이웃 나라와 손을 잡지 않고는 천하를 호령할 수 없습니다.”

“그 방법을 말해 주시지요.”

"먼저 제나라가 힘으로 앗아들인 땅을 돌려주어야 합니다. 후한 폐백으로 제후들을 예로써 묻고, 그들이 주는 뇌물을 받지 말아야 합니다. 그러면 둘레의 모든 나라들이 제나라를 믿고 따르게 됩니다."

"그런 다음에는 또 무엇을 어떻게 해야 합니까?"

"학식이 넓고 말을 잘하는 유사(遊士)를 80명쯤 뽑아, 그들에게 수레와 말과 노비와 폐백을 넉넉히 주어 각 나라를 두루 돌아다니며 천하의 어진 선비들을 불러들이게 하고, 아울러 그 나라의 실정을 정확히 파악하게 하여 백성들이 빨리 망하기를 원하는 나라가 있으면 이를 쳐서 땅을 넓히고, 반역을 일으켜 임금이 되거나 권세를 잡은 사람이 있으면 이를 무찔러 위엄을 세웁니다. 그러면 천하의 제후들이 제나라를 우러러보며 명령에 따르게 됩니다. 그때 제후들을 거느리고 주나라를 섬기면, 대의명분으로 힘없는 왕실을 업고 천하를 호령할 수 있습니다."

환공은 관중과 이렇게 말을 주고받기를 사흘을 계속했다. 피로한 느낌이나 지루함을 전혀 모르고 있었다.

환공은 사흘 뒤, 관중을 태묘에 고하고 재상에 임명하려 했다. 그러나 관중은 이를 사양했다. 그 이유를 묻는 환공에게,

"큰 집은 나무 하나로 되지 않고, 바다는 한 강물의 흐름만으로 이루어지지 않습니다. 임금께서 패업을 이룩하시려면 제나라의 다섯 호걸을 쓰셔야 합니다."

하고 다섯 사람을 천거했다.

그리하여 외무장관인 대사행(大司行)에 습붕, 농림장관인 대사전(大司田)에 영월(寧越), 국방장관인 대사마에 왕자성보(王子成父), 법무장관인 대사리(大司理)에 빈수무(賓須無), 임금을 비롯한 대신과 고관들의 비리를 감시하고 바로잡는 대간(大諫)에 동곽아(東郭牙)를 쓰라고 했다.

환공은 관중을 상국에 임명하고, 이들 다섯 사람을 관중이 말한 그 벼슬을 맡게 했다.

이렇게 일을 끝낸 어느날, 환공은 관중에게 또 물었다.

"과인은 불행하게도 사냥을 좋아하고 여자를 좋아하오. 패천하에 해가 되지 않을는지요?"

"해될 것은 없습니다."

"그럼 어떤 것이 해가 되오?"

"세 가지를 들 수 있습니다. 어진 사람을 쓰지 않는 것과, 쓰기는 했으나 완전히 믿고 맡기지 않는 것과, 믿고 맡기기는 했으나 작은 사람들로 하여금 간섭하게 하는 것입니다."

"과연 옳은 말씀이오."

이리하여 환공은 관중에게 모든 것을 내맡기고, 나라의 큰 일은 관중에게 먼저 고하고 다음에 자기에게 고하게 했다.

그리고 관중의 이름을 부르지 말고, 둘째 아버지란 뜻의 중부(仲父)로 부르게 했다.

그리고 관중의 결재만으로 모든 일을 시행하도록 했다. 스스로 허수아비 임금으로 물러앉기로 결심한 것이다. 전통왕실의 내각책임제의 첫 보기와도 같은 일을 환공이 하고 있은 것이다.

그러나 관중은 언제나 환공의 뜻에 따랐다. 환공은 관중의 말이라면 무조건 들었다. 이렇게 해서 패천하의 출발이 시작된 것이다.

노장공 10년 봄 정월에 장공이 제나라 군사를 장작(長勺)에서 패해 달아나게 했다고 경에는 적혀 있다.

제환공이 관중을 상국에 임명했다는 소식을 들은 노장공이 그동안 늘 속아 온 것이 분해서, 먼저 군사를 일으켜 건시에서의 패배를 설욕하려 했다.

이 소식을 전해 들은 제환공은 관중에게 물었다.

"노나라가 건시에서의 패배를 설욕하기 위해, 우리 나라를 침범할 준비를 서두른다 하니 우리가 먼저 치는 것이 어떻겠소?”

“저들이 쳐들어오는 것에 대비하여 국경을 지키는 것은 마땅하나, 먼저 쳐들어가는 것은 명분이 서지 않습니다. 아직 군정이 바로 잡히지 않은 상태에서 명분없는 싸움을 우리가 먼저 시작하게 되면, 우리 군사는 마음이 교만해지기 쉽고 저쪽 군사는 노여움을 갖게 됩니다. 교만한 군사로 성난 군사를 이기기는 어렵습니다.”

관중의 말에 무엇이든 따르겠다고 약속한 환공이었지만, 건시 싸움에서의 대승이 몇 달 전의 일이었으므로, 관중의 이 말이 믿어지지 않았다.

환공은 포숙에게 물었다. 포숙은 환공과 같은 생각임을 말했다. 이리하여 포숙이 다시 대장이 되어 군사를 거느리고, 곧장 노나라 장작으로 치고 들어갔다.

노장공은 시백을 불러 물었다.

“제나라가 우리를 이토록 업신여기고 있으니, 이를 어찌하면 좋겠소?”

“신이 한 사람을 천거하겠습니다.”

“어떤 사람이오?”

“성은 조(曹)라 하고 이름은 귀(劌)라 하는 사람입니다. 지금 시골에 숨어 살며 아직 벼슬에 오른 적이 없습니다. 참으로 놀라운 지략을 가진 사람이니, 그를 불러 쓰시기 바랍니다.”

장공은 시백을 시켜 조귀를 불러오게 했다. 조귀는 시백을 보고 웃으며 말했다.

“고기를 먹는 귀한 사람이 지혜가 없어, 나물만 먹는 천한 사람에게까지 지혜를 빌리려 하는가?”

“나물 먹는 사람이 지혜를 올바로 쓰면, 이제 곧 고기를 먹을 수 있지.”

하고 마주 웃고는 함께 들어와 장공을 만났다.

"어떻게 제나라와 싸워야겠소?"

하는 장공의 물음에,

"싸움이란 그때그때의 상황에 따라 이길 수도 있고, 지기도 하는 것입니다. 어찌 미리 말할 수 있겠습니까? 신에게 한 수레를 빌려 주시면 싸움터에 나가 물음에 대답할 수 있을 것 같습니다."

라고 조귀는 대답했다.

장공은 조귀의 말이 마음에 들었다. 그리하여 조귀를 같은 수레에 태우고 곧장 장작으로 달렸다.

포숙은 노나라 임금이 군사를 이끌고 온다는 말을 듣자, 진지를 새로 다지고 대비하고 있었다.

노장공은 제나라와 마주보고 진을 쳤다. 포숙은 건시에서의 승리로 인해 노나라를 가볍게 여기는 마음을 버리지 못했다. 그것은 관중이 이미 내다보고 있던 것이다.

포숙은 곧 영을 내려 북을 울리고 진격하게 했다. 먼저 적진을 무너뜨리는 사람에겐 큰 상을 내린다며 격려도 했다. 군사들도 노나라 군사가 금방 도망칠 것으로 믿고 앞을 다투었다.

제나라 진지에서 북소리가 요란하게 울리자 노장공도 북을 울려 나가 맞아 싸우려 했다. 그러나 조귀는 이를 말렸다.

"제나라 군사는 지금 막 사기가 충천해 있습니다. 조용히 기다려야 합니다."

하고 군중에 영을 내려,

"감히 움직이거나 떠드는 사람이 있으면 목을 벤다."

하고 진지를 지키고 떠들지 못하도록 했다.

제나라 군사는 노나라 진지를 공격했으나, 철통같은 진지에 사람의 소리마저 들리지 않았으므로 두려운 생각에 물러날 수밖에 없었다.

얼마 뒤 제나라 군사는 다시 북을 울리며 진격해 왔다. 노나라 진

지는 여전히 물을 뿌린 듯이 조용했다. 제나라 군사는 또 물러나야
했다.

　포숙은 노나라가 겁을 먹고 있는 줄로 알았다.

　"이번에 다시 북을 울리면, 노나라 군사는 싸우지 않고 달아날 것
　이다."

하고 다시 북을 울려 진격하게 했다.

　조귀는 제나라 진지에서 다시 북소리가 울리자,

　"제나라 군사를 이기는 것은 바로 지금입니다."

하고 빨리 북을 울리라고 시켰다.

　노나라는 첫 북이 울리고, 제나라는 세번째 북이 먼저 울린 상태
였다. 노나라 군사는 싸우고 싶은 충동을 참고 있던 상태였고, 제나
라 군사는 또 한번 헛걸음을 치는 것으로 알고 있었다.

　헛일삼아 옆눈질을 하며 북소리에 장단만 맞추듯 걸어오고 있던
제나라 군사는, 느닷없는 북소리와 함께 돌개바람처럼 밀어닥치는
노나라 군사의 기습에 정신을 잃고 말았다.

　화살이 비오듯 하는 속에 창과 칼이 번개치듯 번뜩였다. 앞에 있
던 놀란 군사들이, 뒤에 있는 군사들을 밀어붙이고 짓밟고 하는 상
황이 벌어졌다.

　포숙은 진지를 버리고 달아나기 시작했다. 군사는 이미 반 이상이
꺾이었다.

　장공은 뒤를 쫓으려 했다. 조귀는 말렸다. 그리고 수레에서 내려
와 제나라 진지를 한바퀴 둘러본 다음, 다시 수레로 올라와 앞 가로
나무에 올라서서 먼 곳을 한참이나 바라보고 나서,

　"뒤쫓으십시오."

하고 말했다.

　장공은 곧 수레를 몰고 나아갔다. 30리까지 뒤쫓고 나서야 돌아왔
다. 제나라 군사가 버린 장비와 무기와 군량들은 이루 다 헤아릴 수

없을 정도였다.

제나라를 크게 이기고 나서 장공은 조귀에게 물었다.

"경은 어떻게 한 번 북을 울려, 세 번 북을 울린 제나라를 이겼는지? 그 까닭을 말해 주시구려."

"싸움은 기운을 바탕으로 합니다. 기운이 떠오르면 이기고, 가라앉으면 집니다. 북은 기운을 일으키는 것입니다. 첫 북으로 기운은 바야흐로 치솟게 되고, 두번째로 가라앉게 되며 세번째로 말라붙게 됩니다. 우리는 북을 치지 않음으로써 삼군의 기운을 길렀고, 저들은 세 번 침으로써 말라붙게 했습니다. 차 있는 기운으로 말라붙은 기운을 맞아 싸웠으니, 이길 수밖에 더 있겠습니까?"

"제나라 군사가 이미 피해 달아났을 때, 처음엔 무엇을 보고 뒤쫓지 않았으며 나중엔 또 무엇을 보고 뒤쫓은 거요? 그 까닭을 말해 주오."

"제나라 사람들은 속임수를 잘 씁니다. 혹시 복병을 숨겨두고 있을지도 모르는 일이며, 달아나는 것도 거짓일지 모르는 일입니다. 그래서 신은 달아난 저들의 수레바퀴자국이 가로세로 어지럽게 나 있는 것을 먼저 보고, 또 저들의 깃발이 들쑥날쑥해져 있는 것을 보았습니다. 그로써 저들이 혼란에 빠져있는 것을 확인할 수 있었으므로 비로소 뒤쫓은 것입니다."

"경은 과연 용병술을 안다 말할 수 있겠소."

하고 조귀를 대부에 임명하고, 그를 천거한 시백에게 후한 상을 내렸다.

한편 제환공은 포숙이 피해 돌아오자 크게 화를 냈다.

"군사가 나가 이기지 못하고 돌아왔으니, 무엇으로 제후들을 굴복하게 할 수 있겠소?"

포숙은 이렇게 변명했다.

"제나라와 노나라는 같은 천승 나라로서, 그 세력이 서로 맞먹습니다. 건시 싸움은 노나라가 제나라 땅에서 싸웠기 때문에 패했고, 이번 장작 싸움은 제나라가 노나라 땅에서 싸웠기 때문에 패한 것입니다. 신은 원컨대 임금의 명을 받들어 송나라 군사를 빌어, 두 나라가 힘을 합쳐 노나라를 칠까 합니다.”

이리하여 이 해 여름, 제·송 두 나라 군사는 노나라 땅 낭성(郎城)에 모여 노나라와 맞서게 되었다.

이 싸움에서도 포숙은 뜻을 이루지 못한다. 힘과 용맹만을 믿는 송나라 대장 남궁장만(南宮長萬)이 노나라를 업신여긴 나머지, 겁없이 깊이 뛰어들어 노나라의 포로가 되는 참패를 당한 때문이었다.

노장공이 쏜 화살이 남궁장만의 오른쪽 어깨를 맞추어 살이 뼈에까지 깊숙이 박히는 바람에 그만 사로잡히고 만 것이다.

송나라 군사가 패한 소식을 들은 포숙은, 노나라와 싸울 생각을 버리고 그대로 돌아오고 말았다.

이때 비로소 제환공은 관중의 말을 듣지 않은 것을 뉘우치게 된다.

제환공은 노나라와 화해를 바랐다. 환공은 이 해 습붕을 보내 주나라에 즉위한 것을 알리고 아울러 혼인을 청했다.

주나라는 노장공에게 공주를 제나라로 시집보내는 일을 맡게 했다. 이리하여 제나라와 노나라는 자연스럽게 옛 원한을 풀고, 다시 형제의 약속을 하게 된다.

이 해 가을에는 또 송나라가 홍수로 큰 재난을 당하게 되었다. 노장공은 제나라와 이미 화해를 했는데, 송나라를 미워할 이유가 없다며 사람을 보내 위문을 했다.

송나라도 이를 고마워하며 사람을 보내 감사의 뜻을 전하고, 아울러 포로가 되어있는 남궁장만을 돌려보내줄 것을 청했다.

노장공은 송나라 청을 받아들여 장만을 돌려보냈다. 그런데 송나라로 돌아온 장만이 또 일을 저지른다. 하찮은 일로 임금을 죽이는 것이다. 그 이야기는 다음 장에서 하기로 한다.

남궁장만(南宮長萬)의 반역(反逆)

불이무간　이양불폐지견
不以無姦, 而養不吠之犬.
"간악한 자가 없다고 해서 짖지 않는 개를 길러서는 안된다."

'가을 8월 송나라 만(萬)이 그 임금 첩(捷)을 죽이고, 그 대부 구목(仇牧)까지 죽였다.'

노장공 12년의 네 사건 가운데 세 번째의 내용이다. 만은 남궁장만을 가리킨 것이고, 첩은 송민공(宋閔公)의 이름이다. 구목을 특히 쓴 것은 그의 죽음을 아까워했기 때문이다.

노나라에 사로잡혀 있던 장만이 돌아오자, 송민공은 임금답지 않게 장만을 농담으로 모욕을 주었다.

"처음은 내가 그대를 공경했지만, 지금은 그대가 노나라 포로이므로 공경하지 않는다."

장만은 얼굴을 붉히고 말없이 물러갔다.

구목이 민공에게 조용히 간했다.

"임금과 신하 사이는 예로써 서로 대할 뿐, 농담을 해서는 안 됩

니다. 농담을 하면 자연 공경하는 마음이 없어지게 됩니다. 공경
하는 마음이 없으면 의리에 벗어난 일이 생기게 됩니다. 그런 일
이 없도록 하십시오.”

그러자 민공은 이렇게 대답했다.

“나와 장만은 옛날부터 농담을 늘 해온 사이이므로 상관없어요.”

농담이 진담이란 말도 있다. 무심코 던지는 농담이 속마음을 드러
내 보이기 때문이다. 듣기 좋은 농담도 때로는 오해를 산다. 상대의
아픈 곳을 찌르며 농담이라고 믿고 즐거워 한다면, 그것은 분명 철
부지나 다름없다. 친구도 아닌 임금과 신하 사이에 어떻게 모욕적인
농담을 한단 말인가?

이런 농담을 곧잘 하는 민공이, 이 해 가을 몽택(蒙澤)이란 유원
지 별궁에서 궁녀들을 거느리고 놀게 되었다.

이때 장만도 함께 있었다. 농담을 곧잘 받아주는 장만은 민공의
흉허물없는 친구이기도 했다. 술도 함께 하고 바둑도 같이 두곤 했
다.

민공은 장만에게 그의 특기인 창받기를 해보라 시켰다. 장만에게
는 그 누구도 흉내낼 수 없는 묘기가 있는 것이다.

천 근을 한 손으로 드는 힘을 지닌 장만이, 창을 힘껏 공중으로
던지면 창은 화살 크기로 작게 보였다. 그것이 허공에 잠시 멈춰 있
다가 아래로 내려올 때면, 가속도가 붙어 바람소리를 내며 번개처럼
내리꽂히는 것이다.

그것을 잘못 받는 날이면 살아남을 사람이 없다. 그런데 그 번개
처럼 내리꽂히는 창을 장만은 어김없이 손으로 받아쥐는 것이다.

궁녀들은 휘둥그런 눈으로 바라보며 놀란 입을 닫을 줄 몰랐다.
그리고 창받기를 마치자, 궁녀들은 침이 마르도록 칭찬을 아끼지 않
았다.

철부지같은 민공은 궁녀들의 별로 떠오른 장만이 갑자기 질투의

대상으로 여겨졌다.

민공은 내시를 시켜 바둑판을 가져오게 했다. 바둑은 민공이 한 수 위였던 것이다. 바둑을 이기는 것으로 장만에 대한 궁녀들의 존경심을 떨어뜨리려고 한 것이다.

민공은 바둑에 지는 사람이 벌주를 마시기로 내기를 걸었다. 그 벌주를 마시는 술잔도 금으로 만든 대접보다 더 큰잔이었다. 미워진 장만을 골탕을 먹일 작정이었다.

연거푸 다섯 판을 진 장만은 거듭 마신 술이 벌써 한도에 이르러 있었다. 술이 취한 그는 진 것이 못마땅해 다시 두자고 청했다.

민공은 또 못할 농담을 했다.

"이 포로야. 늘 지기만 하는 네가 어찌 과인을 이길 수 있겠느냐?"

장만은 취한 얼굴을 더욱 붉히며 말없이 앉아 있었다.

그때 마침 대궐에서 내시가 와 보고를 올렸다.

"주나라에서 사신이 왔사옵니다."

"무슨 일로 왔다더냐?"

"장왕(莊王)께서 돌아가시고, 새 임금이 섰음을 알려 왔사옵니다."

"그래, 그럼 곧 조문과 하례를 겸한 사신을 보내야 되겠구나."

이 말을 받아 장만이 아뢰었다.

"신은 일찍이 왕도(王都)를 구경하지 못했습니다. 이번 기회에 사명을 받들어 다녀오고 싶습니다."

민공은 또 웃으며 안 할 농담을 했다.

"송나라에 아무리 사람이 없기로서니, 포로를 사신으로 보낼 수야 있겠는가?"

궁녀들이 깔깔거리며 웃어댔다. 존경의 대상이었던 장만이 조롱거리로 변하고 만 것이다. 여자의 칭찬과 비웃음이 이토록 사나이들의 마음을 이상하게 만드는 것일까?

장만은 얼굴이 시뻘게 달아오르며 부끄러움이 노여움으로 변했다. 술기운까지 곁들여 임금과 신하의 분수도 잊고 말았다.

"이 무도한 혼군 같으니라구! 포로가 사람을 죽일 수 있다는 것을 모르느냐?"

민공도 성이 나서 꾸짖었다.

"이 역적놈! 네놈이 감히!"

그리고는 달려가 장만이 뉘어둔 창을 들고 와 찌르려 했다. 장만은 창을 앗으려 하지 않고, 바둑판을 들어 민공을 쳐서 넘어뜨린 다음 다시 주먹을 휘둘렀다.

이리하여 농담으로 인해 임금 민공은 장만의 주먹을 맞고 죽고 말았다.

궁녀들은 놀라 흩어졌다. 피를 본 장만은 더욱 성이 나서 창을 들고 걸어서 대궐로 향했다.

대궐 문을 들어섰을 때, 마침 안에서 나오는 구목과 마주쳤다. 혼자 오는 장만을 보고 구목이 물었다.

"임금께선 지금 어디에 계시오?"

"임금은 내가 죽였소?"

"장군이 취하셨군요? 농담이 지나치십니다."

"나는 취하지 않았소. 정말이오."

그리고는 손에 묻은 피를 보였다.

구목은 발끈하여 꾸짖었다.

"이 역적놈! 하늘이 용서치 않을 것이다."

그리고는 들고 있던 옥돌로 만든 홀로 장만을 내리쳤다.

장만은 창을 땅에 던지고 홀을 쳐서 떨어뜨린 다음, 주먹으로 구목의 머리를 쳤다. 머리가 박살이 나며 부러진 이가 문기둥에 가 박혔다. 자그마치 세 치나 들어가 있었다고 한다.

태재 화독이 변을 듣고 장만을 무찌를 생각으로 군사를 일으켜, 칼을 들고 수레에 올라 대궐로 달려오고 있었다. 동궁 서쪽에서 장만과 마주쳤다. 장만은 말도 건네지 않고 창으로 화독을 찔렀다. 화독은 급히 피하느라 수레에서 떨어졌다. 장만은 두번째 창으로 화독을 죽이고 말았다.

장만은 민공의 사촌동생인 공자 유(游)를 임금으로 앉히고, 그밖의 공자들을 모조리 내쫓고 말았다.

공자들 가운데 가장 어질다고 알려진 어열(御說)은 박(亳)으로 달아나 있었다. 장만은 이 어열이 가장 마음에 걸렸다.

"어열은 덕과 재주를 겸하고 있고 또 임금의 친동생이므로, 그가 밖에 있으면 반드시 변을 일으키게 될 것이다. 그만 죽여 없애면 나머지 공자는 걱정하지 않아도 된다."

하고, 그의 아들 우(牛)와 심복 장군 맹획(孟獲)에게 군사를 이끌고 가 어열을 죽이고 오라고 시켰다.

박이 포위되자, 소숙대심(蕭叔大心)이 각 공자들의 사병과 조(曹)나라의 응원병을 이끌고 와 박을 구원했다.

구원병이 이르자, 어열은 성안 사람을 총동원하여 성문을 열고 안에서 치고 나왔다.

안팎으로 공격을 받은 남궁우는 싸우다 패해 죽고, 맹획은 위나라로 달아나고 말았다. 송나라 군사는 모두 어열에게 항복했다.

대숙피(戴叔皮)가 어열에게 꾀를 말했다. 어열은 그의 꾀대로 했다.

항복한 군사들의 깃발을 가지고, 거짓 남궁우가 성공을 하고 돌아오는 것으로 꾸민 것이다.

먼저 사람을 시켜 어열을 사로잡아 돌아오고 있다는 소문을 퍼뜨리게 했다. 장만은 그렇게만 믿고 아무 준비도 없이 있었다.

공자들은 열어주는 성문으로 한꺼번에 들이닥치며,

"역적 장만만을 잡을 뿐이니, 나머지 사람은 놀라지 말라!"

하고 외쳤다.

장만은 대궐로 들어가 공자유를 데리고 달아나려 했으나, 대궐은 이미 군대로 꽉 차 있었다. 대궐에서 도망쳐 나온 내시로부터 공자유가 이미 피살된 것을 알자, 집에 있는 여든이 넘은 어머니를 손수레에 태우고 왼손에 창을 들고 오른손으로 수레를 끌며 진나라로 향해 달아났다. 260리 길을 그렇게 하고 하루에 와 닿았다니, 그의 힘은 정말 놀라운 것이었다.

공자들은 죽은 민공의 친동생인 어열을 임금으로 받들었다. 이가 환공(桓公)이다.

환공은 대숙피를 대부로 임명하고, 공족 가운데 어진 사람들을 골라 역시 대부에 임명했다.

사신을 위나라로 보내 맹획을 잡아 보내 달라고 청하고, 또 다른 사신을 진나라로 보내 남궁장만을 잡아 보내달라고 청했다.

이때 임금 옆에 있던, 이제 겨우 5살밖에 안 된 공자 목이(目夷)가 웃으며 말했다.

"장만은 오지 않아요."

환공은 귀여운 듯이 물었다.

"어린 네가 그걸 어떻게 아느냐?"

"힘과 용기를 가진 장수는 나라마다 다 갖기를 원하고 있지 않습니까? 송나라가 버린 장만을 진나라가 거저 보내줄 리가 있습니까?"

환공은 그제야 크게 깨달았다. 장만이 진나라로 달아난 것은, 송나라와 가까운 사이가 아니었기 때문이다. 그런 진나라가 송나라의 말 한 마디로 순순히 응할 리는 없는 일이다.

남의 손에 있는 물건을 가지려면 무언가 대신 주어야만 하는 어린이 세계에서의 이치를, 나라와 나라사이의 거래관계에 그대로 적용 시켜 말한 어린 목이의 지혜가 놀랍기만 했다.

이 목이는 뒤에 임금이 될 수도 있었으나 이를 사양했고, 관중에 버금가는 재주와 지혜를 가졌으나 임금이 써주지 않아 뜻을 펴지 못한다.

위나라에선 맹획을 송나라로 보내는 것에 대해 찬성파와 반대파의 의견이 맞서 있었으나,

"송나라의 역적은 곧 위나라의 역적이기도 합니다. 한 죄인의 용맹을 탐내어 이웃 나라와의 의리를 저버리는 것은 옳지 않을 뿐아니라, 이로움이 될 수 없습니다."

하는 공손이(公孫耳)의 주장에 따라 맹획은 송나라로 잡혀오게 된다.

한편 진나라 임금 선공(宣公)은 송나라의 뇌물이 탐이나 곧 장만을 보내주기로 한다. 그러나 장만의 무서운 힘이 두려운 나머지 속임수를 쓰기로 했다.

공자 결(結)을 시켜 장만을 속여 함정으로 끌어들인 것이다.

공자 결은 장만을 찾아가 말했다.

"우리 임금께선 장군을 얻은 것을 열 성을 얻은 것 만큼이나 소중하게 여기고 있습니다. 송나라에서 아무리 청한다해도 들어줄 리가 만무합니다. 우리 임금께선 장군이 혹시 의심을 품고 있지나 않나 해서 나로 하여금 속마음을 전하게 했습니다 작은 진나라에선 장군이 뜻을 펴기 어려울 것이므로, 다시 큰 나라로 보내드리려하고 있습니다. 몇 달만 조용히 계시면 장군을 위해 필요한 수레와 장비들을 갖추겠습니다."

잡혀가지나 않을까 하고 초조해 하던 장만에게는 더없이 반가운 소식이었다. 장만은 눈물을 흘리며 말했다.

"임금께서 저를 내쫓지만 않으신다면, 그밖에 또 무엇을 바라겠습니까?"

공자 결은 가져 온 술을 나누며 형제가 될 것을 서로 약속했다. 장만이 그런 그의 속마음을 알 리가 없었다. 자신의 존재를 과대평가하고 있는 장만은, 공자 결의 그같은 태도를 고맙고 당연한 것으로 믿고 있은 것이다.

이튿날 장만은 공자결의 집으로 찾아가 감사의 인사를 해야만 했다. 공자 결은 준비한 술과 안주로 장만을 접대하며, 예쁜 하녀들을 불러내어 술을 권했다. 장만은 취해 자리에 눕고 말았다.

공자 결은 역사를 시켜 코뿔소가죽으로 장만을 싸고 쇠심줄로 꽁꽁 묶은 다음, 그 어머니와 함께 밤을 새워 송나라로 보내주게 했다.

중간쯤 갔을 때 장만은 깨어났다. 힘을 주어 발로 차곤 했으나, 가죽은 질기고 묶음이 단단해서 끝내 벗어나지 못했다. 그러나 송나라 도성이 가까이 이르렀을 때 마침내 가죽이 찢어지며 손과 발이 밖으로 나왔다. 호송하던 군사들은 놀라, 쇠망치로 내민 다리와 손을 마구 내리쳤다. 발목과 손목의 뼈가 모두 부러졌다.

송환공은 맹획과 장만을 함께 저자거리로 끌어내어 처형시킨 다음, 그 살로 젓을 담가 뭇 신하들에게 나눠주고 말했다.

"신하로서 임금을 바로 섬기지 못하는 사람은 이 젓을 보라."

구경만 시키고 먹게하지는 않았을 것이다. 장만의 늙은 어머니도 함께 처형되었다.

이렇게 해서 장만의 반역사건은 끝이 나고, 송나라는 다시 안정을 되찾게 되었다.

그러나 송나라의 안정을 위해 힘써 준 제환공과의 경쟁으로 인해, 부끄러운 사태를 스스로 불러오게 된다. 그것은 관중의 지혜와 능력을 시험하는 계기가 되기도 한다.

노장공 13년은 관중이 국제무대의 주역으로 등장하는 해였다.

이 해 봄에는 송나라의 안정을 위해 북행(北杏)이란 곳에서 제나라가 주최한 다섯 나라의 모임이 있고, 여름 6월에는 모임에 오지않은 노나라를 치기 위해 노나라 속국인 수(遂)나라를 제나라가 점령하게 된다. 그리고 겨울에는 노나라 장공이, 가(柯)란 곳으로 나가 제환공을 만나 맹약을 맺기에 이른다.

관중을 상국에 임명한 뒤, 관중의 의견을 듣지 않고 두 차례의 전쟁을 실패로 끝낸 제환공은 다시금 관중을 믿게 되었다.

그래서 관중과의 약속을 지키려는 생각에서, 매일 여자들과 술을 마시는 것으로 즐거움을 삼으며 찾아와 나랏일을 아뢰는 사람이 있으면,

"왜 중부에게 아뢰지 않고 내게로 왔느냐?"
하고 보내버리곤 했다.

당시 제환공에게는 사랑하고 가까이하는 두 신하가 있었다. 하나는 수초(豎貂)로 불리우는 미남 내시였고, 하나는 보통 역아(易牙)로 불리우는 옹무(雍巫)란 요리사였다.

수초는 임금의 사랑을 받으며 내전을 드나들기 어렵다하여 스스로 남자로서의 가장 중요한 것을 잘라버리기까지 하였고, 역아는 임금이 농담으로 사람의 고기를 먹어본 적이 없다고 하자, 자기 어린 자식을 죽여 사람고기 요리를 해서 바친 사람이었다.

권력자의 사랑과 신임을 얻기 위해, 그런 끔찍한 짓을 서슴지 않은 두 사람을 환공은 충신이라하여 믿고 가까이했다. 이들은 영리하고 교활하고 남의 뜻을 잘 맞추었으므로, 후궁들까지 그들과 한통이 되어 있었다.

이들 두 사람은 관중을 속으로 미워하며 시기했다. 관중의 세력을 꺾지 않으면, 자기들의 몸놀림이 그만큼 어려워진다고 생각했기 때문이다.

이들 둘이 어느날 함께 환공을 보고 말했다.

"임금이 영을 내리면 신하는 그 영을 받드는 것이온데, 지금 제나라는 첫째도 중부요 둘째도 중부인 걸로 되어 있습니다. 사람들은 제나라에 임금이 없는 것으로 알고 있을 지경이옵니다."

환공은 웃으며 대답했다.

"중부는 나의 팔다리와 같다. 팔다리가 있어야만 몸이 제 구실을 하게된다. 너희같은 작은 사람이 어찌 그 이치를 알겠느냐?"

두 사람은 두려워서 다시는 관중에 대한 이야기를 꺼내지 못했다.

이리하여 관중이 전권을 행사한 지 만 3년이 되자, 제나라는 정치·경제 군사 모든 면에서 안정과 무서운 발전을 보게 되었다.

노장공 13년 새해를 맞아 백관들의 하례를 마친 제환공은 관중을 보고 물었다.

"과인이 중부의 가르침을 받들어 나라의 정치가 다시 바로잡히게 되었고, 군대는 강해지고 양식도 넉넉해졌습니다. 백성들도 예의를 알게 되었으니, 이제 패천하의 일을 할 때가 된 것 같습니다. 무엇을 어떻게 해야 할지 듣고 싶습니다."

"지금 제나라보다 강한 나라가 여럿이 있습니다. 남쪽에는 초나라가 있고, 서쪽에는 진(秦)나라와 진(晋)나라가 있습니다. 그러나 그들은 스스로 자기의 강한 것만을 뽐내고 있을 뿐, 주나라 왕실을 높이 받드는 것을 알지 못하기 때문에 패업을 이룩하지 못하고 있는 것이옵니다.

주나라가 비록 힘은 없으나, 천자라는 명분만은 잃지 않았습니다. 낙읍으로 옮겨온 뒤로 제후들은 조회에도 들지 않고, 방물(方物)도 바치지 않고 있습니다. 정나라는 환왕의 어깨를 쏘고, 다섯 나라는 장왕의 명령을 거역했습니다. 초나라의 웅통은 왕이라 자칭하고, 정나라와 송나라는 임금 죽이는 것을 당연한 것처럼 거듭하고 있습니다.

지금 장왕이 세상을 버리고 새 천자가 자리에 올라 있고, 송나라가 남궁장만의 난을 만나 역신이 죽임을 당했으나 아직 송나라 임금은 자리가 정해지지 않았습니다. 임금께선 사신을 보내 주나라 천자에게 문안을 드리고, 천자의 뜻을 받들어 제후들을 모이게 하여 송나라 임금의 자리를 정해 주도록 하십시오.”

춘추시대에는 신하에 의해 임금이 된 사람은, 이웃 나라와의 모임에 참가한 뒤라야 국제적인 공인을 얻게 되어 있었으므로 한 말이었다.

“그 다음은 어떻게 합니까?”

“송나라 임금이 한번 정해진 다음에는 천자의 영을 받들어 제후들을 호령합니다. 안으로는 주나라 왕실을 높이 받들고, 밖으로는 중국을 괴롭히는 사방 오랑캐들을 꺾어 눌러야 합니다. 나라 가운데 약한 나라는 이를 붙들어 주고, 힘을 믿고 이웃 나라를 괴롭히는 나라는 억눌러야 합니다. 왕명을 거역한 나라는 제후들을 거느리고 이를 성토해야 합니다. 그렇게 되면 천하제후들이 다 우리의 사심이 없음을 알고 함께 제나라를 떠받들게 됩니다. 군대를 움직이치 않고도 패업을 이룩할 수 있습니다.”

환공은 크게 기뻐했다. 천하를 호령하는 그날이 저만큼 다가와 있는 것만 같은 느낌이었다.

제나라 사신이 희왕(僖王)에게 문안을 드리고, 관중이 말한 대로의 모임을 갖게 해 줄 것을 청하자 기뻐하며 쾌히 승낙했다.

제환공은 마침내 왕명을 송·노·진·채·위·정·조·주 여러 나라에 고하고, 3월 초하루 제나라 땅 북행에서 만날 것을 약속하기에 이른다.

환공은 관중에게 물었다.

“이번 모임에 병거(兵車)는 어느 정도 쓰는 것이 좋겠소?”

“왕명을 받들어 제후들과 만나며 어떻게 병거를 쓸 수 있겠습니까? 예복차림의 모임이 되게 하십시오.”

"알았소."

〈논어〉에 보면 자로라는 제자가 관중을 평하여, 원수를 섬긴 어질지 못한 사람이라고 말하자 공자는,

"제환공이 아홉 번 제후들을 불러 모으면서도 병거로써 하지 않았으니, 그보다 더 어진 사람이 어디에 있느냐?"
하고 관중을 두둔했다.

힘을 바탕으로 하면서도 외교와 타협으로 끝까지 전쟁을 피하며, 목적을 달성한 관중의 평화정신과 그 수단을 높이 평가한 것이다.

모임을 앞두고 가장 먼저 나타난 것은 송환공이었다. 자기를 위한 모임이었으므로 당연한 일이었다. 그러나 모인 나라는 제·송·진·채·주(陳) 다섯 나라뿐이었다. 노·위·정·조 네 나라는 오지 않은 것이다.

병거를 거느리고 왔던 네 나라 임금들은, 제나라가 병거없이 와 있는 것을 보자 한편 놀라며 기뻐했다. 일찍이 그런 일이 없었기 때문이다.

"제나라 임금이 정성으로 우리를 이렇게 대할 줄은 몰랐다."
하며 각각 20리 밖으로 군대를 옮겼다.

2월 그믐이 가까워도 더 모이지 않자, 환공은 모임을 뒤로 미루고 싶어 했다. 당사자인 제·송을 빼면 겨우 세 나라가 부름에 응한 셈이니, 국제 모임치고는 초라한 느낌을 떨쳐버릴 수 없는 일이었다.

그러나 관중의 생각은 달랐다.

"세 사람이면 무리를 이룬다 했습니다. 네 나라면 적은 수가 아닙니다. 뒤로 미루면 스스로 약속을 깨는 것이 됩니다. 그것은 또한 왕명을 욕되게 하는 것이 됩니다. 첫 모임에서 약속을 깨고 왕명을 욕되게 하면 무엇으로 패천하를 꾀할 수 있겠습니까?"

"단순한 모임이 좋겠소? 맹약이 좋겠소?"

"사람의 마음을 하나로 뭉치게 하려면 맹약을 해야 합니다."

이리하여 3월 초하루, 맹약의 모임을 갖게 되었다. 그런데 모임을 앞두고 의장을 누구로 하느냐 하는 문제를 놓고 여러 말이 오가곤 했다.

제나라가 왕명을 받들어 모이게 한 모임이었고, 모인 곳이 제나라 땅이었으므로 제나라 임금이 의장이 되는 것이 당연한 일이었다.

그러나 현실감각이 무딘 임금들의 생각은 그렇지가 못했다. 아직 제나라가 국제적으로 그만한 인정을 받은 적이 없은 때문이기도 했다. 그러나 그보다 중요한 이유는 송나라 임금은 공(公)이었고, 제나라는 한 등급 낮은 후(侯)였기 때문이었다.

그러나 다행하게도 송나라 임금은 아직 국제적 인정을 받지 못한 임금이었으므로, 의장 자리에 설 수는 없는 일이었다.

그런데도 송환공은 속으로 자신이 의장이 되기를 바라고 있었다. 그렇게 말하는 임금이 있었으므로, 그런 욕심이 생긴 것이다.

이때 진선공이 말했다.

"제나라 임금이 천자의 명을 받들어 우리를 모이게 했는데, 누가 감히 대신한단 말이오?"

그제서야 다들 그 말이 옳다며 제환공을 의장으로 추대했다. 환공은 짐짓 거듭 사양한 뒤에 그 자리에 올랐다. 이리하여 제·송·진·채·주 순서로 앉아 종을 울리고 북을 치게 하며, 먼저 천자가 앉는 빈 자리를 향해 절을 하고 서로 맞절을 하며 형제의 정을 나누었다.

그리고 집례관이 맹약의 글을 읽었다. 왕실을 함께 받들며 약한 나라를 돕는다는 것과, 약속을 깨는 나라가 있으면 모든 나라가 함께 이를 친다는 내용이었다.

제후들은 그것을 천자의 명령이라하여 손을 모으고 머리를 숙였다. 이리하여 의식은 끝났다. 이때 관중이 단 위로 올라와 말했다.

"노·위·정·조 네 나라가 짐짓 왕명을 거역하고, 모임에 나오지 않았으니 마땅히 쳐야 할 줄 압니다.”

그러자 환공이 손을 들어 네 나라 임금을 바라보며 말했다.

“저의 나라가 병거가 부족하니, 여러 임금께서 일을 함께 해주시기 바랍니다.”

다들 쾌히 승낙을 했는데 송환공만이 아무말이 없었다. 자존심이 상한 것이다.

이날 밤 송환공은 돌아와 대숙피를 보고 말했다.

“제나라 임금이 스스로 높은 체하며, 다른 나라의 군사까지 손에 넣으려 하니 앞으로 저들의 요구에 시달릴 것만 같소.”

그러자 대숙피는,

“우리가 따르지 않으면 다른 나라도 따르지 않을 것입니다.”
하고 먼저 돌아가버릴 것을 청했다.

송환공은 그 말에 따라 이른 새벽에 말없이 길을 떠나고 말았다.

이 소식을 들은 제환공은 크게 노하여 군대를 보내 뒤쫓으려 했다. 그러나 관중이 이를 말렸다.

“쫓는 것은 예의가 아닙니다. 천자의 군사를 청하여 이를 쳐야 명분이 섭니다. 그러나 그보다 더 급한 일이 있습니다.”

“더 급한 일이 무엇입니까?”

“송나라는 멀고 노나라는 가깝습니다. 또 노나라는 왕족 제후의 우두머리입니다. 그런 노나라가 왕명을 거역했으니, 이를 굴복시키지 않고는 송나라를 굴복시킬 수 없습니다.”

“노나라를 어떤 방법으로 쳐야 하겠소?”

“노나라 동북쪽에 수(遂)라는 작은 나라가 있습니다. 노나라 속국으로 많은 군사로 누르면 하루아침에 함락시킬 수 있습니다. 그러면 노나라가 무서워 떨 것입니다. 그때 한 사신을 보내 모이지 않은 것을 꾸짖고, 다시 사람을 시켜 부인 문강에게 편지를 전하고 도움을 청하게 되면, 안으로는 어머니의 명령에 쫓기고 밖으로는 힘에 눌리어 용서를 빌지 않을 수 없을 것입니다.

노나라를 굴복시킨 다음, 군사를 송나라로 옮겨 왕명으로 이를 치게 되면 힘들이지 않고 굴복시킬 수 있습니다. 그러면 나머지 나라들은 스스로 찾아와 용서를 빌게 됩니다.”

이리하여 수나라는 하루아침에 제나라 땅이 되어버리고, 노장공은 관중이 짐작한 대로 두려움에 싸여 군신들을 모아놓고 대책을 상의했다.

노나라를 치러 왔다가 두 번 패한 일이 있는 것을 내세워, 맞아 싸울 것을 주장하는 사람도 적지 않았다. 그러나 시백이 이를 반대했다.

“신이 일찍이 말한 바 있습니다. 관중은 천하의 기재라고 말입니다. 제나라를 옛날 제나라로 보아서는 안 됩니다. 더구나 왕명을 거역했다는 명분을 들고 나오지 않았습니까? 용서를 빌고 화친을 청하는 것이, 싸우지 않고 군사를 물리칠 수 있는 방법입니다.”

조귀 역시 시백과 같은 생각임을 말했다. 이렇게 한참 의견이 오가고 있을 때, 제나라 사신이 와서 편지를 전했다.

편지 내용은 간단했다. 함께 왕실을 받드는 형제같은 나라로서 서로 혼인하는 가까운 사이인데도, 왕명을 거역하고 모임에 응하지 않은 까닭이 무엇이냐는 것이었다.

그리고 문강에게도 도움을 바라는 편지를 전했다. 문강은 즉시 장공을 불러 타일렀다. 항복을 하라는 것도 아니고, 옛날처럼 형제의 정을 되찾자고 하는데 그것마저 거절할 수 있느냐는 것이었다.

이리하여 노장공은 잘못을 시인하고, 성 아래에서의 맹세는 하기 부끄러운 일이니 제나라 국경으로 군대를 물리면 그곳으로 가서 맹약에 응하겠다는 답장을 보냈다.

이리하여 이 해 겨울에, 가(柯)라는 제나라 땅에서 두 임금의 모임을 갖기에 이른다.

그런데 이 모임에서 또 하나의 뜻하지 않은 놀라운 사건이 일어나고 만다. 불행하다면 더없이 불행한 사건일 수 있었다. 그러나 이 불행한 사건으로 인해 피해자인 제환공이 더욱 빛을 뽑게 되는 것이다.

그 이야기는 다음 장에서 다루기로 하겠다.

조말(曹沫)의 만용(蠻勇)과
제환공(齊桓公)의 관용(寬容)

도리관심간　충의전골체
道理貫心肝, 忠義塡骨體.
"도리가 깊숙히 마음을 꿰뚫고 충의가 골체를 메웠다."

　노장공의 답신을 받은 제환공은 크게 기뻐하며, 곧 군대를 가(柯)로 물러나게 하고 노나라 임금이 오기를 기다렸다.

　한편 노장공은 누구를 데리고 가는 것이 좋을지를 몰라 신하들에게 물었다.

　"신이 모시고 가게 해 주십시오."

하고 장군 조말(曹沫)이 청했다.

　"장군은 제나라와 싸워 세 번이나 패하지 않았던가? 제나라 사람이 웃을 까봐 걱정이 되지 않는가?"

　"세 번 패한 부끄러움을 씻기 위해 가려 하는 것입니다."

　"어떻게 씻겠다는 건가?"

　"임금께선 그쪽 임금을 상대하시고, 신은 그쪽 신하를 상대하겠습니다."

"과인이 국경을 넘어 맹약을 청하는 것도, 또 한번 패하는 것과 다를 것이 없소? 만일 장군이 씻을 수만 있다면 얼마나 좋겠소? 장군의 청에 따르리다."

이리하여 노장공은 조말과 함께 가로 갔다.

가에는 미리 흙을 쌓아 단을 만들어두고 있었다.

노장공은 먼저 사람을 시켜 용서를 빌고 맹약을 청했다. 제환공 역시 사람을 보내 날과 시간을 알렸다.

제환공은 단 아래에 군대를 진열하고 위엄을 돋구었다. 동서남북 사방에 각각 색이 다른 깃발을 세우고, 각 분대마다 대장이 거느리고 있었다.

단에 오르는 계단은 모두 7층이었는데, 층마다 장사가 누런 기를 잡고 지키고 있었다. 단 위에는 큰 누런 깃발이 펄럭이고, 방백(方伯)이란 두 글자가 선명하게 수놓아져 있었다.

그 큰 기 옆에는 큰 북이 놓여 있고, 대사마 왕자성보가 북을 맡고 서 있었다. 단 중간에는 향로상이 놓여 있고, 붉은 소반이며 옥대접이며 희생을 담고 피를 빨고 하는 그릇들이 놓여 있었으며, 대사행 습붕이 이를 맡고 있었다. 양쪽 옆 선반 위에는 금술통과 옥잔들이 놓여 있고, 내시 수초가 이를 맡고 있었다.

단 서쪽에 돌기둥 둘이 서 있고 거기에 검은 소와 흰 말이 매어져 있었으며, 칼잡이들이 도살할 준비를 갖추고 서 있었다. 이는 주방장인 역아가 맡고 있었다.

대간 동곽아는 계단 아래에서 손님 맞는 일을 맡고 있었고, 관중은 환공을 모시고 옆에 서 있었다.

이 모든 설비와 차림은, 일찍이 어느 모임에서도 볼 수 없었던 위엄과 체통을 갖춘 것으로 관중에 의해 꾸며진 것이었다.

제환공은 명령을 전달했다. 노나라 임금이 이르면 한 임금과 한 신하만이 단으로 오르고, 나머지 사람은 모두 단 아래에 머물러 있도

170

록 하라는 것이었다.

조말은 예복 속에 갑옷을 숨겨 입고, 단검을 찬 채 노장공을 바짝 따라붙고 있었다.

장공은 발을 옮길 때마다 약간 떨고 있었다. 둘레의 분위기가 위압감을 풍기고 있은 때문이었을 것이다. 그러나 조말은 전혀 두려워하는 기색이 없었다.

단을 오르려 하자, 동곽아가 앞으로 나와 말했다.

"오늘은 두 임금께서 좋은 모임을 가지시고, 두 보좌관은 예로써 돕게 되어 있습니다. 어찌 흉기를 쓸 수 있습니까? 칼을 버리십시오."

조말은 두 눈을 부릅떴다. 눈초리가 찢어질 듯했다.

"나는 무장이오. 임금을 모시는 무장이 칼을 갖는 것은 당연한 일이 아니오?"

동곽아는 서슬이 푸른 조말의 위세에 눌려 물러나고 말았다.

두 임금은 절차에 따라 틀에 박힌 인사말을 주고받은 다음, 북이 세 번 울리자 향로상을 마주 보며 맹세의 예를 행했다. 습붕이 옥대접에 피를 담아 무릎을 꿇고, 피에 입술을 담글 것을 청했다. 그것이 마지막 절차인 것이다.

바로 그때였다. 모두 피대접으로 눈길이 가 있는 틈에, 조말이 칼자루를 오른손으로 어루만지며 왼손으로 환공의 소매를 잡고 성난 눈으로 노려보았다.

관중이 급히 환공의 몸을 가리고 서서 꾸짖었다.

"이 무슨 무례한 짓이오?"

"노나라는 여러 차례 제나라 침략을 받아 나라가 망하게 되었소. 임금께선 약한 나라를 돕는다는 이름으로 모임을 가지면서 우리 노나라만 버려둘 것이요?"

"그럼 무엇을 원하는 거요?"

"제나라는 힘만 믿고 노나라 문양(汶陽) 밭을 앗았소. 그것을 돌려 주시오. 그래야만 맹세를 마치겠소."

관중은 환공은 돌아보며 허락하라고 말했다. 돌려주는 것이 당연한 일이었기 때문이다. 환공은 곧 승낙했다. 조말은 칼을 놓고 습붕이 들고 있는 피대접을 대신 받아들고 공손히 내밀었다.

두 임금이 피에 입술을 적시고 나자,

"신은 관중과 피를 적실 것을 원합니다."

하고 조말은 청했다.

그러자 제환공은,

"어찌 꼭 중부요? 과인이 그대와 맹세하겠소."

하고 하늘을 향해 해를 가리키며 말했다.

"문양 밭을 노나라에 돌려주지 않으면 저 해와 같을 것이다."

해가 지듯이 죽고 만다는 뜻으로 맹세의 말로 자주 쓰이곤 했다.

조말은 환공의 너그러운 마음에 감격하여, 두 번 절하고 감사의 인사를 올렸다.

그리고 술잔을 주고받으며 다 함께 흐뭇한 얼굴로 일을 끝냈다.

왕자성보를 비롯한 제나라 사람들은 울분을 못 참아 하며, 노나라 임금을 위협하여 문양 밭을 다시 제나라에 바치게끔 하자고 환공에게 청했다.

그러나 환공은 이런 말로 달랬다.

"과인은 이미 조말과 약속을 했소. 보통 사람도 약속을 깰 수 없거든 하물며 임금이겠는가?"

사람들은 더 말을 못했다.

이튿날 환공은 공관에서 다시 술자리를 베풀어 장공과 즐겁게 마시고 헤어졌다.

그리고 즉시 명령을 내려 노나라의 옛 땅이었던 문양 밭을 그대로 다 돌려 주게 했다.

172

강요된 맹세는 지키지 않아도 된다는 것이 그 당시의 통념이었다. 그러나 환공은 약속을 지켰다. 조말은 원수이기도 했지만 환공은 그를 원망하지 않았다. 조말의 거칠은 태도와 용기를 귀엽게 보고 있은 것이다.

뒷사람들은 환공의 그같은 태도와 넓은 마음이 패천하를 이룩하게 된 것으로 평하고 있다. 억지로 흉내를 낼 수는 없는 일이다.

제후들은 이 소문을 전해 듣자, 모두 환공의 신의와 너그러운 마음씨에 호감을 갖지 않을 수 없었다.

조나라와 위나라 두 임금은 즉시 사람을 보내 용서를 빌며 맹약을 청했다. 이런 결과를 생각에 두고 조말을 그렇게 대한 것은 아니었지만, 사람을 굴복시키는 것은 힘이나 위엄보다는 그 힘과 위엄을 지닌 사람의 너그러운 마음씨란 것을 알 수 있는 일이다.

환공은 두 나라 사신에게, 송나라를 먼저 친 다음 모임을 갖기로 약속했다.

그리고 다시 주나라로 사신을 보내, 송나라가 왕명을 따르지 않고 모임에 오지 않았으니 왕의 군사를 받들어 함께 가 죄를 묻도록 해달라고 청했다.

주희왕은 대부 선멸(單蔑)로 하여금 군사를 거느리고 제나라와 함께 송나라를 치도록 했다.

진나라와 조나라도 군사를 이끌고 따르겠다며 앞장설 것을 자원해 왔다.

환공은 관중으로 하여금 먼저 한 부대를 이끌고 나가 진·조 두 나라와 만나게 하고, 환공 자신은 습붕·왕자성보·동곽아들을 거느리고 대군을 이끌고 뒤를 이어 송나라로 향해 떠났다.

송나라를 치러 가는 동안, 또 역사에 길이 남을 일이 하나 나타나게 된다.

가난한 옷차림으로 길가에서 소에 풀을 뜯기고 있던 영척(甯戚)이란 사람이, 관중의 눈에 남다르게 보여 마침내 벼락출세를 하게 되는 것이다.

관중은 뒤에 죽음을 앞두고, 자기 후계자로 굳게 믿고 있었던 이영척이 아깝게도 자기보다 먼저 세상을 뜬 것을 안타까워하고 있다.

그런 위대한 인재가 남의 집 소를 치며 밥을 얻어먹고 있은 것이다.

〈춘추〉경에는, 노장공 14년 봄에 제·진·조 세 나라가 송나라를 치게 된 걸로 되어 있고, 여름에는 선백(單伯)이 이들 세 나라와 모여 송나라를 친 것으로 되어 있다.

이 싸움에서 새로운 별로 떠오르는 사람이 영척(甯戚)이다. 피를 보게 되어 있는 대립관계를 외교로써 풀어, 서로가 체면을 유지하는 화해의 마당으로 돌아오게 하는 것이다.

진·조 두 나라 군사와 합치기 위해 먼저 길을 떠난 관중이, 남문을 나와 30리 남짓 떨어진 요산(猺山) 기슭에 이르렀을 때였다.

한 농부가 짧은 등거리 잠방이에 낡은 삿갓을 쓰고, 산 밑에서 소를 놓아 먹이며 쇠뿔을 두들기고 노래를 불렀다.

지나가던 관중은 수레 위에서 그가 보통사람이 아님을 알았다. 관중은 그를 아끼는 마음에서 술과 음식을 대접하라 시켰다. 그리고 관중은 그대로 떠나고 말았다. 이 농부가 바로 영척이었다.

영척은 주는 술과 음식을 맛있게 먹고 나자,

"상국 중부를 뵙고 싶습니다."

하고 청했다.

"상국의 수레는 이미 지나가버렸소."

하고 대답하자, 상국에게 전해 달라며,

"넓고 넓은 흰 물이여!"

라는 수수께끼같은 말을 했다.

심부름꾼이 급히 관중의 수레를 뒤쫓아가 영척이 한 말을 그대로 전했다.

관중은 아무리 생각해도 그 뜻을 알 수 없었다. 그래서 같은 수레에 타고 있던 청(婧)이란 첩에게 물었다.

제환공이 여자를 좋아하여 싸움터에도 항상 사랑하는 후궁을 데리고 가곤 했는데, 관중은 환공의 뜻을 따른다는 뜻에서 이 청이란 첩을 데리고 다니곤 했다. 역시 여자를 좋아한 때문일 것이다.

이 청이란 여자는 예쁜 얼굴에 지혜까지 겸하고 있었고, 책이란 책은 거의 다 보다시피 하는 문학여성이기도 했다. 그래서 관중은 그녀의 지혜를 빌기도 하고 모르는 것을 묻곤 했던 것이다.

청은 이렇게 대답했다.

"옛 시에 이런 것이 있습니다.

넓고 넓은 물이여!

힘차게 뛰노는 고기로다.

임금이 와서 나를 부르니

내 장차 편안히 살리라.

아마 그 사람이 벼슬을 하고 싶어 하는 것 같습니다."

관중같은 박식이 알지 못하는 글을 청은 알고 있었다. 청의 도움이 없었던들 영척은 뜻을 얻지 못하고, 관중은 아까운 인재를 놓칠 뻔한 것이다.

관중은 수레를 멈추고 그를 불러오게 했다.

영척은 소를 마을에 맡기고 따라왔다. 관중을 보자 두 손을 들어 인사를 하고 절을 하지 않았다. 뜻이 높은 선비들만이 갖는 당당한 모습을 보인 것이다.

관중의 물음에 영척은 대답했다.

"위나라 사람으로 성은 영이요, 이름은 척입니다. 상국께서 어진 사람과 선비들을 소중히 여긴다는 말을 듣고 먼길을 걸어 이곳까지 왔으나, 뜻을 전할 길이 없고 가지고 온 돈도 없으므로 마을 사람을 위해 소를 돌보아주고 있습니다.”

관중은 영척의 아는 바를 시험해 보았다. 미리 생각해 두었던 것
처럼 묻는 말에 대답했다.

“호걸이 진흙에 빠져 끌어당겨줄 사람을 만나지 못했으니, 무슨
힘으로 스스로 올라올 수 있겠습니까? 우리 임금님께서 며칠 안
으로 곧 이리로 지나게 됩니다. 내가 편지를 써서 드릴테니 그것
을 가지고 임금을 만나십시오. 틀림없이 크게 쓰실 겁니다.”

영척은 관중이 써서 주는 편지를 받아넣고, 다시 요산 밑으로 가
소를 놓아 먹이고 있었다.

제환공의 대군은 사흘 뒤에 요산 밑을 지나게 되었다.

영척은 여전히 같은 차림으로 길가에 서 있으면서, 환공의 수레가
가까이 오자 또 쇠뿔을 두들기며 노래를 불렀다.

    푸른 물결 빛나는 흰 돌이여!
    숨어 있는 잉어는 한 자요 반이로다.
    살아서 요순 세월 만나지 못해
    짧은 잠방이가 겨우 정강이에 이른다.
    저녁부터 밤중까지 소를 먹이니
    긴긴 이 밤은 어느 때나 새려는고?

환공은 노래를 듣고 이상히 여겼다. 그를 수레 앞으로 데려오게하
여 성명과 사는 곳을 물었다. 영척은 사실대로 대답했다.

“너는 소치는 사람으로 어찌하여 세상을 비웃느냐?”
하고 꾸짖었다.

“소인이 어찌 감히 세상을 비웃겠습니까?”

“과인이 천자를 받들어 제후들을 거느리고 천하를 바로잡은지라,
백성들이 태평을 누리고 있으니 요순시대인들 이보다 더 나을 리

가 없지 않느냐? 그런데 너는 요순 세월을 만나지 못했다고 하고, 또 긴 밤이 새지 않는다고 했으니 그것이 비웃음이 아니고 무엇이냐?”

“소인은 비록 시골 백성으로 옛 어진 임금의 정치를 볼 수는 없었으나, 요순시대가 어떠했는지는 들어서 알고 있습니다. 백성들은 제 힘으로 살아가며 알지 못하는 가운데 하느님의 법을 따랐다 합니다. 지금 나라의 기강이 서지못하고 가르침이 행해지지 않고 있는데, 이를 태평세월이라 하시니 소인으로서는 알 수가 없습니다.

또 요순시대에는 말하지 않아도 믿고, 성내지 않아도 두려워했다 합니다. 지금 임금께선 첫 모임에 송나라가 등을 돌렸고, 두번째 모임에는 노나라가 임금을 협박했습니다. 군사를 움직여 백성들이 조용히 쉴 날이 없는데, 백성들이 태평을 누린다 하심은 소인으로서는 알 수 없는 일입니다.

소인은 또 들으니, 요순은 자기 아들을 버리고 어진 사람에게 천하를 맡겼다 합니다. 지금 임금께선 형을 죽이고 나라를 얻었으며, 천자를 등에 업고 제후들을 호령하고 계시니 이 또한 요순과는 먼 일입니다.”

환공은 영척의 마지막 지적이 양심의 아픈 곳을 찌르자, 성이 머리끝까지 치밀었다. 한비자가 말한 용의 역린(逆鱗)을 건드린 것이다.

환공은 당장 목을 베라 일렀다. 시종무관들이 영척을 묶어 목을 치려하자, 영척은 얼굴 하나 변하지 않고 두려운 빛도 보이지 않으며 길게 한숨을 내쉬고 말했다.

“하나라 걸임금이 바른말하는 충신 용봉을 죽이고, 은나라 주임금이 비간을 죽였는데 나까지 합쳐서 셋이 되는구나!”

습붕이 환공을 보고 말했다.

“임금을 대해도 듣기 좋은 말을 하지 않고, 죽음을 앞두고도 무서워하지 않으니 보통사람이 아닙니다. 너그러이 용서하십시오.”

환공은 습붕의 말에 갑자기 생각이 바뀌었다. 환공도 같은 생각이 든 것이다.

성난 기색이 씻은듯이 사라지며, 영척의 묶음을 풀게하고 말했다.

“과인이 짐짓 그대를 시험하려 했던거요. 그대는 과연 좋은 선비요.”

그제야 영척은 품속에서 관중의 편지를 꺼내 올렸다. 환공이 열어 보니 다음과 같이 쓰여 있었다.

　‘신은 요산에서 위나라 사람 영척을 만났습니다. 이 사람은 큰
　인재입니다. 만일 버리어 다른 나라의 쓰임을 받으면, 뉘우쳐도
　소용이 없습니다. 부디 거두어 쓰게 하십시오.’

환공은 놀라며 물었다.

“중부의 편지를 가지고 있으면서 어찌하여 보이지 않은거요?

“어진 임금은 사람을 가리어 쓰고, 어진 신하는 임금을 가리어 돕는다고 들었습니다. 만일 아첨하는 것을 좋아하시어 성난 빛으로 신을 대하신다면, 신은 차라리 죽을지언정 상국의 편지를 내놓지는 않았을 것입니다.”

환공은 영척의 이 말이 너무도 위대하게 들렸다. 죽음을 앞두고 살 길이 있는데도 구차하게 살려하지 않는 것은, 뜻만이 높은 것이 아니라 손발처럼 믿을 수 있기 때문이다.

곧 영척을 뒷수레에 태우고 다시 행군을 계속했다. 날이 저물어 군막을 치고 군사를 쉬게 한 다음, 환공은 급히 불을 켜게하고 의관을 찾았다.

눈치빠른 수초가 물었다.

“임금께서 의관을 찾으시는 것은 영척에게 벼슬을 내리시기 위해서입니까?”

“그렇다.”

“위나라가 그리 멀지 않으니, 사람을 시켜 알아보심이 옳을 것 같습니다. 그가 과연 어질다는 것을 확인한 뒤에 벼슬을 주어도 늦지는 않을 것입니다.”

“너는 낮에 있은 일을 잊었느냐? 영척은 뜻이 크고 생각이 높아 사소한 예절같은 것은 돌아보지 않는 사람이다. 그는 위나라에서 남에게 흠잡힐 일을 했을지도 모른다. 그의 허물을 얻어듣고 나서 벼슬을 주면 빛이 나지 않을 것이며, 그로 인해 버리게 된다면 아까운 일이 아니냐?”

곧 등촉을 밝혀 영척을 대부의 벼슬에 오르게 하고, 관중과 함께 국정을 맡게 했다. 영척은 옷과 갓을 바꾸고 은혜에 감사하고 나갔다.

환공의 군사가 송나라 국경에 이르자, 진선공과 조장공은 먼저 와 있고 뒤따라 주나라 선멸의 군사가 이르렀다.

서로 인사를 나눈 다음 송나라 칠 일을 상의했다. 이때 영척이 앞으로 나와 말했다.

“임금께서 천자의 명을 받들어 제후들을 모으시려 한다면, 위엄으로 굴복시키는 것이 덕으로 복종하게 하는 것만 못하옵니다. 신의 어리석은 생각으로는 군사를 이끌고 들어갈 필요가 없다고 여겨집니다. 신이 비록 재주 없사오나 세치 혀로써 송나라 임금을 달래어 맹약을 청하도록 하겠습니다.”

환공은 크게 기뻐하며 곧 군대를 국경에 머물러 있게 하고, 영척을 송나라로 들여보냈다.

영척은 작은 수레 하나에 타고 따른 사람 몇과 함께 송나라 서울로 들어갔다.

송환공은 대숙피에게 물었다.

“영척은 어떤 사람인가?”

“이 사람은 소를 치는 시골 사람으로 제나라 임금이 새로 뽑아 벼

슬에 오른 사람입니다. 아마 말솜씨가 뛰어난 사람으로 임금을 말
로 달래려고 온 것이 틀림없을 것입니다."
"그를 어떻게 대하는 것이 좋겠는가?"
"주상께선 그를 불러 들게 한 다음 예로써 대하지 마십시오. 그의
하는 양을 지켜보다가 그의 말이 올바르지 못할 때는 신이 띠 끝
을 들어올려 신호를 보내겠습니다. 임금께선 즉시 무사를 시켜,
그를 잡아묶어 가두게 하십시오. 그러면 제나라의 계획이 무너지
게 됩니다."
송환공은 고개를 끄덕여보이고, 무사들을 대기하게 했다.
영척은 예복차림으로 고개를 쳐들고 들어왔다. 그리고 임금을 향
해 길게 손을 들어 인사를 보낼 뿐이었다. 천자의 명을 받들어 온
사신이므로 임금과 대등한 위치라는 뜻이기도 하고, 송환공의 태도
가 심상치 않았으므로 기를 꺾으려 한 것이다.
송환공은 단정히 앉아 있을 뿐, 손을 들어 답례도 하지 않았다.
대숙피와의 약속대로 한 것이다.
영척은 고개를 뒤로 젖히며 길게 한숨을 내쉬고 말했다.
"위태롭도다. 송나라여!"
영척의 색다른 동작에 이미 마음이 끌린 송환공은 깜짝 놀라며 물
었다.
"어째서 위태롭다는 거요?"
"임금께선 주공과 비교해서 누가 더 어질다고 생각하십니까?"
"주공은 성인이신데 감히 어떻게 견줄 수 있겠소?"
"주공은 태평성대에서 사방 오랑캐들까지 다 우러러보게 되어 있
는 마당에, 오히려 어진 사람을 맞아들이고자 감던 머리를 거머쥐
고 먹던 밥을 뱉곤 했습니다.
지금 임금께선 망한 은나라의 뒤를 이어, 뭇 영웅들이 힘을 겨
루는 이 마당에 두 차례나 임금을 죽인 불행한 일까지 겪지 않았

습니까? 주공을 본받아 몸을 낮추고 선비를 높이 받들어도 어진 사람이 찾아오지 않을까 두려워하셔야 마땅한 일이어늘, 망령되이 스스로 높게 몸을 가지며 어진 사람을 대수롭지 않게 여기고, 손을 거만하게 대하고 있지 않습니까? 비록 충성되고 이로운 말이 있다 한들, 어찌 임금의 앞에 이를 수 있겠습니까? 이보다 더 위태로운 일이 또 어디에 있겠습니까?"

송환공은 소스라쳐 놀라며 자리에서 일어나 말했다.

"과인이 임금된 지 며칠이 되지 않아, 어진 군자의 가르침을 아직 듣지 못한 때문이니 선생은 허물치 마십시오."

대숙피는 임금 옆에 있으면서 임금이 영척의 말에 끌리는 것을 보자, 줄곧 띠 끝을 쳐들어 보였다.

송환공은 거들떠보지도 않고 말했다.

"선생께선 무엇으로 과인을 가르쳐 주시겠소?"

"천자가 권위를 잃고 제후들이 흩어진 지 오래입니다. 그로 인해 임금과 신하의 차례가 무너지고, 신하가 임금을 죽이는 일이 나라마다 거의 날마다 일어나고 있습니다. 제나라 임금이 이 천하의 어지러움을 다시 바로잡기 위해 공손히 왕명을 받들어 중국의 맹주가 되었습니다. 임금께서 그 모임에 이름을 얹게 된 것은, 임금의 지위를 안정시키기 위해서였습니다. 임금께서 만일 그 약속을 어겼다면 이는 스스로 안정을 버린 것입니다.

지금 천자께서 진노하시어 신하를 보내 직접 제후들을 거느리고 송나라를 치게 했습니다. 임금께서 앞에서 이미 왕명을 저버리고 지금 또 천자의 꾸짖음에 항거하신다면, 싸우기에 앞서 누가 이기고 질 것은 이미 정해진 것이나 다름없습니다."

"선생의 견해는 어떤 것입니까?"

"신의 생각으로는 한 묶음의 폐백을 아끼지 마시고 제나라와의 맹약에 응하게 되면, 위로는 천자를 받드는 예를 잃지 않게 되고

아래로는 맹주와의 화친을 맺게 되므로, 군사를 움직이지 않고 송
나라는 태산보다 편안하게 될 것입니다.”

“과인이 한때 실책하여 모임을 좋게 끝내지 못했고, 그것을 노여
워하여 제나라가 지금 우리나라를 치러 와 있는데, 어찌 과인의
폐백을 기꺼이 받으려 하겠습니까?”

“제나라 임금은 너그럽고 어질며, 마음이 크고 넓은지라 남의 잘
못을 생각에 두거나 원한을 가슴에 새겨두지 않습니다. 노나라가
모임에 오지 않았는데도 가에서 맹약을 맺자, 앗았던 땅까지 돌려
주지 않았습니까? 하물며 모임에 참가한 송나라이겠습니까?”

“장차 무엇으로 폐백을 삼아야 하겠습니까?”

“제나라 임금은 예로써 이웃과의 친목을 꾀하고, 항상 후하게 주
고 적게 받기를 원하고 있습니다. 한 묶음의 마른고기로써 그만이
온데 무슨 보물이 필요하겠습니까?”

뇌물이 아니면 될 일도 안 되는 세상이었으므로 영척의 이 말은
듣는 사람의 마음을 흐뭇하게 하고도 남음이 있었다.

송환공은 크게 기뻐하며, 곧 사신으로 하여금 영척을 따라 제나라
군중으로 가 화친을 청하고 오게 한다.

대숙피는 부끄러움을 감추지 못하며 물러나야만 했다.

영척을 따라온 송나라 사신은 제환공을 만나 용서를 빌고 맹약을
청했다. 그리고 흰구슬 열 쌍과 황금 천 냥을 바쳤다.

제환공은,

“천자의 명이 계신데 과인이 감히 마음대로 할 수 있겠소? 왕신
(王臣)을 통해 천자께 아뢴 뒤에 결정하겠소.”

하고 송나라에서 바친 황금과 백옥을 고스란히 선멸에 보내주고, 송
나라 임금의 뜻을 전했다.

이리하여 제환공은 송환공으로 하여금 주나라에 먼저 문안을 드리
고 나서 다시 모이는 시기를 결정하기로 했다.

선멸은 주나라로 돌아가고 제·진·조 세 나라도 각각 본국으로 돌아갔다.

공자는 관중을 칭찬하여 싸우지 않고 남을 굴복시키는 정치가요 군략가라고 했는데, 뒷사람들은 영척도 그런 인물로 보고 관중과 영척을 합쳐 관영(管甯)이라 부르기도 했다.

초문왕(楚文王)과 식부인(息夫人)

자 포 부 지 인 기
自飽不知人飢.
"자기가 포식하면 남의 배고픔을 모른다."

'노장공 14년 가을 7월에, 형(荊)나라가 채나라에 들어갔다.' 경에는 간단히 이렇게만 적고 있다. 형나라는 초나라를 가리킨 것이다.

이때 초나라 임금은 문왕(文王)이었고, 채나라 임금은 애후(哀侯)였다. 초문왕이 채나라를 치게 된 배후에는 절세미인 식부인(息夫人)이 있었다.

이 식부인 하나로 인해 예의도 의리도 염치도 없는 사나이들의 추태와 보복과 횡포가 잇따르게 되고, 그로인해 나라가 망하기도 하고 공연한 침략을 입게도 된 것이다.

초문왕과 채애후와 식부인을 둘러싼 오랜 국제적 사건의 줄거리는 대충 다음과 같은 내용으로 이어진다.

초나라가 다시 왕으로 행세한 것은 초무왕 웅통 때였다. 문왕은 무왕의 뒤를 이은 웅통의 아들 웅자(熊貲)다.

이때 초나라는 한창 힘을 뻗기 시작하며 둘레의 이웃 나라들을 닥치는 대로 마구 치고 삼키고 했다. 지금의 양자강인 장강의 가장 큰 지류인 한수(漢水) 동쪽의 작은 나라들은, 초나라의 침략이 두려워 신하로 자처하며 조공을 바치곤 했다.

오직 채나라만이 제나라와의 혼인관계를 믿고, 중국 제후들과 어울리며 같이 군사를 움직이곤 했다.

초문왕 웅자는 중원을 침략할 욕심으로 두 눈에 불을 켠 채 노려보고 있을 참이었는데, 채애후가 저지른 임금답지 못한 행동으로 인해 스스로 도둑을 불러들이고 만다.

채애후는 진나라 공주에게 장가들어 부인을 삼았다. 채나라와 이웃한 식(息)나라 임금도 진나라 공주를 부인으로 맞아들였다.

두 임금은 동서가 된 것이다. 그런데 이 식나라로 시집간 식부인은 미인의 대명사처럼 쓰일 정도의 절세미인이었다.

채애후는 자기 처제인 식부인에게 숨은 사랑을 품고 있었다. 마음이 검어서가 아니라, 식부인이 너무 아름다운 때문이었을지도 모른다.

그 식부인이 친정인 진나라로 근친을 왔다가 돌아가는 길에 채나라를 지나게 되었다. 이 소식을 전해들은 채애후는,

"처제가 여기까지 이르렀는데 어찌 그냥 지나가게 할 수 있겠는가?"

하고 사람을 시켜 국경에 있는 별궁으로 들게하여 융숭한 대접을 하게 되었다.

술이 오가는 사이에 애후는 입에 담지 못할 농담을 걸었다. 취한 척하며 식부인의 마음을 떠보려 했던 것일지도 모른다.

식부인은 분을 참지 못하고, 화를 버럭내며 자리를 박차고 일어나 나가버리고 말았다.

이 사실을 들은 식후(息侯)는 채후에 대한 앙갚음을 하려고 마음 먹기 시작한다. 식부인의 분해하는 태도에 자극을 받기도 했을 것이다.

그러나 식나라는 채나라보다 더 작고 약한 나라였으므로, 초나라의 힘을 빌리려 한다. 모자란 사람의 어리석은 짓이었다.

식후는 사람을 보내 초나라에 조공을 바치고 채후를 사로잡을 것을 청한다. 그리고 그 쉬운 방법까지를 일러주었다. 그 방법이란 이런 것이다.

초나라가 식나라를 치게 되면 식나라는 채나라에 구원을 청하고, 채나라 임금은 사람이 거칠고 가벼우므로 틀림없이 몸소 군사를 이끌고 달려올 것이니, 그때 초나라와 식나라가 안팎에서 치게 되면 채후를 사로잡을 수 있으며, 채후를 사로잡으면 채나라가 초나라에 조공을 바치게 되리라는 것이었다.

초문왕은 식후의 꾀를 받아들여, 식후가 말한 것처럼 채후를 사로잡아 초나라로 돌아오게 된다.

채애후는 식후가 꾸민 함정에 빠진 것을 알자 원한이 뼈속까지 파고들었다. 구원을 청해 놓고, 고맙게 달려온 사람을 침략자에게 넘겨준 식후의 비겁한 행동은 원한을 사고도 남을 일이었다.

여자를 둘러싼 사나이끼리의 감정을 치정(痴情)이라고 한다. 완전히 이성이 마비된 천치바보같은 질투의 감정이란 뜻이다.

식후와 채후는 치정에서 비롯된 복수심에서 다같이 승냥이같은 초문왕에게 찢기고 먹히고 마는 것이다.

초문왕은 채애후를 기름가마에 삶아 태묘에 제사를 올리려고 했다. 이때 육권(鬻拳)이란 신하가 말렸다.

"중원에 뜻을 두고 있으면서 사로잡힌 임금을 죽인다면 이는 제후들로 하여금 초나라를 등지고 달아나게 만드는 것이 됩니다. 화친을 맺고 돌려보내도록 하십시오."

거듭거듭 간해도 초왕은 들으려하지 않았다. 그러자 육권은 성을 내며 왼손으로 초왕의 소매를 잡고, 오른손으로 차고 있던 칼을 뽑아 초왕을 겨누며 말했다.

"신은 임금과 함께 죽을 망정, 임금께서 제후들의 버림을 당하는 것을 차마 볼 수 없습니다."

야만이라 업신여김을 받는 초나라가 아니고서는 볼 수 없는 광경이었다.

다급해진 초왕은 육권의 요구를 받아들여 채후를 돌려보낼 것을 약속할 수밖에 없었다.

"임금께서 신의 말을 받아들이신 것은 초나라의 복이옵니다. 그러나 신하가 임금을 칼로 위협했으니, 그 죄 만 번 죽어 마땅합니다. 바라옵건대 도끼 아래 엎드려 죽게하여 주십시오."

하고 육권이 죽기를 청하자 초왕은,

"경의 충성스런 마음은 하늘에 닿았소. 나는 경을 허물하지 않겠소."

라고 했다. 그러나 육권은 스스로 칼로 자기 발목을 자르고 말았다.

초왕은 잘린 그의 발을 영구히 보존하여 간하는 말을 받아들이지 않은 자신의 잘못을 되새기겠다며, 육권의 상처를 치료하게 한 다음 그에게 대혼(大閽)이란 벼슬을 내려 성문을 맡게 했다.

그리고는 채후에게 환송의 큰 잔치를 베풀게 했다.

이때 초왕은 술자리에서 거문고를 타는 예쁜 여자를 가리키며,

"이 아이는 얼굴이 아름답고 거문고 솜씨도 뛰어나니, 한 잔 술을 드리도록 하겠습니다."

하고 그녀를 시켜 큰 잔에 술을 따라 채후에게 올리게 했다.

채후가 그 잔에 술을 다시 부어 손수 초왕에게 올리며 만수무강을 빌었다.

초왕은 문득 웃으며 물었다.

"임금께선 절세미인을 보신 적이 있습니까?"

채후는 식후에 대한 원한이 떠오르며 이렇게 대답했다.

"천하의 여자 가운데 식부인보다 더 아름다운 여자는 없습니다. 참으로 하늘의 여자입니다."

"얼마나 아름답기에……?"

채후는 온갖 형용사를 다 써가며 식부인의 아름다움을 이야기했다.

"과인이 식부인을 한번 얻어볼 수 있으면 죽어도 한이 없으련만……."

"임금께서 그토록 원하신다면 하나도 어려울 것이 없지 않겠습니까?"

"그럴까요?"

초왕은 마냥 흐뭇한 표정이었다.

채후가 돌아간 다음, 초문왕은 채후가 한 말을 되새기며 식부인을 가로챌 욕심을 누르지 못했다.

지방을 순시한다는 이름을 빌어 식나라로 찾아갔다. 식후는 초왕을 멀리까지 나와 맞이한 다음 몸소 길을 안내하여 공관으로 들게하고, 조회청에서 환영잔치를 크게 벌였다.

식후는 손수 잔을 들어 초왕에게 올리며 만수무강을 빌었다. 초왕은 잔을 받아들고 미소를 지으며 말했다.

"옛날 과인이 군부인(君夫人)을 위해 약간의 수고를 하였으니, 지금 과인이 이곳에 와 있는 마당에 군부인께서 과인을 위해 어찌 한잔 술을 주시지 않을 수 있겠습니까?"

식부인을 위해 채후를 사로잡아 간 것을 수고했다고 말한 것이다. 채후가 식부인을 무례하게 대한 것만 들어서 알고 있었을 뿐, 그 식부인이 그토록 아름다운 여자인 줄은 미처 짐작하지 못했던 것이다.

식후는 감히 거역할 수 없어 곧 식부인을 나오게 했다.

조금 뒤 차림을 갖추고 나타난 식부인은, 따로 마련한 담요 위로 올라와 두 번 절을 올리고 인사의 말을 건넸다.

초왕은 식부인을 바라보랴, 답례를 하랴 반 정신이 나가 있었다.

식부인은 흰 옥으로 만든 잔에 술을 가득 부어 초왕에게로 나아왔다. 초왕은 정신을 잃은 듯이 손수 그 잔을 받으려 했다. 식부인은 당황하는 빛도 없이 잔을 궁녀에게 주어 초왕에게 올리게 했다.

초왕이 단숨에 쭈욱 들이키자, 식부인은 다시 두 번 절하고 이만 물러간다고 하고 안으로 들어가버렸다.

초왕은 식부인 생각에 더는 술을 마실 마음이 나지 않아 곧 관사로 돌아오고 말았다.

이날 밤을 뜬눈으로 보낸 초왕은, 이튿날 답례라는 이름으로 식후를 관사로 불러내었다. 둘레에는 무사들이 숨어 있었다.

술이 반쯤 취했을 때 초왕은 짐짓 크게 취한 척하며, 식부인이 나와 초나라 장병에게 위로의 술잔을 돌리도록 해 달라는 무례한 청을 했다.

식후가 다른 핑계로 이를 사양하자, 초왕은 기다린 듯이 상을 치며 호령했다.

"네가 감히 내 청을 거역한단 말이냐? 여봐라! 이 놈을 당장 잡아 묶어라!"

식후가 변명할 틈도 없이 숨겨둔 군대가 갑자기 들이닥치며, 원장(蒬章)과 투단(鬭丹) 두 장수가 식후를 잡아 묶었다.

초왕은 직접 군사를 이끌고 궁중으로 치고 들어가, 식부인이 있는 곳을 찾았다.

소식을 들은 식부인은 한숨을 지으며,

"호랑이를 끌고 방으로 들어온 꼴이 되었으니, 내 스스로 부른 화가 아니더냐?"

하고 후원으로 달려가 우물로 뛰어들어 죽으려 했다.

그러나 투단이 한 걸음 앞서 달려와 옷소매를 잡고 말했다.

"부인께선 식후의 목숨을 건지고 싶지 않으십니까? 어찌하여 부부가 다 함께 죽는 길을 택하시려 합니까?"

식부인은 잠자코 있었다.

투단이 그녀를 데리고 초왕앞에 나타나자 초왕은 애써 위로의 말을 보내며, 식후를 죽이지도 않을 것이며식나라 제사를 끊어지게 하지도 않겠다고 약속했다.

그리고 식부인을 왕후로 삼는 예를 군중에서 올리고, 뒷수레에 싣고 초나라로 돌아왔다.

초왕은 약속대로 식후를 여수(汝水)란 곳의 작은 마을에 머물러 있게 하고, 그 마을에서 거두는 세금으로 조상의 제사를 받들게 했다.

이것으로 약속을 지킨다고 한 것은 지키지 않은 것만도 못한 일이었다. 식후는 울분을 참지 못하고 죽고 말았다. 치정에 의한 복수가 스스로의 죽음을 가져오게 된 것을 뉘우치기라도 했는지 모를 일이다.

초나라로 끌려온 식부인은 3년 안에 두 아들을 낳았다. 맏은 웅희(熊囏), 둘째는 웅운(熊惲)이었다.

그런데 이상하게도 3년이 지나도록 초왕과 이야기를 나누는 일이 없었다. 묻는 말에 마지 못해 대답하는 것이 고작이었다. 처음엔 심정을 짐작할 수 있는 일이었지만, 자식을 둘이나 낳고도 여전히 그러는데는 답답할 수밖에 없었다.

초왕이 그 까닭을 물어도 눈물만 흘린 뿐이었다. 초왕이 강요하다시피 묻자 이렇게 대답했다.

"한 여자로서 두 지아비를 섬긴 몸이옵니다. 비록 수절하여 목숨을 끊지는 못했을지언정, 무슨 염치로 얼굴을 들어 남과 말을 할 수 있겠습니까?"

그리고는 눈물이 계속 비오듯 했다.

초왕은 스스로 겸연쩍은 생각이 들어 불량배의 본성을 드러내며 이렇게 말했다.

"이 모두가 채나라 임금 때문이야. 내가 부인을 위해 원수를 갚아 주리다."

식부인도 그것을 속으로 원하고 있었을지 모른다. 때리는 시어머니보다 말리는 시누이가 더 밉다는 속담처럼, 강폭하고 무례한 초왕보다 고자질한 채후가 더 미웠음직하다.

초왕은 이렇게 해서 채나라를 치게 된 것이다. 채애후는 초왕앞에 엎드려 용서를 빌고, 가지고 있는 금은보화를 있는 대로 다 바쳤다. 초왕은 채후를 죽이거나 데려오거나 하지는 않았다. 채후가 속속들이 미웠을 리도 없었으며, 사죄도 받고 뇌물도 받았으니 흡족했을 것이다.

초문왕은 이 뒤로도 거의 해마다 이웃 나라를 침범했다. 싸우지 않고는 가만히 있지 못하는 성질이었다. 가는 곳마다 초나라 군사의 횡포에 주민들이 혹독한 고통을 겪곤 했다.

노장공 18년에는 파(巴)나라와 함께 신나라를 친 일이 있었다. 이 때 파나라 군사를 놀라게 해준 일이 있다. 위협 비슷한 장난을 친 것이다.

성이 난 파나라 임금은 초나라 변방을 기습하여 요새를 점령하고 만다.

요새를 지키던 염오(閻敖)란 장수는 성밑으로 뚫려 있는 하수구로 헤엄쳐 달아났다.

초문왕은 도망쳐 온 염오를 죽이고 만다. 그의 죽음을 원통하게 여긴 그 일족들의 초문왕에 대한 원한은 생각보다 깊었다.

그들은 파나라와 짜고 초왕을 죽이려 했다. 파나라 군사가 초나라를 치게 되면 초왕이 직접 나와 맞싸울 것이 틀림없으므로, 그때 안에 있다가 덮치려 한 것이다.

이 계획은 뜻대로 이루어진다. 초왕이 앞만 보고 싸우고 있을 때, 염씨들 수백 명이 초나라 군사의 차림을 하고 들어가, 초왕을 찾아 해치려하자 큰 혼란이 일어나고 만 것이다.

초왕은 쫓기어 달아나다 볼에 화살까지 맞게 된다. 그러나 파나라 임금은 두려워 더는 뒤쫓지 못하고 본국으로 돌아갔다. 염씨 일족도 함께 따라가 파나라 사람이 되었다.

초문왕은 쫓기어 밤중에 도성으로 들어와 성문을 두들겼다.

육권이 문안에서 물었다.

"싸움에 이기셨습니까?"

임금이 말리는 말을 듣지 않는다고 칼을 뽑아 위협까지 한 그 육권이다.

"패했어."

"초나라는 일찍이 싸워서 패한 일이 없었습니다. 파나라는 작은 나라입니다. 임금께서 몸소 대장이 되어 패하고 돌아오셨으니, 남이 웃지 않겠습니까? 지금 황(黃)나라가 조회에 들지 않고 있습니다. 만일 황나라를 쳐서 이긴다면 부끄러움을 풀 수 있을 것입니다."

그리고는 성문을 열어주지 않았다.

육권의 말에 충격을 받은 초문왕은 그 길로 군사를 돌려 황나라를 치게 된다. 이번까지 패하면 돌아오지 않는다는 맹세까지 한 것이다.

황나라로 쳐들어온 초왕은 첫싸움에서 크게 이긴다. 날이 새면 다시 쳐들어가기로 하고 하룻밤을 쉬게 되었다.

이날 밤 초왕은 꿈에 죽은 식후를 만나게 되었다.

"내가 무슨 죄로 죽어야만 한 거냐? 내 땅을 점령하고 내 아내까지 앗은 네놈의 죄를 더 이상 참고 견딜 수 없다."

성난 얼굴로 이렇게 말한 식후는 주먹으로 초왕의 볼을 후려쳤다.

"아얏!"

하고 소리를 지르고 깨어나자, 화살에 맞은 상처가 다시 터져 피가 쉴새없이 흘러내리고 있었다.

급히 영을 내려 군사를 돌렸다. 그러나 도성까지 오지 못하고 국경을 넘어 중간쯤에서 죽고 말았다.

육권은 초문왕의 장례를 마치자, 죄책감에 스스로 목을 쳐 죽고 만다.

초문왕의 뒤를 이어 맏아들 웅희가 임금이 되었다. 이 웅희는 아비를 닮아 놀기만을 즐길 뿐, 나랏일을 돌아보지 않았다. 날이면 날마다 놀이와 사냥만을 즐겼다. 웅희와는 반대로 둘째 웅운은, 재주나 지혜나 인품이 뛰어났다.

웅희는 아우 웅운을 시기하고 두려워한 나머지 틈만 있으면 죽이려 했다. 식부인은 문왕이 죽은 뒤 문부인으로 불리었다. 어머니 문부인과 많은 신하들이 웅운을 감싸고 있었으므로 죽일 핑계를 찾기가 어려웠다.

늘 위협을 느끼고 있던 웅운이 먼저 형을 죽이고 만다. 웅희가 임금이 된 지 3년 되던 해였다. 사냥하러 나갔다가 웅운이 보낸 자객들에 의해 죽고 만 것이다.

문부인은 속으로 의심은 하고 있으면서도 굳이 밝히려 하지는 않았다. 웅운이 임금이 되니 이가 성왕(成王)이다.

죽은 웅희는 왕이란 이름 대신 도오(堵敖)라 불렸다. 왕노릇을 제대로 못한 사람을 초나라에선 오(敖)라 부른 것이다.

성왕은 작은아버지인 왕자 선(善)을 영윤(令尹)에 임명했다. 초나라에선 재상을 영윤이라 부른 것이다. 그의 자가 자원(子元)이었으므로 자원으로 불리우고 있었다.

이 자원이 또 엉큼한 야심가로, 형수인 문부인을 손에 넣고 조카인 임금을 죽이고 제가 왕이 되려 했다. 그러기 위해서는 문부인을 어떻게든지 간통부터 해야겠다는 것이 그의 결심이었다.

자원이 보기에는 홀로 외롭게 지내는 문부인이 곧 걸려들 것만 같은데도, 좀체로 걸려들지 않아 조바심이었다. 치정과 야심에 사로잡혀 있는 자원은 두 어린 조카는 생각에도 두지 않고 있었다.

자원이 두려워한 것은 대부 투백비(鬪伯比)뿐이었다. 정직하고 재주와 지혜가 뛰어나기 때문이다.

그 투백비가 병으로 죽자 이제 두려울 것이 없었다. 곧 왕궁 옆에 관사를 짓고, 그곳에서 날마다 사람의 마음을 들뜨게 만드는 음악을 연주하며 춤을 추고 노래를 부르게 했다. 문부인 마음을 유혹하려 한 것이다.

문부인은 그 소리에 적잖이 시달렸을지도 모르는 일이다. 내시에게 물었다.

"왕궁 밖의 저 음악소리가 어디서 들려오는 것이냐?"

"영윤의 신관에서 들려오는 소리입니다."

"선왕께선 창으로 춤을 추게 하여 즐기는 가운데서도 무술을 익히게 하고, 그로써 제후들을 정벌하였다. 그래서 조공이 끊이지 않았던 것이다. 지금 초나라가 중국에 이르지 않은 지가 벌써 10년이 되었다. 영윤은 부끄러움을 씻을 일은 꾀하지 않고, 미망인 곁에서 저런 즐기는 음악만을 들려주고 있으니 이상하지 않으냐?"

문부인은 자원의 검은 속을 빤히 들여다 보고 하는 말이었다.

내시로부터 이 말을 전해 들은 자원은,

"부인도 중원 정복을 잊지 않고 있는데, 내가 어찌 잊을 수 있겠느냐? 초나라를 섬기다 제나라로 붙은 정나라를 치지 않으면 사나이가 아니다."

하고 병거 6백 승을 거느리고 정나라로 향해 떠났다.

정나라 성밑까지 가기는 했으나, 제나라가 송·노· 두 나라 군사와 함께 오고 있다는 첩보를 듣자 부랴부랴 군사를 풀어 돌아오고 말았다. 안팎으로 공격을 받을까 두렵기도 했지만 만일 패했을 경우, 문부인을 대할 낯이 없다는 생각 때문이었다.

정나라를 치러 갔다가 뜻을 이루지 못하고 돌아온 자원은 더욱 불안과 초조감에 시달리기 시작했다. 빨리 큰일을 해치우지 않으면 점점 더 어려워질 것만 같았던 것이다. 그러려면 먼저 문부인을 손에 넣지 않으면 안 된다.

방법이 좀체로 떠오르지 않았다. 공교롭게도 이때 문부인이 대단치 않은 병으로 누워 있게 되었다.

때는 지금이다 하고 생각한 자원은 병문안을 핑계로 왕궁으로 들어오자, 마침내 이부자리를 궁중으로 옮겨오게 했다. 그곳에 머물러 있으면서 심복 무사 수백 명으로 궁 밖을 지키게 했다. 치정과 야심과 불안과 초조가 그를 미치게 만든 것이다.

사흘이 지나도록 자원이 밖에 나오지 않자, 대부 투렴(鬪廉)이 가로막는 무사들을 뿌리치고 곧장 자원의 침실까지 들어갔다.

자원이 막 거울을 향해 머리를 다듬고 있는 중이었다.

"이곳이 어찌 신하가 거처하는 곳입니까? 빨리 물러나오시오."

"여기가 우리 집인데 웬 참견이냐?"

"여기가 어떻게 영윤의 집이 될 수 있습니까? 아무리 임금의 아우라도 신하임에는 틀림없습니다. 신하는 대궐앞을 지날 때도 수레에서 내리는 것이 예입니다. 어떻게 선왕의 침실에 있을 수 있습니까? 더구나 홀로 되신 부인께서 가까이 계시지 않습니까?"

투렴의 말이 자원의 숨은 부끄러운 곳을 찌르자, 궁한 나머지 그는 크게 성을 내며 꾸짖었다.

"초나라의 모든 권력이 내 손에 쥐어져 있거늘, 네놈이 감히 여러 말을 한단 말이냐?"

그리고는 시종무관을 시켜 투렴의 손을 묶은 다음, 뜰 밑에 큰 칼을 씌워 밖으로 나가지 못하게 했다.

소식을 들은 문부인이 급히 내시를 시켜, 투백비의 아들 누오도(鬪於菟)에게 알려 반역을 다스리게 했다.

누오도는 남이 모르게 초성왕에게 이를 알리고, 투씨 일족의 사병을 이끌고 밤중에 왕궁 문을 부수고 들어갔다. 조정과 궁중에는 자원의 일당들이 요소요소에 배치되어 있었으므로, 어린 임금은 허수아비나 다름없었기 때문이다.

자원이 그런 대담하고 무례한 짓을 서슴지 않은 것도, 그들 일당의 힘을 믿고 있은 때문이었다.

그러나 자원이 손발처럼 여기고 있던 호위무사들은, 궁문이 부숴지는 순간 뿔뿔이 흩어져 달아나고 말았다. 겉으로만 심복인 척 했을 뿐, 자원을 좋게 보고 있지는 않았기 때문일 것이다.

자원은 밤늦도록 술을 마시고 궁녀들을 낀 채, 잠이 깊이 들어 있었다. 꿈결에 놀라 일어난 자원은 칼을 들고 밖으로 나왔다. 이때 역시 칼을 들고 들어오는 투반(鬪班)과 마주쳤다.

"난을 일으킨 것이 바로 어린 네놈이냐?"

하고 자원은 꾸짖었다.

"내가 난을 일으킨 것이 아니라, 난을 일으킨 놈을 무찌르러 왔다."

이리하여 두 사람의 칼싸움이 벌어졌다. 곧 뒤이어 투씨 일족들이 한꺼번에 들이닥치자, 자원은 급히 문으로 빠져 달아나려 했다. 그러나 투반의 한 칼에 목이 떨어지고 만다.

누오도는 투렴의 큰 칼과 묶음을 풀고, 다 함께 문부인의 침실 밖에 이르러 문안을 올리고 돌아갔다.

투백비의 아들 누오도는 뒤에 영윤이 된다. 그의 자가 자문(子文)이었기 때문에 영윤자문이라 보통 불렸다. 이 자문은 초성왕을 도와 초나라를 강대하게 만든다. 초나라에 있어서는 제나라의 관중 만큼

이나 소중한 정치가였다.

문부인은 늙도록 아름다움이 별로 변하지 않았던 모양으로 뒤에도 자주 이야기에 오르곤 한다. 얼굴이 예쁘다는 것은 남의 마음을 즐겁게 하기보다는 괴롭게 하는 것일까?

공자의 제자 자하는 〈논어〉에서 이런 말을 했다.

"얼굴 예쁜 것보다 마음씨 착한 것을 더 소중히 여기는 사람은, 참으로 배운 사람이라 말할 수 있다."

부처님의 도통을 방해하려는 마왕의 마지막 수단이 미인계였다니 알만한 일이다. 식부인 하나로 인해 얼마나 많은 사람이 죽고 시달리고 죄를 범하고 했던가?

그녀 자신은 정숙한 여자였는데도 말이다.

자원의 난을 평정한 다음 날 아침 백관의 조회가 끝나자, 성왕은 자원의 가족들을 모조리 잡아 죽이게 하고 그 죄를 큰거리에 써서 알리게 했다. 그리고 자원의 반란을 평정하게 된 최초의 발단은 죽음을 무릅쓰고 자원을 꾸짖은 투렴에서부터 비롯되었으므로, 성왕은 그의 강직과 충성을 가상하게 여길 수밖에 없었다.

그래서 그를 영윤에 앉히려 하자 투렴은 이렇게 말하며 사양했다.

"방금 초나라와 맞서 겨루는 나라는 제나라입니다. 제나라는 관중과 영척에게 나랏일을 맡겨, 나라는 날로 부해가고 군사는 강해지고 있습니다. 신의 재주가 관중과 영척을 따르지 못하는 것은 다 아는 일이옵니다. 만일 임금께서 초나라 정치를 바로잡아 중국과 겨루고 싶으시면, 투누오도가 아니면 안됩니다."

백관들도 다 투렴의 말이 옳다며 누오도를 떠받들었다. 난을 평정한 것도 누오도였으므로, 성왕은 곧 누오도를 영윤에 임명했다.

이 투누오도는 과연 어떤 사람이었던가? 위대한 사람에게는 출생에 대한 색다른 이야기가 흔히 따르곤 한다. 누오도도 그런 사람의 하나다.

누오도의 할아버지는 투약오(鬪若敖)라 불렀다. 약오는 운(隕)이라는 작은 나라의 딸에게 장가들어 백비를 낳았다. 백비가 아직 어릴 때 약오가 죽자 어머니는 친정인 운나라로 가 오래 있게 되었다. 물론 백비도 따라갔다.

백비의 외숙모인 운부인은 백비를 끔찍이도 사랑했다. 운부인에게는 아직 아들이 없고 딸만 하나 있었는데 백비보다는 두 살 아래였다. 운부인은 백비를 아들처럼 사랑했고, 딸은 백비를 친오빠처럼 따랐다.

이렇게 해서 고모의 아들과 외숙모의 딸은 자연 함께 궁전 안에서 짝을 지어 뛰놀게 되었다.

남녀가 일곱살이면 자리를 같이하지 않는다고 했지만, 옛날이라고 해서 그것이 그대로 지켜지고 있은 것은 아니다. 어릴 때 함께 지내던 버릇이 자라도록 그대로 이어졌다. 부모들이 보는 앞에선 예의를 깍듯이 지켰을지 모르나, 사춘기에 접어든 그들은 남모르게 사랑을 속삭이고 있었으리라.

마침내 배가 불러오기 시작했다. 그제야 운부인이 알고 백비를 궁중으로 들어오지 못하게 하는 한편, 딸을 거짓 병이 있다 하고 떨어진 한 방에서 지내게 했다.

딸은 달이 차자 한 아들을 낳았다. 운부인은 내시를 시켜 옷에 싸서 멀리 성밖 들판에 갖다 버리게 했다. 남편의 눈을 속이고 딸의 추한 이름을 숨기려 한 것이다.

백비는 부끄러운 나머지 그전에 어머니와 함께 초나라로 돌아오고 말았다.

이때 운나라 임금이 마침 성밖 몽택(夢澤)이란 들판으로 사냥을 나가 있었다. 바로 그의 딸이 낳은 외손자가 버려져 있는 곳이었다.

사냥을 하던 중 문득 바라보니, 큰 호랑이 하나가 웅크리고 앉아 있었다. 다른 사람들을 시켜 활을 쏘게 했다. 화살은 모두 옆으로만 떨어지고 하나도 맞지 않았다. 호랑이는 꿈쩍도 하지 않고 그대로 앉아 있었다. 놀라는 기색도 없고 성난 기색도 보이지 않았다.

운나라 임금은 이상한 생각이 들어 가까이 가 살펴보고 오게 했다.

갔다 돌아온 사람은,

"호랑이는 한 갓난 아이를 안고 젖을 먹이며, 사람을 보고도 두려워하거나 피하려 하지 않습니다."

하고 보고했다.

"그 호랑이는 산신령이 보낸 것이니 놀라게 하지 마라."

이렇게 이르고는 사냥을 마치고 돌아왔다.

그는 부인을 보고 말했다.

"오늘은 몽택으로 사냥을 나갔었는데 정말 이상한 일을 보았소."

"무슨 일이기에요?"

그날 있은 일을 그대로 이야기하자, 부인은 심각한 얼굴로 말했다.

"그 아이는 바로 제가 버린 아이옵니다."

"아니? 부인이 그 아이를 어디서 가져다가 그곳에 버렸단 말이오?"

"임금께선 허물하지 마십시오. 그 아이는 바로 우리 딸과 투군 사이에서 생겨난 아이옵니다. 저는 딸의 이름을 더럽히지 않을 생각으로 내시를 시켜 몽택에 버리고 오게 했었습니다."

"……"

"그 아이를 도로 가져오게 하십시다. 옛날 강원(姜嫄)이 남자없이 아이를 낳자 이를 물에 버렸었고, 새가 날개로 그 아이를 덮어주는 것을 보자 도로 가져와 길렀다 합니다. 그 아기가 바로 후직(后稷)으로 주나라 왕실의 시조가 되었다 하지 않습니까? 호랑이가 젖을 먹인 이상한 일이 있었으니, 그 아이가 크게 될 것이 틀림없습니다."

이리하여 버린 아이를 다시 거두어 기르고, 돌이 지나자 딸과 함께 초나라로 보내 투백비와 혼례를 올리게 함으로써 정식 부부가 되었던 것이다.

초나라 사람은 젖을 누(穀)라 하고 호랑이를 오도(於菟)라고 했으므로 젖을 먹인 호랑이란 뜻으로 누오도란 이름으로 아이를 불렀다.

이 누오도가 뒤에 자를 자문이라 했으므로, 영윤자문이란 것이 그의 이름처럼 전해지고 있는 것이다.

〈논어〉에 보면 자장이란 제자가 공자에게 이렇게 물었다.

"영윤자문은 세 번 영윤이 되어도 기뻐하는 빛이 없었고, 세 번 그만둘 때도 노여운 빛이 없었으며, 새로 영윤이 된 사람에게 꼭 알아야 할 일들을 일러주곤 했다지 않습니까? 그는 어떤 사람이라 말할 수 있습니까?"

그러자 공자는 참되다(忠)고 말할 수 있을 것이라고 대답했다.

자장과 공자의 이 말로서도 자문이 어떤 사람인지를 알 수 있다. 그는 꼭 초나라의 이해나 위신만을 생각하는 사람은 아니었다. 관중과 마찬가지로 어떻게든지 전쟁만은 피하려 했다. 관중과 자문으로 인해 꼭 붙게 되어 있던 싸움이 화해와 체면유지로 피해 가게 된다.

자문이 영윤이 되자, 마음먹고 있던 개혁을 단행했다.

"나라의 모든 불행은 임금이 약하고, 신하가 강한 것에서 온다." 하고 모든 벼슬아치들이 가지고 있는 식읍을 반씩 나라에 도로 바치게 했다.

자문은 먼저 투씨들부터 실행하게 했다. 감히 따르지 않을 사람이 없었다. 그동안 나라의 실권을 잡은 사람들이 자기 기반을 다지기 위해, 제것이나 되는 것처럼 나라 땅을 싹뚝싹독 잘라내어 선심을 쓰곤 했던 것이다.

또 서울을 단양(丹陽)에서 영(郢)으로 옮겼다. 남쪽에는 상담(湘潭)이 가로막고 있고, 북쪽으로는 한수와 장강을 등지고 있는 천연의 요새지였기 때문이다.

그리고 능력 있고 어진 사람들을 뽑아 요직에 앉히고, 문란해져 있는 군정을 바로잡고 해이해진 군사훈련을 다시 시작했다.

왕족인 굴완(屈完)을 어질다 하여 대부에 임명했다. 이 굴완이 외교관으로서 크게 활약하게 된다.

같은 집안의 투장(鬪章)이 재주와 지혜가 있다 하여, 앞에 이미 이름을 든 바 있는 투씨들과 함께 군대를 다스리게 했다. 앞서 자원의 목을 친 바 있는 그의 아들 투반은, 신(申)이란 고을의 장관으로 가 있게 했다.

사람을 하나하나 능력에 따라 올바로 썼기 때문에 누구 하나 불평하는 사람이 없었다.

초나라가 크게 다스려지고 있다는 소문을 들은 제환공은 관중을 보고 말했다.

"초왕이 어진 사람에게 나라를 맡겨 크게 다스려지고 있다니, 장차 중원을 넘보게 될지 모르오. 더 강해지기 전에 제후들의 군사를 일으켜 초나라를 치는 것이 어떻겠소?"

"안 되옵니다. 초나라는 남쪽 바다를 등지고 있는 땅도 넓고 군사도 강한 나라입니다. 주나라 천자도 일찍이 그를 누른 일이 없습니다. 더구나 지금은 자문이 영윤이 되어 나라 안이 안정되어 있으므로, 군사의 위엄만으로써 굴복시킬 수 없습니다. 그리고 아직은 제후들의 군사를 우리 뜻대로 쓸 수 있을지 모르는 일입니다. 지금으로선 더욱 덕과 위엄을 넓혀, 때를 기다렸다가 움직여야만 만전을 기할 수 있습니다."

그러자 환공은 장(障)이라는 작은 나라가 아직 제나라에 붙지 않고 있으니, 이를 무찔러 없애는 것이 좋겠다고 말했다. 여전히 힘을 자랑해 보이고 싶은 것이다. 관중은 이렇게 말했다.

"장나라는 나라는 작지만, 그 조상은 태공의 지손(支孫)으로 제나라와 같은 성입니다. 같은 성을 없애는 것은 의롭지 못합니다. 임금께선 왕자성보에게 명하여 대군을 거느리고 기(紀)나라 성을 순시하며, 치려는 낌새를 보이게 하십시오. 그러면 두려워서 찾아와 항복하게 될 것이니, 같은 성을 없앴다는 이름을 듣지 않고 땅을 얻는 실리를 거둘 수 있습니다."

관중이 말한 이 꾀를 그대로 쓰자, 과연 장나라 임금이 두려워 찾아와 항복을 빌었다. 환공은,

"중부가 꾀하는 일은, 백에 단 하나도 빗나가는 일이 없다."

하며 기뻐했다.

그리고 둘이 나랏일과 천하 일을 의논하고 있는데 갑작스런 보고가 들어왔다.

산융(山戎)으로 불리우는 북쪽 오랑캐가 연나라를 깊숙히 치고 들어오므로, 연나라에서 사람을 보내 구원을 청하고 있다는 것이었다.

관중은 기다린 듯이 말했다.

"임금께서 초나라를 치고 싶으시면 오랑캐들부터 다스려야 합니다. 오랑캐들에 대한 걱정이 없어져야만, 마음놓고 남쪽에 대한 일을 꾀할 수 있습니다."

이리하여 제나라 군사는 산융을 뒤쫓아 멀리 몽고사막까지 들어가게 된다. 그것은 초나라를 치기 위한 준비이기도 했다.

관중은 기회를 놓치지 않는 사람이었다. 저들이 먼저 치고 내려왔으니, 힘을 반밖에 들이지 않고 명분이 서는 일이었다.

그러나 그것이 생각대로 잘 되지는 않는다. 온갖 어려움을 겪으며 위험한 고비를 맞곤 했다.

관중은 과연 산융을 어떻게 정복하고 초나라를 어떻게 굴복시키는 것일까?

관중(管仲)의 북벌(北伐)

燕雀不生鳳.
"제비나 참새는 봉황을 낳지 않는다."

산융은 북쪽 오랑캐의 하나로 영지(令支)라는 곳에 나라를 세워두고 있었다. 이지(離支)라 부르기도 했다.

그 서쪽에 연나라가 있고, 그 동남쪽에 제나라와 노나라가 있었다. 이들 세 나라 사이에 있으면서, 그들 나라의 지형이 험한 것을 믿고 자주 침범했다.

영지는 제나라가 패천하를 꾀하고 있다는 것을 알자, 제나라가 장차 자기들을 굴복시키려 할 것이란 생각에서 먼저 연나라와 제나라가 오가는 길목을 점령하여, 두 나라가 힘을 합치지 못하게 하려 했던 것이다.

이 산융은 제희공 때도 제나라를 치고 들어와 많은 피해를 주고 간 일이 있었고, 이때 정나라 세자 홀이 근사를 거느리고 와 크게 공을 세운 일도 있었다.

이때 영지는 기병 만 명을 거느리고, 연나라와 제나라의 통로부터 끊고 깊숙이 치고 들어온 것이다.

연나라 장공(莊公)은 그들을 맞아 싸웠으나, 당해 내지를 못하고 줄곧 쫓기기만 했다. 그래서 사람을 시켜 산길로 해서 제나라로 가 구원을 청하게 한 것이다.

관중은 제환공을 보고 말했다.

"지금 우리의 걱정으로는 남쪽에 초나라가 있고, 북쪽에는 융이 있고, 서쪽에는 적(狄)이 있습니다. 이들은 모두 중국의 걱정거리로써 그들을 다스리는 일은 맹주(盟主)의 책임입니다. 산융이 연나라를 괴롭히지 않더라도 쳐야 할 마당인데, 하물며 연나라가 저들의 침략을 받아 구원을 청해 왔으니 지체할 일이 아닙니다."

이리하여 환공은 군사를 거느리고 연나라로 향했다.

제나라 군사가 노나라와의 국경을 이루고 있는 제수(濟水)에 이르자, 노환공이 나와 맞으며 함께 가기를 청했다.

그러나 제환공은 좋은 말로 이를 사양했다. 험한 길에 고생을 끼치고 싶지 않다는 것이다. 제나라의 훈련된 군사만으로 뜻을 이루고 싶은 욕망도 있었을 것이며, 도리어 짐만 더할 염려도 없지 않았을 것이다.

영지 임금 밀로(密盧)는 연나라 국경을 넘어 들어온 지 벌써 두 달이 되었다. 재물이고 사람이고 닥치는 대로 약탈해 본국으로 실어 보내고 있었다.

그들은 수레가 아닌 기병이 주였으므로, 나아오는 것도 빠르고 물러가는 것도 빨랐다.

길목을 끊은 것으로 믿고 마음놓고 약탈을 계속하던 밀로는, 제나라의 구원병이 온다는 소식을 듣자 포위를 풀고 재빨리 떠나갔다.

제환공이 연나라 국경을 넘어 들어오자, 연장공은 멀리 나가 맞으며 감사와 위로의 인사를 했다.

관중이 환공을 보고 말했다.

"산융은 약탈이 목적이었으니, 뜻을 얻고 돌아간 것입니다. 우리가 물러가면 또 올 것이 틀림없습니다. 이 기회에 아주 무찔러 한쪽 걱정을 완전히 없애버리는 것이 좋습니다."

"암, 그래야 하겠지."

연장공은 이 말을 듣자, 본국 군대를 이끌고 앞장설 것을 청했다. 그러나 제환공은 노나라 경우와 마찬가지로 이를 사양했다. 이미 적과 싸워 피곤해져 있는 군대를 다시 적과 싸우게 할 수는 없다는 것이었다.

그래도 굳이 청하자, 뒤에 따르며 기세만 돋구어 달라고 했다.

연장공이 말했다.

"여기서 동쪽으로 80리를 가면 무종(無終)이란 나라가 있습니다. 오랑캐이기는 하나 산융과는 어울리지 않고 있습니다. 그들을 오게 하여 길을 인도하게 할 수 있을 것입니다."

환공은 습붕을 보내 그들을 불러오게 했다. 그들이 좋아하는 비단이며 다른 물건들을 가지고 간 것은 물론이다.

무종 임금은 대장 호아반(虎兒班)에게 기병 2천을 주어 가 돕게 했다.

환공은 다시 그들에게 후한 상을 내리고 앞장 서도록 부탁했다.

2백 리쯤 가자 험하고 가파른 산길이 앞에 보였다. 연장공이 환공에게 말했다.

"이곳은 규자(葵玆)라는 곳으로, 산융들이 넘나드는 길목입니다."

환공은 관중과 상의하여 이곳에 보급품 반을 나누어 만일에 대비하게 했다.

그리고 나무를 베고 흙을 쌓아 관문을 만든 다음, 포숙으로 관문을 지키게 했다. 그리고 보급품을 운반하는 일을 맡게 했다.

군사를 사흘 쉬게 한 다음 지치고 병든 군사는 모조리 이곳에 남

아 있게 하고, 튼튼하고 날랜 군사만으로 이틀 길을 하루에 나아갔
다.

영지 임금 밀로는 제나라 군사가 쳐들어 오는 것을 알자, 대장 속
매(速買)를 불러 상의했다. 속매는 말했다.

"저들이 먼 길을 오느라 지쳐 있을 것이니, 도중에 숨어 있다가
기습을 하면 충분히 이길 수 있습니다."

속매의 이 말에 따라 밀로는 그에게 기병 3천을 주었다.

속매의 군사는 산골짜기 속에 숨어 제나라 군사가 오기만을 기다
렸다.

앞에 오던 호아반이 이곳에 이르자, 속매는 백여 기병으로 호아반
을 맞아 싸웠다.

창과 칼이 몇 번 부딪히자 속매는 거짓패해 달아났다. 속매를 뒤
쫓던 호아반은 숲속에서 뛰쳐나온 복병에게 포위되고 만다. 호아반
은 용감히 싸웠으나, 말이 상처를 입는 바람에 곧 사로잡힐 위험에
빠지고 말았다.

그러나 뒤에 오던 왕자성보에 의해 속매의 군사는 패해 달아나고
만다.

호아반은 환공 앞에 이르자, 부끄러운 빛을 감추지 못했다.

"지고 이기는 것은 늘 있는 일이니 마음에 두지 마시오."
하고 좋은 말을 대신 주었다. 호아반은 감격해 마지 않았다.

대군이 다시 30리쯤 동쪽으로 나아가자, 복룡산(伏龍山)이란 곳에
와 닿았다.

두 임금은 산 위에 말뚝을 박아 진을 꾸미고 있었고, 왕자성보와
빈수무는 산 아래에 두 개의 진지를 꾸미고 있었다. 모두 큰 수레를
마주 묶어 겹겹이 두르고 순시와 경계를 엄하게 하고 있었다.

이튿날 밀로는 속매와 함께, 기병 만여 명을 이끌고 와 싸움을 청
했다.

여러 차례 와 부딪혀 보았으나, 수레성에 막혀 들어오지를 못했다.

낮이 지나자 융병은 차츰 수가 줄어들었다. 그들은 말에서 내려와 온갖 욕설을 퍼부으며 땅에 드러누워 있었다.

관중이 호아반의 등을 어루만지며 말했다.

"장군이 오늘은 부끄러움을 씻을 수 있을 거요."

호아반은 자기 부대를 이끌고, 누워 있는 적군을 향해 뛰쳐나갔다.

습붕은 저들의 꾀에 빠질까 염려했다.

"나는 이미 계산해 두고 있어요."

하고 관중은 왕자성보와 빈수무로 하여금, 각각 한 부대를 이끌고 좌우로 나가 복병을 무찌르라 시켰다.

원래 산융들은 복병을 쓰는데 익숙해 있었다. 제나라 군사를 유인하기 위해 말에서 내려와 욕을 하며 감정을 건드리고 있은 것이다. 관중은 그것을 알고 있었다.

수레성이 열리며 호아반의 기병이 돌격해 나오자, 융병들은 말을 버린 채 달아났다.

호아반이 달아나는 그들을 뒤쫓으려 하자, 본진에서 요란한 징소리가 들렸다. 싸우지 말고 돌아오라는 명령이다. 호아반은 말을 돌려야만 했다.

호아반이 뒤쫓지 않은 것을 보자, 밀로는 숲속의 복병들을 불러내어 일제히 반격으로 나왔다. 호아반의 뒤를 쫓아 열린 진문이 닫히기 전에 들어가려 한 것이다.

그러나 숨은 군사가 밖으로 나오기가 무섭게, 대기하고 있던 왕자성보와 빈수무의 반격을 만나 무수한 군사와 말을 꺾이고 패해 달아났다.

속매는 밀로에게 꾀를 말했다.

"제나라가 나아오려면 반드시 황대산(黃臺山) 골짜기로 들어와야 합니다. 돌과 나무로 길을 틀어막고 바깥쪽에 많은 구덩이들을 파고 굳게 지키면, 백만대군을 거느렸다 해도 날아서 넘을 수는 없을 것입니다.

그리고 복룡산 20리 둘레에는 물도 샘도 없는 곳입니다. 북쪽에서 동남쪽으로 흘러가는 유수(濡水)를 길어서 먹을 수 밖에 없습니다. 그 상류를 가로막아 물줄기를 잠시 끊게 되면, 먹을 물이 없어 당장 혼란에 빠지고 맙니다. 혼란에 빠지면 무너지기 마련이며, 그 기회를 타서 치고 나가면 이기지 못할 리가 없습니다."

"그렇겠군."

"그리고 사람을 고죽국(孤竹國)으로 보내 군대를 빌어 싸움을 돕도록 하면, 제나라 군사를 한 명도 살아서 돌아가지 못하도록 할 수 있습니다."

밀로는 크게 기뻐하며 속매의 계획에 따라 그대로 시행했다.

한편 관중은 융병이 물러간 뒤로 사흘이 되도록 아무런 동정이 보이지 않자, 곧 첩자를 시켜 알아오게 했다.

청대산으로 들어가는 큰길이 이미 막혀 들어갈 수 없게 되어 있다는 보고가 곧 들어왔다.

관중은 호아반을 불러 들어갈 수 있는 다른 길이 없느냐고 물었다.

"여기서 황대산까지는 15리밖에 되지 않습니다. 황대산만 지나면 곧장 영지를 무찌를 수 있습니다.

그러나 다른 길을 찾는다면 서남쪽으로 크게 돌아야 합니다. 지마령(芝麻嶺)으로 해서 청산구(靑山口)로 빠져나와, 다시 동쪽으로 몇 리를 돌면 바로 영지의 소굴입니다. 다만 산이 높고 길이 험해 움직이기가 불편합니다."

이런 상의를 하고 있는데 보고가 들어왔다. 적이 물길을 끊어 군중에 물이 모자라니, 어떻게 하면 좋으냐는 것이다.

이 보고를 옆에서 들은 호아반이 말했다.

"지마령까지는 험한 산길이라 며칠이 걸려야만 이를 수 있습니다. 물을 싣고 가지 않으면 안 됩니다."

자연을 이용하는 전술보다 더 무서운 것은 없다. 환공은 즉시 영을 내려 군사들로 하여금 산을 파서 샘을 얻도록 하고, 물을 얻는 사람에겐 큰 상을 내리기로 했다.

이때 습붕이 환공에게 말했다.

"신이 들으니 개미집이 있는 곳에는 반드시 물이 있다 합니다. 먼저 개미집이 있는 곳부터 찾아 파도록 해야 할 것 같습니다."

군사들은 일제히 개미집을 찾기 시작했다. 그러나 아무리 찾아도 개미집은 보이지 않았다.

보고를 듣자, 습붕이 다시 말했다.

"개미는 겨울이면 따스한 곳을 찾아 산 남쪽에 있게 되고, 여름이면 시원한 곳을 찾아 북쪽에 있다 합니다. 지금은 겨울철이니 산 남쪽에 있을 것입니다"

과연 산 남쪽 중턱에서 차고 깨끗한 샘물을 얻게 되었다.

환공은 습붕을 가리켜 성인이라 칭찬하고, 그 샘의 이름을 성천(聖泉)이라 부르게 하는 한편 복룡산을 용천산(龍泉山)으로 고쳐 부르게 했다.

이 소식을 들은 밀로는 크게 놀라며, 하늘이 자기를 돕지 않고 제 나라를 돕는다고 원망했다.

속매는 밀로에게 또 말했다.

"저들이 물을 얻었다 해도 먼 길을 왔으므로, 양식이 이어지기는 어려울 것입니다. 굳게 지키고만 있으면 머지않아 스스로 물러가게 될 것입니다."

밀로는 이에 따를 수밖에 없었다.

관중은 빈수무로 하여금 규자로 돌아가 양식을 실어온다고 핑계대고, 호아반을 앞세워 한 부대를 이끌고 지마령으로 향해 나아가게 했다. 그 기한을 6일로 정했다. 밀로가 모르고 있는 사이에 뒤로 돌아 그들을 양면에서 공격하는 날을 6일 뒤로 잡은 것이다.

그리고 관중은 아장(牙將) 연지(連摯)를 시켜 날마다 황대산으로 가 싸움을 청하며, 밀로의 군사를 그곳에 묶어두고 이쪽을 의심하지 않도록 만들었다.

이렇게 6일을 계속했으나, 융병은 나와 싸우지 않았다.

관중은 빈장군이 곧 가 닿았을 것으로 여겨지자,

"저들이 싸우려 하지 않는 이상 앉아서 기다릴 수만은 없다."

하고 모든 군사에게 각각 자루에 흙을 담아 지고 가서 구덩이를 메우게 했다.

먼저 빈 수레 2백 대를 앞세워 구덩이 있는 곳을 알아내게 하고, 그곳을 흙주머니로 메웠다.

그리고 대군이 곧장 골짜기 어귀로 나아가 함성을 지르며, 저들이 막은 곳에 나무와 돌로 새로운 비탈길을 만들어 나아갔다.

밀로는 제나라 군사가 물러가기만을 기다리며, 날마다 속매와 술을 마시며 즐기고 있었다.

갑자기 제나라 군사가 치고 들어오자, 허둥지둥 말을 타고 적을 맞이했다.

그러나 미처 칼날을 부딪쳐 보기도 전에 서쪽에도 적군이 쳐들어오고 있다는 보고가 들어왔다. 빈수무가 약속대로 나타난 것이다.

속매는 작은 길이 이미 적의 손에 들어가 있는 것을 알자, 더는 싸울 마음이 없었다. 밀로를 보호하여 동남쪽으로 향해 달아났다.

빈수무는 그들을 뒤쫓아 몇 리를 따라갔으나, 산길이 험하고 그들이 말을 나는 듯이 달렸으므로 미치지 못하고 돌아왔다.

그들이 버린 말과 무기와 소와 양과 장막 따위는 이루 다 셀 수가 없었고, 잡혀온 연나라 자녀들을 도로 다 빼앗게 되었다.

영지국 사람들은 일찍이 구경하지 못한 군대가 나타나자, 다투어 먹을 것과 마실 것을 들고 나와 말 앞에 엎드려 항복했다.

환공은 그들을 위로하고, 항복한 사람은 단 한 사람도 죽이지 말라는 엄명을 내렸다.

환공은 항복한 그들에게 물었다.

"너희 임금이 이곳을 떠나면 어느 나라로 갈 수 있느냐?"

"고죽(孤竹)이란 나라입니다."

"고죽은 어떤 나라이며 거리는 얼마나 되느냐?"

"동남쪽의 큰 나라로 은나라 초기부터 안팎 성을 가지고 있었으며, 여기서 백여 리쯤 가면 비이(卑耳)라는 내가 있는데 이 내를 건너면 곧 고죽국의 땅입니다. 다만 산길이 험하고 높아 가기가 어려울 뿐입니다."

유명한 백이와 숙제가 바로 이 고죽 임금의 아들이었던 것으로 전해지기도 한다. 맹자는 백이가 세상을 피해 북쪽 바닷가에서 살고 있었다고 말하기도 했다.

환공은 고죽국을 치기로 결심한다. 산융과 한통이 되어 있다면, 이 기회에 함께 무찔러 없애야 했기 때문이다.

때마침 포숙이 보낸 아장 고흑(高黑)이 마른 식량 50수레를 싣고 왔다. 환공은 고흑을 머물러 있게 했다.

그리고 항복한 산융 가운데 장정 천 명을 뽑아 호아반에게 주어, 앞싸움에서 꺾인 수를 채우게 했다.

사흘을 쉰 다음에 고죽국을 향해 다시 길을 떠났다.

한편 밀로 일행은 고죽국으로 가서 그 임금 답리가(答里可)를 보자 땅에 엎드려 통곡을 하며, 제나라의 침략으로 나라를 잃은 것을 호소하고 원수를 갚게 군사를 빌려달라고 했다.

"그러지 않아도 군대를 일으켜 도우려하던 참이었는데, 몸이 불편

해서 이렇게 며칠이 늦어지는 사이에 그대가 이런 큰 변을 당할 줄이야?

그러나 뭐 걱정할 것 없어. 비이내는 물이 깊고 물살이 빨라 헤엄쳐 건널 수도 없고, 내가 대나무뗏목을 모두 거두어 들일 것이니 날개가 없는 한 건너오지는 못할 것이다. 저들이 할 수 없이 물러간 뒤에 나와 그대가 군사를 거느리고 치고 나가, 그대의 땅을 되찾으면 되지 않겠는가?"

대장 황화원수(黃花元帥)가 말했다.

"저들이 뗏목을 만들어 건너오게 될지도 모르는 일입니다. 군대를 보내 건널목을 지키며, 밤낮으로 순행을 하게 해야만 일이 없을 것입니다."

"저들이 뗏목을 만든다면 내가 왜 모르겠는가?"

하고 답리가는 황화의 말을 듣지 않았다.

한편 제나라 군사가 십리쯤 나아가자, 험한 산이 앞을 가로막았다. 절벽 사이로 이어지는 꼬불꼬불한 길은 풀과 나무로 덮여 있어 아무것도 분간할 수 없었다.

관중은 유황과 염초같은, 불을 잡아끄는 물건들을 풀과 나무 사이에 뿌려두고 불을 지르게 했다.

불은 삽시간에 번지기 시작하고, 후두둑 소리가 허공을 울리며 불길이 하늘로 치솟았다. 풀과 나무는 뿌리째 타버리고 여우도 토끼도 그림자를 감추었다.

이렇게 밤낮 닷새를 탄 뒤에야 불이 꺼졌다. 곧 산을 깎아 깊은 곳을 메우고 수레가 지나갈 수 있도록 길을 닦으며 나아갔다.

모든 장수들은 산이 높고 길이 험해, 수레가 다닐 수 있게 만드는 데는 힘이 너무 든다며 반대의견을 말했다.

"산융들은 말을 타고 달리는데 익숙해 있으므로, 저들에 대항할 수 있는 것은 수레밖에 없다."

하고 듣지 않았다.

관중은 군사들의 지겨움을 달래주기 위해 노래를 지어 주고 부르게 했다. 자연의 어려움을 이겨내는 군사들의 정복욕과 사명감을 일깨우고 부추기는 내용이었다.

군사들은 패를 갈라 그 노래를 주고받으며 지겨운 줄 모르고 산을 넘고 있었다.

환공은 관중, 습붕들과 함께 산꼭대기에 올라서서 아래 위를 살펴보며 말했다.

"과인은 오늘에야 노래의 힘이 얼마나 큰 것인가를 알게 되었소."

관중은 노나라의 추병을 벗어났을 때의 이야기를 들려 주었다. 환공이 그 까닭을 묻자 관중은 이렇게 대답했다.

"몸이 고달프면 마음이 게을러지고, 마음이 즐거우면 몸을 잊기 때문입니다."

환공은 감탄해 마지 않았다.

다시 몇 개의 산등성이를 지나 한 산꼭대기에 이르자, 앞쪽의 크고 작은 수레들이 나아가지 못하고 있었다.

군사들이 그 까닭을 아뢰었다.

"양쪽에 깍아지른 돌벼랑이 서 있고, 그 사이로 좁은 길이 나 있는데 말을 타고 한 사람이 겨우 빠져나갈 수 있을 뿐, 수레는 도저히 지나갈 수 없습니다."

환공은 두려운 빛을 띠며 관중을 보고 말했다.

"이곳에 만일 복병이라도 있으면 패하게 되지 않겠소?"

그러며 머뭇거리고 있을 그때였다. 갑자기 이상한 물건이 하나 나타났다. 환공이 눈을 크게 뜨고 바라보았다. 사람 비슷한데 사람은 아니었고, 짐승 비슷한데 짐승도 아니었다. 키는 한 자 남짓한데 붉은 옷에 검은 관을 썼고, 두 다리는 그대로 드러내고 있었다.

괴물은 환공을 향해 두세번 손을 모으고 읍을 하면서 반겨 맞는 시늉을 했다. 그리고는 오른손으로 옷을 위로 끌어 당기며 석벽속으로 급히 달아나버렸다.

환공은 크게 놀라며 관중에게 물었다.

"중부도 보았소?"

"신은 아무것도 보지 못했습니다."

환공은 방금 본 것의 생긴 모양과 하던 시늉을 이야기했다.

"그것이 바로 신이 지은 노래 속에 나오는 유아(兪兒)라는 것입니다."

"유아란 어떤 것이오?"

"북쪽에 산을 오르는 귀신이 있는데, 천하를 바로잡을 임금이 있으면 나타나보인다고 합니다. 임금께서 보신것이 그 유아인 것 같습니다."

"그 유아가 한 시늉은 무엇을 뜻하는 것인지……?"

"읍을 하며 맞이하는 시늉을 한 것은 어서 와서 치라는 뜻입니다. 옷을 위로 끌어당긴 것은 앞에 물이 있다는 것을 보인 것입니다. 오른손은 물이 오른쪽이 깊으니 왼쪽으로 건너라고 한 것입니다."

꿈보다 해몽이 낫다는 말은 바로 이런 것을 두고 한 말이다.

관중은 다시 말했다.

"이미 물이 앞을 가로막고 있다면, 좁은 석벽은 지키기 알맞은 곳입니다. 아직은 산 위에 군사를 머물러 있게 하고, 사람을 보내 물의 깊이를 자세히 알아오게 한 다음 나아가야 합니다."

물을 알아보러 간 사람이 얼마가 지난 뒤에야 와서 보고했다.

"산을 내려가면 5리가 안 되어, 곧 비이내가 앞을 가로막고 있습니다. 시내는 물도 많고 깊어 겨울에도 마르지 않는다 합니다. 오른쪽으로 가면 물은 더욱 깊어져 한 길이 넘고, 왼쪽으로 따라 3리쯤 가면 물은 넓어도 깊이는 무릎에도 미치지 못한다 합니다."

환공은 손바닥을 어루만지며,

"유아의 보임이 그대로 나타난 것이다."

하고 기뻐했다.

"비이내에 건널 수 있는 얕은 곳이 있다는 말을 아직 듣지 못했었는데, 이는 하늘의 도우심인줄 압니다."

하며 연장공도 기뻐했다.

환공은 연장공에게 물었다.

"고죽국의 도성까지는 어떤 길로 얼마나 가야 합니까?"

"내를 지나 동쪽으로 가면 먼저 단자산(團子山)이 나오고, 그 다음이 마편산(馬鞭山), 그 다음이 쌍자산(雙子山)입니다. 이 세 산이 한데 붙어 약 30리쯤 되는데, 이곳에 은나라 때 고죽국의 세 임금의 무덤이 있습니다. 세 산을 지나 다시 25리쯤 가면 무체성(無棣城)이 나오는데, 거기가 바로 고죽국의 서울입니다."

이 말을 듣자 호아반이,

"소장이 본부대의 군사를 거느리고 먼저 내를 건너겠습니다."

하고 청했다.

관중은 이렇게 말했다.

"군사가 한 곳으로만 가게 되면, 적을 만났을 때 나아가고 물러나는 일이 다 어렵게 된다. 길을 둘로 나누어 가야만 한다"

그리고 곧 영을 내려 대나무를 베어 등나무로 꿰어 뗏목을 만들게 했다. 금방 수백 개의 뗏목이 만들어졌다.

그 뗏목에 수레를 싣고 건너기로 하고, 석벽길을 피해 이를 끌고 산을 내려갔다.

군사를 두 부대로 나누어 왕자성보가 고흑과 함께 한 부대를 이끌고 오른쪽에서 뗏목을 타고 건너고, 빈수무는 호아반과 함께 ·다른 한 부대를 이끌고 왼쪽에서 물을 건너기로 했다.

왕자성보의 뒤에는 제환공이 여러 장수를 거느리고 뒤따르기로 하고, 빈수무 뒤에는 관중이 연지와 함께 연장공을 따라 뒤를 잇기로 했다.

그리고 단자산 아래에서 만나 함께 나아가기로 약속했다.

한편 답리가는 무체성 안에 있으면서 제나라 군사의 오가는 소식을 전혀 알 수 없는지라, 사람을 시켜 내로 나가 소식을 알아보고 오게 했다.

온 냇물 위가 뗏목으로 덮여 있고, 군사와 말들이 줄을 이어 건너오는 것을 보자 황급히 성안으로 달려와 보고했다.

크게 놀란 답리가는 곧 황화원수에게 명령하여 군사 5천을 거느리고 적을 막게 했다.

이때 밀로가 청했다.

"내가 속매를 이끌고 선봉이 되겠습니다."

황화원수가 이를 거절했다.

"줄곧 패하기만 한 사람과는 일을 같이하기 어렵습니다. 말이나 타고 순행이나 하십시오."

황화는 도망쳐 와 있는 밀로와 속매를 속으로 못마땅해 하고 있은 것이다.

황화가 나가자, 답리가는 밀로를 위로하듯 말했다.

"서북쪽에 있는 단자산은 동쪽에서 들어오는 요로요, 두 분이 그곳을 지켜 주시오. 나도 곧 뒤따라 나가겠소."

밀로는 마지못해 대답은 했으나, 황화의 업신여김이 머리속을 떠나지 않아 마음이 별로 내키지 않았다.

한편 황화는 냇머리에 이르기도 전에 고흑이 이끄는 앞부대와 마주쳤다. 곧 불꽃튀는 접전이 벌어졌다.

고흑은 황화의 상대가 되지 못했다. 뒤로 밀리다 달아나려고 했을 때, 왕자성보가 밀어닥쳤다. 황화는 고흑을 버려두고 왕자성보를 맞아 싸웠다. 막상막하의 칼싸움이 계속되고 있을 때 뒤따르던 환공의 대군이 몰려왔다.

황화는 싸울 용기를 잃고 군사를 버려둔 채 달아났다. 5천 명 군사는 반 이상 죽고 나머지는 항복했다.

황화가 단자산 가까이에 이르렀을 때는, 제나라 군사가 이미 그곳에 와 있었다. 그는 말을 버리고 나무꾼 모습으로 산을 타고 넘어 도망쳐야만 했다.

두 부대로 나뉘어 단자산에 이른 제나라 군사는, 이제 한 곳에 진을 벌이고 다시 진격할 일을 상의했다.

한편 밀로는 군사를 이끌고 단자산을 향해 오고 있었는데, 단자산이 이미 적군의 손에 든 것을 알자 마편산에 머물러 있었다.

황화는 밀로의 군막을 찾아들었다. 밀로는 위로 대신 앞서 당한 모욕을 되새기며,

"늘 이기기만 하는 원수께서 어떻게 혼자 이렇게 오셨소?"

황화는 부끄러워 몸둘 바를 몰랐다. 그러나 당장 급한 것은 배를 채우는 일이었다. 부끄러움을 참고, 먹고 마실 것을 청했다. 밀로는 술과 밥 대신 볶은 보리 한 되를 주었다.

황화가 말을 청하자, 발톱을 다쳐서 잘 달릴 수 없는 말을 주었다. 가는 말이 고와야 오는 말이 곱다지만, 남의 나라에 얹혀 있는 밀로로서는 분수를 잊은 일이 아닐 수 없다.

무체성으로 돌아온 황화는 답리가를 보고 말했다.

"제나라가 원하는 것은 밀로의 머리입니다. 그의 머리를 베어 바치고 강화를 하면, 싸우지 않고 물러가게 될 것입니다."

"갈 곳이 없어 찾아온 그를 차마 적에게 팔 수야 없는 일이 아닌가?"

하고 답리가는 듣지 않았다.

그러자 재상인 올률고(兀律古)가 말했다.

"우리나라 북쪽에 한해(旱海)라는 사막이 있습니다. 들어가기만 하면 길을 잃고 빠져나오지 못한다 하여, 미곡(迷谷)이라 부르기

도 합니다. 온통 모래와 자갈뿐으로 물도 풀도 없는 곳입니다. 때
때로 찬 기운이 냇물처럼 지나가곤 하는데, 그 바람이 지나가는
곳이면 사람이고 말이고 견뎌나지를 못합니다. 또 때로는 회오리
바람이 일곤 하는데, 그때는 모래로 지척을 분간하지 못합니다.
적을 그리로 유인해 들이면 길을 잃고 헤매다 죽고 말 것입니다.”

“무슨 방법으로 유인할 수 있겠는가?”

“누군가 한 사람이 거짓 항복을 하고 길을 인도하면 따라오지 않
겠습니까?”

“그런다고 제나라 군사가 그리로 따라갈것 같은가?”

“임금께서 잠시 궁안 사람들과 함께 동남쪽에 있는 양산(陽山)으
로 들어가 숨어 계시고, 성안 백성들을 모두 산골짜기로 피해 있
게 하여 성을 완전히 비우는 겁니다. 그런 다음 누군가가 제나라
임금을 찾아가 이렇게 말합니다.”

“어떻게?”

“우리 임금께서 사막 너머의 나라로 피난하여 그곳 군사를 빌어
오려고 떠나갔습니다 라고 말하면 급히 뒤쫓아올 것이 틀림없습니
다.”

그러자 황화가 가기를 청했다. 답리가는 황화에게 기병 천 명을
주고 계획에 따라 행하기로 했다.

이리하여 황화는 거짓 항복을 위해 길을 떠났다. 가는 도중 그는
문득 생각이 떠올랐다.

“밀로의 머리를 베지 않으면, 제나라 임금이 잘 믿지 않을 것이
다. 일이 성공만 되면 임금께서도 죄를 용서할 것이다.”

이렇게 결심하고 마편산으로 가 밀로를 만났다. 밀로는 제나라와
대치하고 있는 참이라서 응원군을 기꺼이 맞이했다. 자기 필요한 대
로만 행동하는 똑같은 두 사람이었다.

반가이 맞이하는 밀로를, 황화는 말을 탄 채 목을 치고 말았다.

속매가 크게 성이 나서 칼을 뽑아들고 황화와 싸웠다. 양쪽 군사들도 각각 자기 대장을 위해 싸웠다.

속매는 황화와 싸우다 이기지 못할 것을 알자, 달아나 호아반 영중으로 들어가 항복했다. 호아반은 믿지 않았다. 군사를 시켜 잡아 묶은 다음 목을 치게 했다.

이렇게 해서 영지국의 임금과 신하는 다죽고 만 것이다.

황화는 밀로의 군사까지 거느리고 제나라 군영으로 달려가 밀로의 머리를 올린 다음,

"임금은 지금 백성들까지 거느리고 사막으로 떠났습니다. 다른 나라의 군사를 빌어 원수를 갚겠다는 것입니다. 신은 항복할 것을 권했으나 듣지 않았습니다. 그래서 밀로의 머리를 베어 이렇게 항복을 하러 왔습니다. 거두어 주시면 본부대를 이끌고 길안내를 하여 달아난 임금을 뒤쫓겠습니다."

환공은 밀로의 머리를 보자 믿지 않을 수 없었다. 제게 이로운 대로 움직이는 오랑캐들로 이런 일은 흔히 있을 수 있는 일이므로 더욱 그러했다.

대군을 이끌고 무체성에 이르자, 과연 성은 텅 빈 채로 있었다. 이렇게 되자 답리가가 멀리 달아나기 전에 뒤쫓는 것이 무엇보다 급한 일이었다.

연장공의 군사만을 머물러 성을 지키게 하고, 나머지는 밤을 새워가며 답리가를 뒤쫓기로 했다.

황화는 앞에 먼저 가서 길을 알아 안내하겠다고 했다. 환공은 고흑을 함께 가게 하고 대군이 곧 그 뒤를 따랐다.

이미 사막에 이르자, 환공은 답리가를 잡을 생각으로 더욱 길을 재촉했다. 그런데 얼마를 지나자 황화가 어디로 갔는지 보이지 않았다.

해는 벌써 기울고 앞에는 끝도 보이지 않는 흰 모래뿐이었다. 찬

바람이 불어오면 온 몸이 오싹해지며 뼛속까지 스며들었다. 미친 듯
이 회오리바람이 땅을 할퀴고 지나가면 사람과 말이 넘어지곤 했다.

　제환공은 관중과 말머리를 나란히 하고 갔다. 관중이 환공을 보고
말했다.

　"신은 일찍이 북쪽에 한해란 곳이, 사람에게 있어서 더없이 무서
　운 곳이란 것을 들었습니다. 아마 여기가 그곳인 것 같습니다. 앞
　으로 나아가서는 안 됩니다."

　환공은 즉시 군사를 거두라 명령을 내렸다. 그러나 앞뒤 부대는
벌써 연락이 닿지 않았다. 불씨를 가지고 불을 일으켰으나, 바람에
금방 꺼지고 말았다. 입으로 불어도 타지 않았다.

　관중은 급히 환공을 보호하여 말머리를 돌리고 급히 달렸다. 뒤따
르는 군사는 각각 징을 울리고 북을 치고 했다. 소리를 따라 모이도
록 하기 위해서였다.

　해가 저물자, 동서남북을 분간할 수 없었다. 어디를 얼마나 왔는
지도 알 수 없었다.

　다행히 바람이 그치고 안개가 흩어지며, 공중에 반달이 나타났다.
모든 장수들은 징과 북소리를 듣고 뒤따라 이르러 한 곳에 모이게
되었다.

　날이 새기를 기다려 점고를 해보았다. 습붕만이 보이지 않고 다
무사했다. 겨울철이라 독사가 나오지 않고, 시끄러운 사람의 소리로
맹수들이 숨어 있어 그나마 다행이었다.

　관중은 산골짜기가 험하고, 사람이 다닌 발자취마저 보이지 않자
급히 나갈 길을 찾게 했다.

　그러나 길은 찾을 수 없었다. 동으로 가도 막히고, 서로 가도 막
혔다. 꼬불꼬불 이어지는 골짜기뿐이다.

　환공은 벌써 속으로 당황하기 시작했다. 자연의 감옥 속에 갇히고
만 것이다.

관중이 환공 앞으로 나아가 말했다.

"신이 들으니, 늙은 말은 길을 안다 합니다. 무종국은 산융과 이웃하고 있어 그 말들은 대부분 사막 북쪽에서 온 것들입니다. 호아반에게 늙은 말 몇 마리를 고르게 하여 그 말이 가는 곳을 보아 뒤따르면 나가는 길을 얻을 수 있을 것 같습니다."

관중이 시킨 대로 해서 마침내 사막에서 벗어나게 되었다. 짐승이고 사람이고, 경험을 많이 쌓은 늙은이가 이래서 소중한 것이다. 오랜 세월과 넓은 세계의 온갖 경험과 실험들을 담고 있는 책의 소중함도 같은 뜻에서라고 볼 수 있다. 참된 지식의 책을 읽도록 권하는 것도 그 때문이다.

한편 황화원수는 고흑을 이끌고, 답리가가 있는 양산을 향해 가고 있었다. 고흑이 뒷부대가 보이지 않으므로 말을 멈추고 기다리자고 하자, 황화는 고흑을 묶어 답리가에게로 끌고 왔다.

답리가는 고흑에게 항복을 권했다. 고흑은 끝내 항복을 거절하다 죽고 만다.

답리가는 무체성을 포위했다. 연장공은 버티기 어려울 것을 알고 사방에 불을 놓게 하여, 어지러운 틈을 타서 뚫고 나와 단자산 아래로 와서 진을 치고 있었다.

한편 미곡을 빠져나와 10리쯤에 이르러 한 군마와 마주쳤다. 황화의 뒤를 따르다 딴길로 빠져나온 습붕이었다.

대군이 무체성을 향해 나아가자, 백성들이 늙은이를 부축하고 어린이를 잡아끌며 어지럽게 걸어가고 있었다. 물으니 산속으로 피난했다 돌아가는 길이라고 했다.

관중은 호아반의 심복 몇 사람을 피난민으로 꾸며, 백성들과 섞여 성안으로 들어가 있다가 밤중에 불을 질러 신호를 보내라고 시켰다.

그리고 달아날 수 있게끔 북문을 남겨두고, 나머지 세 문을 각각 나누어 공격하게 했다. 그리고 왕자성보와 습붕에게 북문 밖에 숨어 있다가, 달아나는 답리가를 사로잡거나 죽이라고 시켰다.

환공과 관중은 성 10리 밖에 머물러 있었다.

답리가는 연장공이 지르고 간 성안의 불을 끈 다음 백성들을 불러 들이게 하는 한편, 황화원수에게 군마를 정돈하여 다음에 있을 싸움을 준비하게 했다.

이날 저녁 땅거미가 질 무렵, 갑자기 사방에서 화포 소리가 들렸다. 제나라 군사가 이미 이르러 성문을 둘러싸고 있다는 것이다.

지금 사막에서 오도가도 못하고 있을 제나라 군사를 생각에 떠올리며, 즐거워하고 있던 황화에게는 날벼락같은 소식이 아닐 수 없었다.

군사와 백성들을 내몰아 성에 올라 지키며 바라보게 했다. 그럭저럭 밤이 깊어갔다. 갑자기 성안 여기저기서 불길이 치솟았다.

황화는 사람을 시켜 불 지른 사람을 찾게 했다. 이때 호아반이 남문을 도끼로 부수었다. 제나라 군사가 부서진 문으로 밀고 들어왔다.

황화는 일이 이미 끝난 것으로 알고, 답리가와 함께 말을 타고 길을 찾아 달아났다.

북쪽 길에 적군이 없다는 것을 알자, 북문을 열고 달아났다. 그러나 2리를 채 못가서 복병을 만나 황화는 죽고 답리가는 사로잡혔다. 올률고는 군사들에 의해 죽었다.

날이 밝은 뒤 성안으로 들어온 환공은 손수 답리가의 목을 쳐 그 머리를 북문에 달게 했다.

연장공이 소식을 듣고 단자산에서 달려와 축하의 인사를 올렸다. 환공은 장공을 보고 말했다.

"과인이 연나라를 구하러 왔다가 이곳 천리 밖까지 와서 다행히 공을 이루게 되었습니다. 영지와 고죽이 하루아침에 없어짐으로써 5백리 땅을 새로 얻게 되었습니다. 그러나 과인이 남의 나라를 지

나와 가질 수는 없는 일입니다. 이 땅은 임금의 영토를 더 봉하는 것으로 하겠습니다."

연장공은 거듭거듭 사양했다. 환공은 다시 이렇게 말했다.

"제나라가 이 땅을 차지하게 되면, 다시 오랑캐의 우두머리로 통치하게 할 수밖에 없습니다. 반드시 또 배반하게 될 것이니, 가까운 연나라가 직접 통치해야 뒷걱정을 덜 수 있습니다."

연장공은 더 사양할 수가 없었다. 제환공은 무종국의 도움을 고마워하는 뜻으로, 무종국에 가까운 소천산(小泉山) 아래의 밭을 떼어 주었다.

호아반은 먼저 하직하고 돌아가고, 환공은 군사를 5일 쉬게 한 다음 떠나왔다. 다시 비이내를 건너 석벽에 놓아둔 수레를 정돈하여 천천히 나아갔다.

연장공은 너무도 감격한 나머지 연나라를 떠나는 환공을 차마 헤어지기가 싫어, 자기도 모르는 사이에 국경을 지나 제나라 깊숙이 따라오고 말았다.

환공은 헤어지며 말했다.

"옛부터 제후가 서로 보낼 때는 국경을 넘지 않게 되어 있습니다. 과인이 임금을 무례하게 만들 수는 없는 일이니, 여기까지의 땅을 베어 연나라에 주겠습니다."

연장공이 굳이 사양했으나 듣지 않았다. 마지 못해 받아 돌아왔다. 장공은 이곳에 성을 쌓고, 그 이름을 연류(燕留)라 했다. 연나라 임금이 머물렀던 곳이란 뜻도 되고, 제나라가 연나라에 준 땅이란 뜻이기도 했다.

이리하여 연나라는 서북쪽으로 5백리 땅을 더하게 되고, 동쪽으로는 제나라 땅 50여리를 더 얻음으로써 북쪽의 큰 나라로 그 기반을 다지게 되었다.

공자는 제환공을 가리켜, 마음이 바르고 교활한 데가 없다고 평했다. 그것을 우리는 보아왔다.

제환공이 노나라 국경에 이르자, 노장공이 나와 환영을 하고 잔치를 크게 벌여 장병들을 대접했다. 환공은 답례로 영지와 고죽에서 노획한 물건 반을 노나라에 주었다.

노장공은 죽이지 못한 것을 후회한 바 있는 관중의 환심을 사기 위해, 이보다 앞서 노나라 국경 가까이 있는 관중의 식읍에 노나라 장정을 시켜 대신 성을 쌓아 주었다. 사람의 마음은 아침저녁으로 달라진다는 것이 이런 것을 두고 한 말이리라.

〈춘추〉에는 노장공 31년 6월에 제나라 임금이 오랑캐에게서 얻은 것을 노나라에 와서 바쳤다고 적고 있다.

노장공은 다음 해인 32년 8월에 죽는다. 그 후계자 문제를 놓고서 노나라는 크게 어지러워지게 된다. 다음에 그 내막과 사연을 더듬어 보기로 하자.

노나라가 어지러워지게 된 원인은 형제들 사이의 불화에서 비롯된다. 여기에 또 여자의 문제가 깊이 얽히어 있다.

노장공에게는 친동생 한 사람과 서형과 서제가 각각 한 사람씩 있었다.

서형은 경보(慶父)로 자를 중(仲)이라 했고, 서제는 이름이 아(牙)이고 자가 숙(叔)이었으므로 숙아(叔牙)라 불렀다. 경보와 숙아는 한 어머니의 아들이었다.

문강이 낳은 장공의 친동생은 이름을 우(友)라 하고, 자를 계(季)라 했으므로 계우(季友)라 불렀다.

세 사람은 같은 환공의 아들로 함께 대부의 벼슬에 있었는데, 그 가운데서 계우가 가장 어질고 또 친동생이었으므로, 장공은 계우를 특히 가까이하며 신임하고 있었다.

그런데 장공은 뜻하지 않은 여자와의 관계로 인해, 후계자의 문제를 더욱 복잡하게 만들고 있다.

장공은 임금이 된 3년에 낭대(郎臺)에서 논 일이 있었다. 낭(郎)이란 곳에 있는 별궁이란 뜻으로 낭대라 부른 것이다.

대 위에서 우연히 아래를 바라보자, 얼굴이 뛰어나게 아름다운 처녀가 정원을 서성거리고 있었다. 임금을 유혹하려는 생각에서였을지도 모른다. 그 집은 당씨(黨氏)의 집으로, 맏딸이라 하여 이름을 맹님(孟任)이라 불렀다.

장공은 내시를 보내 불렀다. 맹님은 말을 듣지 않았다. 사나이들은 말을 듣지 않는 여자에게 더욱 끌린다고 한다. 장공은 내시를 보내,

"내 말을 들으면 너를 부인으로 삼겠다."

하는 뜻을 전하게 했다.

맹님은 맹세를 한다면 그 말을 믿고 따르겠다고 했다. 장공은 더욱 마음이 끌려 이를 승낙했다.

맹님은 자기 팔을 베어 장공과 함께 그 피를 빨고 신명에게 굳은 맹세를 한 다음, 그날 밤 장공과 대에서 묵게 되었다.

장공은 맹님을 데리고 궁으로 돌아왔다. 한 해가 조금 지나서 한 아들을 낳았다. 이름을 반(般)이라 불렀다.

장공은 맹님을 부인으로 앉히려고 어머니 문강의 허락을 받으려 했으나, 문강이 이를 허락하지 않았다. 제양공의 딸이 자라기를 기다려 부인으로 맞아들이겠다고 한 약속을 지켜야 한다는 것이다.

제양공의 딸은 아직 젖을 먹고 있었으므로, 20년 가까이 되어야만 가능한 일이었다. 그러므로 맹님은 사실상의 부인이 되어 궁안 일을 주관해 왔다.

제양공의 딸 강씨가 부인으로 들어앉게 되었을 때, 맹님은 이미 병들어 일어나지 못하는 상태였다. 그리고 얼마 뒤에 죽고 말았다.

부인 강씨는 오래도록 아들을 낳지 못하고 함께 따라 시집온 숙강

(叔姜)의 몸에서 계(啓)란 아들이 태어났다.

이보다 앞서 수구(須句)라는 작은 나라의 딸로, 풍씨(風氏)로 불리우는 첩의 몸에서 신(申)이라는 아들이 태어났었다.

풍씨는 아들 신을 계우에게 부탁하며 뒤를 잇게 해달라고 했다. 계우는 공자 반이 나이가 위이므로, 그럴 수는 없다고 이를 거절했다.

한편 부인 강씨는 장공의 사랑을 받지 못했다. 하기 싫은 혼인을 억지로 하게 된 때문도 있었지만, 아버지를 죽인 원수의 딸이라는 생각 때문이었을 것이다.

임금과 떨어져 홀로 지내는 강씨는, 임금에 대한 반발에 곁들여 공자 경보의 사내다운 풍채에 마음이 끌리기 시작했다. 자연 오가는 눈빛이 서로의 속마음을 알게 되었다.

강씨는 내시를 통해 자주 말을 주고받던 끝에 남몰래 정을 통하기에 이른다. 사나이에 반해버린 강씨는 경보를 임금으로 세울 약속까지 하고 만다. 경보의 아우 숙아와 짜고 일이 성공할 경우, 경보는 임금이 되고 숙아는 재상이 된다는 것이다.

노장공 31년, 겨울 내내 비가 오지 않았다. 기우제를 지내기로 하고, 하루 전날 대부 양씨(梁氏)의 집 마당에서 음악을 연주하게 되었다.

양씨에게 얼굴이 아름다운 한 딸이 있었다. 공자반이 그녀에게 마음이 끌려 몰래 사귀던 끝에, 역시 부인을 삼겠다는 맹세를 하고 정을 통해 왔다.

그 양씨 딸이 안담에 사다리를 걸치고 바깥마당의 음악을 연주하는 구경을 하고 있었다. 이때 어인(圉人) 낙(犖)이 담 밖에서 그녀의 아리따운 얼굴을 엿보고 있다가, 담밑으로 가 서서 노래를 지어 부르며 그녀의 마음을 떠보았다.

어인은 나라의 말을 맡아 기르는 사람을 말한다. 천한 소임임에

틀림없다. 그러나 이 낙은 힘과 용맹이 뛰어난 호걸풍의 사나이로,
여자의 마음을 잡아끄는 무엇을 지니고 있었던 것이다.

겨울에 핀 한 송이 복사꽃이여 !
한결 더 아름답구나.
내 마음 맺힌 듯 하여라 !
담을 넘을 수 없는 몸이기에,
날개를 펴고 훨훨 날아
한 쌍의 원앙이 되었으면…….

낙의 목청은 우렁차고 맑았다. 역시 양씨의 집에서 구경을 하고
있던 공자반이 노랫소리를 듣고 나와 보았다.

사랑하는 여인은 담안에서 밖을 내다보고 섰고, 바로 그 밑에서
낙이 유혹하는 노래를 부르며 쳐다보고 있었으니, 공자반의 마음이
편할 리가 없다. 말못할 치정이 불타올랐을 것이다.

공자반은 시종에게 명령하여 낙을 잡아 묶어 매를 3백을 치게 했
다. 피가 흘러 땅을 적시고, 낙이 거듭 살려 달라 애걸을 하자 풀어
주었다.

반으로부터 이야기를 들은 장공은,

"그놈은 매를 때릴 것이 아니라 죽이는 것이 마땅했다. 낙이란 놈
은 용맹과 날래기가 아무도 겨룰 사람이 없다. 그놈이 너에게 앙
심을 품고 있을 것이 틀림없다."

공자반은 낙이 신분이 천한 것만 생각하고, 대수롭지 않게 여기고
있었다.

그러나 장공이 염려한 대로, 낙은 복수할 결심으로 경보의 문하로
들어갔다. 경보가 임금될 야심에 불타고 있는 것을 알고 있었기 때
문이다.

다음 해 가을에 장공이 병이 위독했다. 경보를 의심하고 있던 장공은 일부러 숙아를 먼저 불러 뒷일을 물어 보았다. 짐작한 대로 숙아는 친형인 경보를 칭찬하며,

"그가 나라를 맡게 되면 태평을 누리게 될 것입니다. 형제가 서로 물려받는 것은 노나라의 전통이 아닙니까?"

라고 말했다.

노장공에게는 첩의 아들뿐으로, 세자가 정해져 있지 않았기 때문에 묻고 또 대답한 것이다.

장공은 숙아가 물러간 뒤 계우를 불러 물었다. 계우는 힘주어 대답했다.

"임금께선 맹님과의 약속도 지키지 못하셨는데, 이제 그 아들마저 버릴 수는 없지 않습니까?"

"숙아는 나보고 경보가 좋겠다고 말했어. 네 생각은 어떠냐?"

"경보는 잔인하고 포악합니다. 임금의 그릇이 아닙니다. 숙아가 친형을 편든 것이니, 그의 말을 들어서는 안 됩니다. 신이 목숨을 걸고 반을 받들겠습니다."

장공은 고개만 끄덕이고 더는 말을 못했다. 병이 더욱 위독해진 것이다.

계우는 급히 내시를 시켜 숙아에게 말을 전했다. 대부 침계(鍼季)의 집에서 기다리고 있으면 곧 임금의 명령이 이르게 될 것이라는 내용이었다.

숙아는 무슨 기쁜 소식이라도 있을 줄 알고 침계의 집으로 가 기다렸다.

계우는 독약이 든 술을 한 병 보내주고, 침계로 하여금 숙아를 죽이라 명령했다. 그리고 손수 쓴 편지를 숙아에게 전하게 했다.

"임금은 공자에게 죽음을 명하셨다. 공자가 이를 마시고 죽으면 자손이 대대로 대부의 자리를 잃지 않을 것이나, 그렇지 않으면

일족이 전멸하게 될 것이다.”
하는 내용의 편지였다.

숙아는 술을 마시려 하지 않았다. 생각지 못한 결과에 놀랄 뿐이었다. 침계는 숙아의 귀를 잡고 술을 들어부었다. 금방 눈·귀·코·입으로 피를 흘리며 죽고 말았다.

이 날 저녁 장공은 죽었다. 계우는 공자반을 받들어 장례를 치르는 한편, 다음 해에 즉위식을 갖기로 했다.

두 달 뒤인 10월에 반의 외할아버지인 당신(黨臣)이 병으로 죽었다. 반은 문상을 가게 되었다.

반역을 꾀하고 있는 경보는 몰래 어인 낙을 불러 말했다.

“너는 매맞은 한을 잊었느냐? 용이 물을 떠나 뭍으로 나오면 누구나 해칠 수 있다고 했다. 반이 당씨의 집으로 가 있는 지금에 원수를 갚지 않고 언제 갚겠느냐? 내가 너를 도울 것이다.”

“공자께서 저를 도와주신다면 시키신 대로 하겠습니다.”
하고 낙은 비수를 품고 밤에 당대부의 집으로 달려갔다.

밤이 깊기를 기다려 바깥담을 넘어 중문밖에 숨어 있었다. 날이 새자, 어린 내시가 문을 열고 물을 길러 나왔다. 낙은 곧장 침실로 들어갔다.

반이 막 침대에서 내려와 신을 신고 있었다. 낙을 보자 놀라 물었다.

“네가 어떻게 여기에 왔느냐?”

“지난 해의 매맞은 한을 갚기 위해서다.”

반이 급히 침대머리의 칼을 집어 낙을 내리쳤다. 이마가 칼에 맞아 골이 깨졌다. 그 순간 낙의 칼이 반의 옆구리를 찔렀다.

반은 그 자리에서 죽고, 낙은 골이 깨져 싸울 수도 없었으므로 몰려온 당씨집 사람들의 칼날에 몸을 맡겨야만 했다.

계우는 경보의 소행임을 알고 진(陳)나라로 달아나 난을 피했다.

장공의 부인 강씨는 경보를 임금으로 앉히려 했다. 그러나 경보는 신중했다.

"신(申)과 계(啓) 두 공자를 마저 없애기 전에는 안 되오."

"그럼 신을 세울까요?"

"신은 나이가 많아 꺾기가 어려우니 어린 계를 세웁시다."

이때 계의 나이 8살이었다. 이가 민공(閔公)이다.

어린 민공은 나이에 비해 영리했다. 안으로는 부인 강씨의 감시를 받고, 밖으로는 경보의 눈치를 살펴야하는 자신이 안타깝게 여겨졌다.

민공은 외가의 힘을 빌리려 했다. 그래서 사람을 시켜 제환공과 약속하여 낙고(落故)란 제나라 땅에서 만나게 된다.

이때 어린 민공은 외삼촌인 제환공의 옷을 잡고, 경보가 일으킨 반란을 가만히 이야기하며 눈물을 흘렸다.

"지금 노나라 대부 가운데는 누가 가장 어지냐?"

"계우가 가장 어집니다. 지금 난을 피해 진나라로 가 있습니다."

"왜 불러들이지 않는 거냐?"

"경보의 의심을 받을까 두려워서입니다."

"과인의 뜻이라면 누가 감히 어기겠느냐?"

환공은 곧 사람을 시켜 계우를 진나라에서 노나라로 불러들이게 했다. 민공은 낭이란 곳에서 기다리고 있다가 계우를 같은 수레에 태우고 돌아와 재상에 앉히고, 제나라 임금의 명령이라 따르지 않을 수 없다고 말한다.

이해 겨울 제환공은 대부 중손추(仲孫湫)를 보내 민공에게 안부를 묻고, 경보의 동정을 살피고 오게 했다.

민공은 중손추를 보자, 눈물만 흘리고 말을 제대로 하지 못했다. 지나치게 영리한 그는 자기가 한 말이 경보의 귀로 들어갈까 두려웠던 것이리라.

뒤에 공손추는 공자신과 함께 노나라의 앞일을 의논해 보았다. 말이 조리가 있고 판단이 정확한 것 같았다.

중손추는 공자신을 계우에게 부탁하고, 경보를 빨리 제거할 것을 권했다. 계우는 말이 없이 한쪽 손바닥을 펴 보였다. 한 손바닥으로는 소리를 낼 수 없다는 뜻이다. 중손추는 힘껏 도울 것을 약속했다.

경보는 분에 벗어난 뇌물을 가지고 와 중손추에게 바쳤다. 중손추는 좋은 말로 이를 사양하고 받지 않았다. 경보는 몸둘 바를 모르며 물러났다.

중손추의 보고를 들은 환공은, 군사를 거느리고 가서 경보의 반역죄를 물어 없애는 것이 어떠냐고 물었다. 중손추는 경보의 반역이 완전히 밝혀지지 않은 상태라며 이를 말렸다. 그것은 경보가 낙에게 모든 죄를 씌워 그 가족을 몰살했기 때문에 하는 말이었다.

경보는 중손추가 떠난 뒤로 더욱 야심에 불탔다. 뇌물을 받지 않는 그가 계우와 짜고 무슨 일을 꾸밀지 모른다는 생각이 든 것이다. 그러나 어린 임금이 제나라 임금의 생질이란 것이 마음에 걸렸고, 계우가 지켜보고 있으므로 섣불리 움직일 수가 없었다.

그러던 어느날 대부 복이(卜齮)가 찾아왔다. 태부 신불해(愼不害)가 자기 밭을 빼앗고 돌려주지 않는다는 것이다. 임금에게 호소를 했으나 스승인 태부를 두둔할 뿐이니, 경보가 임금에게 말해 되찾게 해 달라는 것이었다.

경보는 복이를 보고 밭을 되찾으려면 큰일을 해야 한다면서 임금을 죽여 달라고 부탁했다. 그러면 자기가 신불해를 죽여 원수를 대신 갚아 주겠다는 것이다.

"계우가 있으므로 죄를 벗어나기 어려울 것입니다."

"주상은 아직 어린 마음이라 밤이면 뒷문으로 몰래 나가 거리를 구경하는 버릇이 있어요. 그러니 그 뒷문 가까이 사람을 숨겨 두었다가 나오기를 기다려 해치면 누가 알겠소? 도둑의 짓으로 돌리면 그만이오. 국모의 명으로 내가 임금이 되면 계우 하나쯤 내쫓기는 손바닥 뒤집기오.”

복이는 이를 허락하고 추아(秋亞)라는 자객을 돈으로 사서 민공을 죽이고 만다. 그 추아가 호위병에 의해 붙잡히자 복이는 자기 집 사병을 보내 추아를 도로 빼앗아 온다. 경보는 신불해를 그의 집에서 죽이고…….

변을 들은 계우는 밤에 공자신을 찾아가 잠든 그를 발로. 차서 깨우고 함께 주(邾)나라로 달려가 난을 피했다.

그러나 백성들은 어리석지 않았다. 변을 들은 백성들은 계우마저 달아난 것을 알자 온 도성 안이 물끓듯 했다. 복이와 경보의 짓임은 금방 짚을 수 있었다.

거리는 모두 가게문을 닫았다. 하나 둘 모이기 시작한 사람들은 그 수가 천이 넘자 먼저 복이의 집을 둘러싸고 사람이란 사람은 닥치는 대로 다 죽이고 말았다.

그리고 나서 경보의 집을 치려 했다. 이때는 사람이 배나 모여 있었다. 경보는 그제야 말없는 백성이 얼마나 무서운가를 알았다.

경보는 값비싼 보물만을 챙겨 거(莒)나라로 달아났다. 사람의 눈이 무서워 장사꾼 차림으로 짐수레에 물건을 싣고 달아난 것이다.

부인 강씨는 경보의 뒤를 따라 거나라로 몸을 피하려 했다. 그러나 그녀의 심복들이 이를 말렸다.

“부인께서 경보로 인해 나라에 죄를 얻게 되었는데 이제 다시 같은 나라에 모여 있으면 누가 이를 용서하겠습니까? 주나라로 가서 계우에게 용서를 비십시오. 그것이 가장 안전한 길입니다.”

그러나 계우는 주나라로 찾아온 강씨를 거절하고 만나주지 않았다. 다만 강씨가 찾아온 것으로 인해 일이 이미 끝난 것을 알게 되었다.

계우는 공자신과 함께 서둘러 노나라로 향하는 한편 제나라에 난을 알리고 도움을 청했다.

제환공은 군사 3천을 상경 고혜에게 주어 노나라를 돕게 했다. 고혜는 계우와 함께 상의하여 공자신을 임금으로 앉히었다. 이가 희공(僖公)이다. 33년 동안 임금의 자리에 있게 된다.

계우는 공자 원사(爰斯)를 고혜에 딸려보내 환공에게 감사의 인사를 닦고 오게 하고, 한편으로 사람을 거나라로 보내 경보를 대신 죽여 달라고 부탁했다.

거나라 임금은 경보의 뇌물이 탐이 나 그를 받아들였었다. 이제 또 노나라의 뇌물을 약속받자 그것마저 욕심이 났다. 그러나 어정쩡할 수밖에 없었다.

그래서 경보를 불러 다른 나라로 옮겨달라고 부탁했다. 경보가 옮겨갈 기미를 보이지 않자 사람을 시켜 내쫓고 말았다.

갈 곳이 마땅치 않은 경보는 제나라로 가기를 결심한다. 제환공의 사랑을 받고 있는 수초가 일찍이 많은 뇌물을 받은 일이 있으므로 그의 도움을 받을 수 있을 것 같아서였다.

그러나 경보는 국경 관문에서 막히고 만다. 관문을 지키는 제나라 장수가 그가 누구인 것을 알고 있었으므로 상부의 허락이 있을 때까지 기다리라고 했기 때문이다.

그래서 경보는 여관에 머물게 되었다. 이때 마침 제나라로 갔던 공자 원사가 일을 마치고 돌아오다가 경보를 만나게 된다. 원사는 경보에게 함께 노나라로 돌아가자고 했다. 그러나 경보는 이렇게 말했다.

"계우가 나를 용서하지 않을 거야. 자네가 가서 나 대신 잘 말해서 목숨만 붙어 있게 해주게. 평민으로 일생을 마쳐도 은혜를 잊지 않겠다고 하게."

희공은 경보의 청을 들으려 했다. 그러나 계우가 듣지 않았다. 계우는 원사에게 이렇게 일렀다.

"경보가 스스로 목숨을 끊으면 뒤를 잇게하여 대대로 제사를 받들
게 해 주겠다고 이르오."

원사는 경보에게로 왔으나 차마 그 말을 전할 수 없어 문밖에서
크게 소리내 울기만 했다.

경보는 뜻대로 안 된 것을 알고 스스로 목을 매어 죽었다. 원사는
그의 시체를 싣고 돌아왔다. 분에 벗어난 욕심이 화를 부른다는 것
을 누가 모르랴만 그 욕심을 버리지 못하는 것이 사람이다.

그런데 이때 거나라가 군사를 거느리고 노나라 국경에 이르러 약
속한 뇌물을 바치라고 했다. 경보를 놓아보내고도 경보가 죽었으니
약속을 지키라는 것이다.

거나라는 작은 나라였지만 노나라가 두 번이나 내란을 치렀기 때
문에 업신여기고 있은 것이다. 노나라로서는 난감한 일이었다.

계우는 직접 군사를 거느리고 나가 적을 맞아 싸우기로 결심하고
임금에게 청했다. 뇌물을 주려해도 줄 물건이 없었다. 경보가 있는
대로 이리 주고 저리 주고 그리고 싣고 가버렸기 때문이다.

희공은 격려하는 뜻에서 맹로(孟勞)라는 보검을 선물로 주었다.
한 자가 안 되는 짧은 것이었다. 계우는 그것을 허리에 차고 떠났
다.

계우가 국경에 이르자 거나라 군사가 이미 국경을 넘어와 진을 치
고 있었다. 거나라 대장은 임금의 친동생인 영나(嬴拏)였다.

"노나라는 새로 임금이 서고 나라가 안정을 찾지 못하고 있으므로
이번 싸움에 패하게 되면 나라가 크게 흔들리고 말 것이다. 적장
영나는 힘만 세고 생각이 모자란 사람이니 내가 꾀로서 해치울 것
이다."

이렇게 말하고 진지 앞으로 나온 계우는 영나와 면담을 청했다.

영나가 나타나자 계우는 말했다.

"우리 두 나라는 사이가 좋지 못하지만 끌려나온 백성들이야 무슨 죄가 있는가? 내 들으니 공자께선 힘이 세고 격투를 잘한다니 우리 각각 창칼을 버리고 단 둘이 맨손으로 승부를 결정하는 것이 어떻겠소?"

영나는 자신이 있었으므로 쾌히 승낙했다.

양쪽은 각각 군사를 뒤로 물리고 두 대장만이 앞으로 나와 맨주먹 싸움을 벌였다.

앞으로 갔다 뒤로 물러났다 하며 발로 차고 주먹을 휘두르고 했으나 막상막하의 빈틈없는 경기만이 이어지고 있었다.

이때 계우를 따라와 옆에서 구경하고 있던 행보(行父)라는 8살 된 아들이 갑자기 소리쳐 불렀다.

"맹로는 어디 있지? 맹로는 어디 있지?"

계우는 그제야 생각이 났다. 차고 있는 보검을 잊고 있은 것이다. 애당초는 그것을 쓰려 했던 것이었는데……

계우는 일부러 틈을 만들어 보였다. 영나가 그 틈을 놓칠 리 없다. 번개처럼 뛰어드는 영나를 향해 허리에 차고 있는 단검을 뽑아 휘둘렀다. 칼날이 어깨에서 이마를 향해 지나가며 영나의 머릿골이 반쯤 잘려나갔다. 칼에는 피 한 방울 묻지 않았다.

거나라 군사는 대장이 칼을 맞고 꺼꾸러지는 것을 보자 싸우지 않고 흩어져 뿔뿔이 달아났다.

계우가 이기고 돌아오자 희공은 멀리 성밖까지 나와 맞아들이고 그를 상국에 임명한 다음 가장 기름진 땅인 비(費)고을을 식읍으로 주었다.

계우는 이때 약속을 지키기로 하고 희공에게 청했다. 자기만이 높은 벼슬과 큰 고을을 받고, 같은 형제인 경보와 숙아의 뒤를 끊어지게 할 수는 없다는 것이었다.

그래서 경보의 아들 공손 오(敖)로 경보의 뒤를 잇게 하고, 공손자(玆)로 숙아의 뒤를 잇게 했다.

경보의 자가 중이었으므로 처음엔 중손(仲孫)이란 씨(氏)를 쓰고 있었다. 그러다가 경보의 죄악을 드러내기 싫어 맹손(孟孫)으로 씨를 바꾸었다. 숙아의 자손은 숙손(叔孫)으로 씨를 쓰고, 계우의 자손은 계손(季孫)이라 불렀다. 뒤에는 계씨(季氏)라 줄여서 불렀다.

이때부터 계손 맹손 숙손 세 집이 노나라 정권을 나누어 가지기 시작했다. 세 집안이란 뜻으로 삼가(三家)라 불리기도 하고, 같은 환공의 자손이라 하여 삼환(三桓)으로 불리기도 했다.

계우는 비 고을 외에 기름진 문양 밭을 받게 된다. 이리하여 계씨의 힘이 가장 강하게 되고 뒤에는 임금을 누르고 전권을 휘두르게 된다.

위군(衛君)의 호학망국(好鶴亡國)

불 수 고 중 고 난 위 인 상 인
不受苦中苦難爲人上人.
"극심한 고생을 겪지 않으면 웃사람이 되기 어렵다."

노희공 2년 봄 정월에 초구(楚丘)에 성을 쌓았다고 나와 있다.

초구는 위나라 땅이다. 새로 그곳에 성을 쌓았다고 특기한 것은 망한 위나라를 위해 제후들이 그곳에 성을 쌓아 주었기 때문이다.

위나라가 왜 그 지경에 이르렀던가? 북쪽 이민족인 이른바 북적(北狄)의 침략 때문이었다.

그러나 그들이 침략하게 된 원인은 위나라에 있었다. 어지러운 정치가 그들이 쳐들어올 수 있는 틈을 만들어 준 것이다.

그런데 위나라 정치가 그토록 어지러워져 있는 원인은 과거에도 미래에도 일찍이 찾아볼 수 없는 임금이란 사람의 어린애 같고 바보스런 괴상한 취미 때문이었다.

위혜공의 아들 의공(懿公)은 노장공 25년에 임금이 된 뒤로 9년 동안, 놀고 즐기는 일에만 정신이 팔려 나랏일을 전혀 돌보지 않고 있었다.

그가 즐기는 것 가운데 가장 특이한 것이 학이었다. 학은 신선이 타고 다니는 것으로 전해지고 있는 희귀한 새다. 임금이 아닌 야인이었다면 고상한 취미로도 볼 수 있다. 그런데 의공은 백성들보다 학을 더 사랑하고 소중히 여긴 것이다.

어진 사람을 좋아하는 임금은 어진 사람을 얻기에 바빴고, 어진 사람을 천거하는 사람에게 상을 내리곤 했다. 어여쁜 여자를 좋아하는 임금은 그런 여자를 바치는 사람에게 상을 주었다. 보석이든 서화든 골동품이든 아끼지 않았다.

의공은 학을 바치는 사람에게 후한 상을 주었다. 유원지와 대궐 안엔 곳곳에 학을 기르는 곳이 있었다. 그것을 바라보고 울음소리를 들으며 신선이 된 느낌에 젖어 있었는지도 모른다.

처음엔 단순한 취미였던 것이 차츰 다른 취미로 바뀌었다. 학의 왕국을 꿈꾸며 임금 자신이 학의 왕이 된 것이다.

의공이 기르고 있는 학은 모두 이름을 가지고 있고, 또 품계가 정해지게 되었다. 전문가의 감정과 임금의 판정에 따라 1급 2급 3급 하는 식으로 벼슬을 내린 것이다. 그리고 그 품계에 따라 일정한 녹까지 주었다. 놀고 자는 곳이 다르고 먹이는 먹이도 달랐다. 또 그 학을 받들어 모시는 사람에게도 각각 녹을 주었다.

그 학을 기르고 녹을 주고 하는데 필요한 모든 것은 백성들의 세금과 추렴에 의지할 수밖에 없는 일이다. 학의 수가 늘고 대우가 좋아지는 만큼 백성들은 더 많은 세금과 추렴을 내야만 했다.

의공은 학을 군대식으로 훈련을 시켰다. 밖에 나갈 때면 호위무사나 호위병 대신 학을 거느리고 다녔다. 그리고 학부대의 통솔자격인 학들에게는 학장군이란 이름으로 불렀다. 훈련을 받은 학들은 제 이름과 품계를 알고 있어 부르는 대로 행동했다.

처음엔 신기해서 구경하던 백성들이 나중엔 이맛살을 찌푸리며 피하고 비웃고 욕하곤 했다.

대신들이 아무리 간해도 임금은 듣지 않았다.

백성들은 혜공 삭이 착한 두 형을 죽인 천벌로 저런 멍청한 아들을 갖게 된 거라며 빈정대고 수군거렸다. 그리고 빨리 망하기를 바랐다.

백성들은 임금이 빨리 죽고 공자 훼(燬)가 임금이 되기를 바라고 있은 것이다. 공자 훼는 공자 석(碩)의 아들로 백성들의 존경과 사랑을 받고 있었기 때문이다.

그 공자훼가 나라가 망할 것을 알고 다른 핑계로 제나라로 간 다음 돌아오지 않자 위나라 사람들의 원한은 더욱 깊어만 갔다.

이럴 때에 북적이 쳐들어온 것이다.

이 북적은 천년 전부터 북에서 남으로 세력을 확장하기 시작했다. 주문왕의 할아버지 태왕이 도읍을 기산으로 옮긴 것도 그들에 쫓긴 때문이었다.

주나라가 천하를 통일한 뒤로 한때 잠잠해 있었으나 주평왕이 동으로 서울을 옮긴 뒤로는 다시 고개를 들기 시작했다.

이때 북적 임금은 이름을 수만(瞍瞞)이라 했다. 수만 명의 기병을 거느리고 있으면서 늘 중원을 짓밟을 뜻을 품고 있었다.

제나라가 산융을 치고 돌아왔다는 말을 듣자, 제나라가 다음엔 자기들을 노릴 것으로 본 수만은 지친 제나라 군사가 기운을 되찾기 전에 먼저 중원을 치고 들어가 위세를 떨쳐 보이는 것이 뒷날을 위해 도움이 된다고 생각했다.

그래서 가까운 형(邢)이란 나라를 치고 들어갔다. 그것이 노희공 원년 봄의 일이었다. 형나라는 모조리 짓밟히고 말았다.

제나라 구원병이 형나라로 온다는 말을 듣자 수만은 군사를 옮겨 위나라로 치고 들어온 것이다.

이때 위의공은 학을 수레에 태우고 놀러 나가려던 참이었는데 오랑캐가 침입해 왔다는 첩보를 받게 되었다.

위의공은 크게 놀라 허둥지둥 군대를 소집하고, 무기를 주어 적과 싸우고 성을 지킬 준비를 서둘렀으나, 백성들이 소집에 응하지 않았다. 모두 성안에서 시골과 들로 피해 숨으려고만 할 뿐이었다.

의공은 명령을 내려 달아나는 사람들을 잡아오게 했다. 곧 백여 명이 잡혀왔다. 달아나는 까닭을 묻자 그들은 약속이나 한 듯이 대답했다.

"학장군과 학부대가 있지 않습니까? 우리가 무슨 소용이 있습니까?"

"학이 어떻게 오랑캐를 막을 수 있겠느냐?"

"쓸모없는 물건만 소중히 여기고 쓸모 있는 백성을 괴롭혀 왔으니, 이제와서 백성들이 임금을 위해 싸우려 할 리가 없지 않습니까?"

의공은 천진난만한 데가 있었으므로 눈물을 흘리며 용서를 빌고,

"내가 곧 학을 흩어버리겠다. 부디 나라를 지켜다오."

하고 사정했다.

의공은 곧 사람을 시켜 학을 우리에서 풀어 내쫓으려 했으나 학은 떠나려 하지 않았다.

석기자(石祁子)와 영속(寧速) 두 대신이 직접 거리로 나가 백성들에게 호소했다. 임금이 잘못을 크게 뉘우치고 있고, 또 나라를 우리가 지키지 않고 누가 지켜주겠느냐고 호소한 것이다.

이 두 대신은 국민들의 존경을 받고 있었으므로 백성들은 다시 모여들기 시작했다.

적병은 벌써 깊숙이 들어왔다는 급보가 잇달아 들어왔다. 석기자는 임금에게 성을 지키게 하고 제나라로 구원병을 청하러 떠나려 했다.

그러나 의공은 석기자와 영속에게 성을 지키게 하고 자신이 직접

적을 맞아 싸우기로 하고 떠났다. 그래야만 백성들이 힘써 싸울 것으로 생각되었던 것이다.

결국 의공은 싸워 패한 끝에 죽고 만다. 무능한 장군들이 적의 속임수에 걸려 뒤쫓다가 복병을 만나 거의 전멸한 것이다.

석기자와 영속은 임금의 식구들을 이끌고 공자 신(申)과 함께 밤을 타고 성을 나와 동으로 달아났다. 백성들은 이튿날에야 이를 알고 저마다 살길을 찾아 뿔뿔이 흩어졌다. 오랑캐의 약탈이 얼마나 무서운지를 아는 백성들은 지레 겁을 먹고 있었다. 서로 부르고 울부짖고 하는 소리에 산이 떠나갈 것만 같았다.

적병은 물밀듯 도성으로 밀려 들었다. 도성을 점령한 그들은 다시 뒤를 쫓았다. 뒤에 처진 피난민들은 거의가 죽고 잡혀가고 했다.

황하에 와 닿았을 때는 다행히 송환공이 군대를 보내 맞이하며 배로 건네주었기 때문에 공자신 일행은 무사했다.

적병들은 나라의 창고는 물론 민가의 곡식과 물건까지 모조리 싣고 돌아갔다. 게다가 무슨 심술로 안팎 성까지 모조리 헐어버렸다.

석기자와 영속은 조(漕)란 고을에 이르러 임시 막사를 꾸미고 그곳에서 공자신을 임금으로 모셨다. 그러나 공자신은 전부터 앓던 병이 더욱 심해져 며칠 뒤에 죽고 말았다.

그래서 제나라로 가 있는 공자훼를 맞아다가 뒤를 잇게 했다. 이가 문공(文公)이다.

제환공이 위나라가 피난와 있는 곳에 군사를 보내 지키게 하고 있을 때, 위나라에서 물러간 적병이 다시 형나라를 치기 시작했다. 형나라를 구하러 제·송·조 세 나라 군사가 들어갔을 때는 위나라에서처럼 성을 허물고는 곡식과 물건을 모조리 약탈해 돌아간 뒤였다.

산융 토벌에 지친 탓인지 관중은 뒤를 쫓지 않았다. 다만 백성들이 피난해 와 있는 이의(夷儀)란 고을에 성을 쌓아 서울을 그리로 옮기게 했을 뿐이다.

그리고 위문공이 원하는 초구란 곳에 새로 성을 쌓고 그곳을 새서울로 만드는데 각 나라가 힘을 합쳐 도와 주었다.

이때 위문공이 제나라의 은혜에 감사하는 모과(木瓜)라는 시를 지었다고 한다. 그 시는 〈시경〉 위풍에 전해지고 있다.

위문공만이 아니라 연나라·노나라·위나라·형나라를 차례로 도와주고 있는 제나라를 모든 나라들이 다 존경하고 있었다.

당시 사람들은 노·형·위 세 나라를 도운 것을 가리켜 '제환공이 망한 세 나라를 다시 세워 주었다'고 칭찬했다 한다.

노희공 4년 봄 정월에 제·노·송·진·위·정·허·조 여덟 나라가 초나라를 친 것으로 되어 있고, 여름에는 초나라 굴완(屈完)이 찾아와 소릉(召陵)에서 맹약을 한 것으로 나와 있다.

제환공이 패천하를 한 것으로 말할 수 있는 것은 이 싸움에서 초나라를 꺾어 누른 때문이었고, 이 싸움에서 피를 흘리지 않고 명분만의 승리를 얻은 것으로 일을 마무리 지은 것은 관중의 높은 정치 외교적 안목과 깊은 생각에서 이루어졌다고 볼 수 있다.

앞에서 보았듯이 초나라 성왕은 자문을 영윤으로 임명하여 국정을 바로잡는 한편 중원으로 힘을 뻗어 제후들을 호령하고 싶은 야심에 불타고 있었다.

제나라가 연나라를 도와 산융을 무찌르고 형나라와 위나라를 다시 세워 일으킴으로써, 제후들의 칭송이 자자하다는 말을 전해 듣자 몹시 마음이 언짢았다.

성왕은 자문을 보고 말했다.

"제나라 임금은 제후들을 도와 이름을 날림으로써 인심이 그리로 돌아가고 있는데, 과인은 한수 동쪽에 가만히 엎드려 있으므로 해서 제나라만이 있고 초나라는 없는 것처럼 되어 있으니, 과인은 심히 부끄러운 생각이 드오."

"제나라 임금은 패업을 닦은 지가 벌써 30년 가까이 됩니다. 그는 천자를 등에 업고 있으며 제후들 또한 즐겨 따르고 있으므로 제나라와 맞서서 겨룰 수는 없는 일입니다.

지금 정나라는 남북 중간에 위치하여 중원의 담과 울타리 구실을 하고 있습니다. 임금께서 중원을 경영하시려면 먼저 정나라를 우리 편으로 만들어야 합니다."

성왕은 여러 신하들을 바라보며 물었다.

"누가 과인을 위해 정나라 치는 일을 맡아 주겠소?"

그러자 투장이 자원하고 나섰다.

이리하여 투장은 군사를 거느리고 정나라로 곧장 달려갔다. 그러나 생각과는 달리 정나라는 초나라의 기습을 자주 당한 뒤였으므로 국경에 군사를 두고 지키며 감시를 게을리하지 않고 있었다.

초나라 군사가 정나라로 향해 오고 있다는 소식을 들은 정나라는 대부 담백(耼伯)에게 군사를 주어 순문(純門)을 지키게 하는 한편 제나라로 파발을 보내 구원을 청했다.

제환공은 급히 각국에 급보를 보내 함께 정나라를 돕기 위한 모임을 갖도록 청했다. 소식은 투장에게로 들어갔다.

기습으로 뜻을 이루려 했던 투장은 국경에서 되돌아설 수밖에 없었다.

이 소식을 들은 초성왕은 투렴에게 차고있던 칼을 끌러 주며 군중에서 투장의 목을 베라 일렀다. 투렴은 바로 투장의 친형이었다. 초성왕의 노여움이 얼마나 컸는지를 알 수 있다.

투렴은 초왕의 명은 숨겨둔 채,

"네가 죄를 면하려면 공을 세우는 길밖에 없다."

하고 군사를 다시 돌려 기습으로 적을 무찌르기로 했다.

초나라 군사가 돌아간 걸로만 알고 있던 담백은 투씨 형제의 기습으로 크게 패해 사로잡히고 말았다.

초성왕은 적장을 사로잡은 것으로 투장의 죄를 용서하고, 다시 군사를 배로 늘려 정나라의 항복을 받아 오라고 명령했다.

이리하여 투렴이 사령관이 되고, 투장이 부사령관이 되어 병거 4백 승으로 거듭 정나라로 향해 치고 들어갔다.

한편 정나라는 담백이 사로잡힌 것을 알자, 다시 제나라로 사람을 보내 구원병을 청했다.

관중이 환공을 보고 말했다.

"임금께서 초나라를 꺾으시려면 지금이 바로 그때입니다. 정나라를 구하는 것이 초나라를 치는 것만 못합니다. 초나라를 치려면 각 나라의 모든 힘을 합쳐야만 합니다."

"제후들을 크게 모으게 되면 초나라가 알고 미리 준비를 할 터인데 과연 이길수 있을런지?"

"임금께서 채나라의 죄를 물으려하신 지가 이미 오래입니다. 채나라는 초나라와 이웃해 있습니다. 채나라를 치기위해 제후의 군사를 모은 다음, 그 길로 초나라로 향하면 초나라의 굴복을 받을 수 있습니다."

관중이 말한 채나라의 죄란 것은 다음과 같은 내용을 가리킨 것이었다. 역시 여자로 인해 빚어진 사건이었다.

채나라 목공(穆公)은 그의 누이를 제환공에게로 시집보내어 환공의 셋째부인이 되었었다.

어느 날 환공은 채희와 함께 작은 배에 올라 못에서 연꽃을 꺾으며 즐기고 있었다.

채희는 배를 다루는 솜씨가 뛰어났다. 장난으로 노로 물을 쳐서 환공에게 튀어가게 했다. 환공은 물을 두려워 하는 편이므로 못하게 말렸다. 채희는 물을 겁내는 임금의 모습이 어쩐지 재미있어 보였다.

환공이 못하게 말리자 이번에는 배를 기우뚱거리며 뒤집힐 것 같이 만들었다. 천하를 호령하는 영웅이 여자 앞에서 당황해 하는 모습이 무척 유쾌했던 것이리라.

환공은 크게 성이 나서,

"요망한 계집이 임금을 바로 섬기지 못한다."

하고 내시 수초를 시켜 친정으로 돌려보내고 말았다. 버릇을 고쳐주려고 한 것이다.

그러나 채목공은 대신 사과를 하고 되돌려 보낼 생각은 하지 않고 같이 화를 내며, 채희를 다시 초성왕에게로 시집을 보내 초성왕의 부인이 되게 했던 것이다.

관중은 환공이 채목공의 그같은 태도와 처사에 깊은 원한을 품고 있었기 때문에 그같은 말을 한 것이다.

정문공은 초나라와 맹약을 맺으려 했다. 우선 급한 것을 모면하기 위해서였다. 그러나 대부 공숙(孔叔)이 이를 반대했다. 제나라의 구원을 받아 물리치려 한 것이다.

이리하여 정나라는 굳게 지키며 제나라에 다시 구원을 청했다. 제환공은 초나라를 함께 칠 계획을 일러 주고, 제나라 구원병이 곧 이른다는 헛소문을 퍼뜨려 초나라의 공격을 늦추라고 시켰다.

이리하여 송·노·진·위·조·허·정과 힘을 합쳐 채나라를 친다는 이름 아래 초나라를 기습하기로 계획을 정하고, 관중을 총사령으로 병거 3백 승과 갑사(甲士) 만 명을 거느리고 길 떠날 준비를 마치고 기다렸다. 7일이 좋은 날이라 하여 그 날을 기다린 것이다.

이때 내시 수초가 환공에게 말했다.

"제가 한 군대를 몰래 거느리고 가서 먼저 채나라를 기습하여 성을 점령하고 각나라 군대를 맞아들이도록 하는 것이 보다 효과적일 것 같습니다."

환공은 이를 허락했다. 수초는 환공의 사랑하는 내시였고, 용맹과 전술도 뛰어났기 때문이다. 그러나 그가 나라와 임금보다는 개인의 이해를 앞세우는 사람이란 것을 미처 잊고 있은 것이다.

채나라는 초나라만 믿고 전혀 방비를 하지 않고 있었다. 수초의 군사가 국경을 넘어섰을 때서야 부랴부랴 군대를 모아 성을 지키고 있었다.

수초는 성 아래에 이르자 위세를 떨치며 일제히 성을 공격했다. 밤이 되어서야 물러났다.

채목공은 수초가 어떤 사람이란 것을 잘 알고 있었다. 일찍이 제나라 궁중에서는 채희를 모시고 있으면서 많은 은혜를 입기도 했고, 채희가 친정으로 돌아올 때도 그가 데리고 왔었기 때문이다

목공은 밤중에 사람을 시켜 몰래 보물과 비단을 한 수레 보내주고 공격을 늦춰줄 것을 수초에게 부탁했다.

뇌물만 보면 양심도 직책도 의리도 다 잊고 마는 수초였으므로 쾌히 부탁을 받아 들였다. 그리고 그 뇌물에 보답하려는 마음에서 군의 작전상의 특급 기밀을 자진해서 알려주고 만 것이다.

채나라를 치는 것은 한낱 핑계일 뿐 목표는 바로 초나라라는 것을 일러주었다. 그리고 8국 병력이 들이닥치면 채나라 성은 평지로 변하고 말 것이니 일찌감치 초나라로 도망치라는 충고까지 했다. 그것은 싸우지 않고 성을 점령하는 한 방법이기도 했고, 그것을 자기 공로로 삼으려는 생각에서이기도 했다.

채목공이 초나라로 성을 비우고 달아나자, 수초는 성안으로 들어가기에 앞서 제환공에게 첩보부터 보냈다.

채목공으로부터 수초가 말한 기밀을 전해들은 초성왕은 잠에서 깨어난 것 같았다. 즉시 방어태세를 갖추는 한편 정나라에 있는 군대를 급히 철수시켰다.

8국 병력은 마침내 채나라로 모이게 된다. 이때 허목공은 병든 몸으로 먼저 채나라에 닿았다. 제환공은 그의 성의에 감동되어 조나라 임금보다 윗자리에 앉게 하는 특권을 주었다.

그러나 그날밤 허목공은 세상을 버렸다. 그로 인해 제환공은 사흘을 머물러 있으면서 허목공을 위해 발상을 하고 허나라로 하여금 후작의 예로서 장례를 치르도록 명령했다. 그리고 일곱 나라의 군대가 먼저 남쪽을 향해 나아갔다.

초나라 국경에 이르자 뜻밖에도 예복을 차려입은 한 사람이 수레를 길옆에 멈춰 세운 채 기다리고 있었다.

이가 앞에서 말한 유명한 초나라의 외교관 굴완이었다.

"거기 오시는 분이 제나라 임금이지요? 초나라 사신 굴완이 기다린 지 오래라고 말씀 전해 주십시오."

하는 것이었다.

환공은 놀라지 않을 수 없었다.

"초나라가 어떻게 미리 알고 있은 것일까?"

하고 관중을 돌아보며 말했다.

"누군가 기밀을 새어보낸 사람이 있겠지요. 저들이 이미 사신을 보내온 이상 무슨 말이 있을 것입니다. 신이 대의로서 꾸짖어 저들이 부끄러워 굴복한다면 싸우지 않고 항복을 받을 수 있습니다."

하고 관중이 수레를 타고 앞으로 나아가 굴완과 수레 위에서 서로 말을 주고 받았다.

굴완이 먼저 찾아온 까닭을 말했다.

"우리 임금께서 귀국의 군대가 저의 나라로 온다는 말을 듣고 신으로 하여금 이렇게 전하라 일렀습니다. 우리 두 나라는 북쪽과 남쪽에 각각 멀리 떨어져 있어서 짐승들도 암컷과 수컷이 서로 오가지 못합니다. 임금께서 어찌하여 멀리 우리 땅에 오시게 되었는지, 그 까닭을 듣고 싶습니다."

관중은 이렇게 임금을 대신해 꾸짖었다.

"옛날 주나라 성왕께서 우리 선군 태공을 제나라에 봉하시며 명하시기를, 너는 대대로 왕실을 대신하여 제후로서 그 직분을 다하지 않는 사람이 있으면 그 죄를 묻고 이를 무찌르라 하셨소. 주나라가 동으로 옮겨온 뒤로 제후들이 제 마음대로 행동하는지라 우리 임금께서 왕명을 받들어 맹주로서 조상의 소임을 다시 닦으려 하는 거요. 초나라는 해마다 제사에 쓰이는 띠풀을 왕실에 바치게 되어 있는데 그것을 지키지 않은 지 이미 오래였고, 옛날 소왕께서 남쪽을 순시하시다가 돌아오시지 않게된 것도 초나라 때문이 아닌가?"

"왕실에 조공을 바치지 않는 것이 어찌 우리 초나라뿐이겠소? 그러나 그것을 지키지 못한 것은 잘못이었음을 인정하고, 앞으로 바치게끔 하리다. 그러나 소왕이 돌아가시지 못한 것은 아교풀로 만든 배를 탔기 때문이었으니, 그것은 그곳 물가로 가서 알아보실 일인 줄 압니다."

굴완은 말을 마치자 수레를 돌리고 말았다.

관중은 환공에게 말했다.

"초나라 사람은 뻣뻣하고 억세어 말만으로 굴복시킬 수는 없습니다. 군대를 앞으로 나아가게 하여 힘으로 눌러야 합니다."

곧 명령이 내려져 8국 군대는 일제히 떠나 초나라 국경을 지나 경산(陘山)이란 곳에 이르게 된다.

멀지 않은 앞쪽에 한수가 흐르고 있었다.

관중은 이곳에 진을 치고 더 앞으로 나아가지 못하게 했다. 그러나 제후들은,

"이미 군대가 이곳까지 깊이 들어온 이상, 물을 건너 승패를 결정짓는 싸움을 단행해야 마땅하거늘, 어찌하여 이곳에 진을 치고 머물러 있는 거요?"

하고 싸우기를 원했다. 애당초 그럴 생각으로 왔고, 그들은 관중을 믿은 때문이었다.

"초나라가 이미 사신을 보내왔으니 전투준비를 갖춰두고 있을 것이 틀림없습니다. 한 번 싸움이 붙으면 다시 풀기가 어렵습니다. 우리가 이곳에 군사를 머물러두고 멀리서 기세를 올리고 있으면, 초나라가 우리쪽 군사의 많은 것을 보고 두려운 나머지 다시 사신을 보낼 겁니다. 그때 화해를 하고 초나라의 굴복을 받아내면 됩니다. 초나라를 치러 나왔다가 굴복을 받고 돌아가면 그것으로 충분하지 않습니까?"

관중은 피를 보는 것이 싫었고, 승산이 뚜렷이 서 있지 않은 싸움만은 피하고 싶었던 것이다.

제후들은 초나라가 다시 사람을 보낼 거라는 관중의 말을 믿으려 하지 않았다. 싸워야 하느니, 말아야 하느니 하고 의견이 분분했다.

한편 초성왕은 영윤 자문을 총사령으로 군대를 이끌고 한수 남쪽에 머물러 있었다. 연합군이 건너오기를 기다렸다가 맞아 싸울 계획이었다.

8국 군사가 경산 아래 주둔해 있다는 보고를 받자 자문은 성왕에게 말했다.

"관중은 군사에 밝은 사람입니다. 완전한 계획이 서 있지 않으면 움직이지 않습니다. 저들이 더 나아오지 않는 것은 무언가 숨은 계획이 있기 때문일 것입니다. 사신을 다시 보내 저들의 강하고 약한 것을 더듬어보고 그들의 의향을 살핀 다음, 싸우거나 화해를 하는 것을 결정해도 늦지는 않을 것입니다."

"이번에는 누구를 보내는 것이 좋겠소?"

"굴완이 이미 관중과 안면이 있으니 그를 다시 보내는 것이 좋을 것입니다."

그러자 굴완이 말했다.

"조공을 하지 않은 것은 신이 이미 그 허물을 인정했습니다. 임금께서 만일 화해의 맹약을 원하신다면 신이 가서 두 나라의 분쟁을

풀어 보겠습니다. 만일 싸우기를 원하신다면 다른 유능한 사람을
보내시기 바랍니다."

"싸우든 화해를 하든 경이 알아서 하구려. 과인은 경이 한 일을
탓하지 않겠소."

두 나라의 정치를 주도하는 사람들이 다 전쟁보다는 화해를 원하
고 있었기 때문에 죄없는 백성들이 억울한 죽음을 면할 수 있은 것
이다.

맹자는 이런 말을 했다.

"오직 어진 사람만이 높은 자리에 있을 수 있다. 어질지 못한 사
람이 높은 자리에 있으면 그 재앙이 백성에게 두루 미치게 된다."

관중과 자문이 전쟁을 즐기는 어질지 못한 재상이었다면 수만의
죄없는 백성이 희생되고 말았을 것이다.

굴완이 다시 제나라 군문에 이르러 환공을 만나기를 청하자,

"초나라 사신이 다시 왔으니 맹약을 청할 것이 틀림없습니다. 정
중히 예로써 대해 주십시오."

하고 관중은 말했다.

굴완은 환공을 보고 말했다.

"저의 임금이 조공을 하지 않은 것에 대해서는 이미 그 죄를 깨달
았습니다. 임금께서 만일 군사를 30리 뒤로 물리치신다면 저의 임
금도 명에 따르겠습니다."

"대부께서 임금을 도와 옛날 직분을 다시 닦게끔 만들고, 과인으
로 하여금 천자께 드릴 말이 있게끔 해 준다면 과인이 더 무엇을
바라겠소?"

굴완이 돌아가 성왕에게 말했다.

"제나라 임금은 신에게 군사를 물릴 것을 허락했습니다. 신 또한
조공을 약속했습니다. 임금께서는 이를 지켜 주시기 바랍니다."

조금 뒤 첩보가 들어왔다. 8국 군사가 군막을 거두어 움직이기 시

250

작했다는 것이다.

초왕은 다시 사람을 시켜 사실을 확인하고 오게 했다. 30리 뒤쪽의 소릉(召陵)에 진을 치고 머물러 있다는 것이다.

"저들이 쉽게 물러간 것은 초나라가 두렵기 때문이야."

하고 조공을 하겠다는 약속을 지키지 않으려 했다. 자문과 굴완의 청을 받아들인 것이 못내 후회스러웠던 것이다.

자문이 말했다.

"저들 여덟 나라 임금도 한 굴완과의 약속을 지키는데, 임금께서 굴완으로 하여금 남의 나라 임금에게 거짓말을 하게 만들 수 있겠습니까?"

초왕은 굴완이 떠날 때 이미 약속한 바가 있으므로 뭐라고 핑계를 붙일수 없어 잠자코 있었다.

초왕은 곧 굴완을 시켜 폐백 여덟 수레를 이끌고 다시 소릉으로 나가, 여덟 나라 임금에게 예물로 주고, 다시 제사 때 쓰이는 청모(菁茅)라는 띠풀을 한 수레 가지고 가서 제나라 임금에게 보인 다음, 그것을 표문과 함께 주나라 천자에게 바칠 것을 약속하게 했다.

제환공은 굴완이 다시 온다는 말을 듣자 각 나라 임금에게 전하여 각각 8군단으로 나누어 보다 많은 수로 보이게 하고, 제나라는 남쪽을 지키며 초나라를 맞아 싸울 태세를 갖추고 있었다.

그리고 제나라 군중에 북소리가 울리면 일곱 나라가 일제히 북을 울리게 했다. 무기와 장비를 잘 정돈하여 중국의 위세를 떨쳐 보이게끔 한 것은 말할 것도 없다.

굴완은 제환공에게 싣고 온 물건을 바쳤다. 환공은 물건을 각 나라에 나눠 주라 이르고, 주나라에 바칠 청모를 확인한 다음 굴완에게 주어 직접 바치도록 했다.

환공은 굴완을 보고 말했다.

"대부께선 우리 중국의 군대를 구경한 일이 있는지요?"

"멀리 구석진 남쪽에 있는 몸이라 그럴 기회를 갖지 못했었습니다. 한번 구경하고 싶습니다."

환공은 굴완과 함께 사열 받는 높은 수레에 올라 각 나라 군사를 바라보았다.

각각 8방으로 나뉘어 진을 치고 있고, 그 둘레가 수십 리에 이르렀다. 제나라 군중에서 북소리가 울리자 다른 일곱 진지에서 일제히 북소리가 울렸다. 하늘과 땅이 무너지고 내려앉는 것만 같았다.

환공은 흐뭇한 빛을 띠며 굴완을 보고 말했다.

"과인이 이 군사를 가지고 있으니 싸워서 이기지 못할 리가 있겠소?"

그러자 굴완은 이렇게 대답했다.

"임금께선 중국의 맹주가 되시어 천자를 위해서 덕을 펴고 계십니다. 임금께서 덕으로써 제후들을 편안하게 해주시면 누가 감히 복종하지 않겠습니까? 만일 군대의 수를 믿고 힘을 함부로 쓰신다면, 초나라가 아무리 작은 나라이지만 높은 방성(方城)이 있고 깊은 한수가 있습니다. 비록 백만의 군사가 있다한들 무슨 소용이 있겠습니까?"

환공은 부끄러운 빛을 띠며 굴완에게 말했다.

"대부는 참으로 초나라의 어진 신하요. 과인이 대부와 더불어 옛날 친목을 다시 되찾고 싶은데 어떻소?"

"임금께서 저의 나라에 복을 내려 주시고 과군으로 하여금 맹약에 이름을 넣을 수 있게 해 주신다면 과군이 어찌 이를 마다하겠습니까? 신이 저의 임금을 대신해서 맹약을 해도 되겠습니까?"

"안 될 것도 없지 않소?"

이리하여 이튿날 소릉에 단을 세우고, 굴완으로 초나라 임금을 대신하여 아홉 나라의 맹약이 이루어지게 된다. 이때 허나라는 새임금 희공(僖公)이 대부 백타(百佗)를 보내두고 있었다.

관중은 굴완에게 정나라 장수 담백을 돌려보내 줄 것을 청하고, 굴완은 또 채나라 임금을 대신해 용서를 빌었다. 각각 승낙했다.

관중은 곧 영을 내려 군사를 돌렸다. 도중에 포숙이 관중을 보고 물었다.

"초나라의 가장 큰 죄는 왕으로 자칭하는 일이 아니오? 그것은 말하지 않고 조공 바치지 않는 것만을 명분으로 내세운 것은 어째서요?"

"저들이 왕호를 쓴 지가 벌써 3대에 이르지 않았소? 그것을 버리라고 한다고 버릴 리가 없지 않소? 그래서 싸움이라도 붙게 되면 지는 쪽이 언제나 보복을 하려 할 것이니, 공연한 명분 싸움으로 남과 북이 계속 시끄러울 것이며, 그로 인한 힘의 소모와 백성의 피해는 또 얼마나 크겠소?"

포숙은 탄식해 마지 않았다. 관중의 말이 옳기는 했으나 마음이 개운치 않았다. 힘이 없는 명분은 허공의 메아리와 같은 것임을 새삼 깨달은 것이다.

돌아오는 도중 또 불미스런 일이 생겼다. 진나라 대부 원도도(轅濤塗)와 정나라 대부 신후(申侯) 두 사람에 의해 빚어진 사건이다.

원도도가 신후를 보고 말했다.

"이 많은 군대가 진나라 정나라 쪽으로 길을 잡게 되면 양식이야 옷이야 신을 공급하는데 적잖은 비용을 들여야 하지 않겠소?"

"그야 물론이지요."

"길을 동쪽으로 잡아 바다를 따라 돌아가게 되면 서(徐)와 거(莒) 두 나라가 대신 뒷바라지하는 수고를 하게 될 것이니, 우리 두 나라는 좀 편안하지 않겠소?"

"그거 참 좋은 생각이오."

원도도가 제환공과 관중을 보고 말했다.

"임금께서 북으로 산융을 무찌르고 남으로 초나라를 무찔렀으니,

만일 제후의 많은 군대를 동쪽 오랑캐들에게 보여 주면 저들이 임금의 위엄을 두려워하여 모두 자청하여 제나라에 조회를 들게 될 것입니다."

제환공은 이에 찬성했다. 원도도가 물러간 다음 신후가 뵙기를 청했다. 원도도가 자기 뜻대로 되었다고 기뻐하는 것을 보고 찾아온 것이다.

환공이 불러들이자 신후는 이렇게 말했다.

"신이 들으니 군사는 철을 넘기지 않는다 했습니다. 백성들을 고통스럽게 만드는 것이 두렵기 때문입니다. 이른 봄에 떠나온 군사가 곧 가을을 맞이하기에 이르렀습니다. 찬 서리와 이슬과 비바람에 군사들은 지쳐 있습니다. 길을 진나라 정나라 쪽으로 잡으면 양식이며 옷이며 신을 내집 광에서 얻는 것과 다를 것이 없습니다. 만일 동쪽으로 나갔다가 오랑캐들이 길이라도 막거나 하면 지친 군사들이 힘든 싸움을 견디기 어려울 것입니다."

신후란 사람은 남을 나무에 오르라고 시키고 밑에서 흔들어 떨어지게 만든 다음, 그것을 자기 공으로 삼는데 길이 나 있는 사람이다.

"대부가 아니었으면 내가 일을 그르칠 뻔했소."

하고 환공은 곧 원도도를 체포하는 한편 정문공으로 하여금 신후에게 호로(虎牢)의 땅을 주어 그의 공을 포상하게 했다.

정문공은 제환공의 명령에 거역할 수 없어 따르기는 했으나 속으로 신후를 못마땅하게 여겼다. 원래 신후는 일찍이 초나라에 벼슬하고 있으면서 말재주와 아첨으로 초문왕의 사랑을 받고 있었다.

그러나 뇌물을 탐하고 남을 모함하기 좋아하는 그를 달가워 하는 사람은 없었다. 초문왕은 그것을 잘 알고 있었으므로 죽기전 그에게 많은 보물을 주어 다른 나라로 가 살게 했다.

그리하여 정나라로 와 여공을 섬기게 되었는데 역시 같은 방법으로 여공의 사랑을 받았었다.

신후는 자주 초나라의 뇌물을 받으며, 제나라를 버리고 초나라를 섬기라고 정나라 임금을 부추기곤 했다. 그것을 제환공은 모르고 있는 것이다.

정나라로 돌아온 신후는 이번에도 정문공을 달래어 초나라를 섬기라고 했다. 정문공은 그의 말재주에 끌려 초나라에 붙었다.

제환공은 이듬해 봄 반복무상한 정나라를 치게 되었다. 이때 진나라 원도도가 공숙에게 편지를 보냈다.

'신후는 앞서 제나라 임금에게 아첨하여 혼자 호로의 상을 독차지하더니, 이번에는 또 나라를 팔아 초나라에 아첨하여 정나라 임금으로 하여금 은혜와 의리를 등지게 하므로써 스스로 제나라의 노여움을 사 그 화가 나라와 백성에게 미치게 되었소. 신후를 죽이고 그의 꼬임에 의한 것임을 밝히면 제나라 군사는 싸우지 않고 물러가게 될 것이오.'

공숙은 이 편지를 문공에게 보였다. 문공은 앞서 공숙의 말을 듣지 않은 것을 후회하고 있었으므로 신후를 불러 꾸짖었다.

"너는 초나라만이 제나라에 대항할 수 있다고 말하지 않았느냐? 지금 제나라 군사가 쳐들어왔는데도 초나라 군사가 오지 않으니 어찌 된 거냐?"

신후가 뭐라고 변명하려 하자 문공은 무사에게 명령하여 그를 끌어내 처형하게 하고, 그의 머리를 함에 넣어 제나라 군중에 바친 다음, 모든 죄를 신후에 떠넘기고 용서를 빌었다.

이리하여 남을 이용하고 모함하여 제 잇속만을 꾀하던 신후는 자기가 모함한 원도도의 보복에 의해 부끄러운 죽음을 당하고 말았다.

노희공 5년 봄에는 진(晉)나라 임금이 그의 세자 신생(申生)을 죽였다고 경에 나와있다. 그리고 전해인 4년 기록 맨 끝에 좌전은 그 최초의 시발점에서부터 이런 결과를 가져오게 된 줄거리를 요약해

적고 있다.

좌전의 그런 줄거리를 보다 자세하게 설명하면 다음과 같다.

세자 신생을 죽인 임금은 헌공(獻公)이었고, 헌공으로 하여금 자기 세자를 죽이게끔 만든 것은 절세미인으로 불여우같은 헌공의 사랑하는 첩 여희(驪姬)였다.

헌공은 세자로 있을 때 가(賈)나라 공주인 가희(賈姬)를 세자비로 맞이했었는데 아들이 없었다. 그뒤 견융(犬戎)으로 불리는 오랑캐 임금의 조카딸 호희(弧姬)를 맞아들여 중이(重耳)라는 아들을 낳았다. 이가 5패의 한 사람인 유명한 진문공(晉文公)이다.

또 소융(小戎)으로 불리는 오랑캐 딸에게 장가들어 이오(夷吾)란 아들을 낳았다. 이가 진혜공(晉惠公)이다.

헌공의 아버지 무공(武公)이 늦게 제나라 딸에게 장가들었는데, 이를 제강(齊姜)이라 불렀다. 제나라 딸들은 얼굴이 아름답고 행실이 좋지 못한 것으로 정평이 나 있었는데, 이 제강 역시 그런 여자였다. 무공이 이미 나이 늙어 여자를 거느릴 수 없게 되자, 제강은 세자인 헌공과 눈이 맞아 아들까지 낳게 된다.

이 아들이 신생이다. 몰래 신씨 집에 주어 길렀기 때문에 붙인 이름이다.

아버지 무공의 뒤를 이어 헌공이 임금이 되자, 제강은 부인이 되고 신생은 세자가 되었다. 가희는 이미 죽은 뒤였고, 중이와 이오는 신생보다 나이가 많았지만 첩의 아들이라 하여 세자의 자리가 신생에게로 돌아간 것이다.

신생이 세자가 되자 대부 두원관(杜原款)이 태부가 되고, 대부 이극(里克)이 소부가 되어 신생을 보필했다. 두원관은 신생으로 인해 죽게 되고 이극은 살아남아 여희와 그 어린 아들을 죽여 원수를 갚는다.

헌공이 임금된 15년에 여융(驪戎)이란 오랑캐 나라를 치자, 여융 임금은 두 딸을 바치고 화친을 맺게 된다. 큰딸이 여희였고, 작은딸은 소희(少姬)였다.

이 여희란 여자를 평하면, 아름답기는 식부인 같고, 남자를 홀리는 것은 은나라를 망하게 만든 달기(妲己)와 같다고 했다.

여희는 계획을 꾸미는 지혜가 천 가지나 되고, 남을 속이는 재주가 백 가지나 되었다 평하기도 했다. 그런 그녀는 나라의 정사에도 늘 참여했고, 그녀의 말이 열이면 아홉은 적중되었기 때문에 헌공은 더욱 그녀를 아끼고 사랑했다.

시집 온 지 한 해가 지나 여희는 아들을 낳았다. 이름을 해제(奚齊)라 했다. 자기가 낳은 이 해제를 임금으로 앉힐 욕심에서 세자인 신생을 죽이고, 많은 사람을 해치는 것이다. 결국은 자신과 아들을 참혹하고 욕된 죽음으로 몰아넣게 된다는 것을 짐작하지 못하고 말이다. 분에 넘치는 빗나간 욕심은 그를 위한 작은 지혜가 보다 큰 어리석음을 낳게 된다는 것을 역사는 가르치고 있다.

또 한해 뒤에는 소희가 아들을 낳았다. 이름을 탁자(卓子)라 불렀다. 해제가 죽고 대신 임금자리에 앉았다가 또 죽고 만다.

여희가 아들까지 낳게 되자 헌공은 그녀를 부인으로 앉히려 했다. 신하들의 반대가 두려워 먼저 점부터 치게 했다. 점괘가 좋게 나오면 그것으로 반대를 물리칠 수 있다는 생각에서였다.

태복(太卜) 곽언(郭偃)이 거북점을 치자 다음과 같은 점괘가 나왔다.

　　‘외곬의 변함이여 임금의 아름다움을 빼앗도다. 향기풀도 하나
　　요, 냄새풀도 하나라. 10년이 지나도 오히려 냄새뿐이다.’
무슨 뜻이냐고 묻자 곽언은 이렇게 풀이했다.

"외곬의 변함이란 임금의 마음이 한 곳으로 쏠리어 생각이 바뀌게 되는 것을 말합니다. 그 결과 임금의 아름다운 것을 잃게 된다는 것입니다. 향기를 풍기는 풀과 냄새를 풍기는 풀이 함께 있으면

향기는 냄새에 지고 맙니다. 10년 동안 좋지 못한 냄새만이 계속 이어진다는 뜻으로 좋지 못하다는 것을 말한 것입니다.”

헌공은 다시 태사(太史) 소(蘇)에게 주역 점을 치게 했다.

관(觀) 괘의 둘째 효를 얻었다.

“틈을 엿보는 것이니, 여자는 곧아야만 이롭다.”

이것은 여자가 안에서 밖을 엿보는 것은 그 마음이 정숙한 경우에만 좋게 볼 수 있다는 뜻으로 풀이된다. 여희란 여자가 정숙하지 못한 마음으로 분에 벗어난 욕심을 채우려 하고 있다는 것을 말한 것이다.

뒷날 공자는 이 점말을 풀이하여,

“정숙하더라도 틈을 엿보는 것은 역시 부끄러운 일이다.”

라고 했다.

그러나 헌공은 태사의 설명을 들으려 하지도 않고,

“여자가 안에서 밖을 내다보는 것은 여자의 바른 태도이니 이롭다.”

라는 뜻으로 풀이를 하고 말았다.

곽언은 거북점이 주역점보다 정확하다고 주장하고, 태사 소는 주역점으로도 좋지 않다며 긴 설명을 덧붙였다.

그러자 헌공은 점이란 것은 믿을 것이 못된다며, 끝내 자기 뜻대로 여희를 부인에 앉히고 말았다.

여희의 사랑에 빠진 헌공은 뒤에 어린 해제를 세자로 앉힐 뜻을 여희에게 내비쳤다. 교활하고 영리한 여희는 그 일이 쉽지 않은 것을 잘 알고 있었으므로 짐짓 이렇게 대답했다.

“첩의 모자로 인해 죄없는 세자를 폐하고, 어린 해제를 대신 앉힌다는 것은 어느 모로 보나 옳지 못한 일입니다. 남의 손가락질을 받느니 차라리 죽고 말겠습니다.”

헌공은 진심에서 나온 말인 줄 알고 덮어두고 말았다.

그러나 헌공이 한번 던진 그 말은 여희의 숨은 욕심에 불을 당기고 말았다. 여희는 그 일을 이룩하기 위해 치밀한 계획을 짜기 시작했다.

이때 헌공에게는 사랑하는 두 신하가 있었다. 양오(梁五)와 동관오(東關五)란 두 대부였다. 이들은 임금의 신임을 등에 업고 권력을 휘두르곤 했으므로 사람들은 이 둘을 가리켜 이오(二五)라 불렀다.

또 우시(優施)로 불리는 미남 소년이 있었다. 우시는 시라는 이름의 배우란 뜻이다. 직업이 배우인 만큼 영리하고 말솜씨가 뛰어났다. 헌공은 이 우시를 끔찍이도 사랑했다. 내전에도 무상출입하고 있었다.

여희는 이 우시를 자기 심복으로 만들기 위해 우시와 몰래 정을 통하기까지 했다. 그리고는 해제를 세자로 세우는 일을 부탁했다.

여희는 먼저 신생과 중이와 이오 세 아들을 멀리 떠나 있게 만든 다음 조용한 가운데 일을 추진해야 한다는 것을 말했다.

우시는 신하의 입을 통해서만 그 일이 가능하다며, 양오와 동관오 두 대부를 끌어들이기로 하고 뇌물로써 그들을 여희의 편으로 만들었다.

이리하여 이들의 교묘한 농간으로 세자 신생은 곡옥(曲沃)이란 곳을 나가 지키게 되고, 공자 중이는 포(蒲)란 곳을 나가 지키게 되고, 공자 이오는 굴(屈)이란 곳을 나가 지키게 된다. 모두가 국경에 있는 요충지이므로 그곳에 새로 성을 높이고 쌓고 하여 국방을 튼튼히 하는 한편 믿을 수 있는 세자와 공자가 나가 지켜야 한다는 것이 그들이 꾸며낸 그럴 듯한 이유였고 명분이었다.

이렇게 만든 뒤 어느 날 여희는 우시에게 물었다. 세자를 폐하고 해제를 세자로 세우려면 먼저 저들 셋을 없애야 할 터인데 누구를 먼저 없애는 것이 좋겠느냐는 것이었다.

우시는 마음씨가 착하고 깨끗한 것을 좋아하는 신생부터 제거할

것을 권했다. 착한 사람은 남을 해치기를 싫어하고 깨끗한 사람은
스스로를 해치기 쉽다는 것이 우시의 의견이었다. 착하고 깨끗한 것
을 좋아하는 사람들은 간악한 무리의 눈에는 좋은 먹이감으로밖에
보이지 않은 것이다.

여희는 밤에 헌공을 모신 자리에서 갑자기 흐느껴 울었다. 여자의
울음에 약한 것이 남자의 마음이다.

헌공이 우는 까닭을 물어도 대답을 하지 않았다. 윽박지르자 그제
야 마지 못한 듯이 말했다.

"첩이 말해도 임금께서 믿지 않으실 것입니다. 첩이 우는 것은 임
금을 오래 모시지 못할까 두려워서입니다."

"어찌 그리 상서롭지 못한 말을 하는고?"

여희는 눈물을 거두고 말했다.

"세자 신생은 겉으로는 착하고 속으로는 잔인하다는 말들을 합니
다. 세자는 사람들을 보고 말하기를 임금이 첩에게 빠져 반드시
나라를 망치게 될 것이라고 한다 합니다. 온 조정 대신들이 다 알
고 있는 일이온데 임금께서만 모르고 계십니다. 첩으로 인해 임금
께 뜻하지 않은 불행이 미칠까 두렵습니다. 첩을 죽여 신생의 마
음을 달래게 해 주옵소서."

"신생은 효자야. 그가 그런 말을 했을 리 만무다."

하고 헌공은 믿으려 하지 않았다. 신생의 어진 마음씨만은 굳게 믿
고 있는 헌공이었다.

"저 역시 믿고 싶지 않았습니다. 그러나 사람들이 말하기를 보통
사람의 어진 것과 큰일하는 사람의 어진 것은 다르다 하옵니다.
보통사람은 부모에게 효도하는 것을 어질다 하지만, 큰일하는 사
람은 나라와 천하를 위해서는 사사로운 정도 버리는 것을 어진 것
으로 여긴다 하옵니다. 주공이 나라를 위해 형을 죽이고, 위나라
석작이 나라를 위해 아들을·죽이지 않았습니까? 그러나 사람들은

주공을 성인이라 우러러보고 석작을 의로운 사람이라 칭찬하지 않습니까? 신생은 그런 말까지 서슴지 않았다 합니다."

헌공은 벌떡 일어섰다. 분이 치밀어 오른 것이다. 다시 앉으며 말했다.

"부인 말이 옳소. 어쩌면 좋소?"

"임금께서 늙었다 핑계하시고 세자에게 임금자리를 물려주실 수는 없겠습니까? 그의 욕심을 채워 주시면 첩에 대한 미움도 가라앉지 않겠습니까?"

"그럴 수는 없어! 걱정하지 마오. 내가 기회 보아 없애고 말 거요"

그러자 여희는 이런 꾀를 말했다.

"지금 붉은 오랑캐로 불리우는 고락(皐落) 임금이 자주 변방을 침범한다 하니 세자로 하여금 치게 하시지요. 이기지 못하면 그것으로 죄를 물을 수 있으며, 이기면 그 공을 믿고 딴 생각을 가지게 될 것이니 그 기회에 죄를 내리면 나라 사람들이 복종하지 않겠습니까?"

여희는 신생이 나가 패할 것으로 알았던 것이다.

헌공은 곧 신생에게 고락을 치라는 명령을 내렸다. 신하들이 반대했으나 듣지 않았다.

원로대신 호돌(狐突)이 이 소식을 듣고 신생에게 편지를 보내 싸우지 말고 다른 나라로 달아나라고 권했다. 지든 이기든 결과는 불리한 쪽으로 치닫게 될 것을 알고 있었기 때문이다.

그러나 신생은 임금의 영을 거역할 수는 없으며 나가 싸워 죽으면 좋은 이름이라도 남게 된다고 하고 나가 싸웠다.

고락 임금은 신생에게 크게 패해 멀리 달아나고 말았다. 죽거나 패하기를 바랐던 헌공과 여희는 기다리는 수밖에 없었다.

그리고 나서 우(虞)나라와 괵(虢)나라를 진나라가 함께 삼키는 일이 있었다.

이 싸움에도 여희는 신생을 보낼 계획이었다. 그러나 신생 대신 이극이 가서 성공을 거두었다. 신생이 나가 싸우다 죽거나 패할 것을 기대했던 것인데 반대로 이극이 가서 성공을 하고 돌아왔으니 세자 신생의 세력만 점점 커가는 결과를 가져오고 만 것이다. 여희는 초조한 나머지 또 우시를 불러 상의했다. 세자의 당인 이극의 지위가 더욱 굳어졌으니 점점 더 손쓰기가 어렵게 된 것을 걱정한 것이다.

그러자 우시는 순식(荀息)으로 해제와 탁자의 스승을 삼으라고 권했다. 다음에 다시 이야기하게 되겠지만 우·괵 두 나라를 힘들이지 않고 삼킬 수 있은 것은 순식의 지혜로 이루어졌다. 순식의 지혜와 공로를 방패로 세자와의 대상세력을 키워 나가려는 것이다.

순식은 곧 해제와 탁자의 스승이 되었다. 여희는 또 우시를 불러 물었다.

"순식은 이제 우리 편이 되었으나 이극이 조정에 남아 있으니 그가 우리 계획을 방해할 것 아닌가? 무슨 꾀로 그를 내보낼 수 있겠는가? 그만 이곳에 없으면 신생을 꾀할 수 있겠는데…"

"이극은 겉만 억셀 뿐 결단성이 없는 사람입니다. 내가 이해관계를 잘 말하면 그는 중립을 취할 사람입니다. 그가 중립을 취하면 우리편이 된 거나 다름 없습니다."

이리하여 우시는 이극에게 미리 말하여 싸움터에 나가 오래 고생한 수고를 위로하고 싶다면서 술과 안주를 가지고 찾아가 대접하고 싶다고 하고 이극의 승낙을 얻어냈다. 우시는 이극이 술을 좋아하는 것을 알고 꾸민 계획이었다.

우시는 이극의 집으로 술과 안주를 가지고 가 술을 권하고 광대의 흉내를 내며 노래로써 이극의 마음을 흔들어 놓는다.

이극은 그 노래의 뜻이 무엇인가를 묻는다. 우시는 알듯 말듯한 대답으로 이극의 마음을 더욱 어지럽게 만든다. 우시가 떠나간 뒤 이불 속에서 우시가 한 말을 되씹고 있던 이극은 궁금증을 풀길이 없어 밤중에 우시를 불러오고 만다.

이때서야 우시는 신생과 여희와의 보이지 않는 적대관계를 설명하고, 이극으로부터 어느 편에도 끼지 않겠다는 승낙을 받아 내었다.

이극은 며칠 뒤 거짓으로 수레에서 떨어져 몸을 다쳤다 하고 조정에 나가지 않았다.

여희는 이제 반 멍청이가 되어버린 헌공을 마음대로 다루기 시작한다. 그녀는 밤에 조용히 헌공에게 말했다.

"세자가 곡옥에 나가 있은 지 이미 오래지 않습니까? 제가 세자를 만나보고 싶어 한다고 하시고 한번 부르시지요. 세자가 이제 마음을 돌렸을지도 모르는 일이니 세자와 잘 사귀어 그의 마음을 누그려뜨러 보고 싶습니다. 만나서 이야기를 나누게 되면 오해도 풀릴 수 있지 않겠습니까?"

헌공은 신생을 불러들였다. 신생은 헌공을 먼저 뵙고 나서 곧 안으로 들어가 여희에게 깎듯이 인사를 올렸다. 하나는 부인이요, 하나는 세자이니 어머니와 아들 사이가 되는 것이다.

여희는 갖은 교태를 부리며 신생을 위로하고 술을 대접했다.

이날밤 여희는 또 눈물을 흘리며 말했다.

"첩은 세자의 마음을 돌리고 싶어 불러서 예로 대접했는데 뜻하지 않게 세자는 첩을 너무 무례하게 대하지 않겠습니까?"

"어떻게 말인가?"

"제가 세자에게 점심을 대접했는데, 술을 달래서 마시고는 취한 척하며 입에 담지 못할 말을 하지 않겠어요?"

"입에 담지 못할 말이라니?"

"우리 아버님도 이제 늙으셨는데 어머님은 앞으로 어떻게 하실거요라고 말입니다. 제가 성을 내며 아무 대답도 하지 않자 또 이러지 않겠어요?"

"뭐라고 말이오?"

헌공은 갑갑한 듯이 다그쳤다.

"우리 어머니 강씨도 할아버지가 늙으셔서 아버님께 주셨습니다. 아버님이 늙으셨으니 이제 주신다면 누구에게 주겠습니까? 나밖에 더 있습니까? 하며 손을 내밀어 제 손을 잡으려 하지 않겠어요? 제가 얼른 뿌리치고 일어남으로 해서 겨우 벗어날 수 있었습니다."

"신생이 그렇게까지 사람이 변했을까?"

아무리 여희에 홀린 헌공이었지만 믿어지지 않았던 것이다. 그것을 모를 여희가 아니었다.

"믿어지시지 않는 것은 너무도 당연한 일이옵니다. 믿어지지 않으시면 내일 신생을 첩과 함께 후원에서 놀게 하시고, 임금께서 대위에서 발을 내리고 멀리서 지켜보시면 세자의 하는 모습을 보실 수 있을 것입니다."

"그러지."

하고 헌공은 승낙했다. 그럴 리는 없을 것으로 생각한 것이다.

이튿날 여희는 신생을 후원으로 불러 함께 꽃구경을 했다.

여희가 앞에 서서 꽃나무 사이로 향해 가자 벌과 나비들이 그녀의 머리 위로 날아들었다. 기름 대신 꿀을 머리에 바르고 나왔기 때문이다.

"세자는 왜 이 벌과 나비들을 좀 쫓아주지 않지요?"

여희는 뒤따라 오는 신생을 돌아보지도 않고 말했다. 신생은 여희가 원하는 대로 옷소매로 그녀의 머리에 앉은 벌과 나비들을 쫓으려 했다.

신생의 손이 머리 가까이로 오자 여희는 벌과 나비를 피하려는 듯이 바쁜 걸음을 쳤다. 신생도 따라 바쁜 걸음으로 손을 움직이며 뒤쫓았다.

멀리서 바라보고 있는 헌공의 눈에는 그것이 남녀의 희롱으로밖에는 보이지 않았다. 앞에 가는 여자의 머리를 뒤에 가던 남자가 스다듬어 주려 하자 여자는 싫다고 달아나고, 그런 여자를 놓칠세라 남자가 손을 휘저으며 뒤쫓는 것으로 보였다. 간밤에 이미 들은 말이 있고, 그것을 일단 부인하고 싶었던 그였기에 더욱 그러했다.

남녀의 치정보다 더 무서운 감정은 없다. 그것이 아비와 자식의 사이임에랴?

헌공은 당장 신생을 잡아 죽이려 했다. 그러나 신생이 죽는 것으로 일이 끝나는 것이 아님을 잘 아는 여희는 이를 말렸다.

그녀는 무릎을 꿇고 빌듯이 말했다.

"첩이 오라 해서 온 신생을 죽이면 이는 첩이 죽인 것이 됩니다. 아무도 알지 못하는 대궐 안에서 빚어진 일을 밖의 사람들이 알 리 없지 않습니까? 아직은 참고 계셔야 될 줄 아옵니다."

헌공은 신생을 곡옥으로 돌아가게 했다. 그리고 사람을 시켜 신생의 죄나 허물을 알지 못하게 찾아내도록 시켰다. 기어이 죽이고 말 결심으로 있은 것이다.

그리고 며칠 뒤 헌공은 멀리 사냥길을 떠났다. 해마다 겨울철이면 떠나는 사냥이었다.

여희는 우시와 상의한 다음 신생에게 이런 말을 전했다.

"간밤 꿈에 세자의 어머님 제강이 나타나 나에게 먹을 것을 청하셨어요. 세자는 제사를 지내도록 하시오."

곡옥에는 제강의 사당이 세워져 있기에 한 말이었다. 세자는 시킨 대로 제사를 지냈다.

제사를 지내면 그 제사음식을 임금께 올리는 것이 도리요, 준례였다. 제사음식이 궁중으로 들어왔을 때는 헌공이 아직 돌아오지 않았을 때였다. 예정된 날짜를 넘긴 때문이었다.

6일이 지난 뒤에야 헌공이 돌아왔다. 여희는 제사음식을 헌공 앞
에 내놓으며,

"세자가 제강의 제사를 지내고 보내온 것이옵니다. 임금을 기다린
지 벌써 여러 날 되옵니다."

헌공이 술을 따라 마시려 하자 여희가 얼른 말렸다.

"밖에서 들어온 음식은 시험을 해 보아야만 되옵니다."

"음, 그래."

하고 헌공은 술을 땅에 조금 부어 보았다. 땅이 금방 부글부글 끓어
올랐다.

놀란 헌공은 개를 불러 고기를 던져 주었다. 개는 고기를 먹고는
그 자리에서 죽었다.

여희는 믿어지지 않는다는 듯이 어린 내시를 불러 술과 고기를 먹
으라고 시켰다. 먹지 않으려고 하자 억지로 입에 넣게 했다. 금방
피를 흘리며 죽었다.

여희는 크게 놀란 척하며 뜰로 내려가 부르짖었다.

"오오 하늘이여 하늘이여! 이 나라가 누구의 나라입니까? 임금
이 사시면 얼마나 사신다고 그 사이를 못 참고 이런 일을 저지르
다니요?"

그리고는 두 눈에서 눈물이 비오듯 했다. 그 눈물을 닦으려 하지
도 않고, 다시 헌공 앞에 무릎을 꿇고 울먹이며 말했다.

"이 모두가 첩의 모자 때문이옵니다. 바라옵건대 그 술과 고기를
첩에게 주옵소서. 첩이 임금을 대신해 죽으면 세자의 마음이 풀릴
것입니다."

그리고는 술을 가져다 마시려 했다. 헌공이 얼른 빼앗아 버렸다.
여희는 줄곧 신생을 욕하고 하늘을 원망하는 넋두리를 늘어놓았다.

헌공은 명청한 모습으로 여희의 넋두리를 듣다가는 일어나 여희를
잡아 일으키며 말했다.

"그만 일어나거라. 곧 신생의 죄를 군신에게 드러내어 이 역적자 식을 죽이리라."

조정에는 이미 바른말 할 사람이 없었다. 호돌은 두문불출한 지 오래였고, 이극은 꾀병을 앓으며 나오지 않았고, 그밖의 지혜로운 신하들은 다른 핑계로 서울을 떠나 있었다.

군신들은 올 것이 오고 말았다는 듯이 서로 눈치만 보고 있었다. 그러자 동관오가 앞으로 나아와 말했다.

"신이 임금을 위해 세자를 무찌르겠습니다."

헌공은 곧 동관오를 대장으로 하고 양오를 부장으로 하여 병거 2 백 승을 거느리고 곡옥으로 가 세자를 무찌르라 시켰다.

호돌이 이 소식을 먼저 듣고 급히 사람을 곡옥으로 보내 세자에게 달아나라고 권했다.

신생은 태부 두원관에게 물었다. 두원관은 생각이 달랐다.

"음식이 궁중에 들어간 지는 벌써 엿새가 지났습니다. 독은 궁중 에 들어간 뒤에 넣은 것이 분명합니다. 이것을 증거로 들어 변명 하시면 신하들 가운데 이를 밝혀 줄 사람이 없겠습니까? 가만히 앉아서 죽을 수는 없는 일입니다."

그러나 신생은 듣지 않았다. 두원관은 다른 나라로 달아나자고 권 했다. 신생은 그것도 듣지 않았다. 우시가 말한 대로 신생은 착하고 깨끗했다. 죄지은 몸으로 남의 신세를 지고 싶지도 않았고, 아버지 의 죄를 드러냄으로써 제 얼굴에 침뱉는 일도 하기 싫었던 것이다.

이리하여 신생은 스스로 목을 매어 죽고 말았다.

동관오는 두원관만을 잡아 가두었다. 헌공은 두원관을 끌어내어 신생의 죄를 증명하려 했다.

끌려나온 두원관은 헌공을 보고 크게 울부짖었다.

"하늘이여 원통하여이다! 이 원관이 죽지 않고 잡혀 온 것은 세 자의 억울함을 밝히기 위해서입니다. 독을 넣은 음식이 궁안에 엿새나 머물러 있었다면 어찌하여 음식 빛깔이 변하지 않았겠습니까? 이는 분명 임금이 궁중으로 돌아오신 뒤에 독을 친 것이 분명합니다.”

옆에 서 있던 여희는 이 말에 당황했다. 왜 빨리 죽이지 않느냐고 소리쳤다. 헌공도 그 말이 어쩐지 귀에 거슬렸다. 어리석었음이 후회되기보다 그것이 밝혀지는 것이 두려웠다.

두원관은 쇠망치에 머리를 맞고 골이 터져 죽고 말았다.

여희는 또 눈물로 헌공의 마음을 사로잡아 멀리 국경지대로 나가 있게 해둔 중이와 이오를 신생과 공모했다는 죄로 군사를 거느리고 가 잡아오게 시켰다. 그러나 두 공자는 다른 나라로 도망치고 말았다.

그리고 4년의 세월이 흐른 노희공 9년에 진헌공은 병으로 죽게 되고, 여희의 일당은 후회와 원한으로 칼을 갈며 때를 기다리던 이극에 의해 모조리 비참한 죽음을 맞게 된다. 그 이야기는 다음장에서 듣기로 하자.

이극(里克)의 복수극(復讐劇)

百足之蟲, 至死不彊, 扶之者衆也.
"발이 많은 벌레는 죽어도 쓰러지지 않는다."

여희는 병이 깊어가는 헌공의 발치에 앉아 울먹이며 말했다.
"임금께서 혹시라도 세상을 버리시면 여자의 몸으로서 어린 해제를 데리고 누구를 의지하고 나라를 이끌어 가겠습니까? 밖에 있는 공자들이 외국의 힘을 빌어 쳐들어오기라도 하면 그때는 어찌해야 하옵니까?"
"걱정 마오. 순식이 있지 않소? 순식은 부인과 해제를 목숨을 걸고 지켜 주겠다고 나와 굳게 맹세하였소."
이러고 며칠 안되어 헌공은 숨을 거두고 말았다.
여희는 임금의 남기신 명령이라 하여 순식을 재상인 상경(上卿)에 임명하고, 양오와 동관오를 각각 좌사마 우사마에 임명하여 군권을 잡게 한 다음, 이들로 하여금 나라 안을 돌아다니며 만일에 대비하게 했다.

그리고 나라의 크고 작은 모든 일은 순식에게 일일이 보고하여 허락을 받은 뒤에 시행하게 했다. 이때가 가을 9월이었다.

순식은 해제를 받들어 임금으로 앉히고 백관들과 함께 상청에 머물러 있었다. 호돌만이 병이 위독하다 평계하고 나오지 않았다.

이극은 뜻이 같고 지혜가 앞서 있는 비정보(丕鄭父)를 보고 말했다.

"어린 것이 드디어 임금이 되었으니 달아난 공자는 어떻게 될 것인가?"

이때 해제는 나이 11살이었다. 달아난 공자는 중이를 가리킨 것이다. 이들 둘은 중이가 돌아와 임금이 되기를 바라고 있은 것이다.

"이 문제는 순식의 손에 달렸어. 한번 그의 마음을 떠봅시다."
하고 두 사람은 순식을 찾아가 그의 속마음을 떠 보았다. 순식도 마음으로는 중이를 지지하고 있었지만, 돌아가신 임금과 해제를 지켜주겠다고 맹세를 한 이상 마음을 바꿀 수는 없다는 것이었다.

이극은 순식의 그같은 태도를 대의는 저버리고 약속만 소중히 여기는 고지식한 선비의 어리석은 생각으로 보고 속으로 분개했다. 성질 급한 그는 우선 해제부터 해치우고 볼 결심을 했다.

비정보도 이극의 그같은 결심에 동의했다. 두 사람은 심복 장사를 시켜 옷을 바꾸어 입고 상청에서 심부름하는 사람과 섞여 있다가 해제가 상청에 나와 있는 틈을 타서 칼로 찔러 죽이게 했다.

이때 우시가 해제 옆에 있다가 칼을 뽑아 들고 맞서 싸우다가 함께 죽고 만다. 순식은 막 곡을 하고 물러나와 있던 참이었는데 변을 듣고 급히 달려와 해제의 시체를 어루만지며 통곡을 했다. 해제를 지켜주지 못한 것은 약속을 어긴 것이라며, 스스로 기둥에 머리를 들이받아 죽으려 했다.

이때 여희가 사람을 시켜 말했다.

"해제는 죽었지만 탁자가 있으니 그를 임금으로 앉히게 도와 주시오.”

하는 부탁을 전한 것이다.

순식은 그날로 백관들과 의논하여 탁자를 임금으로 앉혔다. 그의 나이 9살이었다.

이극과 비정보는 짐짓 모르는 척하며 그 회의에는 참석지 않았다. 반대도 찬성도 할 수 없는 그들이다.

양오가 순식을 보고 말했다.

“이번 반역은 이극과 비정보의 짓입니다. 회의에 나오지 않은 것이 그 증거입니다. 군사를 이끌고 가 그들을 무찌르게 해 주십시오.”

그러나 순식은 듣지 않았다. 그렇게 일이 쉽지 않으니 섣불리 건드리지 않는 것이 좋다는 것이었다.

양오는 물러나와 동관오를 보고 말했다.

“순식은 마음만 참되고 꾀가 없는 사람이야. 그를 믿고 기다릴 수는 없어. 주동자는 이극이니 이극만 해치우면 비정보는 걱정 안해도 돼.”

“이극을 어떤 방법으로?”

“출상날이 머지 않았으니 그때 길목을 지키고 있다가 갑자기 달려들어 찌르게 되면 한 사람의 힘으로도 간단히 해치울 수 있지 않겠어?”

“내 문객에 도안이(屠岸夷)란 사람이 있는데 3천근 무게를 지고 비탈길을 평지처럼 달리는 힘을 지니고 있어. 벼슬을 미끼로 그 사람을 쓰는 것이 좋겠어.”

곧 도안이를 불러 부탁했다. 도안이는 쾌히 승낙했다.

그런데 이 도안이는 추천(騅歂)이란 대부와 평소에 가까이 지내고 있었다. 도안이는 동관오가 부탁한 내용을 추천에게 이야기했다.

추천은 온 세상이 다 세자 신생의 죽음을 원통하게 여기고, 공자

중이가 들어와 임금이 되기를 고대하며, 여회의 일당인 그들을 누구
보다도 미워하고 있는데, 그들 편이 되어 죄를 저지르면 나부터도
그대를 용서하지 않을 거라고 했다.

"우리 같은 소인이야 뭘 압니까? 지금 못하겠다고 거절하면 어떨
까요?"

"거절하면 의심을 받게 되고, 또 다른 사람을 대신 보낼 것 아닌
가? 그러니까 거짓으로 승낙을 해두고 창끝을 돌려 역적의 무리
를 무찌를 일이야. 어진 임금을 맞이하는 공을 세워 부귀를 누리
게 될 뿐 아니라 좋은 이름을 길이 역사에 남길 수 있지 않겠는
가? 옳지 못한 일을 하다가 몸을 망치는 것과 어찌 비교할 수 있
겠는가?"

"대감의 말씀이 옳습니다."

"마음이 변하지 않겠는가?"

"맹세를 해도 좋습니다."

이리하여 닭의 피를 빠는 맹세를 했다.

추천은 비정보에게 말하고, 비정보는 이극에게 전했다. 각각 자기
집 사병을 거느리고 장례날 함께 움직이기로 한 것이다.

장례날 이극은 병을 핑계하고 나가지 않았다. 도안이는 동관오를
보고 말했다.

"이극만이 집에 머물러 있으니 이는 하늘이 그의 목숨을 앗은 것
입니다. 군사 3백만 주십시오. 그의 집을 에워싸고 들어가 모조리
다 죽이고 말겠습니다."

동관오는 기뻐 어쩔 줄을 모르며 군사 5백을 도안이에게 주었다.

도안이는 거짓 이극의 집을 포위하고 이극은 짐짓 사람을 시켜 무
덤으로 가 변을 알리게 했다.

순식은 놀라 동관오에게 그 까닭을 물었다. 동관오는 이극의 반란
을 막기 위해 문객을 시켜 지키게 한 것이니, 성공하면 재상의 공이

요, 실패하면 내가 책임을 질 것이니 걱정 말라고 했다.

순식은 가시방석에 앉은 느낌으로 부랴부랴 장례를 끝낸 다음, 즉시 동관오와 양오를 시켜 군사를 이끌고 가 돕도록 했다. 그리고 자신은 탁자를 모시고 조회청에 앉아 좋은 소식이 오기를 기다렸다.

동관오의 군사가 먼저 이극의 집을 향해 오고 있었다. 도안이는 급히 상의할 일이 있다며 동관오에게로 다가왔다. 아무 생각없이 맞이하는 동관오를 도안이는 팔을 내밀어 그의 목을 꺾었다.

동관오의 목이 땅에 떨어지는 것을 보자 군사들은 벌집을 쑤신 듯이 와글거렸다.

도안이는 그런 군사들을 향해 외쳤다

"지금 공자 중이께서 이웃나라의 군사를 이끌고 이미 성밖에 와 있다. 나는 이극대감의 명을 받들어 세자 신생의 원수를 갚아 간신의 무리를 무찌르고, 중이를 맞아 임금으로 모시려 한다. 나를 따르고 싶은 사람은 따라오고 싫은 사람은 가도 좋다."

중이라는 말에 모두 기뻐 껑충거리며 따르기를 원했다.

양오는 동관오가 피살된 소식을 듣자 급히 발길을 돌려 대궐로 향했다. 순식과 함께 탁자를 데리고 다른 나라로 달아나려 한 것이다.

그러나 뒤쫓아 온 이극과 비정보와 추천의 집 사병에 둘러 싸이고 만다. 벗어나지 못할 것을 안 양오는 스스로 칼을 뽑아 자기 목을 쳤다. 그러나 죽기가 아까웠던지 상처만 입고 죽지는 않았다.

도안이가 양오를 사로잡아 끌고 오자, 이극이 칼을 휘둘러 두 조각을 내고 말았다. 이극이 앞장서고 모두가 뒤따랐다.

궁안의 모든 사람이 다 놀라 흩어졌으나 순식만은 얼굴 빛 하나 바꾸지 않은 채 왼손으로 탁자를 안고 오른손 소매로 가리며 이극을 보고 말했다.

"차라리 나를 죽이고 이 선군의 한 점 혈육만은 남겨 주오."

"신생은 지금 어디 있소? 신생은 선군의 한 점 혈육이 아니었단 말이오?"

도안이가 순식의 품안에서 무서워 울고 있는 탁자를 빼앗아 계단에 내동댕이치자 철퍽 소리와 함께 시뻘건 고깃덩이로 변했다.

순식이 성이 나서 칼을 뽑아 들고 이극을 치려고 달려왔으나, 도안이의 칼에 맞아 죽고 말았다.

도안이가 궁안으로 치고 들어가자 여희는 후원으로 달아나다가 못위 다리로 올라가 물로 뛰어들어 죽었다.

이극은 여희의 시체를 건져내게 한 다음 칼로 쳐 토막을 내게 했다. 그런다고 한이 풀릴 것도 아니었지만.

탁자의 어머니 소희는 사랑도 받지 못하고, 권세도 누리지 못했다 하여 죽이지 않고 딴방에 가둬두게 했다.

양오와 동관오와 우시의 살붙이들은 모조리 다 칼날 아래에서 죽고 만다. 남을 해치고 영화를 꿈꾸고 있은 여희와 그 일당들은 이렇게 비참한 죽음으로 끝을 맺은 것이다.

이렇게 막을 내린 살상극은 누구를 임금으로 모시느냐 하는 문제를 놓고 새로운 무대를 꾸미게 된다.

이야기는 다시 4년 전으로 돌아간다. 노장공 5년 봄에 진나라 임금이 그의 세자 신생을 죽였다고 쓴 경에는 그해 겨울에,

'진나라 사람이 우(虞)나라 임금을 붙잡았다'라고 쓰여 있고, 전에는 붙잡았다는 말의 뜻을 새겨,

"우나라가 죄가 있음을 밝히고, 또 쉬웠다는 것을 말한 것이다." 라고 설명하고 있다.

우나라의 죄란 과연 어떤 것이며, 우나라 임금을 그렇게 쉽게 다룰 수 있은 것은 무엇 때문이었을까?

이 때의 빚어진 이 국제적 사건을 외교 군사적 측면에서 가도멸괵(假途滅虢)이란 말로 나타내고 있다. 다른 나라의 길을 빌려서 괵이란 나라를 무찔러 차지했다는 뜻으로, 그 다른 나라가 바로 우나라

였던 것이다. 침략자의 침략을 도와주기 위해 길을 빌려주었기 때문에 공자는 우나라 임금을 침략을 도와준 죄인으로 본 것이다.

우나라 임금은 뇌물에 사로잡혀 친한 이웃나라를 판 멍청한 임금이었으므로, 제발로 걸어서 침략자의 초대에 응했다가 그 자리에서 잡혀가고 말았으니, 그보다 더 쉬운 일은 없었을 것이다.

앞에서 잠깐 비쳤지만 우나라의 길을 빌려 괵나라를 손에 넣고 돌아오는 길에 우나라 임금과 땅까지 차지하는 전략을 생각해 낸 사람이 바로 순식이었다.

여희가 세자 신생을 죽일 음모를 꾸미고 있을 당시 진나라 남쪽에 있는 괵나라가 자주 진나라 국경을 넘어와 약탈을 해가곤 했다.

진헌공이 괵나라를 치려고 하자 여희는 신생을 대장으로 보내자고 했다. 싸움터에서 나가 죽게 만들 생각에서였다. 그러나 진헌공은 신생이 성공할 경우 힘을 길러주게 된다는 염려에서 망설이고 있었다. 그래서 진헌공은 순식과 의논했다. 누구를 시켜 괵나라를 치는 것이 좋겠느냐고.

그러자 순식은 승산이 없는 싸움이라며 신중을 기해야 한다고 말했다. 그 이유로써 괵나라는 우나라와 이웃하고 서로 가까운 사이므로 괵나라를 치면 우나라가 도울 것이며, 우나라를 치면 또 괵나라가 도울 것이니, 두 나라를 상대로 해서는 지치기만 한다는 것을 들었다.

"그럼 괵나라의 침략은 막을 도리가 없다는 거요?"
"싸움이 아닌 다른 방법을 써야 합니다."
"무슨 방법을 어떻게?"
"신이 들으니 괵나라 임금은 여자를 좋아한다 합니다. 나라안의 미녀를 구해 노래와 춤을 가르친 다음 화려한 옷차림과 수레로써 괵나라에 바치고 겸손한 말로 화친을 청하게 되면 기뻐 받을 것입니다. 그가 여색에 빠져 나랏일을 게을리 하고 어진 신하를 멀

리하게 되거든, 그때 견융 임금에게 뇌물을 주어 괵나라 국경을
침범하게 하는 겁니다. 그런 다음 시기를 틈타 꾀하면 괵나라를
손에 넣을 수 있습니다.”

미인계로 스스로 병들게 만들고 뇌물로 다른 나라를 부추겨 서로
맞붙여 싸우게 만든 다음, 비틀거리며 휘청대는 상대의 뒤통수를 쳐
서 힘들이지 않고 거꾸러뜨리는 외교전략을 말한 것이다.

순식의 이 전략은 그대로 추진되고 그 효과는 생각보다 더 일찍
나타났다. 미인계란 것을 말하고 진나라의 화친을 거절하라고 간한
주지교(舟之僑)는 쫓겨나 국경의 관문을 지키게 되고, 뇌물을 받은
견융 임금과의 이기고 지고 하는 계속된 싸움으로 괵나라는 휘청거
리기 시작했다.

“이제 괵나라를 칠 수 있겠소?”
하고 헌공이 묻자 순식은 또 이렇게 말했다.

“우나라와 괵나라 사이가 여전히 친밀한 상태이므로 쉽지 않을 것
같습니다. 신에게 한 꾀가 있사온데 임금께서 신의 꾀를 받아들이
시면, 오늘은 괵나라를 손에 넣고 내일은 우나라를 손에 넣을 수
있습니다.”
“경의 꾀란 어떤 것이오?”

“임금께서 후한 뇌물로 우나라의 길을 빌려 괵나라를 손에 넣는
방법입니다.”
“내가 괵나라에 먼저 화친을 청한 사람인데 이유 없이 괵나라를
치겠다면 우나라 임금이 나를 의심할 것 아니오?”
“임금께서 가만히 사람을 시켜 괵나라 국경에서 충돌사건을 일으
키면 그쪽에서 반드시 항의를 해올 것입니다. 그쪽에서 일을 먼저
일으키고 도리어 이쪽을 꾸짖는다는 명분으로 괵나라를 치겠다고
하면 되지 않겠습니까?”

이렇게 해서 진나라와 괵나라의 국경 충돌은 여러 차례 되풀이되었다. 그러나 괵나라 임금은 견융과의 싸움으로 시달리고 있는 중이었으므로 진나라와의 전쟁만은 피할 생각으로 아직 손을 쓰지 않고 있었다.

헌공은 또 순식에게 물었다.

"이제 괵나라를 칠 이름은 얻게 되었는데, 뇌물은 어떤 물건을 써야 좋겠소?"

"우나라 임금은 욕심이 많다고 들었습니다. 천하가 다 아는 큰 보물이 아니면 움직이지 않을 것입니다."

"그런 보물이라면?"

"두 가지가 있습니다. 다만 임금께서 버리려 하지 않으실까 두려울 뿐입니다."

"무엇인지 말해 보구려."

"수극(垂棘)의 구슬과 굴(屈)에서 난 네 마리 명마(名馬)입니다. 우나라 임금이 가장 갖고 싶어하는 것은 구슬과 말이라 합니다."

수극도 땅 이름이고, 굴도 땅 이름이다. 이 구슬과 말은 당시 널리 이름이 알려져 있는 보물이었다.

"다른 것이라면 모르되 그 두 가지만은 남에게 넘겨줄 수 없소. 다른 구슬과 말로 대신하면 되지 않겠소?"

"신은 임금께서 그렇게 말씀이 계실 줄 알고 있었습니다. 그러나 그것은 잠시 광에 넣어두고 먼 마구간에 매어 둔 거나 다를 것이 없습니다."

"다를 것이 없다?"

"나라가 내것이 되는데 구슬과 말이 어디로 가겠습니까?"

그러자 이극이 말했다.

"우나라에는 궁지기(宮之奇)와 백리해(百里奚) 두 어진 신하가 있습니다. 그들 둘이 우리의 계획을 눈치채고 못하게 말릴 것이 틀림없습니다."

그러나 순식은 우나라 임금이 신하들의 간하는 말을 듣지 않을 것까지 내다보고 있었다.

순식은 그 두 보물을 가지고 우나라로 향했다.

우나라 임금은 길을 빌려달라는 청을 하러 왔다는 말을 듣자, 성난 얼굴로 꾸짖어 보낼 작정으로 벼르고 있었다. 뒷집 물건을 훔치기 위해 앞집 대문을 열어 달라는 도둑처럼 생각되었던 것이다.

그러나 막상 가지고 온 물건이 유명한 구슬과 말이라는 것을 알자, 노여움이 기쁨으로 돌아서고 말았다.

손으로는 구슬을 어루만지고 눈으로는 말을 바라보며 물었다.

"이것은 귀국의 첫째 가는 보물로 천하에 보기드문 물건인데 어떻게 과인에게 주려는 거요?"

"우리 임금께서 임금의 어지심을 사모하고 우나라의 강함을 두려워 하는지라, 감히 그 보물을 사사로이 가지지 못하고 임금님의 환심을 얻고자 하기 때문입니다."

"하지만 뭔가 과인에게 하고 싶은 말이 있을 것 아니오?"

순식은 능숙한 말솜씨로 괵나라의 강폭함을 말하고, 우나라와 형제의 의를 맺어 그 강폭한 괵나라를 응징하고, 승리하고 돌아올 때는 괵나라에서 얻은 모든 것을 우나라에게 바치겠노라고 말했다.

우나라 임금은 크게 기뻐했다. 그러자 궁지기가 일어나 간했다.

"옛날에 입술이 없으면 이가 시리다고 했습니다. 진나라가 이웃 나라를 삼킨 것이 한두 번이 아닙니다. 그 진나라가 우나라와 괵나라만을 삼키려 하지 않은 것은 두 나라가 입술과 이의 관계를 이어오고 있은 때문입니다. 괵나라가 오늘 망하면 내일은 그 화가 우나라에 미치고 맙니다."

"진나라가 이런 보물을 아끼지 않고 과인과 친하게 지내려 하고 있는데, 과인이 잠시 가고 오는 동안의 길마저 아까워 한다면 사람의 도리라 말할 수 없지 않소? 또 진나라는 괵나라에 비해 열 배나 강한 나라이니 약한 괵나라를 잃고 강한 진나라를 얻는 것이 어찌 이롭지 않겠소? 그대는 내가 하는 일에 간섭하지 마오."

궁지기가 다시 간하려 하자 백리해가 그의 옷자락을 잡아당겼다.

밖으로 나온 궁지기는 백리해를 원망하듯 말했다.

"당신도 나를 도와 함께 간할 것으로 믿고 있었는데, 도리어 나를 간하지 못하게 말린 것은 어째서요?"

"어리석은 사람 앞에 좋은 말을 들려주는 것은 구슬을 길에 버리는 것과 같다 하였소. 옛날에 나라를 사랑하는 충신들이 임금의 손에 죽고 만 것은 간해도 듣지 않을 말을 거듭한 때문이었소. 당신 몸에 곧 위험이 닥칠 거요."

"그럼 우나라는 망하고 마오. 우리 함께 다른 나라로 달아납시다."

"당신 혼자 가시오. 나까지 함께 가면 당신 죄가 더 무거워지지 않겠소? 나는 뒤에 천천히 보아가며 결정하겠소."

궁지기는 가족들을 다 데리고 떠나버렸다.

순식의 보고를 들은 헌공은 직접 군사를 거느리고 괵나라를 치려 했다. 그러나 이극이 들어가 말했다.

"괵나라는 상대하기가 쉽습니다. 임금님께서 번거로운 걸음까지 하실 것은 없습니다."

"괵나라를 없애는 전략은 어떤 것이오?"

"괵나라는 상양(上陽)을 서울로 하고 있으나 드나드는 길은 하양(下陽)에 있습니다. 하양이 한번 무너지면 괵나라는 의지할곳을 잃게 됩니다. 신이 비록 재주 없지만 그 일을 해내겠습니다. 만일 공을 세우지 못하면 달게 죄를 받겠습니다."

헌공은 곧 이극을 대장에 임명하고 순식을 참모로 하여 병거 4백을 거느리고 괵나라를 치게 했다.

우나라에 먼저 군사가 이르게 되는 시기를 알렸다. 우나라 임금은 자기도 군사를 이끌고 돕겠다고 했다. 사탕을 먹여주는 유괴범을 좋은 아저씨로 생각하는 어린아이처럼 철이 없는 것이다.

순식은 이렇게 말했다.

"군사로 돕는 것이 하양의 관문을 주시는 것만 못합니다."

"괵나라가 지키는 관문을 내가 어떻게 드릴 수 있겠소?"

"괵나라는 지금 견융과 크게 싸움을 벌이고 있습니다. 임금께서 싸움을 돕기 위해 수레를 보내준다고 하면 저들이 기꺼이 받아들일 것입니다. 그 수레 속에 몰래 진나라 군사를 숨겨 함께 들여보내면 됩니다."

관문을 지키고 있던 주지교는 이 속임수에 걸려 관문을 열어주었다. 속은 줄을 알고 관문을 닫으려 했지만 이미 때는 늦었다.

괵나라 임금이 용서할 리가 없을 것 같아 주지교는 항복하고 만다.

견융과 싸우고 있던 괵나라 임금은 하양의 관문이 진나라 군사에게 점령된 것을 알자 급히 군사를 돌릴 수밖에 없었다. 견융이 그 뒤를 치는 바람에 크게 패하고 말았다.

겨우 수십 대의 수레를 이끌고 상양으로 돌아왔지만 진나라 군사의 포위에 견뎌날 길이 없었다. 넉 달을 버티다 밤에 몰래 가족들을 거느리고 주나라로 달아났다.

이극은 괵나라 궁안과 창고에 있는 보물들을 모조리 진나라로 옮겨오고, 그 가운데서 반 가까이를 우나라 임금에게 주었다. 그것이 마취약인 줄도 모르고 기뻐 삼키고 만다.

이극은 급히 사람을 시켜 임금에게 보고를 드리는 한편 자신은 병을 핑계로 우나라 성밖에 머물러 있었다. 우나라 임금은 약을 보내주기도 하고 문병을 하기도 하며 정성을 다했다.

그렇게 한 달이 지난 어느 날 갑자기 진나라 임금이 거느린 군사가 들밖에 와 있다는 보고가 들어왔다.

우나라 임금이 놀라 그 까닭을 묻자,

"혹시 싸움이 오래 계속되지나 않을까 해서 도우려 오신 겁니다."
라고 순식은 대답했다.

"그렇잖아도 만나고 싶었는데 직접 여기까지 오셨다니 다행한 일
이오."
하고 우나라 임금은 직접 들밖까지 나가 진헌공을 맞이했다.

헌공은 우공에게 함께 사냥을 나가자고 청했다. 우공은 진나라 사
람에게 자랑해 보이려고 성안에 있는 군사와 장비를 모조리 꺼내어
사냥길에 나섰다.

사냥을 하고 있는데 성안에서 불길이 치솟았다. 이미 성을 점령했
다는 신호를 보낸 것이다.

불을 끄겠다며 급히 군사를 거느리고 돌아오자 성문은 굳게 닫혀
있고 성루에서 위풍이 늠름한 장군이 굽어보며 말했다.

"앞서는 길을 빌려 주셨는데 이번에는 나라까지 주시니 은혜에 감
사합니다."

성난 우공이 성문을 깨고 들어가려 하자 성위에서 화살이 비오듯
했다.

뒤로 물러나 뒤에 오는 군사를 기다렸으나 이미 진나라 군사에 의
해 길이 끊어져 모두 항복하고 말았다는 소식만이 들려왔다.

독안에 든 쥐처럼 된 우공은 궁지기의 간하는 말을 듣지 않은 것
을 이제야 후회하며 탄식했다. 그리고 옆에 있는 백리해를 보고 말
했다.

"왜 그때 경은 함께 말해 주지 않았소?"

"그때 간했으면 지금 이렇게 임금을 모실 수 있겠습니까? 바로
오늘 이렇게 임금을 모시기 위해 말하지 않았던 것입니다."

공자는 〈논어〉에서 이런 말을 했다.

"군자는 자신에게서 찾고, 소인은 남에게서 찾는다."

우공은 자신이 불행해진 원인을 말하지 않은 백리해에게서 찾으려 한 것이다.

결국 우공은 주지교의 권고로 진나라에 항복을 하고 만다.

헌공은 그를 죽이려 했다. 그러나 순식은,

"멍청한 어린아이와 다름없는 그가 무슨 일을 꾸밀 수 있겠습니까?"

하고 피난살이하는 이웃나라 임금으로 대우할 것을 권했다.

헌공은 우공에게 다른 구슬과 말을 대신 주며,

"길을 빌려 주신 은혜를 나는 잊을 수 없습니다."

라고 말했다.

백리해는 우공을 따라 함께 지냈다. 진나라에 항복한 주지교는 대부 벼슬에 올랐다. 주지교가 백리해를 헌공에게 천거하자, 헌공은 주지교를 시켜 백리해의 마음을 떠보게 했다.

그러나 백리해는,

"옛 임금이 세상을 뜬 다음에나 생각해 보겠소."

하고 거절했다. 그리고 혼자 한숨을 내쉬며 말했다.

"어진 사람은 내 나라를 버려도 원수의 나라로는 가지 않는다 했는데, 더구나 벼슬을 할 수 있겠는가?"

돌아서서 나오던 주지교가 이 말을 듣고 말았다. 그는 원수의 나라에 항복한 자신의 모자람에 대한 부끄러움을 떨쳐버릴 수 없었다. 그 부끄러움은 백리해에 대한 열등감을 불러일으키게 되었고, 그 열등감은 백리해에 대한 반발과 증오심으로 변해 갔다. 그리하여 주지교는 그런 감정을 씻어내는 한 방법으로 백리해를 멀리 다른 나라로 떠나 보내게 만들었다.

맹자는 위대한 일을 할 사람에겐 하늘이 먼저 육체적 고통과 정신적 고민으로 참고 견디는 힘을 길러준다고 하고, 그 보기로써 역대의 위인들의 이름을 들고 있다. 그 가운데 있는 한 사람이 백리해다.

백리해는 과연 어떤 사람이며, 어떤 고생과 마음의 아픔을 겪었으며, 어떤 큰일을 이룩했는지 알아 보기로 하자.

백리해는 성이 백리고, 이름이 해다. 자는 정백(井伯)이라고 했다.

가난한 집에 태어나서 나이 서른이 넘어서야 두씨(杜氏)의 딸과 혼인해서 아들을 하나 낳았다. 이름을 시(視)라 했다.

백리해는 나라를 다스리고 천하를 바로잡을 지혜와 재주를 가지고 있었지만, 조국인 우나라에서는 그를 알아줄 사람도 없거니와 믿을 만한 친구도 없었다. 가난하고 외로운 집에 태어나 스승도 친구도 없이 혼자 공부하고 재주를 익혔기 때문이다.

뜻이 높고 바람이 큰 그는 멀리 다른 나라로 가서 길을 찾고 싶었다. 그러나 아내와 자식을 버리고 차마 떠날 수가 없어 고민하며 망설이고 지냈다.

그에 못지 않게 마음이 어질고 재주가 뛰어났던 아내 두씨가 남편의 그같은 속마음과 눈치를 모를 리 없었다.

"장부는 뜻이 사방에 있다고 들었습니다. 당신은 나이 마흔이 되도록 나가 벼슬할 생각은 하지 않고 밤낮 처자만 지키고 앉아 고생만 하실 겁니까?"

하고 두씨는 남편을 부추기며 원망하듯 말했다. 눈물을 머금은 차분한 목소리였다.

백리해는 아내의 격려로 마침내 집떠날 결심을 한다.

두씨는 떠나는 남편을 위해 하나밖에 없는 씨암탉을 잡았다. 땔감이 모자라 부엌문의 빗장을 뽑아 부엌칼로 쪼개어 장작 대신 불을 지폈다. 씨앗으로 쓰려고 이삭째 잘라 매달아 두었던 조를 찧어 밥을 했다. 남편이 떠나는 마당에 아낄 것도 없고 아까울 것도 없었을 것이다.

모처럼 맛있게 배불리 먹은 백리해는 무거운 발길로 사립문을 나섰다. 두씨는 아기를 안은 채 한쪽 손으로 남편의 소매를 잡아당기고 울며 말했다.

"뜻을 이루는 날 부디 잊지 마옵소서."

백리해는 대답 대신 눈물을 글썽여 보였다.

백리해는 제나라로 갔다. 양공이 문강과 임금답지 못한 짓만 하고 있을 당시였으니 나라안이 편할 리가 없었다. 아는 사람도 없거니와 찾아가 이야기를 나눌 만한 사람마저 찾을 수 없었다.

노비 없이 떠난 백리해는 옷마저 더러워져 있었으므로 지나는 나그네 행세도 할 수 없었다. 거지가 되어 이집 저집 대문앞을 찾아다니며, 한 술 두 술 얻어먹는 도리밖에 없었다. 이때 백리해의 나이 마흔이었다.

제나라 이곳 저곳을 정처없이 떠다니던 백리해는 질(銍)이란 구석진 고을로 들어와 여전히 남의 집 사립문을 기웃거렸다.

여기서 백리해는 건숙(蹇叔)이란 사람을 만난다. 건숙은 사립문 앞에 서 있는 백리해를 보자,

"당신은 밥을 빌어먹을 사람이 아니오."

하고 성과 이름을 물은 다음 안으로 맞아 들여 음식을 대접하며 세상 일을 함께 이야기해 보았다.

"당신 같은 재주로 고생이 여기에 이르렀으니 어찌 운명이 아니겠소?"

하고는 집에 머물러 있게 하고 결의형제를 맺게 된다. 건숙이 한 살 위였으므로 형이 되었다.

건숙의 집 또한 가난했으므로 목장을 가진 사람의 집에서 소를 돌보아주며 먹는 비용을 보태주어야만 했다. 이때 익힌 소치는 지식과 기술이 백리해의 삶의 한 방편으로 운명지어지게 된다.

때마침 공자 무지가 양공을 죽이고 임금이 되어 널리 숨은 인재를 찾는다는 방이 곳곳에 나붙었다.

백리해로서는 더없이 반가운 소식이었다. 그러나 건숙이 말리는 바람에 나가지 않았다. 머지 않아 무지도 죽게 될 거라고 건숙은 내다본 것이다.

그뒤 주나라 왕자 퇴(頹)가 소를 좋아해서 그의 소를 기르는 사람에게 후한 녹을 주고 있다는 소문이 들려오자, 백리해는 주나라로 떠났다.

그러나 떠날 때 백리해에게 처신을 신중히 하라고 부탁한 건숙이 주나라로 찾아와 백리해와 함께 왕자 퇴를 만나보고 나와서 이렇게 충고했다. 이때 백리해는 이미 왕자 퇴의 심복 가신이 되어 있은 것이다.

"퇴는 뜻만 크고 재주는 모자란 사람이야. 그리고 주변에 있는 사람은 그의 뜻만 받드는 아첨하는 사람들 뿐이므로 반드시 분에 넘치는 일을 꾀하다 패할 것이 뻔해. 떠나가는 것이 좋겠어."

건숙의 말대로 왕자 퇴는 반역을 꾀하다 죽고만다.

건숙은 사람을 보는 눈이 높았던 것이다. 백리해는 이제 부귀에 대한 바람보다 고향으로 돌아가 처자와 함께 지내고 싶은 마음이 보다 간절했다.

건숙은 고국으로 돌아가고 싶다는 백리해의 말에 우나라에 벼슬하고 있는 그의 친구 궁지기를 찾아가 부탁하겠다며, 백리해와 함께 우나라로 향했다.

백리해의 아내 두씨는 살길을 찾아 다른 곳으로 떠나고 없었다. 짐작은 하고 있었지만 백리해는 아픈 마음을 달랠 길이 없었다.

건숙은 함께 궁지기를 찾아가 백리해를 부탁했다. 궁지기는 백리해를 우나라 임금에게 천거하고 임금은 곧 백리해에게 대부의 벼슬을 내렸다.

우나라 임금을 만나보고 나온 건숙은 백리해에게 또 이런 부탁을 했다.

"우나라 임금은 보는 것이 작고 자기 마음대로만 행동하는 사람이야. 바른 일을 함께 할 임금은 못되는 것 같애"

"이 아우는 이제 뭍에 나온 물고기나 다를 바가 없습니다. 한 잔의 물이라도 얻어 목을 적실 수밖에 없습니다."

"가난을 면하기 위해 벼슬을 하는 것까지 말릴 수야 없는 일이지. 나는 머지않아 송나라 명록(鳴鹿)이란 마을로 옮겨 그곳에서 살게 될 걸세. 뒷날 나를 찾으려거든 그리로 오게나."

이렇게 해서 우나라에 벼슬하고 있던 백리해는 나라를 잃은 임금을 따라 진나라로 와 외로운 나날을 보내게 된 것이다.

불행한 임금을 버리고 원수의 나라에 벼슬할 수 없다는 백리해의 굳은 뜻에 열등감을 품고 있던 주지교는 백리해를 멀리 떠나보낼 궁리를 하고 있었다.

마침 그런 참에 진헌공의 딸 목희(穆姬)가 진목공(秦穆公)에게로 시집을 가게 되었다. 궁궐에서 딸이 시집을 가면 그 딸을 시중드는 신하를 딸려보내게 되어 있었다. 이때 따라가는 시녀를 잉첩(媵妾)이라 부르고, 따라가는 시종을 잉신(媵臣)이라 불렀다.

진헌공이 군신들을 보고 누구를 잉신으로 보내는 것이 좋겠느냐고 묻자, 주지교가 백리해를 말한 것이다.

"백리해가 진나라에 벼슬하기를 바라지 않으니 그의 마음을 헤아릴 수 없습니다. 멀리 떠나보내는 것만 못하니 그를 잉신으로 보내는 것이 좋을 것 같습니다."

이리하여 백리해는 목희의 잉신으로 뽑히어 우나라 임금과 헤어져야만 했다.

백리해는 뜻도 펼 수 없고 지조도 지키지 못한 채 종이나 다름없는 잉신이 되어 남의 나라로 끌려가야만 하는 자기 신세가 너무도 비참하게 여겨졌다.

백리해는 도중에 도망쳐 건숙을 찾아   송나라로 갈 결심을 하게 되었다. 그러나 이때 송나라에는 국경의 충돌사건이 있어 길이 막힌 상태였다.

송나라로 가던 백리해는 돌아갈 생각으로 발길을 초나라로 돌렸다. 그러나 초나라 국경을 넘어 완성(宛城)이란 곳에 이르렀을 때 사냥나온 사냥꾼에게 붙잡히고 말았다. 간첩으로 보았던 것이다.

간첩이 아님이 밝혀지자 무슨 일을 잘하느냐고 물었다. 소를 잘 기른다고 하자 마침 그 사냥꾼은 나라의 큰 목장을 맡고 있었으므로, 백리해를 목장일을 하도록 해 주었다.

소는 점차 살이 찌기 시작했다. 곧 이 소식은 초나라 임금의 귀에까지 들어갔다. 초왕은 백리해를 불러 물었다.

"소를 기르는 데도 무슨 특별한 진리 같은 것이 있는가?"

"그 먹이를 때에 맞게 하고, 그 힘을 아끼며, 소와 더불어 마음이 하나가 되는 것입니다."

"참으로 이치가 있는 말이로군. 그것이 어찌 소뿐이겠는가? 말에게도 통하는 이치가 아니겠는가?"

하고 백리해를 어인이라는 말먹이는 소임을 주어 동해 목장에서 말을 기르게 했다. 그 이치가 사람에게도 통하는 것인 만큼 재상에 임명했으면 더욱 좋았을 터인데 초왕에겐 그런 눈도 생각도 없었던 것이다.

한편 진목공은 진나라 잉신에 백리해란 이름만이 적혀 있을 뿐 사람이 보이지 않자, 혼인 일을 맡아 갔다 온 공자 집(縶)에게 그 까닭을 물었다. 공자집이,

"백리해는 우나라 신하입니다. 오다가 도중에 달아나고 말았습니다."

하고 대답하자, 목공은 공손지(公孫枝)에게 물었다. 공손지는 진

(晉)나라 사람으로 공자집이 돌아오던 길에 밭을 갈고있던 그를 데
리고 와 대부벼슬에 오르게 한 사람이었다.

“경은 진나라에 있었으니 백리해가 어떤 사람인지 대강은 알고 있
겠지? 그가 어떤 사람이오?”

“그는 어진 사람입니다. 간해도 듣지 않을 것을 알고 간하지 않았
으니 그것은 곧 지혜요, 임금을 따라와 진나라에서 주는 벼슬도
마다했으니 이는 곧 충성입니다. 뿐만 아니라 그는 세상을 바로잡
을 재주를 가지고 있습니다. 다만 때를 만나지 못했을 뿐입니다.”

목공은 큰 뜻을 지닌 임금이었으므로 공손지의 그같은 말에 마음
이 부풀어 올랐다. 다시 공손지에게 물었다.

“과인이 어떻게 하면 백리해를 찾아 내어 쓸 수 있겠소?”

“백리해의 처자가 초나라에 있다는 말을 들었습니다. 초나라로 사
람을 보내 찾아보시지요.”

초나라로 보낸 사람이 백리해의 소식을 알아 오자, 목공은 초나라
임금에게 후한 폐백을 보내 백리해를 보내 주도록 청하는 것이 어떻
겠느냐고 물었다.

“그러면 백리해는 오지 못합니다.”

하고 공손지는 대답했다.

“어째서요?”

“초나라가 백리해로 말을 기르게 한 것은 그의 어짐을 알지 못하
기 때문입니다. 후한 폐백으로 그를 청하면 이는 그의 어짐을 알
려주는 것이 됩니다. 그러면 초나라가 스스로 쓰고 싶을 것이니
기꺼이 응할 리가 없지 않습니까?”

“그럼 어떤 방법을 써야겠소?”

“잉신으로 달아난 죄를 다스리겠다 하고 작은 몸값만을 주고 데려
오는 것이 좋습니다.”

이리하여 목공은 사람을 시켜 검은 암염소 가죽 다섯 장을 초나라

임금에게 올리고,

　"우리나라의 천한 소임을 가진 백리해란 사람이 달아나 귀국에 가 있습니다. 과인이 그를 데려와 죄를 주어 달아나는 사람의 징계로 삼고자, 염소가죽 다섯 장을 몸값으로 보내 드리오니 돌려 보내 주시기 바랍니다."

하는 말을 전하게 했다.

　초왕은 진나라의 환심을 잃고 싶지 않아 사람을 시켜 백리해를 함거에 가두어 진나라 사신에게 넘겨 주게 했다.

　백리해가 떠나려 하자 함께 지내던 사람들이 백리해를 붙잡고 울었다. 정이 깊이 든 그들은 백리해가 잡혀 죽을 것으로 안 것이다.

　"울지 마오. 천한 잉신을 초나라까지 와서 데려가는 것은 나를 크게 쓰고 싶어서일 거요. 이번에 가면 부귀를 누리게 될 거요."

하고 백리해는 함거로 올라갔다.

　백리해가 진나라 국경에 이르자, 목공은 공손지를 시켜 멀리 나가 맞도록 했다.

　기대에 부풀어 있던 목공은 이미 늙어버린 백리해를 대하는 순간 실망이 앞섰다.

　"올해 나이가 몇이시오?"

　"이제 겨우 일흔살이옵니다."

　"아깝도다. 너무 늙었구려!"

하고 목공은 실망의 한숨을 내쉬었다. 그러자 백리해는 힘찬 목소리로 이렇게 대답했다.

　"저로 하여금 나는 새를 쫓고 사나운 짐승을 잡게 하신다면 신은 이미 늙었습니다. 그러나 만일 신으로 하여금 앉아 나랏일을 꾀하게 하신다면 신은 아직 젊습니다. 옛날 강태공은 나이 여든에 문왕을 만나 마침내는 주나라의 통일천하를 이룩했습니다. 신이 오늘 임금을 만나뵈온 것은 강태공에 비하면 십년이나 이른 셈입니다.”

목공은 그 말이 마음에 들었다. 보기보다 패기와 의욕이 넘치는 것 같았다. 얼굴빛을 고치고 물었다.

“우리 진나라는 오랑캐와 이웃하고 있어 중국의 모임에도 참여하지 못하고 있소. 우리나라로 하여금 중국에 뒤지지 않도록 하는 방법을 가르쳐 주시기 바라오.”

“임금께서 신을 망한 나라의 포로로 생각지 않으시고 텅빈 마음으로 물으시니, 신이 어찌 생각하는 바를 다 말씀드리지 않을 수 있겠습니까?

진나라 땅은 주나라 문왕 무왕이 통일 천하의 터전을 다지고 힘을 길렀던 곳입니다. 산은 개 엄니처럼 생기고, 들은 긴 뱀의 모양을 하고 있습니다. 주나라가 이곳을 지키지 못하고 진나라에 넘겨준 것은 바로 하늘이 진나라의 앞날을 열어 주신 것입니다.

오랑캐와 이웃하고 있으면 군사는 강해지게 되고, 모임에 참여하지 않으면 힘이 쌓이게 됩니다. 지금 서쪽의 오랑캐 나라는 그 수가 수십에 이릅니다. 그 땅을 차지하면 농사를 지을 수 있고, 그 백성을 가지면 싸움에 쓸 수 있습니다. 이것은 중국의 제후들이 진나라와 겨룰 수 없는 하늘이 준 은혜라 말할 수 있습니다.

임금께서 덕으로 그들을 어루만지고 힘으로 이를 무찔러 서쪽을 완전히 손에 넣으신 다음, 산과 내의 험한 것을 옆에 끼고 중국의 틈을 기다렸다가 나아가면 지혜와 위엄이 임금의 손에 쥐어지게 되므로, 패천하의 공을 이룩하게 되옵니다.”

진목공은 막혔던 가슴이 활짝 열리는 것만 같아 자기도 모르게 자리에서 벌떡 일어서서,

“내가 정백(백리해의 자)을 얻은 것은 제나라가 중부를 얻은 것과 같소.”

하고 다시 앉았다.

이렇게 해서 사흘에 걸쳐 이야기를 주고 받았으나 어느 것 하나 마음에 들지 않는 것이 없었다.

목공은 곧 백리해에게 상경의 벼슬을 내리고 나랏일을 맡게 했다.

진나라 사람들은 암염소 가죽 다섯 장을 주고 데려왔다 하여 오고 대부(五羖大夫)라 불렀다. 또 목공이 소를 기르는 백리해를 목장에서 데려왔다 하여,

"목공이 백리해를 소 입 아래에서 재상으로 들어 썼다."

하는 전설이 남게 되었다. 〈맹자〉에도 그런 말이 실려 있다.

그러나 백리해는 주는 벼슬을 사양하고 대신 건숙을 천거했다.

"신의 재주는 신의 친구인 건숙의 재주에 반도 미치지 못합니다. 임금께서 나라를 다스리시려면 건숙을 불러 쓰십시오. 신은 그를 돕겠습니다."

그리고 건숙의 뛰어난 지혜와 재주를 겪은 사실 그대로 이야기해 들려 주었다.

이리하여 공자 집이 장사꾼 차림으로 송나라로 들어가 건숙에게 백리해의 편지를 전하고, 건숙과 그 아들까지 함께 데려오게 된다.

건숙의 아들은 이름이 병(丙)이었고, 자가 백을(伯乙)이었으므로 백을병으로 불린다. 백리해의 아들 시는 자가 맹명(孟明)이었으므로 맹명시로 불렸다. 이들 두 사람은 서걸술(西乞術)이란 사람과 함께 삼수(三帥)로 불리며 진나라 군권을 잡게 된다.

건숙은 벼슬에는 별로 뜻이 없는 사람이었다. 그러나 건숙이 오지 않으면 자기도 벼슬에 오르지 않겠다는 백리해의 뜻에 따라, 백리해의 원을 풀어주기 위해 공자집을 따라오게 되었다.

목공은 건숙을 뜰로 내려와 맞아들인 다음 물었다.

"선생은 무엇으로 과인을 가르쳐 주시겠습니까?"

"진나라는 구석진 서쪽땅에 오랑캐와 이웃하고 있으므로 땅은 험하고 군사는 강합니다. 나아가면 넉넉히 싸울 수 있고 물러나면

쉽게 지킬 수 있습니다. 그런데도 중국과 어깨를 나란히 할 수 없는 것은 위엄과 덕이 미치지 못하기 때문입니다. 위엄이 아니면 남을 두렵게 할 수 없고, 덕이 아니면 남의 존경을 받을 수 없습니다. 두려움과 존경이 없이는 패업을 이룰 수 없습니다.”
“위엄과 덕은 어느 것이 먼저입니까?”
“덕이 근본이 되고, 위엄은 이를 돕는 것입니다. 덕만이 있고 위엄이 따르지 못하면 그 나라는 밖으로 약해지게 되고, 위엄만이 있고 덕이 없으면 그 백성이 안으로 무너지게 됩니다.”
“과인이 덕을 펴고 위엄을 세우려면 어떻게 해야 합니까?”
“진나라는 오랑캐의 풍속을 함께 가지고 있습니다. 그로 인해 백성들이 올바른 예절과 가르침을 아는 사람이 적습니다. 예절을 알지 못하는 백성에게는 덕과 위엄이 더해지기 어렵습니다. 바라옵건대 임금께선 교화를 먼저하고, 형벌을 뒤에 하옵소서. 교화가 이미 행해지면 백성은 위에 있는 사람을 존경하게 됩니다. 그런 다음에 은혜를 베풀면 백성들은 그 은혜에 감복하고 형벌을 더하면 두려움을 알게 됩니다. 이렇게 해서 위와 아래가 손발과 귀와 눈이 서로 위하듯 하나가 되어야만 천하를 호령할 수 있습니다.”
“선생이 말한 그대로만 하면 패천하를 하게 됩니까?”
“아닙니다. 패천하를 하는 사람은 세 가지 경계를 지켜야 합니다. 탐내지 말아야 하며, 성내지 말아야 하며, 서두르지 말아야 합니다. 탐내면 실수가 많고 성내면 어려움이 많고 서두르면 넘어지는 일이 많습니다. 크고 작은 것을 살펴 일을 꾀하는데 탐낼 것이 무엇 있겠으며, 그쪽과 이쪽을 저울질하여 이를 행동에 옮기는데 성낼 일이 무엇 있겠으며, 앞과 뒤를 헤아려서 하는데 서두를 것이 무엇 있겠습니까? 임금께서 이 세 가지 경계를 지키시면 패천하에 가까워질 수 있습니다.”
“참으로 거룩한 말씀입니다. 바라건대 지금 과인이 먼저 해야 할 일과 뒤에 해야 할 일을 말해 주십시오.”

“진나라가 서쪽 오랑캐를 이웃하고 있는 것은 복이 될 수도 있고, 화가 될 수도 있는 중요한 바탕이 됩니다. 지금 제나라 임금은 나이 이미 늙어 패업이 곧 시들게 되어 있습니다. 임금께서 나라 안 백성들을 어루만져 힘을 모아 여러 오랑캐들을 불러 모으고, 복종하지 않는 자를 쳐서 모든 오랑캐들로 하여금 진나라에 따르게 만든 다음, 중원의 변화를 틈타 제나라가 버린 것을 주워 덕과 위엄을 펴게 되면 패천하를 원치 않는다 해도 사양할 길이 없을 것입니다.”

목공은 기쁨을 감추지 못했다.

“과인이 두 노인을 얻게 된 것은 바로 모든 백성들의 어른을 얻게 된 것입니다.”

하고 건숙을 우서장(右庶長), 백리해를 좌서장(左庶長)에 임명하고 두 재상(二相)이라 불렀다. 건숙의 아들 백을병도 대부에 임명했다.

두 재상이 나랏일을 맡아 법을 바로 세우고 백성을 가르치는 한편, 백성들의 이로운 일을 일으키고 해되는 일을 제거하여 진나라가 크게 다스려졌다.

한편 백리해의 아내 두씨는 남편을 떠나보낸 뒤로 길쌈으로 겨우 끼니를 이어가던 중, 잇따른 흉년에 그것마저 어렵게 되자 어린 아들을 데리고 살길을 찾아 이곳 저곳으로 떠돌아다니기 시작했다.

고향을 떠나온 길에 남편의 소식을 들을까 하고 이 나라 저 나라를 두루 돌아다닌 것이다. 남편이 큰뜻을 펴기 위해 큰나라로 갔을 것으로 알고 진(晉)나라·제나라·초나라까지 가 보았으나 소식은 들을 수 없었다.

그래서 마지막으로 진(秦)나라로 찾아오게 되었다. 아들 시는 이미 장성하여 타고난 힘과 배운 무술로 고을 사람들과 어울려 사냥을 다니기도 하고, 씨름판을 돌아다니기도 했다. 어머니 두씨는 자주 타일렀으나 듣지 않았다.

　두씨는 이제 늙어 힘도 부치었으므로, 남의 집에 들어가 빨래나 해주며 밥을 얻어먹고 있었다.

　그러던 어느 날 뜻밖에도 백리해가 진나라 재상이 되었다는 소식을 듣게 되었다. 그러나 그 백리해가 남편일 거라는 확신을 가질 수는 없었다.

　행차길 옆에 서서 바라보았으나 이미 30년이 훨씬 지났으니 멀리서는 확인할 길이 없었다.

　그러던 참에 재상 관저에서 빨래하는 여자를 구한다는 소식을 들었다. 두씨는 찾아가 빨래를 하게 되었다.

　자연 백리해를 가까이서 바라볼 기회를 자주 얻게 되었다. 마침내 틀림없는 남편이란 확신을 갖게 되었다.

　그러나 교양 있는 두씨로서는 차마 내가 재상의 아내요 하고 밝히기도 어려운 일이었으며, 여보! 나요! 하고 와락 달려들 수는 더욱 없는 일이었다.

　이 당시는 음악이 널리 보급되어 있었으므로 양가집 부녀자들은 노래와 악기를 자주 대할 수 있었다. 두씨는 음악의 천재로 노래도 잘 부르고 거문고 솜씨도 뛰어났다. 멋과 교양을 아울러 지닌 어진 아내요, 착한 어머니였던 셈이다.

　두씨는 생각이 깊었다. 남편의 생일이 멀지 않았으므로 그 생일이 돌아오기를 기다렸다. 얼굴도 비슷하고, 이름도 같고, 생일도 같은 사람이 둘이 있을 리는 만무하기 때문이다.

　마침내 그날이 왔다. 재상의 생일이었으므로 백리해는 손님들과 대청 위에 앉아 있고, 악공들은 회랑 아래에서 춤과 노래와 악기로 솜씨를 겨루었다.

　두씨는 비록 빨래를 해주고 있을 망정 일보는 사람들의 존경과 친절을 받고 있었다. 두씨는 일보는 사람에게 청을 넣었다.

"이 늙은 것도 음률을 조금은 알고 있으니 회랑으로 가서 한번 들어보고 싶습니다."

일보는 사람이 두씨를 데리고 회랑 아래로 가 악공에게 말했다.

"이 할머니가 음률에 능한 모양이니 한번 시험해 보구려."

그러자 악공은 무엇에 능하냐고 물었다.

"거문고도 탈 줄 알고, 노래도 할 줄 압니다."

악공은 거문고를 주며 타라 했다.

두씨의 손끝에서 울려 나오는 소리와 가락은 너무도 애절했다. 원망과 슬픔이 듣는 사람의 가슴을 뭉클하게 하고도 남았다.

귀를 기울인 채 듣고 있던 악공들은 자기들도 미칠 수 없다며, 다시 노래를 부르라고 했다. 두씨는 이렇게 대답했다.

"수십 년 떠돌아다니며 이곳에 이르기까지 소리내어 노래를 불러 본 일이 없습니다. 바라건대 대감께 말씀드려 대청으로 올라가 그 앞에서 노래를 부르게 해 주십시오."

이리하여 두씨는 대청 왼쪽편에 서서 노래를 부르게 되었다. 이 노래는 너무도 유명하다. 옮기면 다음과 같은 내용이다.

염소가죽 다섯 장에
풀려나온 백리해야 !
떠날 때 씨암탉 잡고
빗장 뽑아 불을 피워
누른 부추 양념하여
차조밥 먹여 보냈더니
부귀한 오늘에는
나를 영영 잊단 말가 ?

염소가죽 다섯 장에

풀려나온 백리해야!
아비는 연한 고기
자식은 주려 울고
지아비는 비단옷에
지어미는 빨래로세.
야속할손 부귀로다
영영 나를 잊단 말가?

염소가죽 다섯 장에
풀려나온 백리해야!
그 옛날 떠날 적엔
임은 가고 나는 울고
즐거운 오늘에는
임은 앉고 나는 섰네.
야속할손 부귀로다.
나를 영영 잊단 말가?

　백리해는 노래를 듣고 깜짝 놀라 앞으로 오게 하여 이것 저것 물어본 뒤에야 아내가 틀림없다는 것을 알았다. 세월이란 이렇게 무정한 것이다.

　마침내 마주 부둥켜 안고 목놓아 슬피 울었다. 얼마 뒤에야 백리해는 아들 소식을 물었다.

　이리하여 부부와 부자가 다시 모이게 되었다.

　목공은 이 소식을 듣고 조 천 섬과 비단 한 수레를 보냈다.

　백리해가 다음날 아들 맹명시와 함께 목공을 뵙고 은혜에 감사하자, 목공은 맹명시를 대부에 임명했다.

　이리하여 맹명시는 앞서 공손지가 천거한 서걸술과 건숙의 아들

백을병과 함께 삼수(三帥)란 이름으로 3군 사령관이 되어 함께 진나라의 군권을 잡게 된다.

이들 세 사람에 의해 이웃한 진나라를 꺾어 누르고, 진목공은 패자가 되는 것이다.

배은망덕(背恩忘德)

^타他^산山^지之^석石 ^가可^이以^공攻^옥玉.
"타산의 돌로 구슬을 갈 수 있다."

　노희공 9년 겨울에 이극이 그 임금 해제를 죽였다고 한 내용에 대해서는 앞에서 이미 말한 바 있다.

　또 10년 봄에는 이극이 그 임금 탁과 대부 순식을 죽였다고 쓰여 있다. 이것도 이미 말했다.

　그런데 이해 여름에는 진나라가 그 이극을 죽였다고 나와 있다. 이극이 죽은 것은 파벌싸움과 세력다툼 때문이었다. 그 내용을 알아보기로 하자.

　이극이 해제와 탁자를 죽인 것은 밖에 피해 있는 공자 중이를 임금으로 맞아들이기 위해서였다. 그런데 공자 중이가 이를 거절했기 때문에 하는 수 없이 공자 이오를 임금으로 맞아들이게 되었다. 이가 혜공(惠公)이다.

　중이가 임금의 자리를 사양한 것은 이오의 일당이 언제 무슨 음모를 꾸밀지 모른다는 조심성 때문이었다. 그러나 이 사양으로 인해 나라안에 있던 중이편 신하들이 떼죽음을 당하게 되고, 백성들은 시달리게 되며, 중이는 12년 동안 온갖 위험과 고생을 겪게 된다.

그래서 뒤 역사가들은 신중한 것도 좋지만 기회를 놓치고, 많은 동지를 희생시켰으며, 나라를 혼란속에 빠뜨린 그의 용단없는 처사를 잘못으로 평하고 있다.

이극은 중이를 맞아들이기 위해 연명추대서를 만들기로 했다. 이때 비정보는 원로대신 호돌을 첫머리에 올려야 한다고 했다. 그런데 호돌이 이를 거절했다. 자기 두 아들 호모(狐毛)와 호언(狐偃)이 중이를 따라 함께 밖에 나가 있기 때문에 그렇게 되면 늙은 자신이 두 어린 임금을 죽이는 일에 관계한 것처럼 보이기 때문에 싫다는 것이었다.

사실은 이오의 일당이 무슨 짓을 할지 모른다는 두려움 때문이었다. 이 연명추대서에 호돌의 이름이 실려 있지 않고, 이극이 첫머리에 있는 것을 보자 중이와 호돌의 두 아들은 마음이 내키지 않았다.

"선군의 장례에도 가지 못한 도망나온 사람이 어찌 들어가 임금의 자리에 오를 수 있겠소?"
하고 거절하고 말았던 것이다.

심부름 갔던 도안이가 돌아와 보고를 하자 이극은 다시 또 사람을 보내려 했다.

이때 이오의 편인 양유미(梁繇系靡)가 이오를 맞아오자고 했다. 이극은,

"이오는 욕심이 많고 잔인하고 신의가 없는 사람이오. 중이를 기어코 모셔와야 하오."
하고 우겼다.

"하지만 싫다는 사람을 어찌겠소? 이오가 다른 공자보다는 그래도 낫지 않소?"

하는 양유미의 말에 도안이는 다시 가도 중이가 오지 않는다고 거
들었다.

이리하여 양유미와 도안이를 이오가 망명해 있는 양나라로 보냈
다.

이오는 양나라 임금의 딸에게 장가들어 어(圉)라는 아들까지 낳고
편안히 지내고 있었다. 그런데 돌아가 임금이 되고 싶은 욕심에 나
라안의 무슨 변이 일어나기만을 고대하고 있었다.

헌공이 죽었다는 말을 듣자 심복인 여이생(呂飴甥)을 시켜 먼저
있던 굴성을 습격해 점령하게 했다. 순식은 아직 거기까지 손쓸 겨
를이 없어 내버려 두고 있었다.

여이생은 해제와 탁자가 죽고 중이를 임금으로 맞아들이려 한다는
소식을 편지로 이오에게 알렸다.

이에 놀란 이오는 곽야(虢射)와 극예(郤芮) 두 심복과 상의하여
중이와 맞서 임금자리를 놓고 다툴 궁리를 하고 있었다. 제나라 무
지가 죽었을 때 공자 소백이 규에 앞질러 들어가듯 하려고 한 것이
다.

그러던 참에 뜻밖에 양유미가 맞으러 오자,

"하늘이 중이로부터 나라를 앗아 나를 주었다."
하며 기쁨을 감추지 못했다. 그러자 극예는 이렇게 말했다.

"중이가 나라가 싫어서 거절한 것이 아닙니다. 무언가 꿍꿍이속이
있어 다음 기회를 노리는 것이 틀림없습니다. 지금 나라안의 모든
권한은 이극과 비정보 두 사람의 손에 쥐어져 있습니다. 먼저 그
두 사람에게 후한 뇌물을 약속하여 낚시를 물려 두어야만 합니다.
그렇다 해도 위험을 염려하지 않을 수 없습니다. 호랑이 굴로 들
어가는 사람은 반드시 무기를 지녀야 합니다. 강한 나라의 힘을
빌리지 않으면 마음을 놓을 수 없습니다. 이웃 진나라의 도움을
받도록 하십시오. 진나라의 도움만 있으면 안심하고 들어갈 수 있

습니다.”

이리하여 이오는 이극에게 분양(紛陽) 밭 백만을 주기로 약속하고 비정보에게는 부규(負葵) 밭 70만을 주기로 약속한 다음 양유미를 진나라로 보내 도움을 청하게 했다.

진목공은 공자집을 보내 중이와 이오 중 어느 쪽이 더 어진지를 알아 보고, 어진 쪽을 도와 임금이 되도록 해 주기로 했다. 그것은 건숙의 의견이었다.

중이는 공자집에게도 같은 이유로 임금되기를 사양했다. 그러나 이오는 극예의 의견에 따라 임금이 되는 날 은혜에 대한 보답으로 황하 바깥쪽 다섯 성을 바치겠다는 서약서까지 만들어 사양하는 공자집에게 억지로 맡기다시피 했다.

공자집의 보고를 들은 목공은 중이가 어질다며 중이를 도와 주려 했다. 그러나 공자집의 생각은 달랐다.

“임금께서 진나라 임금을 맞아 들이는 것은 좋은 이름을 얻기 위해서입니까? 진나라가 잘되기를 바라서입니까?”

“하기야 이름을 얻기 위해서지. 진나라 잘되는 것이 나와 무슨 상관이 있겠소?”

“그러면 이오를 맞아들이십시오. 이웃 나라에 어진 임금이 들어앉는 것이 우리에게 이로울 것은 아무것도 없습니다. 어진 임금이 서면 우리가 그 밑에 들기 쉽지만, 모자란 임금이 서면 우리가 위에 설 수 있지 않습니까?”

이리하여 목공은 공손지에게 병거 3백 승을 주어 이오를 맞아들여 임금으로 앉게 해 주었다.

이렇게 해서 임금이 된 진혜공은 하나에서 열까지 약속을 어기고 은혜를 원수로 갚기 시작했다.

혜공은 이극과 비정보에게 주기로 약속한 땅을 주지 않았고, 진목공에게 자진해서 주겠다고 한 다섯 성을 주지 않았다. 혜공의 심복이요, 참모인 여이생과 극예의 의견에 따른 것이다.

　"임금이 되기 전에는 내것이 아니니 얼마든지 줄 수 있지만, 임금
　이 된 이상은 귀한 땅을 함부로 줄 수 없습니다.”

하는 것이 그들의 주장이었다.

　이극과 비정보는 마음이 편할 수 없었다. 그러나 말은 하지 않았
다. 혜공은 그 비정보에게 국서를 가지고 가서 목공에게 주겠다고
한 다섯 성을 주지 못하는 이유를 설명하게 했다.

　혜공이 보낸 편지 내용은 자기는 약속을 지키려 했으나 신하들의
반대로 지키지 못하니 조금만 기다려 달라는 것이었다.

　성이 난 목공은 비정보를 죽이려 했다. 그러나 그 내막을 잘 아는
공손지의 변명으로 무사했다. 그 대신 여이생과 극예를 초청하는 편
지를 주어 보냈다.

　그 편지 내용은 원래 바라지도 않은 땅이요, 신하들의 반대도 정
당한 것이므로 미안해 할 것은 조금도 없다는 것이었다. 그러나 그
동안 있어 왔던 국경분쟁에 대한 해결을 의논하고 싶으니, 여이생과
극예 두 대신을 사절로 보내달라는 청을 곁들이고 있었다.

　혜공은 무척 다행히 여기며 두 사람을 보내려 했다. 그러나 그들
은 나랏일이 바쁘다는 핑계로 뒷날로 미루는 답장만을 온 사람에게
들려 보냈다. 그들은 자기들을 볼모로 잡아두고 약속한 땅을 요구하
리라는 것을 꿰뚫어보고 있은 것이다.

　이 여이생과 극예 두 사람은 비정보가 진나라로 떠난 직후 이극을
자살하게 만들었다. 극예는 이극이 중이와 내통하여 언젠가는 반역
을 꾀할 것이니, 일찌감치 없애는 것이 좋다며 이극을 찾아가 이렇
게 말했다.

　"임금께서 나로 하여금 말을 전하게 하셨소.”

하고 혜공의 말이라 하여 이렇게 전했다.

　"경이 아니면 과인이 임금이 될 수 없었소. 그 공을 과인이 어찌

잊겠소? 그러나 경은 두 임금과 대신을 죽였소. 사사로운 정으로 대의를 저버릴 수는 없지 않겠소? 차마 죄를 물을 수는 없으니 스스로 알아서 하시오."

준다고 약속한 땅 대신 죽음을 강요한 것이다. 이래서 이극은 스스로 목을 쳐 죽고 말았다.

비정보마저 없애려 했으나 비정보는 지혜가 있고 치밀하고 신중한 사람이었으므로 죽일 구실을 찾을 길이 없었다. 이리하여 여이생과 극예는 도안이를 이용했다. 도안이는 해제와 탁자와 순식을 죽인 하수인이다. 이극을 반역의 주모자로 처단한 이상 하수인인 도안이도 죽어 마땅한 일이었다.

도안이의 그런 약점과 두려움을 그들은 교묘히 이용한 것이다. 여이생은 사람을 시켜 도안이를 불러들였다.

"그대의 화가 눈앞에 닥쳤으니 이를 어쩌면 좋은가?"

도안이는 힘과 용맹만이 있을 뿐 생각이 옅은 사람이라 말뜻을 짐작하지 못했다. 화가 눈앞에 닥쳤다는 말에 그저 놀랄 뿐이었다.

"화가 어디서 어떻게 닥친다는 겁니까?"

"그대는 이극을 도와 두 어린 임금을 죽인 사람이야. 이극이 이미 법에 의해 스스로 목숨을 끊었으므로 임금께서 곧 그대에게도 죄를 물으시려 하고 계시네. 우리는 그대가 임금을 맞아들인 공이 있으므로 차마 그대가 처형되는 것을 볼 수 없어 일러주는 걸세."

도안이는 울며 말했다.

"저는 한낱 남의 심부름을 했을 뿐입니다. 대감께서 어떻게 해서든지 목숨만은 붙어있게 해 주십시오."

이번에는 극예가 말했다.

"임금의 노여움을 풀 수는 없어. 단 한가지 방법이 있는데 그러면 화를 면할 수 있을 거야."

도안이는 무릎을 꿇고 방법을 물었다. 극예는 그를 붙들어 일으키고 그 방법을 일러 준 다음, 이렇게 말했다.

"일이 이뤄지면 비정보에게 약속한 밭 30만을 떼어 그대에게 주고, 또 높은 벼슬까지 주게 될 것인데 무엇을 걱정하겠는가?"

"죽은 목숨이 다시 살아나게 되었으니 대감의 은혜가 아닙니까? 다만 저는 말솜씨가 없어서 비정보를 보고 어떻게 말을 해야 할지 ……?"

여이생은 그런 도안이에게 무대 말을 가르치듯 하여 완전히 기억하도록 만들었다.

이날밤 도안이는 비정보의 집으로 찾아가 비밀리 드릴 말씀이 있다며 만나기를 청했다. 비정보는 술이 취해 누워 있다는 핑계로 만나주지 않았다. 그러나 도안이는 끝내 대문 앞을 지키며 밤이 깊도록 가지 않았다.

비정보는 무슨 일인가 하고 맞아들였다. 도안이는 비정보를 보자 무릎을 꿇고 말했다. 여이생이 가르친 대로 한 것이다.

"대감께서 이 한 목숨 살려 주옵소서!"

비정보는 놀라 그 까닭을 물었다.

"임금께서 내가 이극을 도와 두 어린 임금을 죽였다 하여 죄를 더하려 하니 어쩌면 좋습니까?"

"여대감과 극대감이 계신데 그리로 가서 부탁하지 않고?"

"모두가 그들 두 사람의 짓입니다. 두 놈의 살을 뜯어 먹지 못해 한이온데 부탁이라니오?"

정보는 여전히 잘 믿어지지 않았다.

"그대가 지금 내게 하고 싶은 말은 어떤 것인가?"

도안이는 여·극 두 사람을 죽이고, 지금 임금을 내쫓은 다음 공자 중이를 새임금으로 맞아들여야만 저도 살고 나라도 편하다는 말을 하고, 그러기 위해서는 먼저 공자 중이의 승낙을 얻어두어야 하므로 대감께서 공자 중이에게 그런 내용의 편지를 써서 주면 자기가 다녀오겠다는 것이었다.

그것은 비정보의 생각과 일치하는 것이었다.

"그대의 뜻이 변하지 않겠는가?"

도안이는 손가락을 깨물어 피를 내어 맹세했다.

"두 마음을 가지면 멸족의 화를 입으리라."

라는 것이었다.

비정보는 믿지 않을 수 없었다. 다음날 한밤에 뜻같은 사람들이 도안이의 연락을 받고 비정보의 집에 모여 다시 하늘을 향해 공자 중이를 임금으로 받든다는 맹세를 했다. 도안이까지 합쳐 열 사람이 었다. 도안이를 뺀 나머지 아홉 사람이 바로 여·극 두 사람이 없애 버리려는 사람들이었던 것이다.

소식을 들은 극예는 물증으로 비정보가 중이에게 보내는 편지를 받아오게 했다. 비정보는 편지를 이미 준비해 두고 있었다. 그 편지 끝에는 아홉 사람의 친필서명까지 되어 있었다. 도안이가 열번째의 친필서명을 했다.

이리하여 아홉 명은 이튿날 조회청에서 붙잡혀 처형되고, 비정보 의 아들 비표(丕豹)는 달아나 진목공의 대부가 되었다.

도안이는 밭 30만을 상으로 받고 대부 벼슬까지 얻게된다. 비정보 같은 지혜 있고 계획이 치밀한 사람도 도안이의 연극에 빠져들고 말 았으니, 남을 해치려는 간악한 무리들의 음모가 얼마나 무서운 것인 가를 새삼 느끼게 하는 사건이 아닐 수 없다.

그러나 도안이가 연극을 위해 맹세한 말은 뒷날 그대로 나타나고 만다. 다른 사건으로 그 자손이 멸족의 화를 입게 되는 것이다.

혜공이 약속을 저버린 사건에 이런 것이 또 있다.

진목공의 부인 목희는 세자 신생의 친누이였다. 일찍 어머니가 죽 자 헌공의 둘째 부인 가군(賈君)의 손에서 자랐다. 마음씨 착한 가 군은 아기를 낳지 못했다. 목희를 친딸처럼 사랑하고 보살폈다.

혜공이 목공의 도움으로 임금이 되어 들어가게 되었을 때, 목희는 혜공에게 편지를 보내 친어머니나 다름없는 가군을 잘 모셔 달라는 부탁을 했다. 가군은 혜공의 어머니기도 했다. 아버지의 작은 부인 이었으니까.

혜공은 임금이 된 뒤 목희의 부탁을 저버릴 수 없어, 가군이 있는 궁으로 찾아가 인사를 드리고 부탁의 말을 전하려 했다.

그런데 가군을 대하는 순간 혜공의 마음이 달라졌다. 가군의 타고 난 아름다움이 나이를 먹어도 여전히 변치 않는 것을 보자 음탕한 욕심이 치밀었다.

잘 보살피고 사랑해 주라는 부탁을 받았다며 다가와 끌어안은 것 이다. 시녀들이 웃음을 참으며 급히 밖으로 나가버리자 가군은 임금 의 위엄이 두려워 응할 수 밖에 없었다.

혜공은 끝으로 사람의 도리와 국제적 신의를 저버리고 은혜를 원 수로 갚는 침략전쟁을 일으킨다. 그 싸움에서 패해 포로가 된 다음 죽는 순간에 겨우 용서를 받아 돌아온다. 그 이야기는 다음에서 하기로 하자.

노희공 11년 봄에 진나라가 그 대부 비정보를 죽였다라고 쓰여 있 고, 노희공 15년 11월 진후(晋侯)와 진백(秦伯)이 한(韓)이란 곳에서 싸워 진후를 사로잡았다라고 쓰여있다.

아쉬우면 매달리고 배부르면 차버리기를 일삼는 진혜공은 그것을 당연한 일로 알고 있었다. 그런 자기에게 속는 사람이 어리석을 뿐, 속이는 자신은 현명한 것으로 여기고 있었다. 그를 도와 나라의 정 치를 맡고 있는 괵야니 여이생이니 극예니 하는 신하들이 임금을 그 렇게 부추긴 때문이기도 했다.

혜공이 들어앉은 뒤로 해마다 흉년이 들었다. 그러다가 5년이 되 던 해에는 다시 큰 흉년이 들었다. 창고란 창고는 텅텅 비어 있고,

백성들은 양식이 없어 끼니를 잇지 못했다.

이웃 나라에 양식을 부탁하고 싶어도 마땅한 곳이 없었다. 이웃한 진나라가 좋기는 한데 목공에게 미움 사는 일만 계속해 왔으므로 차마 말을 건넬 수도 없는 일이었고, 말을 해도 들어줄 리가 없을 것 같았다.

혜공의 그같은 설명에 극예가 말했다.

"우리가 약속을 어긴 것은 아니잖습니까? 다만 시기를 늦추어 달라고 뒤로 미룬 것 뿐입니다. 우리가 부탁하는데도 저쪽에서 만일 이를 거절하면 그쪽이 먼저 우리를 끊은 것이 됩니다. 약속한 성을 주지 않는 명분을 얻게 됩니다."

공자는 나라를 위태롭게 하는 것은 말을 잘하는 신하라고 했다. 제 잘못은 숨겨둔 채 남의 약점만 들추어내는 극예 같은 정치인이 바로 거기에 해당된다 할 수 있을 것이다.

이리하여 경정(慶鄭)이란 대부를 보내 진목공에게 곡식을 보내 달라는 간청을 하게 했다. 꾸어 주든가 돈을 받고 팔든가 하라는 것이다.

목공은 신하들을 모아놓고 의견을 물었다.

"다섯 성을 준다고 하고 그 약속을 지키지 않은 진나라가 이제 흉년이 들었다 하여 곡식을 청해왔으니 주어야 하겠소 주지 말아야 하겠소?"

건숙과 백리해가 함께 말했다.

"하늘이 내리는 재난은 어느 나라나 있기 마련입니다. 풍년이 든 나라가 흉년이 든 나라를 돕는 것은 떳떳한 이치입니다. 이치에 따라 행하면 하늘이 복을 내리게 됩니다."

"내가 진나라에 베푼 것은 이미 크다 말할 수 있소. 저들이 또 배신이나 하지 않을는지?"

공손지가 말했다.

"거듭 베푼다고 해서 베푼 사람에게 해될 것은 없습니다. 저들이 거듭 배신하면 잘못은 저들에게 있습니다. 백성들이 위에 있는 사람을 미워하게 될 것이니 저들이 우리를 대적할 수 있겠습니까?"

그러자 복수심에 불타고 있는 비표가 흥분해서 말했다.

"임금이 무도하여 하늘이 재앙을 내린 것입니다. 이 기회에 진나라를 무찌르면 나라를 차지할 수 있습니다."

그러나 목공은 역시 어진 임금이라,

"나를 저버린 것은 임금이요, 굶주리는 것은 백성이 아닌가? 내 차마 그 임금에 대한 앙갚음을 그 백성에게 할 수 있겠는가?"

하고 조 수만 섬을 배로 실어 보내 주었다. 굶주리던 백성들은 진목공의 어진 마음씨에 모두 감복했다.

건숙과 백리해가 말한 대로 이듬해에는 반대 현상이 나타났다. 곡식을 꾸어간 진나라는 큰풍년이 들고, 꾸어준 진나라는 흉년이 든 것이다.

목공은 건숙과 백리해를 보고 말했다.

"내가 오늘에야 경들의 말을 새삼 되새기게 되었소. 흉년 풍년은 번갈아 든다고 한 말 말이오. 지난해 겨울 양식을 보내주지 않았다면 이번 겨울 내가 아쉬운 부탁을 할 수 없지 않겠소?"

비표가 반대의견을 냈다.

"그는 재물을 탐하고 신의가 없는 임금입니다. 우리가 부탁해도 듣지 않을 것입니다."

"설마 그렇기야 하겠소?"

하고 목공은 믿으려 하지 않았다.

목공의 사신이 혜공에게 글을 올리고 곡식을 보내줄 것을 청하자, 혜공은 기꺼이 이를 받아들이려 했다. 그러나 극예의 생각은 달랐다. 권모술수와 눈밑의 이해에만 밝을 뿐, 양심이라든가 먼 앞날을 내다보는 지혜라곤 찾아볼 수 없는 그다.

“임금께서 저들이 청하는 곡식을 주신다면 앞으로 땅도 주셔야 하지 않겠습니까?”

“나는 곡식을 주겠다는 것뿐이오.”

“임금께서 곡식을 보내주시려는 것은 무엇 때문입니까?”

“그야 받았으니 갚으려는 것 아니오?”

“옛날에 임금을 맞아들인 은혜는 훨씬 큽니다. 큰 것은 갚지 않고 작은 것을 갚으시려는 것은 어째서입니까?”

엉뚱한 물음으로 임금의 마음을 옳지 못한 쪽으로 끌어 들이려는 극예의 태도에 분개한 경정이 임금의 대답을 가로막듯 말했다.

“신이 지난해 명령을 받들어 곡식을 빌리러 갔을 때 진나라 임금님은 다른 말 없이 승낙했었습니다. 지금 그쪽 청을 거절하면 그쪽 원망과 노여움을 사게 됩니다.”

여이생이 극예의 편을 들고 나섰다.

“그쪽이 우리에게 곡식을 준 것은 우리가 좋아서가 아닙니다. 우리가 준다고 한 땅을 받으려는 생각에서 였습니다. 곡식을 주어도 땅을 주지 않으면 역시 우리를 원망할 것이며, 원망을 받기는 마찬가지입니다.”

정경은 더욱 분개해서 말했다.

“남의 불행을 다행하게 여기는 것은 어질지 못한 일이며, 남의 은혜를 저버리는 것은 바르지 못한 일입니다. 어질지 못하고 바르지 못하다면 무엇으로 나라를 지키겠습니까?”

한간(韓簡)이 경정의 편을 들어 말했다.

“정의 말이 옳습니다. 지난해 그쪽에서 우리의 청을 거절했다면 임금의 마음이 어떠했겠습니까?”

그러자 이번에는 곽야가 그들 일당의 본심을 그대로 드러내 말했다.

“지난해 하늘이 우리에게 큰 흉년을 내린 것은 저들로 하여금 우리 나라를 삼킬 기회를 준 겁니다. 그런데 저들은 그것을 알지 못하고 곡식을 주었습니다. 이 얼마나 어리석은 일입니까? 그래서 하늘이 올해는 우리에게 풍년을 내리고 그쪽에 흉년을 주었습니다. 어찌 하늘의 뜻을 거역하여 주어진 기회를 놓칠 수 있겠습니까? 신의 어리석은 생각으로는 양나라 임금과 약속하여 이 기회에 함께 진나라를 무찔러 그 땅을 반씩 나눠 갖도록 하는 것이 상책일 것 같습니다.”

경정과 괵야 사이에 격론이 다시 계속된 끝에 혜공은 마침내 괵야의 의견을 받아들여 흉년으로 굶주림에 시달리는 진목공의 나라를 치기로 결정을 내렸다. 욕심이 많은 혜공은 땅이 금방 굴러 들어오는 것 같은 환상에 사로잡히고 만 것이다.

하늘이 없다는 무신론자보다 하늘이 악한 쪽을 편든다는 유신론자가 판을 친다면 세상은 악마의 시대로 변하고 말 것이다. 그런 궤변을 무기로 사용하는 무리들이 권력을 잡고 있어도 결과는 같을 수밖에 없다.

이 소식을 빈손으로 돌아온 사신으로부터 얻어들은 진목공의 노여움은 알고도 남는 일이다.

진목공은 먼저 양나라부터 치려 했다. 그러나 백리해는 주동자인 진나라부터 치는 것이 옳다고 했다. 목공도 이에 찬성했다.

이리하여 진목공은 건숙과 유여(繇余)로 세자 영(罃)을 도와 나라를 지키게 하며, 맹명시로 하여금 서쪽 국경을 돌며 오랑캐들의 침범을 미리 막게 하고, 자신은 백리해와 함께 중군을 맡아 서걸술과 백을병으로 수레를 보호하게 했다. 우군은 공손지가 맡고 좌군은 공자집이 사령관이었다.

3군으로 나뉜 총병력의 주력은 병거 4백 승이었다. 그리 많은 병력은 아니었지만 장병들은 다 함께 노여움에 차 있어 사기는 하늘을 찌를 듯했다.

굶주림에 시달리고 있는 은혜 베푼 나라를 삼킬 계획으로 있던 진 혜공은 선제공격을 당한 것에 놀라 이렇게 물었다.

"까닭없이 군사를 일으켜 국경을 침범해 왔으니 이를 어떻게 막을 것인가?"

배은망덕을 일삼아 온 혜공의 이말에 경정은 앞서의 불만을 곁들 여 이렇게 대답했다.

"주상이 은혜를 저버린 일로 인해 저들이 쳐들어온 것인데 어찌 까닭이 없다 말할 수 있겠습니까? 신의 어리석은 생각으로는 잘 못을 사과하고 저버린 약속을 지킴으로써 화친을 꾀하는 것이 전 쟁을 피할 수 있는 길일 것 같습니다."

혜공은 버럭 화를 내며,

"땅을 떼어 주고 항복하란 말인가? 그러고서 내가 무슨 낯으로 임금이 될 수 있겠는가? 먼저 저 경정부터 목을 벤 뒤에 군사를 내어 적을 맞으리라"

하고 무사를 불러 경정을 끌어내라 했다. 그러나 곽야의,

"군사를 내기 전에 장수부터 죽이는 것은 군에 이롭지 못합니다. 용서하시고 싸움터로 나가 공을 세워 죄를 대신하게 하옵소서."

하는 말에 따랐다.

이리하여 그날로 병거 6백 승을 내어 극보양(郤步揚)과 가복도(家 僕徒)로 좌군을 맡게 하고, 경정과 아석(蛾哲)으로 우군을 맡게 하 고, 혜공 자신은 곽야와 함께 중군을 거느리며 3군을 총괄했다. 그 리고 도안이가 선봉장이 되었다.

서울을 떠나 서쪽으로 향해 떠나는데 이때 혜공의 수레를 끄는 네 마리 말이 말썽을 부렸다. 작은 네 마리 말이라 하여 소사(小駟)로 불리운 이 말들은 정나라에서 바친 말이다. 몸이 작고 예쁘게 생겼 으며 갈기와 털이 반들거리고 걸음이나 달리는 것이 편안하고 믿음

직스러웠다. 혜공은 일찍부터 이 말들을 사랑하여 늘 수레를 끌게 했다. 그런데 그 말을 싸움터로 그대로 데리고 가려는 것이었다.

속에 있는 생각을 참지 못하는 경정이 또 이를 문제삼아 말했다.

"옛날부터 싸움터로 나갈 때는 반드시 자기 나라의 말을 탔습니다. 그 말이 길에 익숙하고 사람의 마음을 잘 알기 때문입니다. 지금 임금께서 큰 적을 맞아 싸우시면서 다른 나라 말을 타는 것은 이롭지 못할까 두렵습니다."

임금을 위해 이같은 말을 한 것을 후세 사람들은 충성심에서라고 좋게 평하고 있다. 그러나 혜공에게는 경정의 말이 간섭으로밖에는 생각되지 않았다.

"왜 그리 간섭이 많은가? 나는 늘 타고 다닌 이 말들이 가장 미더웁다. 여러 말 하지 말라!"

하고 꾸짖었다.

진목공의 군사는 벌써 황하를 건너 동으로 들어오고 있었다. 성을 지키던 장수들은 싸움다운 싸움도 하지 않고 모두 달아나고 말았다. 세 번 싸워 세 번 이긴 목공의 대군은 곧장 한원(韓原)에까지 들어와 진을 치고 있었다.

혜공은 적군이 벌써 한원에까지 들어와 있는 것을 알자 이맛살을 찌푸리며,

"적군이 벌써 깊숙이 들어와 있으니 어쩌면 좋단 말인가?"

하고 걱정과 함께 뉘우치는 기색마저 보였다.

잠자코 있어야 했을 경정이 또 핀잔하듯 말했다.

"임금께서 스스로 불러온 일인데 또 무엇을 묻습니까?"

"정은 어찌 그리 무례한가? 당장 물러가라!"

뉘우치는 사람의 아픈 곳을 찌르는 것은 친구 사이에도 삼가한다 했다. 임금인 혜공이 경정의 그같은 말에 반발하는 것은 당연한 결과이기도 했다.

312

혜공은 십리쯤 떨어진 곳에 진을 치고 한간을 시켜 적의 군사가
얼마나 되는지를 알아오게 했다. 한간은 돌아와 이렇게 보고했다.
“적의 군사는 우리보다 수에 있어서는 훨씬 적습니다. 그러나 저
들의 투지만은 우리보다 열 배나 더합니다.”
“어째서인가?”
“임금께서 거듭 저들의 은혜를 입고도 이를 갚지 않았기 때문입니
다. 저들은 위아래가 다같이 꾸짖는 마음으로 차 있으니 어찌 열
배 뿐이겠습니까?”
혜공은 얼굴을 붉히고 말했다.
“그대도 경정과 똑같은 말을 하는가? 내 죽음을 걸고 적과 싸우
리라!”
하고 곧 한간을 보내 싸움을 청하며 이렇게 말을 전하게 했다.
“과인은 무장한 수레 6백이 있으니 이만하면 임금을 기다릴 수 있
소. 임금이 군사를 돌린다면 그것이 과인의 바람이오. 만일 물러
가지 않는다면 과인이 설사 임금을 피하고 싶어 한들 3군의 장병
들이 따르지 않을 것이니 어찌 하겠소?”
목공이 웃으며,
“어린 것이 어찌도 그리 교만한고?”
하고 공손지를 시켜 대신 대답하게 했다.
“임금이 나라를 원하기에 과인이 들여보내 주었고, 곡식을 원하기
에 곡식을 보내주었소. 이제 또 싸움을 원하니 과인이 어찌 거절
할 수 있겠소?”
공자는 〈논어〉에서 이런 말을 했다.
“이름이 바르지 못하면 말이 순하지 못하고, 말이 순하지 못하면
일이 올바로 행해지지 않는다.”
한간은 물러나와 혼자 이렇게 말했다.
“저쪽의 명분이 우리를 이기고 있으니 내가 살기를 바랄 수 없게

되었다. "

혜공은 태복 곽언을 시켜 거우(車右)를 점치게 했다. 수레에는 왼쪽에 말을 모는 어자가 있어 나아가고 물러나는 것을 맡고, 오른쪽에는 무장이 있어 적과 싸우게 되어 있다. 임금 오른쪽에 있으면서 임금을 보호하고 적을 무찌르고 하는 사람을 거우라 불렀다.

가장 충성스런 용장이 거우로 발탁되기 마련이다. 그러나 지고 이기는 것이 판가름나는 마당이므로 앞일을 백발백중으로 맞히는 곽언으로 하여금 누가 거우가 되는 것이 좋은지를 점쳐 보게 한 것이다.

혜공이 원하는 장수는 모두 좋지않게 나왔다. 혜공이 가장 싫어하는 경정 한 사람만이 좋은 것으로 나왔다.

헌공은 여희를 부인으로 앉히기 위해 앞에서 본 것처럼 점을 치게 했었다. 그때 곽언은 아주 나쁘다는 점괘를 얻었었다. 점을 치라고 하고는 자기 원대로 나오지 않았다 하여 이를 무시하고 자기 뜻대로 한 결과가 지금까지 보아온 살륙과 혼란의 연속이었다.

혜공도 점을 치라고 시키고는 자기 마음에 맞지 않는 경정이라 하여,

"정은 적의 편인데 어찌 그를 내 거우로 삼겠는가?"
하고 경정대신 가복도를 거우로 삼고 극보양으로 말을 몰게 하여 한 원에서 적을 맞이했다.

백리해는 진벽 위에 올라가 적군을 바라보고 목공에게 말했다.

"적의 군사가 우리보다 훨씬 많습니다. 죽음을 걸고, 있는 군사를 모조리 이끌고 나온 것이 분명합니다. 힘으로 맞서서 대결하는 것만은 피해야 합니다. "

목공은 하늘을 가리키며 말했다.

"만일 하늘이 착한 사람의 편이라면 반드시 내가 이길거요"
하고 용문산(龍門山)아래에 군사를 벌여두고 기다렸다.

혜공의 군사 역시 진을 치기를 마치고 양군이 정면으로 마주보게

314

되었다.

중군에서 각각 먼저 북을 울렸다. 혜공의 선봉장 도안이가 힘과 용맹을 믿고 무게 백 근이나 되는 쇠창을 휘두르며 달려나가 닥치는 대로 사람을 찔렀다. 목공의 군사가 옆으로 피하고 뒤로 밀렸다.

이때 건숙의 아들 백을병이 달려나와 도안이와 맞붙어 싸웠다. 다 같이 천하무적을 자랑하는 무장이었으므로 싸움은 막상막하로 이어질 뿐, 어느 쪽도 지치거나 틈을 보이거나 하지 않았다.

수레와 수레가 50여 차례나 맞부딪쳤으나 승부를 가리기 힘들자 두 장수는 수레에서 뛰어내려 겨루다 끝내는 창을 버리고 맞붙었다.

도안이가 먼저 소리쳤다.

"내 오늘 너와 죽고 사는 것을 결판내고 말테다. 남의 도움을 받으면 장부가 아니다."

"나 혼자 너를 사로잡지 못하면 영웅이라 말할 수 없다."

하고 백을병은 각각 군사를 물러나게 한 다음, 나라와 나라 사이의 싸움은 까맣게 잊은 채 두 사람만의 승부만을 생각에 두고 진 뒤쪽으로 자리를 옮겨 싸우기로 했다.

도안이가 보이지 않자 혜공은 적의 포위속에 빠져든 것으로 알고 급히 한간과 양유미를 소리쳐 불러 적의 왼쪽을 치고 들어가게 하고, 자신은 적의 오른쪽을 치고 들어가 군중에서 만나 같이 나아가기로 약속했다.

목공은 상대가 군사를 나누어 두 길로 치고 들어오는 것을 보자, 역시 군사를 나누어 적을 맞게 했다.

한편 혜공의 수레는 공손지와 마주치게 되었다. 혜공은 경정 대신 거우로 세운 가복도를 시켜 공손지와 겨루게 했다.

이 공손지는 힘과 용맹이 도안이를 앞질렀고, 지혜와 안목을 가진 정치가이기도 했다. 그가 길가에서 호미로 밭 갈다가 마침 사신으로 왔다가 돌아가는 공자집의 눈에 띄어 함께 돌아와 목공의 대부가 되었다는 것은 이미 앞에서 말한 바 있다.

공자집이 이 공손지를 남달리 보게 된 당시 상황을 말하면 이렇다.

공손지가 밭을 갈고 있었던 그 호미는 생긴 모양이 호미를 닮았을 뿐 호미가 아니었다. 날이 보습 크기 만한 쟁기였던 것이다. 그것도 하나가 아닌 둘을 양손에 잡고 밭을 갈고 있은 것이다.

큰 몸집에 빛나는 눈과 용의 수염이 남달리 보인 데다가 양손에 보습 크기만한 호미를 들고 밭을 갈고 있었으므로, 패천하의 야심에 불타고 있는 젊은 목공을 섬기고 있는 공자집으로서는 그냥 지나칠 수 없는 일이었다.

수레를 멈추고 인사를 청한 다음,

"선생 같은 영웅이 어찌하여 산골에서 이렇게 묻혀 지내십니까?" 하고 말을 건네자, 천거해 줄 사람이 없으니 도리가 없지 않으냐는 것이었다.

공자집은 사람을 시켜 그 호미를 들어 보게 했다. 백 근이 넘는지 들어 올리지 못했다.

그런 공손지와 마주쳤으니 가복도 정도의 장수로는 상대가 될 수 없었다. 혜공은 급한 마음에 극보양에게 조심해 고삐를 잡으라고 이르고는 자신이 직접 창을 들고 가복도를 도우려 했다.

이때 싸움은 수레나 말이 서로 비껴 지나가며 무기와 무기가 서로 부딪치곤 했다. 이것을 한번 합친다 하여 일합(一合)이라 불렀다.

먼저 앞에 있는 장수들끼리 이런 싸움을 계속하다가 한쪽이 밀리기 시작하면 뒤에 있던 군사들이 북소리에 맞추어 전진과 추격을 하는 것이 보통이었다.

공손지는 혜공의 그같은 모습을 보자 수레를 멈춘 채 창을 비껴들고 호령을 했다.

"싸우고 싶은 사람은 모두 덤벼라!"

성이 나 부르짖는 공손지의 우렁찬 목소리는 벼락이 떨어지는 것만 같았다. 혜공과 함께 타고 있던 전쟁선동가인 괵야는 겁에 질려 수레 안에 납작 엎드려 있고, 싸움터에 나와 본 적이 없는 작은 네 마리 말은 놀라 마구 뛰기 시작했다. 극보양이 아무리 고삐를 당겨야 소용이 없었다.

수레는 사람이 없는 곳을 향해 달아나다 그만 수렁에 빠지고 말았다. 극보양이 아무리 소리치고 채찍을 갈겨도 힘이 없고 다리도 짧아 빠져나오지를 못했다.

때마침 경정의 수레가 그 앞으로 지나갔다. 혜공은 소리쳐 부르며 말했다.

"정은 빨리와 나를 구하라!"

"함께 타고 있던 괵야는 어디에 두고 나를 부르십니까?"

경정은 해서 안될 말을 또 하고 만 것이다. 다급해진 혜공은 또 외쳤다.

"정은 빨리 수레를 가지고 와서 나를 태워가라!"

"임금께선 편안한 작은 말을 타고 계십시오. 신이 다른 사람에게 알려 모셔 가도록 하겠습니다."

그리고는 말멍에를 왼쪽으로 돌려 떠나가고 말았다. 이것은 분명 앞서 당한 울분을 되갚는 것이었다. 임금이란 생각은 조금도 들지 않고 한낱 권력을 휘두르던 철부지로만 보였던 것이리라.

극보양은 다른 수레를 찾아 가려 했으나 적군이 차츰 포위망을 좁히고 들어옴으로 임금을 두고 나갈 수도 없는 일이었다.

한편 한간은 군을 이끌고 쳐들어가던 중 마침 진목공이 거느린 중군과 마주치게 되었다. 서걸술과 맞붙어 30여 차례 힘과 재주를 겨루었다. 승부를 가리지 못하고 있을 때 아석이 이끄는 군대가 또 이르러 서걸술을 양쪽에서 협공하기 시작했다.

서걸술은 혼자 둘을 당해내지 못하고 한간의 창에 찔려 수레에서 떨어지고 말았다.

한간이 서걸술을 사로잡으려 하자 양유미가 크게 부르짖었다.

"그까짓 쓸모없는 장수는 버려두고 힘을 합쳐 적의 임금을 사로잡자."

한간은 양유미의 외치는 소리에 서걸술을 버려둔 채 목공이 타고 있는 수레쪽으로 달렸다.

목공은 호위하는 장수도 옆에 없었다. 양쪽 군사가 뒤섞여 서로 좌우충돌 하는 가운데 다같이 방향마저 잃은 접전이 벌어지고 있었기 때문이다.

"내가 오늘 도리어 배은망덕한 적의 포로가 된단 말인가? 하늘의 이치가 어디에 있단 말인가?"

하고 목공이 탄식을 하고 있을 바로 이때, 갑자기 서쪽 용두산 아래에서 3백 명 가량의 사람이 나타나며 소리높이 외쳤다.

"우리 어지신 임금을 해치지 마라!"

목공이 바라보니 모두가 쑥대머리에 어깨를 드러내고 발에는 짚신을 신고 있었으며, 나는 듯이 달려오는 그들의 손과 손에는 큰 넓적칼이 들려 있었고, 허리에는 활과 화살을 차고 있었다. 그야말로 마왕이 보낸 귀신병사 같았다.

그들은 한간과 양유미가 이끄는 군사를 옆으로 치고 들어오며 닥치는 대로 내리찍고 가로쳤다.

이미 지친 진나라 군사는 이 뜻하지 않은 귀신부대를 만나 싸울 용기를 잃고 길을 열어주듯 옆으로 피해 달아났다.

한간과 양유미는 급히 수레를 돌려 그들을 맞아 싸워야만 했다.

바로 이때였다. 뒤쪽에서 또 한 사람이 나는 듯이 수레를 몰고 급히 달려 왔다. 바로 경정이었다.

"주상께서 지금 용문산 진흙탕에서 적군의 포위에 시달리고 계시다! 빨리 가 수레를 구해내라!"

한간과 양유미는 3백여 장사들을 버려둔 채 곧장 용문산으로 달려가 혜공을 구출하려 했다.

그러나 이때는 이미 공손지에 의해 혜공을 비롯한 가복도와 곽야와 극보양들이 모두 꽁꽁 묶인 채 목공의 본영으로 끌려간 뒤였다.

한간은 발을 동동 굴렀다.

"경정이 나를 망쳤다. 경정만 아니었으면 나도 적의 임금을 사로잡았을 것 아닌가? 그러면 서로 바꾸는 것으로 싸움을 끝낼 수도 있는 일인데……".

임금이 사로잡힌 이상 한간과 양유미도 모두 무기를 버리고 목공의 진지로 찾아가 혜공과 함께 포로가 될 수밖에 없었다.

한편 그 3백명 장사들은 진목공을 구해내고, 또 서걸술을 구해냈다.

임금과 장수를 잃은 혜공의 군사는 방향을 잃은 채 쫓기며 서로 짓밟고 맞부딪치는 가운데 용문산 밑은 온통 시체로 덮여 있었다. 6백 승의 병거가 도망쳐 본국으로 돌아온 것은 백여 대에 지나지 않았다.

경정은 혜공이 사로잡힌 것을 알자 적군의 포위를 빠져나왔다. 도중에 아석이 상처를 입고 땅에 누워 있는 것을 보자, 이를 수레에 태워 본국으로 돌아갔다.

경정은 끝내 혜공의 노여움으로 처형되고 만다. 경정은 혜공이 돌아오지 못할 것으로 믿었을지도 모른다. 그를 죽여야 한다는 쪽과 살려야 한다는 쪽의 의견이 맞서 논쟁을 벌였으나 혜공은 끝내 죽이고 말았다.

경정은 혜공이 돌아오지 못할 것으로 짐작했을지도 모른다. 그러나 혜공은 살아서 돌아왔다. 혜공을 죽이느냐? 살리느냐? 가둬 두느냐? 내쫓느냐? 하는 갖가지 의견들이 나왔었다.

그러나 공손지의 의견을 받아들여 앞서 약속한 성 다섯을 바치고

세자 어를 볼모로 보내는 조건으로 혜공을 돌려보내기로 했던 것이
다.

　목공은 장수들을 점검했다. 다 무사했다. 그러나 백을병이 보이지
않았다. 군사들을 시켜 찾아보게 한 끝에 도안이와 둘이서 서로 부
둥켜 안은 채 흙구덩이 속에 빠져 있는 것을 찾아냈다.

　두 사람은 기진맥진한 가운데서도 손을 놓치 않았다. 억지로 잡아
떼어 각각 수레에 태워 돌아오자, 목공은 도안이를 쓰고 싶어했다.
그러나 공자집의 의견에 따라 탁자와 이극과 비정보를 죽인 죄를 물
어 죽이고 말았다.

　목공은 한편 자기를 도우러 달려온 그 3백 명 장사들을 불러오게
하여 만났다.

　"그대들은 누구이기에 과인을 위해 목숨을 아끼지 않은 건가?"
　목공이 이렇게 묻자 우두머리로 보이는 장사 한 사람이 대답했다.
　"임금께선 옛날 좋은 말을 잃은 일을 기억하고 계시지 않습니까?
저희들은 바로 그 말고기를 먹은 놈들이옵니다."

　목공은 일찍이 양산(梁山)으로 사냥을 나갔다가 밤에 아끼는 좋은
말 몇 마리를 잃어버렸다.

　도둑의 짓이 분명하므로 포리들을 보내 사방으로 찾아보게 했다.
말 발자국을 더듬어 기산(岐山)밑에 이르자 산적으로 보이는 3백여
명이 둘러 앉아 말고기를 먹고 있었다.

　포리들은 급히 달려와 임금에게 말했다.
　"빨리 군대를 보내면 저들을 모조리 잡을 수 있습니다."
　그러나 목공은 한숨을 지으며 말했다.
　"말은 이미 죽었는데 또 그로인해 사람까지 죽인다면, 백성들이
과인을 보고 짐승만 소중히 여기고 사람은 천하게 여긴다 말하지
않겠는가?"

　그리고 좋은 술 수십 병을 가져오게 하여, 사람을 시켜 이를 기산

아래로 가져가 그들에게 전해 주고, 임금의 말로 이렇게 전하게 했다.

"임금께서 말씀이 계셨다. 좋은 말고기를 먹고 술을 마시지 않으면 사람을 상한다고 했다. 그러니 이 술을 나눠 마시도록 하라."

그들은 모두 머리를 조아리며 은혜에 감사했다. 술을 나눠 마시며 다같이 탄식해 말했다.

"말을 도둑질한 것에 죄를 주시지 않을 뿐 아니라, 우리가 병들 것을 염려하시어 술까지 보내주시니 이 은혜를 무엇으로 갚는단 말인가?"

책에는 이들을 야인(野人)이라 쓰고 있다. 이 들사람이란 뜻의 야인은 여러 가지 뜻을 지니고 있다. 여기서는 일정한 직업이 없이 닥치는 대로 살아가는 야만인의 뜻으로 산적에 가까운 사람들을 가리킨 것으로 볼 수 있다. 사람마다 칼을 들고 활과 화살을 차고 있는 것만 보아도 알 일이다.

옷을 헐벗은 채,

목공은 하늘을 우러러보며 탄식해 말했다.

"야인들도 은혜를 갚을 줄 아는데 진나라 임금은 어째서 그 모양이란 말인가!"

권세와 영화를 위해 권모술수만을 일삼는 사람은, 이미 양심이 욕심에 묻혀버린 지 오래일 것이니, 먹고 사는 본능에 쫓기는 야인의 거짓없는 그것과는 비교될 수 없는 것이다.

목공은 그들 가운데 벼슬하기를 원하는 사람이 있으면 벼슬을 주겠다고 했다. 그러나 그들은 지금의 생활 이대로가 좋다며 마다 했다. 그들은 한 때의 은혜를 갚기 위해 달려왔을 뿐이라고 말했다.

목공은 그들에게 황금과 비단을 주었다. 그들은 그것마저 사양했다. 고기가 먹고 싶어 훔쳤을 망정 금이나 비단 같은 것은 필요치 않은 것이었을지도 모른다. 겉치레뿐인 문화인보다는 꾸밈없는 야만인을 더 좋아한다고 말한 공자의 참뜻도 바로 여기에 있었던 것이리라.

진혜공은 포로의 신세가 되어 석 달 동안 욕된 나날을 보내다가 마침내 다섯 성을 떼어 주고 세자를 볼모로 데려오게 한 다음 풀려나 본국으로 돌아왔다.

혜공은 어느 날 극예를 보고 말했다.

"내가 진나라에 있는 동안 가장 걱정된 것은 중이였어. 그가 변을 틈타 들어오지나 않을까? 하고 말이야. 이제 겨우 마음이 놓이는군."

"그가 밖에 있는 한은 끝내 마음을 놓을 수 없는 일입니다. 그를 어떻게든 없애고 난 다음에라야 마음을 놓을 수 있습니다."

"누가 그를 없앨 수 있겠소? 내 상을 아끼지 않겠소."

"내시 발제(勃鞮)는 지난날 여희의 부탁으로 중이를 체포하러 포성으로 갔다가 담을 넘어 달아나는 중이의 옷소매만을 칼로 치고 놓쳐버린 일이 있습니다. 발제는 중이가 나라로 돌아오게 될까 가장 두려워하고 있는 사람입니다. 중이를 죽이는데 발제보다 더 마땅한 사람은 없습니다."

혜공은 곧 발제를 불러 상의했다. 발제는 이렇게 말했다.

"중이가 적(翟)나라에 가 있은 지 벌써 열두 해가 됩니다. 그곳에서 적나라 임금이 오랑캐를 쳐서 두 딸을 얻어 돌아와 계외(季隗)라는 작은딸은 중이에게 주고, 큰딸인 숙외(叔隗)는 중이의 심복인 조최(趙衰)에게 주어 각각 아들까지 두었습니다. 지금 신이 군사를 거느리고 가서 친다면 적나라가 중이를 도와 대항할 것이니 승부를 점칠 수는 없는 일입니다."

"그런 점도 없지 않겠지."

"신의 생각으로는 자객을 몇 사람 얻어 몰래 적나라로 가 있다가 중이가 놀러 나와 있는 틈을 타서 해치우는 것이 가장 손쉽고 안전할 것 같습니다."

"그거 정말 묘한 방법이군."

혜공은 발제에게 황금 백 근을 주고 자객을 사서 재주껏 하라고 이른 다음 사흘 안으로 길을 뜨라고 일렀다. 비밀이 새어 중이가 먼저 알게 될까 두려웠던 것이다. 그리고 성공만 하면 큰벼슬을 주겠다는 약속까지 했다.

쥐도 새도 모르게란 말이 있다. 그러나 사람의 눈을 속일 수는 없다. 중이가 들어와 임금이 되는 것도 위태롭다 하여 이름을 빌려주지 않았던 원로대신 호돌은 밖에 있는 중이와 그를 따라간 두 아들의 몸을 염려하여 혜공 둘레에 있는 사람들의 움직임을 살피고 있었다.

내시들 가운데는 호돌의 눈과 귀가 되어 있는 사람도 많았다. 그들은 사소한 움직임도 일일이 호돌에게 남이 알지 못하게 알려오곤 했다.

발제가 돈을 물쓰듯 하며 자객을 급히 구한다는 말을 들은 호돌은 그것이 누구를 위한 것인지 의심이 나서 심복 내시를 시켜 급히 알아오게 했다.

비밀을 알게 된 호돌은 즉시 아들에게 편지를 써서 사람에게 들려 보냈다.

호언과 호모 형제가 편지를 중이에게 보이며 곧 떠날 것을 청하자,

"아내와 자식이 있는 이곳이 내집인데 어디로 간단 말인가?"
하고 중이는 떠나려 하지 않았다.

"우리가 이곳에 있는 것은 집을 꾸미기 위한 것이 아니라 나라를 얻기 위해서가 아닙니까? 힘이 없어 잠시 이곳에서 쉬고 있은 지도 이미 오래였으니 이제 큰나라로 옮길 때도 되었습니다. 발제가 오는 것은 하늘이 공자의 발길을 재촉하기 위한 것입니다."
"가면 어느 나라로 가야 하겠소?"

"제나라 임금이 비록 늙었지만 아직도 패업을 지켜가고 있습니다. 관중이 죽은 뒤 외롭게 있으므로 우리가 가면 후하게 대해 줄 것입니다. 기회가 생기면 제나라의 힘을 빌려 다시 돌아갈 수 있습니다."

중이는 거기에 따르기로 하고 길떠날 준비를 서둘렀다. 처자를 데리고 갈 수도 없는 일이라 전날 미리 작별인사를 해두었다.

이튿날 아침 중이는 호숙(壺叔)에게 명령하여 수레를 정돈하게 하는 한편, 살림살이를 맡고 있는 두수(頭須)로 하여금 필요한 물건이며 돈이며 비단을 잘 챙기도록 일렀다.

이러고 있을 때 호모와 호언이 정신없이 달려와 말했다.

"아버님이 또 사람을 보내왔습니다. 사흘뒤에 떠나기로 한 발제가 바로 그 이튿날 떠났다 합니다. 언제 무슨 일이 밀어닥칠지 모르는 일이니 시각을 지체말고 어서 길을 뜨라는 전갈입니다. 그래서 편지도 못 쓰시고, 걸음이 날랜 사람에게 밤을 새워 달려와 말로 전하게 한 것입니다."

중이는 금방 발제가 자객을 데리고 나타날 것만 같았다. 12년 전 그놈의 칼에 팔이 잘려나갈 뻔했던 아슬아슬한 순간이 눈앞에 어른거리기 시작했다.

짐을 꾸리고 수레를 타고 할 틈도 없이 호언 형제와 함께 걸어서 성밖으로 나갔다.

호숙은 공자가 이미 가버린지라 수레 하나만을 준비하여 급히 뒤따라가 함께 앉아 갔다. 조최와 구계(臼季)도 미처 수레를 타지 못한 채 걸어서 뒤를 쫓았다. 그런데 두수만이 보이지 않았다.

"두수는 어째서 오지 않는가?"

하고 중이가 묻자, 짐을 몽땅 싣고 어디론가 다른 길로 가버리고 보이지 않는다는 것이었다. 혼자 뒤에 남게 되자 갑자기 생각이 달라진 것이다. 고생길로 들어선 공자를 뒷바라지 하느니 이 기회에 한

몫 챙겨 잘살아보자는 생각이 든 것이다. 중이는 있을 집을 잃은 마당에 이제 노비마저 없는 신세가 되고 말았다. 일이 이렇게 된 이상 달리 방법이 없었다. 그물을 빠져나온 물고기처럼 급히 달아나는 수밖에 없었다.

일행이 성을 나온 반날이 지난 뒤에야 적나라 임금은 중이가 떠나간다는 소식을 들었다. 노비를 주려고 했으나 미치지 못했다.

망명생활 12년에 다시 유랑길에 오른 중이 일행은 수레도 노비도 없이 며칠을 걸어서 위나라 경계에 이르렀다.

관문에서 수문장에게 자세한 사연을 말하자 급히 안으로 맞아들인 다음 나라에 보고했다.

신하들은 맞아들이자고 했다. 그러나 위문공이 받아들이지 않았다. 오랑캐의 침략으로 쑥밭이 되어버린 위나라의 복구에 많은 나라들이 도움을 주었으나, 진나라만이 돌 하나 사람 하나 보내준 일이 없은 것에 대한 보복이었다.

위문공의 이 한 순간의 앙갚음은 뒷날 엄청난 고통과 위험의 보복을 가져오고 만다. 굶주린 산짐승이 먹이를 찾아 집으로 내려와도 먹여 보낸다 하였거늘, 망명길에 오른 사람을 문전박대한다는 것은 착한 위문공으로서는 취할 태도가 아니었다.

성안으로 들어서지 못한 중이 일행은 성밖을 따라 제나라로 향해야만 했다. 무장인 위주(魏犨)와 전힐(顚頡)은 촌락으로 들어가 먹을 것을 강제로 빼앗아오자고도 했다.

"위나라 임금이 주인의 도리를 지키지 않았으니 우리가 손의 도리를 지키지 않는다고 우리를 탓하지는 못할 것이다."

라는 것이었다. 그러나 그럴 수는 없는 일이었다.

아침밥도 얻어먹지 못하고 길을 나선 중이 일행은 낮이 지날 무렵 오록(五鹿)이란 곳에 이르렀다.

마침 여러 농부들이 밭두렁 위에 앉아 점심밥을 먹고 있었다. 중

이는 호언을 시켜 밥을 좀 달라고 청했다. 그러자 한 농부가 물었
다.

"손님들은 어디서 오는 길이오?"

"우리는 진나라에서 오는 사람들로 수레위에 계신 분이 우리 공자
님이십니다. 먼길에 양식이 떨어져 아침을 굶었으니 조금만 주셨
으면 합니다."

지푸라기라도 잡고 싶은 심정이었겠지만 일하는 일꾼들에게 밥을
청하는 것부터가 무리였다. 농부는 껄껄 웃으며 말했다.

"허우대는 그럴듯한 사람들이 스스로 먹을 것을 마련하지 못하고,
배불리 먹어야만 호미질을 할 수 있는 우리보고 밥을 달라는 거
요? 남 줄 밥이 어디 있겠소?"

호언은 그냥 물러나기가 무엇했던지,

"그럼 그릇이라도 잠시 빌려 주십시오."

하고 청했다. 물이라도 떠서 먹겠다는 뜻이었는지도 모를 일이다.

그 농부는 꽤나 익살꾼이었던 모양으로 흙덩이를 하나 주며 말했
다.

"이걸 구으면 그릇이 되니 만들어서 쓰구려."

성질 급한 위주가 참고 있을 리 없었다.

"네놈이 감히 누구를 비웃느냐?"

하고 호통을 치며 밥그릇을 빼앗아 집어던져 부숴버리고 말았다.

중이도 성이 나 채찍으로 치려 했다. 그러나 호언이 급히 이를 말
리며 이렇게 말했다.

"밥은 얻기 쉽지만 땅은 얻기 어렵습니다. 땅은 나라의 터가 됩니
다. 하늘이 저사람의 손을 빌어 공자에게 땅을 주신 것이니, 이는
나라를 얻게 될 징조입니다. 어찌하여 노여워 하십니까? 내려와
절하고 받으십시오"

중이는 나라를 얻을 징조라는 말에 갑자기 생각이 바뀌어 호언의

말에 따라 내려와 절을 하고 받았다.

농부들은 무슨 뜻인지는 알지 못하고 하는 모양들이 바보놀이처럼 재미있게 보였던지 함께 소리내어 크게 웃었다.

그리고 다시 십여리를 가자 일행은 배가 고파 더는 걸을 수가 없어 나무 아래에서 쉬었다. 중이는 호언의 무릎을 베고 누워 있었다.

호모가 말했다.

"자여(子餘=조최의 자)가 아직 병에 넣은 죽을 가지고 있으니, 그가 오기를 기다립시다."

호모의 말에 위주가 자기 생각을 말했다.

"자여 혼자 먹기도 모자랄 터인데 남아 있을 리가 없잖아?"

여러 사람이 다투어 고사리를 뜯어와 삶아 먹었다. 그러나 중이는 그것이 넘어가지 않아 삼키지를 못했다.

이때 개자추(介子推)가 어디서 얻은 건지 고깃국 한 대접을 가지고 와 올렸다. 중이는 맛있게 다 먹고 나서 물었다.

"이 고깃국이 어디서 났소?"

"사냥꾼에게서 한 점 고기를 얻어 끓인 것입니다."

개자추는 자기 넓적다리 살을 베어 곧 쓰러질 것만 같은 중이를 구해 낸 것이다. 그의 절룩거리는 걸음걸이를 보고 수상하게 여긴 동료들이 이를 밝혀냈다.

중이는 눈물을 흘리며 개자추에게 말했다.

"불쌍한 나를 위해 스스로 몸을 상하게 하다니! 내 장차 무엇으로 이를 보답하리요?"

"신은 다만 하루빨리 돌아가시어 혼란을 거듭하는 나라를 바로잡고, 도탄에 빠진 백성들을 건져 주시기를 빌 뿐입니다."

그러나 중이는 이때의 감격을 임금이 된 뒤에 까맣게 잊고 만다. 임금을 둘러싼 참모들의 공다툼을 지켜본 개자추는 그들과 벼슬하는 것이 비위에 거슬려 산 속으로 들어가 숨고 만다. 뒤늦게 이를 안

중이는 그가 숨어 있는 산 속을 뒤지던 끝에, 그가 스스로 피해 나오리란 생각에 산에 불을 지르게 했다. 어머니와 함께 숨어 있는 개자추는 효자이기도 했으므로 꼭 불을 피해 나올 줄로 알았던 것이다.

그러나 임금의 그같은 태도를 못마땅하게 여긴 위주와 전힐이 불을 사방에서 한꺼번에 지른 까닭으로 불속에서 타죽고 말았다.

이날이 마침 청명 다음날이었으므로 불에 타죽은 개자추의 넋을 위로하기 위해 불을 때지 않고 찬밥을 먹는 풍습이 생겨 찬밥이란 뜻의 한식절이 생겨났다는 것이다.

얼마 뒤에 조최가 이르렀다. 발을 가시에 찔려 걸음이 더디었던 것이다. 위주가 혼자 먹기도 모자란다고 한 그 죽을 조최는 있는 그대로 고스란히 가지고 와 중이에게 올렸다.

중이는 이미 고깃국을 먹고난 뒤였으므로,

"자여는 배고프지 않은가? 왜 먹지 않고서……"

하며 도로 주었다. 조최는 병에 물을 넣어 고루 섞은 다음 골고루 조금씩 나눠 주었다. 이를 바라보는 중이는 탄복해 마지 않았다.

이렇게 중이 일행은 먹을 것을 찾아 더딘 발걸음으로 굶고 먹고 한 끝에 마침내 제나라 관문에 와 닿게 되었다.

제환공은 일찍부터 중이의 어진 이름을 듣고 있었으므로 중이 일행이 관문으로 들어왔다는 소식을 듣자, 곧 사람을 멀리 내보내 공관으로 맞아들인 다음 환영잔치를 베풀게 했다.

이 자리에서 환공은 중이에게 물었다.

"공자께선 안식구들을 거느리고 오셨습니까?"

"제 한 몸도 지키기 어려운데 도망쳐 나온 사람이 어떻게 가족을 데리고 나올 수 있겠습니까?"

"허허 이럴 수가? 과인은 혼자 자는 밤이면 한 해를 보내는 것만 같은데 공자께서 객지에 나와 옆에서 시중들 사람이 없다니 그래서야 되겠습니까?"

그리고는 여러 딸 가운데서 가장 아름다운 딸을 골라 중이에게 시집보내 주었다.

맹자가 제선왕을 보고 통일천하의 어진 정책을 말하자, 자기는 여자를 좋아하기 때문에 그 정책이 좋은 줄은 알면서도 행할 수가 없다고 했다. 그러자 맹자는,

"임금께서 여자를 좋아하시면 백성들도 다 여자를 좋아하지 않겠습니까? 홀아비와 홀어미가 없고, 노총각 노처녀가 없도록 하시면 통일천하에 더 무엇이 필요하겠습니까?"

라고 했다. 제환공은 맹자가 말한 그것을 실천한 사람이라 볼 수 있다.

이때 중이에게 보낸 제환공의 딸을 제강(齊姜)이라 불렀다. 이 제강은 중이가 임금이 되어 패천하를 하는데 결정적인 역할을 하게 된다. 그 이야기는 다음으로 미루기로 하고, 이때를 앞뒤로 한 제나라의 사정을 먼저 알아보기로 하자.

이때가 제환공 42년으로 노희공 16년이었다. 몇 해 전에 관중이 죽고, 그 뒤를 이어 습붕이 상국이 되었으나 한 달이 못 되어 또 죽고 말았으므로, 포숙이 습붕의 뒤를 이어 자리를 지키고 있었다.

그러나 환공이 관중의 유언과 포숙과의 약속을 지키지 않고 내쫓았던 간신들을 불러들임으로 해서, 포숙은 홧병으로 죽고 2년 뒤인 44년에 환공은 간신들 손에 참혹한 죽음을 맞게 되고, 제나라는 공자들의 후계자 싸움으로 난장판을 이루게 된다.

관중은 어떤 유언을 했으며, 포숙과 환공은 어떤 약속을 했으며, 약속을 저버린 환공의 죽음과 그 뒤를 이어 빚어지는 혼란이 어떤 것인지를 다음 장에서 알아보기로 하자.

관중(管仲)의 죽음과 그 뒤…

총이무거인전 덕업무낙인후
寵利毋居人前, 德業毋落人後.
"총이(寵利)는 남보다 앞장서지 말고 덕업(德業)은 남보다 뒤
지지 말아라."

노희공 11년에는 주나라의 왕자 대(帶)의 반란이 있었다. 주양왕
이 태자로 있을 때부터 태자의 자리를 노리고 있었으나 관중의 예
방책에 걸려 뜻을 이루지 못하고, 마침내 태자가 양왕이 된 3년에
오랑캐들을 끌어들여 뜻을 이루려 한 사건이었다.

이 반란음모로 인해 오랑캐들이 주나라를 침범해 오자 양왕은 각
나라에 도움을 청했었다. 이때 진목공과 진혜공도 주나라의 환심을
얻기 위해 직접 군대를 이끌고 갔었다. 그러나 제환공은 관중에게
군사를 주어 돕게 했다.

왕자대는 쫓기어 제나라로 달아나고 오랑캐 임금은 사람을 보내
용서를 빌고 화친을 청함으로써 일은 끝났던 것이다.

이때 양왕은 두 차례에 걸친 관중의 고마움과 수고에 보답하기 위
해 큰 잔치를 벌이고, 관중을 상경의 예로써 대접하려 했다. 그러나

관중은 외람되다며 이를 사양하고 하경의 예로 대접받고 돌아왔었
다.

이해 겨울에 관중은 병으로 자리에 눕게 되었다. 이제 세상을 하
직해야 될 시기를 맞은 것이다.

환공은 몸소 찾아가 관중의 너무도 여윈 모습을 보자 그의 손을
잡고 말했다.

"중부의 병이 너무도 깊구려! 불행하게 일어나지 못한다면 과인
이 장차 누구에게 나라를 맡겨야 할지……."

이때 영척과 빈수무는 죽고 없었다.

"아깝다. 영척이여!"

하고 관중은 한숨지어 말했다.

"영척 말고 사람이 없겠소? 나는 포숙에게 나라를 맡기고 싶은데
어떻소?"

"포숙은 사심이 없는 사람입니다. 그러나 나라를 다스릴 수는 없
습니다."

"그건 어째서요?"

"착하고 악한 것을 너무 분명하게 가리기 때문입니다. 착한 사람
을 반기는 것은 더없이 좋은 일이지만, 악한 것을 싫어하는 것이
지나치면 어느 누가 견뎌내겠습니까? 포숙은 다른 사람이 한 가
지 악한 일을 하면 평생 그것을 잊지 않습니다. 이것이 그의 모자
란 점입니다."

"습붕은 어떻소?"

"습붕은 재상이 될만 합니다. 아랫사람에게 묻기를 부끄러워하지
않고, 집에서도 나랏일을 잊지 않습니다."

그리고는 이어 한숨을 내쉬며 말했다.

"하늘이 습붕을 낸 것은 신의 혀로 삼기 위해서였습니다. 몸이 이
미 죽고나면 혀인들 오래 남아 있겠습니까? 임금께서 습붕을 쓰

신다 해도 그리 오래지는 못할 것입니다.”
“그러면 역아는 어떻소?”
“임금께서 묻지 않으셔도 신이 말씀드리려 했습니다. 저들 역아와 수초와 개방 세 사람은 반드시 멀리 하셔야 합니다.”
“역아는 과인의 입맛을 맞추기 위해 그 어린 자식까지 바친 사람이오. 과인에 대한 사랑이 자식보다 더한 증거가 아니겠소? 무엇을 또 의심하겠소?”
“사람의 사랑 가운데 자식보다 더한 것이 없습니다. 사랑하는 자식에게도 차마 못할 짓을 하는 사람이 하물며 임금에 대해서야 말해 무엇하겠습니까?”
“수초는 과인을 가까이서 섬기기 위해 스스로 제 몸을 해친 사람이오. 과인에 대한 사랑이 제 몸보다 더한 증거가 아니겠소? 무엇을 또 의심하겠소?”
“자기 몸보다 더 중한 것이 없거늘 스스로 제 몸을 상하게 했으니, 무엇을 얻기 위해서라면 무슨 짓인들 못하겠습니까?”
“개방은 위나라의 세자가 될 사람이었소. 그런 그가 과인의 신하가 되어 과인의 사랑을 받는 것을 영광으로 생각하며, 부모의 초상에도 가지 않았소. 부모보다도 과인을 더 사랑한 증거가 아니겠소? 그런 그를 멀리하라는 것은 무엇 때문이오?”
“천승 나라의 임금이 되는 것은 누구나가 크게 바라는 일입니다. 그것을 버리고 부모의 나라를 버린 것은 말하지 못할 숨은 사연이 있어서입니다. 부모가 죽어도 초상에 달려가지 않은 것은 부모에 대한 정이나 도리같은 것을 전혀 느끼지 못한 때문입니다. 제 부모와 제 나라를 등진 사람이 하물며 임금이나 다른 나라이겠습니까? 그들을 가까이 두시면 반드시 나라를 어지럽히게 됩니다.”
“저들 세 사람은 과인을 섬긴 지 이미 오래였소. 어찌하여 중부는 지금까지 단 한마디도 그들에 대한 말을 하지 않은 거요?”

"신이 말하지 않은 것은 임금의 마음을 편하게 해드리려 한 것입
니다. 저들을 물에 비유한다면 신은 저들이 옆길로 치닫지 못하도
록 막은 둑에 비유될 수 있습니다. 이제 둑이 없어진다면 물을 다
른 곳으로 돌려야 하지 않겠습니까? 집과 논밭을 뒤덮을 것이니
반드시 멀리 하셔야 합니다."

환공은 더는 말을 못하고 돌아갔다.

관중이 환공에게 부탁한 이 말은 그날로 역아의 귀로 들어갔다.
역아는 타고난 버릇으로 포숙과 관중을 이간시킬 생각으로 포숙을
찾아가 말했다.

"중부가 재상이 된 것은 대감의 천거 때문이 아닙니까? 그런 그
가 임금이 가서 물었을 때 대감은 재상이 될 자격이 없다며 습붕
을 대신 천거했다 합니다. 은혜를 그렇게 저버려도 되는 겁니까?
사람의 도리로써 그럴 수 없는 일입니다."

포숙은 웃으며 말했다.

"그런 사람이기에 내가 천거한 것 아닌가? 나라를 위한 충성으로
친구와의 사사로운 친분을 조금도 마음에 두지 않는 그였기에 오
늘의 제나라가 있게 된 것 아닌가? 나는 법관이 되어 간사하고
아첨하는 무리를 내쫓는 일에는 능하지만, 재상이 되어 모든 사람
을 포용하지는 못하네. 내가 만일 재상이 된다면 그대 같은 사람
들이 궁안에 붙어 있을 것 같은가?"

반기며 자기 말에 끌려들 것으로 기대하고 왔던 역아는 얼굴이 화
끈 달아오른 채 고개도 들지 못하고 물러갔다.

하루가 지나고 환공이 다시 가 보았을 때 관중은 벌써 말을 하지
못했다. 함께 온 포숙과 습붕은 모두 눈물을 거두지 못했다.

이날밤 관중은 세상을 마쳤다. 환공은 통곡하며 말했다.

"슬프다. 중부여! 하늘이 내 팔을 잘랐도다!"

환공은 관중을 국장으로 장례를 치르게 한 다음, 관중의 살았을

때의 식읍을 그대로 다 아들에게 물려주고, 자손 대대로 대부의 벼슬에 있게 했다.

역아가 대부 백씨(伯氏)를 찾아가 말했다.

"옛날 임금께서 영감의 식읍인 병읍(騈邑) 3백을 빼앗아 중부의 공을 상주지 않았습니까? 이제 중부가 죽었으니 임금께 청하여 그 병읍을 되돌려 받도록 하십시오. 내가 옆에서 영감을 도와 말하리다."

그러나 백씨는 관중의 죽음을 슬퍼하여 울며 대답했다.

"나는 나라를 위해 아무것도 한 것이 없었으므로 고을을 잃은 거요. 중부는 죽었어도 그 공이 그대로 있지 않은가? 내가 무슨 낯으로 그 땅을 되돌려 달라고 임금께 말할 수 있겠소."

역아는 비로소 부끄러움을 느꼈다.

"관중은 죽은 뒤에도 오히려 백씨의 마음을 굴복시키고 있으니, 우리 같은 무리는 정말 소인이 아닐 수 없다."

하며 발길을 돌렸다. 〈논어〉에 보면 관중이 어떤 사람이냐고 누군가가 물었을 때, 이 이야기로 공자는 대신하고 있다.

환공은 관중의 유언에 따라 습붕을 상국에 임명했다. 그러나 한 달이 못되어 습붕 또한 병으로 죽고 말았다.

"중부는 성인이었던가? 어떻게 습붕이 오래 나를 돕지 못할 것을 알았단 말인가?"

하고 환공은 슬퍼 마지 않았다. 하늘은 과연 세상을 연극하듯 주연이 사라지면 조연도 버리는 것일까?

환공은 포숙을 불러 습붕의 뒤를 잇게했다. 포숙은 굳이 마다며 사양했다.

"이제 나라 안에 재상이 될 사람이 경말고 누가 또 있소? 경마저 과인을 버릴 생각이오?"

"신이 착한 사람과 악한 사람에 대해 좋아하고 싫어하는 것이 지나치다는 것은 임금께서도 잘 아시는 일입니다. 임금께서 굳이 신을 쓰고 싶으시면 역아와 수초와 개방 세 사람을 멀리 하십시오. 그래야만 감히 명령에 따르겠습니다.”

“중부도 그런 유언을 남겼소. 내 어찌 경의 말을 쫓지 않겠소?”

환공은 그날로 세 사람의 소임을 빼앗고 다시는 궁안으로 들어와 마주보는 일이 없도록 하라고 명을 내렸다.

포숙은 상국의 자리에 오른 뒤 관중이 정한 법령과 정책을 그대로 지켜나갈 뿐 일체 바꾸거나 고치는 일이 없었다.

이때 기(杞)나라가 오랑캐의 침략을 받아 제나라에 구원을 청했다. 환공은 송·노·진·위·정·허·조 일곱 나라 임금과 군사를 거느리고 직접 나가 오랑캐를 내쫓은 다음 기나라 서울을 연릉(緣陵)이란 곳으로 옮기게끔 도와 주었다. 이때가 노희공 14년 봄이었다고 〈춘추〉에는 실려 있다.

관중이 죽은 뒤에도 제후들이 제나라 명령에 따른 것은 포숙이 관중의 정책을 바꾸지 않고 나라를 잘 이끌고 간 때문이었다.

그러나 환공은 끝내 관중의 유언을 지키지 못하고 내쫓았던 세 사람을 다시 불러들이고 만다. 음식을 맛있게 들 수도 없고, 듣기 좋은 소리를 들려주는 사람도 없이 재미없는 나날을 보내야만 하는 환공은 하루하루 몸이 여위어 가기만 했다.

이를 본 장위희(長衛姬)가 환공을 보고 말했다. 그녀는 역아편이었다.

“저들 세 사람이 쫓겨난 뒤에도 나라가 더 잘 다스려진 것도 없지 않습니까? 몸이 날로 여위어만 가는 것은 그들의 알뜰한 떠받듬이 없기 때문입니다. 그들을 다시 들어오게 하십시오.”

“과인도 그 세 사람을 밤낮 생각하고 있소. 다만 쫓아낸 사람을 다시 불러 들이면 포숙의 뜻을 거스르게 될까 그것이 두렵소.”

“우선 역아만이라도 불러들이시지요. 음식이라도 맛있게 드셔야

하지 않겠습니까? 역아를 불러오면 다른 두 사람도 곧 들어오게
되지 않겠습니까?"

환공은 장위희의 말에 따라 역아를 먼저 불러들였다. 포숙이 가만
있을 리 없다.

"임금께선 중부의 유언을 잊으셨습니까? 어찌하여 저들을 다시
불러들이십니까?"

하고 간했다. 환공도 할 말은 있었다.

"세 사람은 과인에게 도움이 될 뿐 아니라, 해를 끼칠 거야 없지
않겠소? 중부의 생각이 아무래도 너무 지나쳤던 것 같소."

하고 포숙의 말을 듣지 않고, 오히려 수초와 개방을 차례로 다 불러
들이고 만다.

포숙은 분하고 답답한 나머지 병이 나 죽고, 관중의 말대로 세 사
람은 나라를 그르치고 만다.

하나 남은 포숙마저 죽고 나자 역아·수초·개방 세 사람은 이제
거리낄 사람이라곤 아무도 없었다. 제환공은 늙고 정신마저 흐려져
허수아비와 다를 것이 없었다.

환공이 천자의 이름을 빌어 천하를 호령했듯이 이제 그 자신의 이
름이 간신들에게 이용당하는 무력한 존재로 변하고 말았다.

이들 세 사람에게 잘 보이는 사람은 벼슬도 하고 돈도 모을 수 있
었고, 이들 세 사람의 뜻에 거슬리는 사람은 죽거나 쫓겨나거나 했
다.

이에 앞서 편작(扁鵲)으로 불리는 정나라의 유명한 의원인 진완
(秦緩)이란 사람이 제나라의 노촌(盧村)이란 곳에 머물러 있으면서
사람의 병을 고쳐주곤 했다. 그래서 노의(盧醫)로 불리기도 했고,
그의 자가 월인(越人)이었으므로 노월인으로 불리기도 했다.

편작은 원래 황제 때 사람으로 죽은 사람도 살려낸다는 전설의 인
물이다. 진완이 그 편작의 별명을 얻기에 이른 데는 그만한 사연이

있었다. 역시 전설 같은 이야기이다.

진완은 젊었을 때 여관을 차려두고 손님을 재워 보내는 접객업을 하고 있었다. 그러던 어느 날 장상군(長桑君)이란 사람이 와 묵게 되었다.

진완은 신선처럼 생긴 그 장상군이란 손님을 후하게 대접하고, 여관비도 받지 않았다. 이를 고맙게 여긴 장상군은 이상한 약을 주고, 그 약을 못으로 흘러들어오는 샘물로 삼키게 했다.

그리고 장상군은 떠났는데 그 뒤로 눈이 열리기 시작했다. 고양이 눈처럼 깜깜한 밤에도 대낮처럼 물건을 볼 수 있을 뿐만 아니라, 마음만 먹으면 담너머 있는 사람도 볼 수 있고, 창자 속도 들여다볼 수 있었다. 사람의 눈에 보이지 않는 귀신까지도 그의 눈에는 보였다.

그래서 의원 공부를 조금 하기는 했지만 맥을 짚어보고 병을 알아내는 건 한낱 이름일 뿐, 눈으로 이미 그 사람의 병이 어디에 어떻게 들어 있고 어떻게 진행되고 있는지를 환히 들여다보며 진단을 내리고, 거기에 따른 처방과 진료는 따라다니는 제자들에게 맡겨두고 있었다.

이래서 편작이란 이름을 얻게 되었는데 편작은 제자들을 데리고 열국을 두루 다니며 많은 기적을 나타내 보이기도 했다. 그가 괵나라에 이르렀을 때 마침 세자가 이유없이 갑자기 죽고 말았다. 알지 못하는 사이에 시체로 변해 있은 것이다.

편작이 대궐 앞을 지나가다 이 소식을 듣고, 들어가 자기가 살릴 수 있다고 말했다.

내시가 나와,

"세자는 이미 죽었습니다. 어떻게 다시 살아날 수 있겠습니까?" 하고 말하자, 편작은 한번 시험해 보자고 했다. 임금이 눈물을 흘리며 나와 편작을 맞아들여 죽은 세자의 시체를 보게 했다.

편작은 제자를 시켜 돌침으로 침을 놓게 했다. 조금 뒤에 죽었던 세자가 되살아났다. 편작은 다시 탕약을 먹게 했다. 그리고 보름이 지나자 완전히 건강을 되찾게 되었던 것이다.

이 뒤로 편작의 이름은 더욱 세상에 널리 알려지게 되었고, 그가 가는 곳이면 병을 고치려는 사람으로 장터를 이루곤 했다.

그 편작이 이때 제나라 서울 임치로 들어오게 되었다. 그는 부르지도 않았는데 환공을 찾아왔다. 유명한 편작인 만큼 맞아들였다.

편작은 환공을 바라보며 말했다.

"임금께선 지금 병을 살갗속에 지니고 계시옵니다. 빨리 다스리지 않으면 앞으로 더욱 깊어지게 되옵니다."

"과인은 일찍이 병을 앓은 적이 없소. 지금 아무렇지도 않은 나를 보고 병이라니?"

하며 덜좋은 기색을 보였다.

물러갔던 편작이 이레 뒤에 다시 와 뵙기를 청했다. 환공이 마다는 것을 역아의 청으로 들어와 보게 했다.

"임금의 병은 지금 핏줄속에 들어와 있습니다. 빨리 다스리지 않으면 안 됩니다."

환공은 아무 대답도 하지 않았다. 멀쩡한 사람을 병이 있다 하고 약도 쓰고 침도 놓고 하여 헛생색을 내고 돈을 챙기는 돌팔이들의 속셈을 잘 알고 있은 때문이었을 것이다. 한번 이름이 알려지면 그 이름까지 파는 것이 사람이기에 더욱 그랬을 것이다.

이레 뒤에 그 편작이 또다시 찾아왔다. 병이 이제 창자로 들어와 있으니 서둘러 다스려야 한다고 했다. 환공은 역시 아무 대답도 하지 않았다. 그리고 편작이 나간 뒤에,

"의원이란 헛생색을 내기 좋아한다지만 좀 지나치군. 멀쩡한 나를 보고 병이 깊었다니?"

하고 웃었다. 환공은 건강에 자신이 있었던 것이다. 그보다도 이름

을 팔려 하는 편작의 얕은 꾀에 넘어가지 않는다는 늙은이의 영웅적인 고집이 그런 태도를 만들었던 것이다.

닷새 뒤에 편작이 다시 나타나 문안을 드렸다. 이번에는 아무 말 없이 물러나와 도망치듯 가버렸다.

편작의 이런 태도를 수상하게 여긴 역아가 사람을 시켜 그 까닭을 물어보게 했다.

편작의 대답은 이러했다.

"임금의 병은 이미 뼛골속에 들어와 있소. 살갗속에 있을 때는 더운 목욕물과 찜질로 병을 내쫓을 수 있고, 핏줄속에 있을 때는 쇠침이나 돌침으로 몰아낼 수 있으며, 창자속에 있을 때는 약술과 약물로 다스릴 수가 있지만, 병이 골속으로 들게 되면 사람의 수명을 맡은 귀신이라도 어쩔 수 없는 일이오. 그래서 말없이 나와버린 거요."

역아는 이 말을 환공에게 알리지 않았다. 자기가 서둘러야 할 일이 더 급했기 때문이다.

편작이 가버린 며칠 뒤에 환공은 갑자기 몸이 이상해지기 시작했다. 급히 사람을 시켜 편작을 불러오게 했다. 그러나 떠나버린 편작이 다시 올 리는 없었다. 환공은 몹시 뉘우쳤지만 도리가 없는 일이다.

제환공에게는 세 부인과 여섯 여부인(如夫人)이 있었다. 왕희(王姬)와 서희(徐姬)와 채희 세 부인 가운데 앞의 둘은 아들이 없이 일찍 죽고, 채희는 앞에서 본 대로 친정으로 쫓겨나고 말았었다.

많은 후궁 가운데 여섯 여자가 부인과 다름없는 위치에 있었기 때문에 여부인으로 불린 것이다.

이 여섯 여부인은 각각 아들을 하나씩 낳았다. 위나라에서 시집온 두 딸로 큰딸을 장위희라 부르고, 작은딸을 소위희라 불렀는데 장위희의 아들은 공자 무휴(無虧)였고, 소위희의 아들은 공자 원(元)이었다.

여섯 여부인은 시집온 차례에 따라 이름이 붙여지기도 했다. 그래서 장위희를 첫째라 부르고, 소위희를 둘째라 부르기도 했다. 세째는 정나라 딸 정희로 공자 소(昭)를 낳았는데 환공은 이 소가 가장 어질다 하여 관중과 상의한 끝에 세자를 삼기로 하고, 규구(葵邱)에서 모임이 있었을 때, 환공은 세자 소를 잘 보살펴 달라는 부탁을 송나라 양공(襄公)에게 한 일이 있었다. 그런데 이에 앞서 환공은 장위희에게 무휴를 세자로 삼겠다는 약속을 해 두었기 때문에 이런 사실을 분명히 밝히지 않고 있었다. 그래서 아는 신하들만이 알고 있었고, 장위희는 여전히 자기 아들이 세자가 될 줄로 알고 있었으며, 다른 여부인들도 저마다 욕심을 버리지 않고 있었다.

네째 여부인 갈영(葛嬴)의 아들은 공자반(潘)이었고, 다섯째 여부인 밀희(密姬)의 아들은 공자 상인(商人)이었으며, 여섯째인 송나라 대부 화씨(華氏)의 딸 화자(華子)는 공자 옹(雍)을 낳았었다.

이 여섯 아들 가운데 공자옹만이 조심성이 많아 일찌감치 몸을 피해 진목공의 대부가 되고, 나머지 다섯은 번갈아 임금 자리에 오르는 추악한 권력싸움을 벌이게 된다.

집안을 잘 다스린 뒤에라야 나라를 다스린다고 했다. 제환공은 여자를 좋아한 나머지 집안을 이런 모양으로 만들어 두었으니 나라가 어지러워질 수밖에 없는 일이었다. 그가 패천하를 한 것은 오로지 관중 때문이었고, 그가 한 일은 그 관중을 믿고 썼다는 것뿐이라 말할 수 있다.

첫째 여부인 장위희는 역아와 수초와 한통이 되어 무휴를 세자로 세우려 꾀하고 있었다. 뒤에 공자 소를 세자로 세웠다는 것을 알자, 이들은 소를 없앨 궁리까지 하고 있었다.

편작이 떠나갈 때 한 말을 알고 있는 역아는 환공이 일어나지 못할 것을 짐작하고, 수초와 상의하여 나라를 빼앗을 음모를 꾸미기 시작했다.

이들은 임금의 명령이라 하여 환공이 있는 대전 문에 다음과 같은 글을 써서 붙여 두었다.

'과인은 놀라는 병을 얻어 사람의 소리가 듣기 싫어졌으니 신하든 자식이든 일체 들어오지 말게 하라. 내시 초는 궁문을 굳게 지키고, 옹무〔雍巫=역아의 성과 이름〕는 궁안 군사를 거느리고 감시하라. 모든 나랏일은 과인의 병이 나은 뒤에 아뢰도록 하라. '

이렇게 해 두고 공자 무휴와 장위희만이 궁안에 머물러 있었다. 환공이 죽으면 환공의 유언이라 하여 무휴로 뒤를 잇게 할 속셈이었다.

그런데 곧 죽을 줄 알았던 환공이 쉽사리 죽지 않았다. 초조해진 이들은 궁안에 있는 모든 시위며 궁녀를 모조리 다 밖으로 내보내고 궁문을 완전히 막고 말았다. 아무도 쳐들어오지 못하게 하려 한 것이다.

뿐만 아니라 환공이 누워 있는 침실 둘레에 세 길 높이의 담을 쌓고 개구멍 하나만을 내어 두었다. 어린 내시를 아침저녁으로 들여보내 죽었는지 살았는지만을 알아보게 한 것이다.

그리고 한편으로 대궐안에 있는 무기들을 정돈하여, 다른 공자들의 반란에 대비하고 있었다.

이런 가운데 다시 몇 날이 지났다. 병상에 누워 있던 환공이 문득 정신을 차렸다. 몸을 일으키려 했으나 마음대로 되지 않았다. 소리쳐 사람을 불러도 사람은 커녕 대답조차 들려오지 않았다.

환공은 두눈을 부릅뜨고 멍청히 바라보고 있었다. 그때 털퍽하는 소리가 들렸다. 사람이 위에서 떨어지는 것 같았다. 조금 뒤에 누군가 창문을 밀고 들어왔다. 환공이 다시 눈을 부릅뜨고 보니 심부름하는 궁녀 안아아(晏蛾兒)였다. 여자를 좋아하는 환공이 어느 날 우연히 마주친 그녀의 때묻지 않은 싱싱한 몸매를 보고 문득 욕심이나 하룻밤 사랑해 준 일이 있었기 때문에 얼굴을 대하는 순간 기억이 되살아난 것이다. 성이 안가였고, 이름이 아아였다. 나방이란 뜻이다.

"배가 고프다. 미음이 먹고 싶으니 가져오너라."

"미음을 찾을 길이 없사옵니다."

"그럼 목이 타니 더운 물이라도 다오."

"더운 물도 얻을 수가 없습니다."

"어째서냐?"

"역아와 수초가 난을 일으켜 궁문을 굳게 지키며 침실 둘레에 세 길 높이의 담을 쌓아 안팎을 가로막아 사람이 오갈 수 없게 만들었으니, 음식이 어디로 들어올 수 있겠습니까?"

"너는 어떻게 여기까지 들어올 수 있은 거냐?"

"일찍이 사랑해 주신 임금님의 은혜를 생각하여 목숨을 걸고 담을 넘어 왔사옵니다."

"세자 소는 지금 어디에 있느냐?"

"역아와 수초 두 사람이 가로막고 있어 궁안으로 들어올 수가 없습니다."

"중부는 역시 성인이 아니던가? 성인이 내다보는 일이 어찌 멀다 하지 않으리요? 과인이 밝지 못해 유언을 지키지 못했으니, 이제 와서 누구를 원망하리요!"

그리고는 분을 참지 못해 큰소리로 울부짖었다.

"하늘이여! 하늘이여! 이 소백이 이렇게 죽어야만 합니까?"

그리고는 피를 토해냈다. 울분을 피와 함께 토해버린 환공은 다시 조용한 목소리로 말을 이었다.

"내가 사랑하는 첩이 여섯이 있고, 자식이 십여 명이 되건만 단 한 사람도 눈앞에 보이지 않는데 너 혼자 내 마지막을 지켜주고 있으니 평소에 너를 후히 대해 주지 못한 것이 못내 부끄럽구나."

"바라옵건대 마음을 편안히 가지시옵소서. 만일에 불행한 일이 있으면 죽음으로 임금님을 보내드리오리다."

하룻밤만 자도 만리장성을 쌓는다는 것이 이 안아아의 경우에도 해당된다고 말할 수 있을 것 같다. 임금의 하룻밤 사랑이 안아아의 마음을 목숨까지 바치게 만들었으니 말이다. 천금의 돈을 뿌리려 하지 말고, 배고픈 사람에게 한 그릇 밥을 주도록 힘쓸 일이다.

환공은 다시 한숨을 지으며 말했다.

"내가 만일 죽어서 아는 것이 있다면 무슨 낯으로 저세상에 가서 중부를 대한단 말이냐?"

하고 옷소매로 자기 얼굴을 가린 다음 연거푸 한숨을 내쉬고는 숨이 끊어졌다.

이때가 73살로 임금 자리에 오른 43년 되던 해였으니, 노희공 17년(BC643) 겨울 12월의 일이었다.

환공의 숨이 끊어진 것을 보자 안아아는 한참 통곡을 하고 나서 바깥 사람을 소리쳐 불렀으나 담이 높아 밖에까지 들리지 않았다. 담을 넘어 나가려 했으나 넘어올 때와는 달리 사다리가 없으므로 그럴 수도 없었다.

생각다 못한 안아아는 약속한 대로 죽기를 결심했다. 옷을 벗어 환공의 시체를 덮어주고 다시 창문 둘을 떼어내어 그 위에 얹은 다음, 침상 아래 머리를 조아리며,

"임금의 영혼이 멀리 가시지 않았으면, 첩을 기다렸다 함께 데려 가옵소서!"

하고 밖으로 나와 기둥에 머리를 들이받아 죽고 말았다.

이날밤 어린 내시는 개구멍으로 들어와 침실 대청 기둥 아래 머리가 피투성이가 된 시체 하나를 발견했다.

놀라 기겁을 하고 나온 어린 내시는,

"주상께선 이미 기둥에 머리를 들이받아 자진했사옵니다."

하고 알렸다.

밑어지지 않은 역아와 수초는 내시의 무리들로 담을 헐게 한 다음 직접 들어와 보았다. 임금이 아닌 여자였으므로 더욱 놀랐다. 안아 아임을 곧 알게 되었다.

방으로 들어가 보니 안아아가 한 그대로 창문과 옷으로 덮인 환공의 시체가 말없이 누워 있었다.

역아와 수초 두 사람은 장위희와 짜고 공자 소를 먼저 죽인 다음 무휴를 임금으로 앉히기로 했다.

세자 소는 이날 저녁 대궐로 들어가 문병을 할 수 없어 혼자 고민하며 등불을 켜고 앉아 있었다. 깜박 졸고 있는 사이에 꿈을 꾸었다. 알지 못하는 부인이 나타나,

"세자는 빨리 피하십시오. 선공의 명을 받들어 일부러 와 알립니다. 화가 곧 닥칩니다."

세자 소가 까닭을 물으려 하자 그 부인이 소를 확 떠밀어버렸다. 천길 벼랑으로 떨어지는 것만 같았다.

소스라쳐 놀란 소는 시종을 불러 촛불을 켜들고 따르게 한 다음, 옆문으로 빠져나가 상경 고호(高虎)의 집으로 찾아가 꿈 이야기를 들려 주고, 좋은 징조인지 나쁜 징조인지를 물었다. 물으나 마나 한 일이다.

고호는 심복 부하 최요(崔夭)가 동문 열쇠를 맡고 있다며, 밤을 타고 성문을 빠져나가 송나라로 몸을 피해 있으라고 권했다.

말이 채 끝나지 않아 문지기가 달려와 아뢰었다. 무장한 군사들이 동궁을 포위하고 있다는 것이다. 소는 얼굴이 흙빛으로 변했다. 고호는 소에게 옷을 갈아입힌 다음 심복과 함께 동문으로 가 최요에게 일러 세자를 나가도록 하라고 시켰다.

부탁을 받은 최요는 생각이 깊은 사람이었다.

"주상의 생사를 알지 못하고 사사로이 세자를 놓아 보내면 죄를

면할 수 없습니다. 세자에게 따르는 사람도 없으니, 세자께서 버리지 않으신다면 함께 모시고 송나라로 가겠습니다.”

이리하여 최요는 자기 수레를 세자에게 주고, 자신은 고삐를 잡고 말을 몰아 급히 송나라로 향해 달렸다.

한편 역아와 수초 두 사람은 동궁을 포위하고 샅샅이 찾아 보았으나 새벽이 되도록 세자 소의 간 곳을 알 길이 없었다.

역아가 수초에게 말했다.

“날이 밝아 다른 공자들이 알고 먼저 조회청을 점거하게 되면 큰 일이야. 돌아가 큰공자를 먼저 받들어 세우고, 신하들의 생각이 어떻게 돌아가는가를 지켜보며 다시 방법을 강구하는 것이 어떻겠는가?”

“나도 같은 생각이야.”

역아와 수초는 포위군을 이끌고 대궐로 돌아오던 중, 조회청에서 몰려나오는 백관들과 마주쳤다. 임금은 이미 죽고 동궁이 포위당한 소식을 전해 들은 백관들이 세자를 구하기 위해 달려나온 것이다.

“세자는 지금 어디 계신가?”

백관들은 역아와 수초에게 같이 외쳐 물었다.

“세자 무휴는 지금 궁중에 계십니다.”

“무휴는 세자가 아니다. 세자 소를 우리는 찾고 있다.”

“소는 이미 쫓겨났소. 선군의 임종때 유명에 따라 큰공자 무휴를 임금으로 받들어야 하오.”

백관들은 일제히 울분을 터뜨리고, 관중의 아들 관평(管平)은,

“먼저 저 두 역적놈부터 쳐죽여야 한다.”

하며 들고 있던 상아홀로 역아의 이마를 향해 던졌다. 이에 용기를 얻은 백관들이 우우 몰려들었으나 무장한 군사를 거느리는 그들을 당할 수가 없었다. 더러는 칼에 맞아 죽고 창에 찔려 상하고 하여 결국 쫓기어 흩어질 수밖에 없었다.

이리하여 공자 무휴는 날이 활짝 밝은 뒤에 조회청으로 나와 직위식을 가졌다.

종을 치며 북을 울리고 호위무사들이 좌우로 늘어선 가운데 하례를 올리는 신하라고는 겨우 역아와 수초 두 사람뿐이었다.

무휴는 몹시 부끄러웠고, 한편으로는 노여움으로 두 사람을 노려보았다.

역아가 아뢰었다.

"국의중(國懿仲)과 고호 두 원로대신이 조회청에 나와야만 백관을 불러들이고 무리들을 따르게 할 수 있습니다."

무휴의 허락으로 내시를 시켜 두 대신을 불렀다. 내시의 부름으로 임금의 죽음이 분명해지자 국의중과 고호는 예복대신 초상 상주의 옷차림으로 들어왔다.

역아와 수초는 급히 두 사람을 침실 문밖에서 가로막고 말했다.

"오늘은 새임금이 나와 계시니 두 대감께선 축하의 인사부터 드리도록 하십시오."

"옛 임금의 빈소도 차리기 전에 새임금에게 절하는 것은 예가 아니오. 누구인들 선공의 아들이 아니겠소? 늙은 우리가 무엇을 따지겠소? 상사를 주관하는 아들이면 새임금으로 받들겠소."

역아와 수초는 말이 막혀 물러섰다. 두 대신은 문앞에 이르러 허공을 향해 두 번 절하고는 통곡을 하고 나가버렸다.

무휴는 어떻게 하면 좋을지 몰라 두 간신에게 물었다. 수초가 대답했다.

"오늘 일을 비유하면 범을 때려잡는 것과 같습니다. 힘이 있는 쪽이 이깁니다. 주상께서 먼저 정전(正殿)을 점거하고 계십시오. 신들이 양쪽 회랑에 군대를 벌여두고 있다가, 공자가 들어오는 대로 곧 칼로 위협하여 따르도록 만들겠습니다."

무휴는 그 말에 따르기로 했다. 장위희는 본궁에 있는 병기들을 모조리 끌어내어 내시들을 모두 무장시키고, 궁녀들 가운데 몸이 크고 힘이 있는 여자들까지 군대에 편입시켜, 역아와 수초에게 각각 반씩 주어 양쪽 회랑에 함께 벌여두게 했다.

한편 위나라 공자로 제환공의 대부가 되어 신임을 받고 있었고, 관중과 포숙이 멀리하라고 한 세 사람 중의 한 사람인 개방은 역아와 수초가 무휴를 임금으로 세웠다는 말을 듣자, 네째 여부인의 아들 공자 반을 찾아가,

"세자 소가 어디로 갔는지 알지 못하는 마당에 공자라고 가만히 있을 수만은 없지 않습니까?"

하고 말하고 집안에 있는 사병과 몰래 길러오고 있던 결사대를 이끌고 정전 오른쪽의 우전을 점거하고 있었다.

이 소식을 듣자 다섯째 여부인인 밀희의 아들 공자 상인이 둘째 여부인 소위희의 아들 공자 원과 상의하여 정전 왼쪽의 좌전은 원이 점거하고, 조회청 정문은 상인이 점거하여 서로 호응하는 태세를 갖추고 있었다.

수초와 역아는 세 공자의 무리가 두려워 정전을 굳게 지킨 채 감히 나오지를 못했고, 세 공자 또한 수초와 역아의 힘이 두려워 각각 자기 진영만을 지키며 충돌을 막고 있었다.

이렇게 아비의 시체를 버려둔 채 임금자리를 놓고 네 아들이 서로 노려보고 있는 가운데, 세월은 흘러 두 달이 지나갔다. 대궐 안에는 나다니는 사람을 볼 수 없고, 조정백관들은 저마다 대문을 닫은 채 집안에 틀어박혀 있었다.

보다 못한 국의중이 고호를 보고 말했다.

"이젠 도리가 없어요. 세자가 없는 마당에 무휴가 제일 맏이니 무휴를 임금으로 받드는 것이 명분에 어긋나는 일은 아니잖소? 우선 임금의 장례준비가 급한 일이니 무휴를 임금으로 받들기로 합시다."

이리하여 집에 있는 백관들을 모두 불러낸 다음 상복을 갖추고 함께 대궐로 들어갔다.

수초가 앞을 가로막고 물었다.

"두 대감께서 이번에 오신 것은 어떤 뜻에서 입니까?"

"이렇게 마주 겨루고 섰으면 끝이 없지 않소? 우리는 다만 공자에게 주상을 하도록 청하러 왔을 뿐, 다른 뜻은 없소."

이리하여 백관들과 함께 안으로 들어온 국의중이 무휴를 보고 말했다.

"신들은 부모의 은혜가 하늘과 땅과 같다고 배웠을 뿐, 부모의 시신을 버려둔 채 부귀를 놓고 다툰다는 말은 아직 듣지 못했습니다. 선군이 세상을 버리신 지 이미 67일이 되었습니다. 아직도 선군께서 널안에 들지 못하고 계시니, 공자께서 정전에 계신들 어찌 마음이 편하시겠습니까?"

"원의 무리들이 저러고 있으니 난들 어찌 하겠소?"

"세자는 밖에 있고 공자께서 가장 나이 많으시니, 공자께서 상사를 주관하신다면 대위는 스스로 정해지지 않겠습니까? 저들은 신들이 잘 타이르겠습니다."

무휴는 눈물을 닦고 절하며 말했다.

"그것이 나의 소원이오."

고호는 역아로 하여금 정전을 그대로 지키게 하고, 상주의 옷차림으로 오는 공자만을 들어오게 했다. 무기를 가진 사람은 모두 잡아 법으로 다스리게 하고, 수초를 먼저 침전으로 들어가 모든 준비를 갖추게 했다.

한편 환공의 시체는 침상 위에 버려진 채 오래도록 돌보는 사람이 없은지라, 추운 겨울인데도 살이 썩어 벌레가 생겨나기 시작했다. 뼈만 남은 시체에서 흩어져 나온 벌레들은 담밖까지 기어나왔다.

사람들은 처음엔 벌레가 어디로부터 나오는지를 알지 못했다. 침

348

실로 들어와 시신 위에 덮인 창문을 들어내고 참혹한 옛 임금의 모습을 본 뒤에서야 그 까닭을 알 수 있었다.

무휴는 목놓아 통곡을 하며, 땅을 치기까지 했다. 부귀에 눈이 어두워 자식의 도리와 사람의 도리를 저버린 죄책감에서였을 것이다. 신하들도 다 따라 슬퍼 울었다.

밖에 있던 공자들도 하는 수 없이 군대를 흩어버리고 들어와 마주 보며 통곡을 했다. 욕심만 버리면 다 제 모습으로 돌아올 수 있는 것이다.

이리하여 무휴가 임금으로 앉기는 했으나 형제의 싸움은 아직 끝나지 않은 상태였다. 송나라로 달아난 세자 소가 송양공의 힘을 빌어 제나라로 쳐들어올 날만을 기다리고 있는 것이다.

세자 소로부터 자세한 이야기를 들은 송양공은 신하들을 보고 말했다.

"옛날 제환공이 공자 소를 과인에게 부탁한 지가 십년이 되었소. 역적의 난으로 세자가 지금 우리나라에 와 있으니, 과인이 제후들과 힘을 합쳐 소를 제나라로 들여보내 임금이 되게 해 준다면 과인이 장차 제환공의 뒤를 이어 패천하를 할 수 있지 않겠소?"

송양공은 패천하에 대한 욕심으로 소를 도우려는 것이었다.

양공의 서형으로 양공이 나라를 사양한 일까지 있은 공자 목이는 이를 반대했다. 패천하의 헛된 꿈으로 전쟁을 일으켜서는 안 된다는 것이었다.

그러나 양공은 각 나라에 격문을 보내 내년 봄 정월에 제나라 동쪽 들에 모여 함께 제나라를 칠 것을 알렸다.

위나라로 격문이 전해지자 위문공은 제환공의 은혜를 잊을 수 없다며 세자 소를 돕는 일을 쾌히 승낙했다. 오랑캐의 침략으로 잿더미로 변한 위나라를 위해 제환공이 힘쓴 일은 앞에서 보았었다. 그 때 진나라는 아무 도움도 주지 않았다 하여 망명해 온 공자 중이를 성문에서 내쫓기까지 한 위문공이었다.

격문이 노나라에 이르자 노희공은 제환공이 소를 자기에게 부탁하지 않고 송나라에 부탁했다는 것에 반감을 품고 이를 거절했다. 오히려 무휴를 도와 송나라의 성공을 막을 생각으로 있었다.

이리하여 송양공은 위·조·주 세 나라 군사를 합쳐 직접 세자 소를 받들고 제나라 성밖에 주둔하게 되었다.

역아는 이미 사마가 되어 병권을 쥐고 있었으므로 군사를 거느리고 성을 나가 적을 막고 있었고, 수초는 성안에서 보급을 맡고 있었다. 무휴는 이들 두 사람밖에 믿을 사람이 없는 것이다.

각각 나누어 성을 지키고 있던 고호가 국의중을 보고 말했다.

"우리가 무휴를 임금으로 세운 것은 마지못한 임시방편이 아니었소? 역아와 수초가 권세를 잡고 나라를 어지럽힐 것이니 이 기회에 이들을 없애고 세자를 맞아들이도록 합시다."

"그럽시다. 역아는 군사를 거느리고 밖에 나가 있으니, 수초를 불러 상의할 일이 있다 핑계하고 그 자리에서 죽여 없애고, 백관들을 거느리고 세자를 맞아들여 무휴의 자리를 대신하게 합시다. 역아는 어쩔 수 없을 거요."

"정말 묘한 방법이오."

곧 성루에 장사들을 숨겨두고, 중요한 상의를 할 비밀이 있다며 수초를 성루로 청했다. 수초는 아무 의심도 하지 않고 성루로 올라왔다. 감히 나를 해치랴? 하는 자신에 차 있은 것이다.

고호는 성루에 술상을 준비해 두고 석잔 술을 권하고 나서,

"지금 제후들이 군사를 거느리고 세자를 보내 여기까지 와 있지 않소? 무엇으로 어떻게 이를 막아야 하오?"

"역아가 군사를 거느리고 나가 막고 있지 않습니까?"

"수가 적으니 어찌 하겠소? 내가 당신에게 긴히 부탁할 것이 있어 이렇게 오시게 한 거요."

"대감께서 시키시는 일이라면 무엇이든 기꺼이 따르겠습니다."

"당신 머리를 빌어 송나라에 사죄하고 싶은 거요."

수초가 깜짝 놀라 벌떡 일어났으나 고호의 호령 소리에 벽 사이에 숨어 있던 장사들이 뛰쳐나와 수초의 목을 베고 말았다.

고호는 성문을 활짝 열고 사람을 시켜 외쳐 부르게 했다.

"세자는 이미 성밖에 와 계시다. 나가 맞고 싶은 사람은 나를 따르라!"

이 소리에 팔을 걷어붙이고 따르는 사람이 천 명도 더 되었다.

국의중은 곧 대궐로 들어가 무휴에게 말했다.

"민심이 세자를 떠받드려 하여 난을 일으킨지라, 신은 이를 막을 수가 없었습니다."

"역아와 수초는 어디에 있소?"

"역아의 승패는 알 수 없사오나, 수초는 이미 백성들에 의해 죽고 말았습니다."

무휴는 국의중을 의심하고 시종무관을 돌아보며 그를 잡으라 시켰다. 그러나 국의중은 재빨리 밖으로 달려나오고 말았다. 또 세상이 이미 바뀐 것을 안 시종무관들도 재빨리 움직여 주지 않은 것이다.

무휴는 내시 수십 명을 거느리고 작은 수레에 올라 궁을 나와 명을 내려 장정들을 불러모았다. 그러나 내시들의 외쳐부르는 소리에 단 한 명도 응하는 사람이 없었다. 세상이 바뀐 것을 권력을 쥔 사람은 미처 느끼지 못하지만 백성들은 그 점에 있어 너무도 생각이 빠른 것이다.

내시의 외치는 소리에 여기저기서 모여들기 시작한 것은 역아와 수초의 손에 억울하게 죽은 원한을 품은 집의 자손들 뿐이었다.

원수에 둘러싸인 무휴는 끝내 벗어나지 못하고 내시들과 함께 얻어맞고 짓밟혀 죽고 말았다.

무휴를 죽이고도 흥분이 가라앉지 않아 들끓고 있던 군중들은 국의중이 찾아와 달래는 소리에 겨우 마음을 가라앉히고 흩어졌다.

한편 동문 밖에 진을 치고 송나라와 대치하고 있던 역아는 밤중에 갑자기 와글거리는 소리에 놀라 일어났다.

"무휴와 수초는 이미 죽었단다. 고상국이 나라사람들을 거느리고 세자를 맞아들이려 한단다. 우리는 역적을 도와 싸울 수는 없는 일이다."

역아는 군심이 이미 변한 것을 알자 심복 몇 사람만 데리고 그밤에 노나라로 도망치고 만다.

백성의 지지를 받지 못하는 권력은 모래위의 집과 같다 했다. 비바람이 한번 지나가면 제 무게를 이기지 못하고 무너지고 마는 것이다.

이리하여 무휴를 둘러싼 일당은 무너져내리고, 세자 소가 들어와 임금이 되었다. 이가 효공(孝公)이다. 그러나 이것으로 형제의 싸움은 끝나지 않았다. 다른 세 공자가 무휴의 어머니 장위희의 도움을 받아 반란을 일으킨 것이다.

임금아 누가 되느냐 하는 것은 뒤에 정하기로 하고, 우선 세자 소부터 없애 놓고 보자는 것이 똑같은 의견이었다. 그들이 무휴와 싸울 때는 세자가 아니라는 것이 명분이었다. 그 세자가 돌아와 임금 자리에 오르자 이번에는 도망쳤다가 남의 힘을 빌려 반역을 일으켜 임금이 되었으니, 정통성을 인정할 수 없다는 것이 명분이었다. 욕심에서 비롯된 명분이란 국민의 여론과는 아무 상관도 없는 것이다.

효공은 고호의 의견을 받아들여 다시 송나라로 함께 달아난다. 거기서 다시 송양공의 도움으로 제나라로 쳐들어오는 것이다. 이리하여 하룻밤 성밖에서 큰싸움을 벌이게 된 세 공자는 무모한 싸움에서 크게 패하고 만다.

공자 원은 위나라로 달아나고, 반과 상인은 달아난 원에게 모든 책임을 떠넘겼다. 주동자는 사실 상인이었는데, 국의중과 고호는 세 공자의 죄를 묻지 않고 덮어 두었다. 죄를 묻지 않는 대화합의 정치를 펴려는 생각에서였다. 역아와 수초의 일당만을 모조리 처형하고 나머지는 일체 묻지 않기로 했다.

그러나 형제의 싸움은 계속되어 세 공자는 다 임금의 자리에 오르게 된다.

관중의 등장으로 샛별처럼 떠올랐던 제나라의 영화는 그가 죽는 그날로 걷잡을 수 없는 혼란에 빠져갔던 것이다.

여기에 문제의 인물로 국제무대에 등장하는 것이 송양공이다. 공자 소를 제나라의 임금으로 들어앉힌 것을 더없는 큰공으로 알고 있는 그는 패천하의 꿈에 빠져들어 송양지인(宋襄之仁)으로 불리는 치욕의 사건들을 스스로 만들어 나갔다.

권모술수가 판을 치는 국제무대에서 송양공은 정직과 신의를 내세우며 그것으로 천하를 호령할 수 있다고 믿고 있었다. 그래서 세상 물정에 어두운 잠꼬대 같은 도덕론이나 윤리관을 외치는 것을 가리켜 송양지인이라 말한다.

그런데 이 송양공을 다섯 패자의 하나로 꼽는 역사관이 있다는 것에 우리는 놀라지 않을 수 없다. 어짐(仁)을 외치고, 옳음(義)을 부르짖고, 또 그가 스스로 패자를 자처하고 있었다는 이유 하나만으로 그렇게 결정한 것이다.

그것은 삼국시대의 정통을 조조의 위나라로 하지 않고, 유비의 촉나라로 한 것과 같은 이유에서 이기도 하다.

그러면 그 송양공의 실체를 다음에서 알아보기로 하자.

초성왕(楚成王)과 송양공(宋襄公)

^{책 난 어 군} ^{위 지 공} ^{진 선 폐 사} ^{위 지 경}
責難於君, 謂之恭. 陳善閉邪, 謂之敬.
"결점을 따지는 것을 공(恭)이라 하고, 선을 권하고 악을 막
는 것을 경(敬)이라 한다."

〈춘추〉 경문에 보명 노희공 19년 봄 3월에는 송나라 사람이 등(滕)나라 임금을 잡아 가두고, 여름에는 주(邾)나라 사람이 증(鄫)나라 임금을 잡아 쓰고, 가을에는 송나라 사람이 조나라를 둘러싼 것으로 되어 있다. 21년 봄에는 송·제·초 세 나라가 녹상(鹿上)이란 곳에서 맹약하고, 가을에는 송·초·진·채·정·허·조 일곱 나라가 우(盂)란 곳에서 모였는데 이때 송나라 임금을 잡아 송나라를 치고, 12월에는 송나라 임금을 풀어준 걸로 되어 있으며, 22년 겨울에는 송나라 임금이 초나라와 홍(泓)에서 싸워 패한 것으로 되어 있고, 23년 여름에는 송나라 임금이 죽은 것으로 되어 있다.

 이 짧은 5년 사이에 헛된 패천하의 꿈에 사로잡힌 송양공은 갑자기 야만인으로 변하기도 하고, 도덕군자로 자처하기도 하고, 귀에 솔깃한 어리석은 신하의 말만 듣고, 바른말 하는 슬기로운 신하의

말을 외면한 채 갈팡질팡 실패만을 거듭하는 부끄러운 발자취만을 남기고 사라진 것이다.

송양공은 제환공의 세자 소를 제나라 임금으로 앉힌 일을 천하에 둘도 없는 큰일을 한 것으로 착각하고 있었고, 그 착각이 패천하란 평소의 야망을 더욱 부채질하게 되었다.

제환공이 송양공을 어진 임금으로 보고 그에게 세자 소를 부탁한 것은, 송양공이 임금자리를 자기 서형인 공자 목이에게 사양했다는 그 한가지만을 보고 그렇게 한 것이다.

그러나 송양공이 목이에게 임금자리를 사양한 것은 참뜻이 아니었다. 목이가 받아들일 리가 만무하다고 믿었기 때문이고, 그로써 어진 이름을 얻기 위해서였다.

송양공은 색다른 일로 이름을 얻으려는 명예욕이 지나친 사람이었다. 맹자는 이름을 좋아하는 사람은 한 그릇 밥 때문에 얼굴을 붉히면서도, 나라를 사양하는 일은 곧잘 한다고 했다. 송양공이 바로 그런 사람이었다.

송양공이 제환공의 뒤를 이어 패천하를 하겠다는 야망을 말했을 때, 공자 목이는 그것이 헛된 꿈임을 말하고, 그것이 불가능하다는 이유로 세 가지를 들었다.

첫째로 나라가 제나라에 비해 너무도 작고, 둘째로 인재가 모자라며, 셋째로 시대적 여건이 전혀 다르다는 것을 말했었다.

나라가 작은 것은 설명이 필요없는 일이다. 공자 목이는 관중에 버금가는 인재였다. 그 하나뿐인 목이마저 쓰지 못한 양공이고 보면, 인재는 더 말할 것도 없다. 제환공은 초나라를 힘으로 굴복시킬 수 없어 천신만고 끝에 겨우 이름만의 굴복을 얻어내는 것으로 만족하고 말았는데, 제환공 때보다 더 힘이 커져 있는 초나라의 힘을 이용해 보겠다는 어리석은 생각을 하게 되었으니, 목이가 말한 국제여건이 어떠했음을 알 수 있는 일이다.

송양공은 제후들을 불러 모으고, 그 모임의 맹주가 되고 싶었다. 그러나 큰 나라들이 모임에 잘 응하지 않을 것 같았으므로 우선 등·조·주·증과 같은 형편없는 작은 나라들과 모임을 갖기로 했다.

모이는 곳은 조나라 남쪽땅으로 되어 있었다. 조·주 두 임금이 먼저 오고, 등나라 임금이 늦게 이르렀다. 어진 임금으로 자처하는 양공은 갑자기 교만한 생각이 들었다. 늦게 온 등나라 임금을 만나 주지 않고 잡아 가두고 말았다. 위엄을 보이려 한 것이다.

증나라 임금도 처음엔 오지 않을까 하다가 뒷일이 염려되어 이틀 뒤에 이르게 되었다. 양공은 더욱 화가 치밀었다. 신하들 보고 물었다.

"과인이 첫모임을 가지게 되었는데 증나라 같은 작은 나라가 이틀이나 뒤에 이르렀으니 부끄럽게 다스리지 않는다면 무엇으로 위엄을 세울 수 있겠는가"

공자 탕(蕩)이 앞으로 나와 말했다.

"임금께서 중국에 위엄을 더하시려면 먼저 저 동쪽 오랑캐를 굴복시켜야 합니다. 그를 위해서는 증나라 임금을 써야 합니다."

"어떻게 쓴다는 거요?"

"동쪽 오랑캐들은 수수(睢水)의 신이 비바람을 맡고 있다 하여 사당을 세워 두고 네 철 제사를 지내고 있습니다. 증나라 임금을 제물로 삼아 제사를 지내게 되면 신이 복을 내릴 뿐만 아니라, 이 소식을 전해 들은 오랑캐들은 임금께서 다른 나라의 임금을 마음대로 죽이고 살리고 한다는 것을 알고 무서워 한 나머지 와서 굴복하지 않겠습니까?"

공자 목이가 또 간했다.

"작은 제사에는 큰 짐승을 제물로 쓰지 않는다 했습니다. 하물며 사람을 제물로 쓸 수 있겠습니까? 제사는 사람을 위해 복을 비는 것입니다. 사람을 죽여 사람의 복을 빌면 신은 복대신 벌을 내릴 것입니다. 물귀신에게 제사를 지내는 것은 오랑캐의 풍속입니다. 그들 풍속을 따른다면 그들과 무엇이 다릅니까? 제환공은 40년 동안 맹주로 있으면서 제후들을 언제나 덕으로 어루만져 주었습니다. 임금께서 첫모임을 갖는 이 마당에 덕으로 제후들을 어루만지지 않으시고, 모임에 온 임금을 죽여 오랑캐의 요망한 귀신에게 아첨하게 되면, 제후들이 두려워 우리를 등질 뿐 굴복할 리가 없습니다."

공자탕은 목이에 반대하여 같은 주장을 되풀이했다. 임금은 나이가 많음으로 급한 대로 비상수단을 써야 한다는 것이었다. 양공은 탕의 말에 따랐다.

주나라 문공(文公)을 시켜 증나라 임금을 죽여 수수의 물귀신에게 제사를 지내게 하고, 사람을 시켜 동쪽 오랑캐 우두머리들을 불러 이 제사에 함께 참여하도록 했다.

그러나 오랑캐들은 단 한 사람도 오지 않았다. 등나라 임금만이 겁을 먹고 사람을 시켜 뇌물을 바치게 하여 풀려났을 뿐이다.

뿐만 아니라 모인 곳을 빌려 준 주인격인 조나라 임금마저 그런 송양공에 등을 돌리고 말없이 먼저 돌아가 버렸다.

이에 화가 난 양공은 목이의 말림을 뿌리치고 조나라 성을 포위하기에 이른다. 그러나 석 달이 지나도록 항복을 받지 못해 돌아와야만 했다.

까닭인즉 정나라가 초나라에 맨 먼저 조회를 들고 노·제·진·채 네 나라와 상의하여 초나라와 함께 제나라 땅에서 모임을 가지려 하고 있었기 때문이다.

송양공은 제·노 두 나라가 먼저 모임의 맹주가 되면 모처럼의 꿈이 깨어질까 두려웠다. 혹시 싸움에 져서 남의 웃음거리가 되면 큰일이다 싶어 부랴부랴 조나라 성을 둘러싸고 있던 공자탕의 군사를 불러들인 것이다.

초조해 하는 양공에게 공자탕은 이런 꾀를 말했다

"지금 제후들이 두려워 하는 나라는 초나라뿐입니다. 후한 폐백과 겸손한 말로 제후들을 모아달라고 부탁하면 초나라가 틀림없이 들어 줄 것입니다. 초나라의 힘을 빌려 제후들을 모으고, 다시 제후들의 힘을 빌려 초나라를 누르면 되지 않겠습니까?"

그 임금에 그 신하란 말이 이래서 생긴 것이다. 옆에 있던 목이가 또 그 어리석음을 지적했다.

"초나라가 우리에게 자기가 거느린 제후들을 빌려줄 리 있습니까? 그 초나라가 그 모임에서 우리보다 아랫자리에 앉으려 하겠습니까? 이로 인해 싸움의 실마리를 얻게 될까 두렵습니다."

"설마 그럴 리야 없겠지."

양공은 공자탕에게 후한 뇌물을 들려 초나라로 찾아가게 했다. 초성왕은 온 뜻을 물은 다음, 이듬해 봄 제나라 녹상(鹿上) 땅에서 모이기로 약속해 주었다.

공자탕의 보고를 들은 양공은,

"녹상이 제나라 땅이니 제나라 임금에게 알리지 않을 수 없지."

하고 다시 공자탕을 제나라로 보내 초왕의 뜻을 전했다. 제효공도 이를 승낙했다.

이듬해 봄 정월, 송양공이 먼저 녹상에 이르러 단을 쌓고 두 임금을 기다렸다. 2월 초에 효공이 오고, 그믐께 성왕이 이르렀다.

세 임금이 서로 만나는 사이에 벼슬의 품계를 정했다. 초나라는 왕으로 행세하고 있었지만 사실은 자작이었으므로 끝자리에 앉고, 양공이 첫째, 효공이 둘째로 앉았다. 이것은 송양공이 자기 마음대로 정한 것이었다. 〈춘추〉의 대의라고나 할까!

정해진 날 단 위로 오르자, 송양공은 의연한 태도로 맹주를 자처하며 소 귀를 잡았다. 빈말로나마 사양하는 것이 옳은 일이었지만,

상대가 그대로 받아들일까 싶어서였을 것이다.

초성왕은 송양공의 그같은 태도가 몹시 못마땅했다. 그러나 하는 수 없이 참고 의식에 따랐다.

양공은 손을 모으고 말했다.

"스스로 덕과 힘이 모자라는 것을 헤아리지 않고 서로의 화친을 꾀하는 모임을 갖고자 하나, 사람의 마음이 한결같지 못할까 두려워 두 임금의 위엄을 빌어 제후들을 저의 나라 우(盂)란 곳에 모이게 할까 합니다. 시기는 가을 8월로 정하고 싶습니다. 두 임금께서 저의 뜻을 저버리지 마시고, 저를 대신해 제후들을 모아 주시면 그 은혜 길이 잊지 않겠습니다."

그리고 제후들을 초청하는 초청장에 서명해 줄 것을 청했다. 제효공은 초성왕에게 사양하고, 초성왕은 제효공에게 사양하며, 서로 미루고 이름을 쓰려 하지 않았다.

그러자 양공은,

"그럼 두 임금께서 같이 서명해 주시지요."

하고 초청장을 꺼내들고 초성왕에게 먼저 보내 주었다.

초성왕이 눈을 들어 보니, 초청장의 내용은 제환공을 본받아 군대를 거느리지 않고 예복차림의 모임으로 한다는 것이었다. 그리고 초청장 끝에는 벌써 송나라 임금의 이름이 적혀 있었다.

초성왕은 웃음을 머금고 말했다.

"제후들은 임금께서 부를 수 있는 일인데 굳이 과인에게……?"

"정나라·허나라는 임금 아래에 든 지 이미 오래이고, 진나라·채나라는 요즘 다시 제나라에 맹약을 받은 바 있습니다. 두 임금의 위엄을 빌지 않으면 뜻이 뭉쳐지지 않을까 두려워서입니다."

"그럼 제나라 임금께서 먼저 쓰시고, 그 다음에 과인이 쓰겠습니다."

효공은 굳이 사양하며 이름을 쓰려 하지 않았다. 아버지 환공의 뒤를 잇겠다며 자신을 제쳐 두고 초왕에게 먼저 청하는 양공의 태도가 마음에 들지 않은 때문이었다.

하는 수 없이 초성왕이 먼저 이름을 쓰고 붓을 제효공에게 건네주었다. 효공은 여전히 사양하고 쓰려 하지 않으며,

"과인은 만번 죽다 살아난 몸으로 나라가 망하지 않은 것만도 다행인데, 제후들을 부르고 청하고 할 수 있겠습니까? 모임의 끝자리에 앉는 것만으로도 영광일 뿐입니다."

눈치없는 송양공은 그것을 진심으로 알고 그대로 받아 넣고 말았다.

돌아온 초성왕은 영윤 자문에게 있었던 일을 자세히 들려 주었다. 그러자 자문은,

"송군은 미쳐도 보통 미친게 아닙니다. 어찌하여 그런 그의 청을 들어주셨습니까?"

하고 의아스런 눈으로 바라보았다.

"과인은 중국에 뜻을 둔 지 오래요. 기회를 얻지 못해 한이었는데, 송공이 예복차림의 모임을 갖는다니 그 기회에 제후들을 모으는 것이 나쁠 거야 없지 않소?"

성왕의 말에 대부 성득신(成得臣)이 말했다.

"송공은 이름만을 좋아하고 아는 것이 없으며, 남을 가볍게 믿고 꾀가 없는 사람입니다. 만일 군사를 숨겨 두었다 덮치면 사로잡을 수 있습니다."

"그게 바로 과인의 뜻이오."

이리하여 초성왕은 성득신과 투발(鬪勃) 두 사람을 대장으로 삼아 각각 5백 명 용사를 뽑아 그날에 있을 납치 훈련을 시키게 했다.

그런 것은 꿈에도 생각지 못하는 송양공은 녹상 모임에서 돌아와 기쁨을 감추지 못하며 공자 목이를 보고 말했다.

"초나라가 이미 내 청을 들어 주었소."

"초나라는 신의를 모르는 오랑캐 나라입니다. 그 속마음을 헤아리기 어렵습니다. 임금께선 그의 입을 얻었을 뿐 마음은 얻지 못했습니다. 임금께서 속을까 두렵습니다."

"너무 염려가 많구려. 과인이 믿음으로 남을 대하는데 상대가 나를 속일 리가 있겠소?"

이리하여 송양공은 모이는 곳에 미리 사치스런 공관을 짓고 손님 접대할 준비를 모두 끝낸 다음, 한 달이 앞선 7월에 길을 떠나게 되었다.

목이가 또 말했다.

"초나라는 힘만 믿는 의리가 없는 나라입니다. 바라건대 군사를 거느리고 떠나십시오."

"내가 한 약속을 내가 먼저 깨뜨리면 무엇으로 제후에게 믿음을 보여 줄 수 있겠소?"

"그럼 신이 병거 백 승을 3리 밖에 숨겨두고 만일에 대비하는 것이 어떻겠습니까?"

"경이 군사를 쓰면 과인이 쓰는 것과 무엇이 다르겠소?"

양공은 그러나 마음이 놓이지 않아 목이를 함께 데리고 떠나려 했다. 목이도 마음이 놓이지 않는다며 함께 가려 했다. 이리하여 양공과 목이는 약속된 곳으로 갔다.

초·진·채·허·조·정 여섯 나라 임금은 때맞추어 차례로 와 닿았다. 그러나 제나라 효공과 노나라 희공 두 임금은 오지 않았다. 들러리가 되고 싶지 않았던 것이다.

초왕은 많은 시종을 거느리기는 했으나 무장한 군사는 한 사람도 보이지 않았다.

"그러면 그렇지! 초왕이 나를 속일 리야 없지."

하며 양공은 자랑스런 모습이었다.

며칠 뒤 마침내 모임을 갖게 되었다. 정해진 준비를 마치고 자리에 앉게 되었을 때 누구를 맹주로 하느냐? 하는 문제를 놓고 서로 눈치를 살피게 되었다.

송양공은 초왕이 자기를 천거할 것으로 믿고 있었으므로 초왕이 먼저 입을 열기를 바랐다. 양공은 그런 뜻으로 초왕을 바라보았다. 그러나 초왕은 머리를 숙인 채 말이 없었다. 다른 임금들도 서로 얼굴만 바라볼 뿐 감히 먼저 입을 열려 하지 않았다.

양공은 참다 못해 고개를 들고 일어나 말했다.

"과인이 제환공의 옛 일을 이어받아 천하와 더불어 천자를 높이 받들고 백성을 편안히 하여, 전쟁이 없는 태평을 누리고자 하는데 여러 임금의 뜻은 어떠하십니까?"

제후들이 미처 대답하기 전에 초왕이 불쑥 일어나 말했다.

"좋은 말씀입니다. 그런데 누구를 맹주로 삼아야 하겠습니까?"

"공이 있으면 공을 논하고, 공이 없으면 벼슬을 논하는 것이 당연한 일이니 또 무슨 말이 필요하겠습니까?"

"과인은 벼슬이 왕이 된 지 오래요. 송나라가 아무리 공작이지만 왕보다 먼저일 수는 없는 일이니 과인이 맹주가 되겠소."

하고 맹주가 서는 첫자리로 가 섰다.

목이가 얼른 양공의 소매를 잡아당기며 참고 견디라는 눈빛을 보냈으나, 그런 임기응변의 능력을 지닌 양공이 아니었다.

양공은 손안에 들었던 맹주의 자리가 엉뚱한 들러리에게로 넘어간 것을 보는 순간 화가 머리끝까지 치밀었다. 얼굴을 붉히며 빠른 말로 꾸짖듯 말했다.

"거짓 왕이 참공을 어떻게 누른단 말이오?"

"이미 내가 거짓 왕이라면 어찌하여 내 힘을 빌리려 한 거요?"

"그 까닭은 먼저 모임에서 이미 밝히지 않았소? 나를 위해서라고."

성득신이 옆에 있다 소리쳐 말했다.

"오늘 일은 모이신 여러 임금들의 공론에 따라 정할 일입니다. 임금들께서는 초나라를 위해 오셨습니까? 송나라를 위해 오셨습니까?"

"실은 초나라의 명을 어길 수 없어 이곳에 왔을 뿐입니다."

초나라가 두려운 제후들은 상의나 한듯이 소리를 모아 이렇게 대답했다. 초왕은 재미있다는 듯이 껄껄 웃었다.

송양공은 그제야 일이 위험하게 된 것을 깨달았다. 달아날 수도 없고 앉아 있을 수도 없어 망설이고 있는 바로 그때, 성득신과 투발이 예복을 벗어 던지고 안에 입은 겹갑옷 속에 꽂아 둔 작은 붉은 기를 뽑아들고 단 아래를 향해 휘둘렀다.

초왕을 따라 온 천명의 용사들이 옷을 벗고 갑옷을 드러낸 채 손에 칼을 들고 벌떼처럼 단 위로 올라왔다.

송양공은 옆에 바싹 붙어 있는 목이를 보고 나직한 소리로 말했다.

"경의 말을 듣지 않아 여기에 이르렀소. 빨리 돌아가 나라를 지키시오. 내 걱정은 마오."

목이도 남아 있어야 이로울 것이 없을 것 같으므로 어지러운 틈을 타 도망쳐 돌아오고 말았다.

송양공은 어떻게 벗어날 수 있었던가? 돌아온 그는 또 무엇을 어떻게 했던가? 이 송양공이 어떻게 5패의 한 사람이 될 수 있었던가?

패천하는커녕 이듬해 겨울 초나라와 크게 싸워 패한 끝에 울분의 나날을 보내다가 다음해인 노희공 23년 5월에 죽고 마는 것이다.

송양공을 사로잡은 초성왕은 오랑캐의 본성을 드러내어, 그를 인질로 송나라 서울 수양(睢陽)을 포위하고 항복을 받으므로 단번에 중국을 손아귀에 넣으려 했다. 제환공의 뒤를 자기가 이으려는 것이다.

초성왕은 미리 대기시킨 병거 5백 승을 거느리고 수양으로 향하면

서 수를 배로 불려 천승이라고 선전했다. 모임에 왔던 각 나라 임금들은 초왕의 명령에 따라 머무르고 있으면서 초왕이 승리하고 돌아오기를 기다렸다. 송양공이 준비한 앞서의 그 자리에서 초성왕을 맹주로 하는 의식에 참가해야 했기 때문이다.

한편 서울로 돌아온 공자 목이는 사마 공손고(公孫固)와 대책을 의논했다. 공손고는 하루도 임금이 없을 수 없으니 제상이요, 공자인 목이가 잠시 임금이 되라고 권했다.

그러자 목이는 공손고의 귀에 대고 속삭였다. 공손고는 고개를 끄덕이고 백관들을 향해 말했다.

"우리 임금은 꼭 돌아온다고 볼 수 없습니다. 우리는 공자 목이를 추대하여 나랏일을 맡도록 해야 할 줄 압니다."

공자의 어짐을 아는 백관들이었으므로 반대할 사람은 하나도 없었다.

목이는 그날로 대리임금에 앉아 삼군을 호령하며 초나라의 침략에 대비했다.

이미 성앞에 이른 초왕은 장군 투발을 내보내 성루를 향해 외치게 했다.

"너희 임금은 붙잡혀 여기에 와 있다. 살리고 죽이는 것은 우리 손에 달려 있으니 어서 땅을 바치고 항복하여, 너희 임금의 목숨을 건지도록 해라!"

공손고는 성루에서 목이가 시킨 그대로 대답했다.

"우리는 이미 새임금을 세웠으니 죽이고 살리는 것은 너희에게 맡기겠다. 항복이란 있을 수 없다."

"너희 임금이 살아 있는데 어떻게 또 임금을 세웠단 말인가?"

"임금을 세우는 것은 나라를 위해서가 아닌가? 임금이 없으니 세울 수밖에 더 있는가?"

"우리는 너희 임금을 돌려 보내고 싶다. 무엇으로 보답하겠는가?"

"나라를 욕되게 한 임금은 돌아와도 임금이 될 수 없다. 보내고 안 보내는 것은 그쪽 뜻일 뿐이다."

투발의 보고를 들은 초왕은 계획한 일이 빗나간 것을 알고 크게 성이 났다. 곧 성을 공격하기 시작했다. 그러나 송나라를 쉽게 보고 쳐들어온 초나라는 이미 준비를 갖추고 있는 송나라의 수비에 많은 군사를 잃었을 뿐, 아무것도 얻은 것이 없었다.

더욱 화가 난 초왕은 송양왕을 죽여 화풀이를 하려 했다. 앞서 송양공의 죄를 물었을 때 초왕은 송양공이 증나라 임금을 죽인 것을 큰 죄로 들고 있었다. 그런 그가 같은 죄를 지으려는 것이다.

그래서 성득신이 이를 말렸다.

"앞서는 증나라 임금 죽인 죄를 물으시고, 이제 그 본을 보는 것밖에 되지 않습니다. 송나라가 버린 임금은 이제 아무 쓸모가 없습니다. 좋지 못한 이름만을 남길 뿐입니다."

"항복도 받지 못하고 그대로 놓아준다면 웃음거리만 되지 않겠는가?"

"이번 모임에 초청을 받고도 오지 않은 것은 노나라 임금입니다. 송나라 포로를 노나라에 바치고, 은나라의 옛 도읍터요 지금은 송나라 땅인 박도(亳都)에서 만나자고 청하면 송나라 포로를 본 노나라 임금은 두려워 반드시 오게 될 것입니다. 노나라와 송나라는 제나라 환공때 동맹관계에 있었고, 노나라 임금은 또 어진 임금이니 송나라를 위해 화해를 청할 것이 틀림없습니다. 그 청을 받아들여 송나라 임금을 풀어주면 노나라와 송나라를 다 얻게 됩니다."

초왕은 손뼉을 치며 감탄했다. 곧 군대를 박도로 물린 다음 사람을 보내 송나라의 포로와 노획품을 노나라에 바치고 만나기를 청했다.

이리하여 성득신이 계획한 그대로 먼저 와 기다리고 있던 다섯 나라 임금과 함께 일곱 나라가 박도에서 다시 모임을 갖고, 노희공의 청을 받아들여 송양공을 풀어준 다음 초성왕을 맹주로 다시 맹약을 갖게 되었다.

풀려난 송양공은 이 자리에 참석하여 초왕 다음으로 피를 입술에 적시고 초왕을 맹주로 하는 서약을 해야만 했다. 호랑이의 위엄을 빌리려던 여우가 호랑이에게 꼬리를 물렸으니, 어리석음을 뉘우쳐도 도리가 없는 일이었다.

일을 마치고 제후들이 각각 흩어지자 송양공은 공자 목이가 이미 임금이 되었다는 말을 전해 듣고 위나라로 달아나려 했다. 그러나 공자 목이가 보낸 사신의 말을 듣고 준비된 수레에 올라 서울로 돌아와 다시 임금의 자리에 올랐다. 멍청한 송양공이 헛된 꿈으로 푼수없이 저지른 엄청난 재난을 목이의 슬기로운 대응이 그런대로 잘 마무리를 지을 수 있었던 것이다.

그러나 송양공은 아직도 속을 차리지 못하고 패천하의 꿈속을 허우적거렸다.

초나라를 맹주로 받들자고 먼저 제의한 사람이 정나라 문공이었다. 송양공은 먼저 정나라를 무찔러 버릇을 고쳐 주려고 벼르고 있었다. 그러던 참에 정문공이 초나라로 찾아가 신하로서의 예를 행하고 돌아온 소식을 듣게 되었다.

송양공은 크게 노하여 있는 군사를 모조리 이끌고 정나라로 향했다. 공자 목이와 공손고가 아무리 말려도 듣지 않았다.

이리하여 송양공은 공손고와 공자탕들을 거느리고 정나라를 치게 되었다.

이에 놀란 정문공은 초나라에 구원을 청하고, 초왕은 성득신과 투발을 보내 정나라를 도우라 시켰다. 그러나 성득신은 정나라로 가지 않고 텅텅 비어 있는 송나라로 향했다. 편안한 군사로 지친 군사를 기다리는 병법에 따른 것이다.

정나라 군사와 대치하고 있던 송양공은 이틀 길을 하루에 달려 본국으로 돌아올 수밖에 없었다. 초나라 군사가 이미 홍수(泓水) 북쪽에 와 있었으므로 남쪽에 진을 치고 기다렸다.

공손고는 양공에게 정나라를 이미 풀어준 것으로 초나라에 사과하고 싸우지 말자고 청했다.

그러나 양공은 여전히 꿈꾸는 소리만을 했다.

"옛날 제환공은 군사를 일으켜 초나라를 치기까지 했는데, 이제 초나라가 와서 치는데도 싸움을 피한다면 무엇으로 제환공의 뒤를 이을 수 있겠는가?"

"우리는 초나라에 비해 군사의 수나 무기의 날카로움이나 군사들의 사기에 있어서 훨씬 뒤져 있습니다. 무엇으로 이길 수 있겠습니까?"

"저들은 군사와 무기에 있어서는 우리보다 앞서 있지만, 인(仁)과 의(義)에 있어서는 우리가 앞서 있지 않은가? 옛날 무왕은 3천 명의 군사로 은나라 70만 군사를 무찌르지 않았던가? 어진 임금으로서 악한 신하를 피할 바엔 과인은 사는 것보다 차라리 죽는 것을 택하겠소."

이리하여 싸움을 청해 온 성득신에게 11월 초하루 홍수 남쪽에서 싸우자는 회답을 보냈다.

그리고 인의(仁義)라는 두 글자를 쓴 큰 기를 양공이 타고 있는 수레 뒤쪽에 세우게 했다. 패천하의 망상에서 왕천하의 정신이상으로 빠져들어 있는 것이다. 공손고는 다른 장군들을 보고 말했다.

"싸움 자체가 사람을 죽이는 일인데, 임금이 말하는 인의가 무엇인지를 알 수 없군. 하늘이 임금의 넋을 앗아간 모양이니 우리는 조심하여 피해를 줄이는 것으로 최선을 다해야 할 거요."

마침내 그날이 왔다. 초나라 군사가 새벽 일찍 물을 건너오기 시작했다.

공손고가 양공을 보고 말했다.

"저들이 반쯤 건넜을 때 이를 치면 전체의 군사로써 적의 반을 제압하는 것이 됩니다. 만일 다 건너오게 되면 저들이 우리보다 수가 많으니 당하기 어려울 것입니다."

양공은 큰 기를 가리키며 말했다.

"그대는 저 '인의'라는 두 글자가 보이지 않는가? 과인의 당당한 진을 가지고 어찌 반만 건넌 군사를 친단 말인가?"

마침내 초나라 군사는 물을 다 건너와 진을 치기 시작했다. 성득신은 완전히 이쪽을 무시한 듯 의기양양한 모습으로 지휘를 하고 있었다.

공손고는 또 양공에게 말했다.

"진이 다 되기 전에 급히 북을 울리면 적이 반드시 혼란을 일으키게 될 것입니다."

양공은 공손고의 얼굴에 침을 탁 뱉고 꾸짖었다.

"그대는 한번 치는 이로움만 생각하고 영원불변의 인의는 돌아보지 않는가? 과인의 당당한 진을 가지고 아직 진을 제대로 마치지 않은 적군을 향해 북을 울릴 수 있겠는가?"

초나라가 진치기를 끝내자 산과 들은 온통 초나라의 군사와 말로 뒤덮여 있는 것 같았다. 송나라 군사는 저마다 두려운 빛을 띠고 있었다.

양공은 북을 울리게 했다. 초나라 군중에서도 북이 울렸다. 양공은 긴 창을 비껴들고, 공자탕과 향자수(向訾守) 두 장수를 거느리고 급히 말을 몰아 초나라 진을 향해 치고 들어갔다.

성득신은 진문을 열고 양공의 수레를 깊숙이 안으로 맞아들였다. 공손고가 양공의 뒤를 따르며 수레를 호위하고 있었다.

이리하여 싸움은 치열해지고 송양공은 포위 속에 갇히고 말았다.

공손고는 가장 용감한 장수였다. 초나라 장수들은 공손고를 피하기만 했다. 그러나 공손고는 좌충우돌 하는 사이에 송양공을 잃고 말았다.

임금을 찾아 뛰어다니다 마침내 동북쪽에 숲을 이루고 있는 초나라 군사를 발견했다. 급히 그리로 향해 달려가자 향자수가 피투성이가 된 얼굴로 빨리 와서 임금을 구하라고 외쳤다.

공손고는 향자수를 따라 포위를 뚫고 들어갔다. 문관(門官)으로 불리는 친위대들이 몸에 상처를 입은 채 초나라 군사와 맞서 싸우며 임금을 호위하고 있었다. 양공은 역시 마음만은 착한 사람이어서 아랫 사람에게 많은 사랑과 은혜를 베풀었기 때문에 이들 친위대는 목숨을 걸고 임금을 위해 끝까지 싸우며 버티고 있은 것이다.

초나라 군사는 공손고의 용맹을 보자 뒤로 물러나며 포위를 풀기 시작했다.

공자탕은 심한 상처로 수레 밑에 누워 있고, ‘인의’라고 쓴 큰 기는 초나라 군사가 빼앗아가고 없었다. 양공은 몇 곳에 상처를 입고, 오른쪽 넓적다리에 화살을 맞아 일어서지를 못했다.

공자탕은 공손고를 보자 눈을 부릅뜨며 임금을 부탁하고는 숨이 끊어졌다.

공손고는 양공을 자기 수레 위에 눕히고, 자기 몸으로 가리며 적을 헤치고 빠져나갔다. 향자수가 추격하는 군사를 물리치며 뒤따르고, 상처투성이인 문관들이 수레를 호위하고 있었다. 초나라 진지를 완전히 벗어났을 때는 문관이 한 사람도 남아 있지 않았다.

송나라 군사는 크게 패해 달아나기에 바빴고, 보급품과 장비들은 모조리 초나라 손으로 들어갔다.

공손고는 양공과 함께 밤을 새워 급히 도망쳐 돌아왔지만, 죽은 군사들은 이루다 셀 수 없을 정도였다.

성득신이 이쪽을 완전히 무시하며 교만에 들떠 있을 때 공손고의 말에 따라 물을 반쯤 건너왔을 때 돌격을 하든가, 진을 한참 치고 있을 때 북을 울리며 치고 나갔으면 충분히 이길 수도 있는 싸움이었다.

그런 싸움을 양공은 '인의'라는 얼토당토 않은 명분을 내세워 패하고 말았으니, 그로 인해 목숨을 값없이 버려야만 했던 장병들의 안타까움과 원망이 얼마나 컸겠는가?

그런 원망을 전해 들은 양공은 그래도 여전히 잠꼬대 같은 소리만 했다.

"과인이 장차 인의로써 천하를 호령하려 하면서 어찌 남의 약점을 노리는 그런 싸움을 할 수 있겠는가?"

이 말을 전해 들은 송나라 사람들은 양공을 정신병자로 돌리며 비웃고 있었다.

이리하여 허울 좋은 명분에 사로잡혀 잠꼬대 같은 착한 소리만을 하는 것을 가리켜, '송양지인의'·'송양지인'·'송양지의' 하고 말하게 된 것이다.

송양공 그 자신은 그렇다 치고 그런 임금을 모시고 있는 신하와 그런 임금의 명령에 따라 물불을 가리지 않고 끌려다녀야만 했던 백성들이 가엾고 슬플 뿐이다.

송나라와의 싸움을 도우러 왔던 초성왕은 돌아가는 길에 정나라에 들려 문공의 부인인 자기 누이 동생에게, 외삼촌이 왔는데 인사도 하지 않느냐며 시집가지 않은 문공의 두 딸을 나오게 하여 술을 권하게 한 다음, 얼굴이 아름다운 것을 보자 갑자기 음탕한 마음을 일으켜 잠자리를 함께 하는 짐승같은 짓을 서슴지 않고, 이튿날 수레에 태워 초나라로 돌아가고 말았다.

이 소식을 들은 정나라 대부 숙첨은,

"초왕이 제 명에 죽지 못할 것이다."

라고 예언했다.

그 예언대로 초성왕은 뒤에 자기 세자인 상신(商臣)에 의해 스스로 목을 메어 죽는 변을 당하고 만다.

그런데 신의도 예절도 모르고 힘만을 자랑해 온 이 초성왕이 진나라 공자 중이가 도망쳐 찾아왔을 때는, 신하들이 죽여 없애자고 하는데도 끝까지 예의를 지키고 후대를 하며, 한낱 도망온 공자에 지나지 않는 중이를 임금이나 되는 듯이 깍듯이 대접해 보내고 있는 것이다.

그 공자 중이가 뒤에 진나라 임금이 되어 초성왕의 군사를 크게 이김으로써 제환공의 뒤를 이어 천하를 호령하게 되는 것이다. 그가 진문공이다.

뒤에 문공이 된 중이는 초나라와 송나라가 싸움을 벌이고 있을 당시 아직 제나라에 머물고 있었다. 그러나 제나라의 도움을 받을 수 없다는 것을 알자, 제나라를 떠나 송나라를 거쳐 초나라로 가게 된다.

진문공이 제나라를 어떻게 떠나게 되며, 어떤 망명생활 끝에 마침내 진나라의 임금이 되고, 패천하까지 하게 되는지를 알아보기로 하자.

소설 **춘 추**(상)
제환공과 관포지교

*
초판 인쇄일 • 2006년 10월 4일
초판 발행일 • 2006년 10월 9일
*
지은이 • 김영수
펴낸이 • 김동구
펴낸곳 • 명문당 (1926. 10. 1 창립)
서울특별시 종로구 안국동 17~8
대체:010041-31-001194
전화: (영)733-3039, 734-4798
(편) 733-4748 FAX: 734-9209
*
Homepage: www.myungmundang.net
E-mail: mmdbook1@kornet.net
등록 1977. 11. 19. 제1~148호
*
ISBN 89-7270-828-3 04820
ISBN 89-7270-063-0(전2권)
낙장이나 파본은 교환해 드립니다.
*
값 9,500원